KB236745

李人稙 小說 研究

- A Study on Lee Injik's Novels -

崔 鍾 順 저

국학자료원

목　　차

머리말 ···5

Ⅰ. 서 론 ···7

1. 문제제기 및 연구목적 ···7
2. 연구사 검토 ···10
3. 연구방법 및 범위 ···23

Ⅱ. 기초적 고찰 ··33

1. 성장배경 ···33
2. 유학시절 ···40
3. 귀국 후의 활동 ···59

Ⅲ. 서술의 대화적 양상 -다성적 언어- ·······················71

1. 내적인 대화성 ···73
2. 텍스트 상관성 ···92
3. 결말의 대화성 ···114
4. 다성적 언어의 특징 ···140

Ⅳ. 텍스트의 미학적 이데올로기 -객관적 언어- ·············145
   1. 反 침략과 자강의식 ·····························147
   2. 反 봉건의식 ···································172
   3. 준비론적 근대지향의식 ·························206
   4. 객관적 언어의 특징 ···························236

Ⅴ. 창작주체의 내적 울림 -단성적 언어- ···············243
   1. 恨의 언어 ····································245
   2. 분노의 언어 ···································263
   3. 신념의 언어 ···································284
   4. 단성적 언어의 특징 ···························303

Ⅵ. 이인직 소설의 미학 -결론- ·····················307

참고문헌 ···313

ABSTRACT ···323

머리말

국초 이인직이 우리나라에 최초로 신소설 〈혈의 누〉(1906)를 발표한 지도 어느덧 1세기를 맞고 있다. 그동안 이인직의 신소설은 당대의 독자들에게는 근대적 문학양식에 대한 신선한 충격과 문명개화에 대한 꿈을 불어넣었고 우리나라가 독립한 이후에는 학계의 많은 관심과 비판적 논의를 불러일으켰다. 그런데 문제는 그것의 연구방법에 있어서 다각적인 접근방식이 이루어지지 못하고 신소설 연구사상 반세기가 지나도록 내용 중심의 사회학적 방법에 편중되어 있어 작품에 내포되어 있는 중요한 다른 미학적 층위들이 소홀히 다루어지거나 제대로 평가받지 못하고 있다는 점이다.

이 책은 기존의 선행 연구들에서 이인직의 친일적 언어에 과도하게 집중한 나머지 그 밖의 다른 중요한 미학적 요소를 무시하거나, 신소설에 내재하는 의식의 내적 갈등이나 객관적 진실에 대한 측면이 소홀하게 다루어지고 있는 점에 주목하였다.

소설을 이야기 문학이라고 할 때 그것은 작가의 의도가 직접적으로 드러나는 것이 아니라 소설이라는 특정한 미학적 서술전략을 통하여 전달되는 장르임을 뜻한다. 그것은 작품마다 자신의 이데올로기를 효과적으로 드러내기 위한 작가의 독특한 서술전략이 드러나게 마련이다. 이인직의 신소설에도 이인직만의 독특한 서술전략들을 발견할 수 있는데 그것이 바로 '대화적 언어'이다. 이에 본 연구는 이인직의 신소설에 나타나는 서술의 전략과 그 특성에 주목하고, 이를 위해 소설 사회학적 방법 위에 바흐친의 대화이론을 원용하여 이인직 소설의 담론특성을 규명하는 데 목적을 두었다.

Ⅰ장은 서론으로, 중요한 선행연구의 업적과 연구경향을 살펴 본 연구의 방법과 방향을을 논하였다. Ⅱ장에서는 작가의 생애를 간략하게 살펴 보았다. 그동안 이인직의 생애는 그가 나이 40세가 다 되어 국비 유학생으로 일본으로 건너간 이후의 생애만 밝혀지고 그 이전의 생애에 대해서는 거의 밝혀지지 않은 상태였다가, 본 연구에서 처음으로 그의 출생에 관한 한 가지 비밀을 밝혀낼 수 있었다. 그것이 그의 신소설의 비판적 시각과 그 지향성의 형성에 중요한 요인이 되었을 것으로 드러났다.

Ⅲ, Ⅳ, Ⅴ장은 본론으로 Ⅲ장에서는 이인직 소설의 서술 구조를, Ⅳ장에는 그것의 이데올로기적 층위를 고찰하였다. Ⅴ장에서는 창작 주체의 정서적 울림을 대변하는 미학적 장치를 탐색하였다. 그리고 Ⅵ장에서 본론을 요약적으로 정리하여 본 연구의 방향과 태도를 명백히 밝힘으로써 결론으로 삼고자 하였다.

이 책은 필자의 박사학위 논문 「이인직 소설 연구」(2003)를 문장의 오류들을 바로 잡는 외에는 그 내용이나 체계상의 수정을 가하지 않고 본래대로 수록한 것으로, 독자들의 많은 관심과 질정을 바라는 마음으로 단행본을 내게 되었다. 오늘의 필자가 있기까지 이끌어주시고 격려와 용기를 불어넣어 주신 김영택 선생님, 윤명구 선생님, 최원식 선생님, 김용성 선생님, 조남현 선생님, 그리고 최태호 선생님, 문정일 선생님과 허경진 선생님, 구인환 선생님의 깊으신 은혜를 잊을 수 없다. 그리고 최근의 사회 전반적인 불황과 어려운 출판 여건에도 불구하고 본서의 출판을 맡아주신 정찬용 사장님과 국학자료원 편집부 여러분께 감사의 마음을 표한다.

2005. 8.
저 자

Ⅰ. 서 론

1. 문제 제기 및 연구 목적

이인직의 신소설을 연구하는데 있어서 가장 먼저 고려하여야 할 것은 관점의 문제이다. 왜냐하면 이인직의 소설은 그 연구의 방향과 관점에 따라 최상과 최하의 극단적인 평가의 대상이 되고 있기 때문이다. 그것은 특히 식민지 시대에 이루어진 초기 연구와 70-80년대에 이루어진 연구 성과들에서 나타나는 두드러지는 현상이다. 이인직 소설의 근대성에 천착한 초기 연구들에서는 "조선 소설의 시조"(김태준), "한국 근대소설의 원조"(김동인), "현대소설의 시원"(임화)이라는 극찬의 대상이 되었다가 70-80년대의 그것은 "민족 자주성"의 결여와 "패배주의적 약점"을 드러낸 친일문학으로(신동욱) 전락한 것이 그것이다.

전자의 경우는 식민지라는 시대적 제약 때문에 이인직 소설의 개화사상 이면에 있는 정치적 층위에 대한 논평이 생략된 경우로, 근대적 정신과 표현 양식의 새로움에만 과도하게 집착한 나머지 "이식문화론"의 오류를 낳기도 하였다. 이 시기의 연구 관점에는 식민지 사관의 영향에서 완전히 자유롭지는 못하였다고 할 수 있다.

이러한 연구 방향의 반대편에서 이루어진 것이 후자의 경우이다. 이 시기 연구의 두드러지는 특징은 민족 주체성의 관점에서 연구가 진행되었다는 사실이다. 이러한 작업은 선행 연구의 식민지 사관과 이식문화론을 극복하였다는 점에서 상당한 연구 성과를 가져왔다.

그런데 주목되는 것은 민족 주체성의 관점에도 일정한 한계점이 발견된다는 사실이다. 그것은 민족의 자주정신이라는 당위적인 가치관에 과도하게 집착한 결과 이인직의 신소설이 씌어졌던 역사 현실의 토대를 무시한 측면이 없지 않다는 점이다. 이러한 민족사관은 우리 민족문학의 전통성을 지키려는 노력으로, 그 정신은 우리 문학연구에서 중요한 관점으로 이해할 수 있으나, 이인직의 문학이 지니고 있는 민족의식이나 근대 지향 의식 이면에 내재하는 작가의 민족적 진실까지 전면적으로 부정하는 데는 문제점으로 남는다.

민족의 자주성과 당위성의 차원에서 볼 때 이인직의 문학이 반 식민지적 현실을 인정하는 데 대하여 비판할 수는 있겠으나, 역사 현실의 토대를 무시한 이러한 당위적 가치평가도 생각하기에 따라서는 이들이 비판하고 있는 친일 "작가의식의 허망함"[1]못지않게 허망한 것일 수도 있다. 先 진보, 後 국권회복을 주장하는 개화지식인들을 무조건 "친일적 개화론"자로 인식하려는 태도 역시 마찬가지이다.[2]사실상 이인직의 신소설이 창작·발표되었던 당시의 역사 현실은 우리 민족의 역량으로써 국권을 회복할 수 있기에는 때가 너무 늦었던 상황이었음을 부정할 수 없는 사실이기 때문이다.

이인직의 문학이 일본의 영향을 받은 것이라든지, 일본의 선진 문물을 선망하고 우리의 전근대적 문화를 비판 또는 비하한 것도 순수하게 우리의 문화에 대한 자기 성찰과 근대화의 필요성을 절감한 데서 나온 민족적 애국의 발로일 수가 충분히 있다고 본다. 그와 같은 특정한 시대가 아니더라도, 일반적으로 우리는 자신보다 월등한 수준의 문화나 대상을 만나면 먼저 자신의 약점과 부족한 점들에 대한 반성과 검토부터 하게 된다. 그리고 그 대상을 선망하거나 모방하려 하는 것은 지극히 자연스러운

---

1) 신동욱, 「신소설과 신문화 수용」『한국 현대 문학론』, 박영사, 1972. 240쪽
2) 신동욱, 위의 책, 238쪽 참조. - 국권을 회복하려거든 먼저 배우고 지식이 진보될 도리를 생각하라는 유길준의 주장을 '허명개화'라고 한 것이라든지, 또 그러한 유길준의 주장을 후쿠자와 유키치와 같은 제국주의적 사상에 따랐으므로 "무의식중에 친일적 개화론을 발전시켰다고 보는 것 등이 그러하다.

일이다. 이것은 이인직의 태도와 문학에도 해당될 수 있다고 본다. 왜 이인직의 문학과 그의 정신은 순수하게 읽혀지면 안 되는 것일까. 왜 그의 문학은 꼭 1908년 이후의 그의 친일적 생애와 연결되어야만 하는 것일까.

본 논문의 연구자가 볼 때 이인직의 신소설이 창작되었던 당대의 역사 현실의 토대 위에서는 선 국권회복, 후 진보주의나 선 진보, 후 국권회복의 개화주의나 그 어느 편도 그들의 의도대로 실현되기는 불가능했다고 본다. 당시 우리나라와 민족의 역량이 일본의 강력한 침략적 야욕과 근대적 무기 앞에서 무력할 수밖에 없었던 점을 부정할 수 없기 때문이다. 당시의 상황에서는 그 어느 쪽에도 모순의 역사를 해결할 수 있는 정답은 없었다고 본다. 그런 점에서 보면 이인직의 친일 개화사상이나 민족적 주체성의 관점이나 허망하기는 마찬가지로 보인다.

따라서 본 연구는 당대의 다양한 대응방식들에 대하여 어느 쪽은 옳고 어느 쪽은 잘못이라는 식의 이분법적 관점으로부터 자유롭고자 한다. 그리고 1980년대 중반의 연구 성과들에서 제기되었던 객관적 관점의 탐색 방향에 주목하고자 한다. 즉 작가의 사상과 문학의 도식화를 피하고, 그 시대를 지배하는 사상이 어떻게 문학에 작용하고 용해되어 있는가에 대한 관심이 그것이다.[3] 이를 위해서는 텍스트의 언어조직과 서술방식에 대한 관심이 효과적일 수 있다고 본다.

소설을 이야기 문학이라고 할 때 그것은 작가의 의도가 직접적으로 드러나는 것이 아니라 소설이라는 특정한 미학적 서술전략을 통하여 전달되는 장르임을 뜻한다. 그것은 작품마다 자신의 이데올로기를 효과적으로 드러내기 위한 작가의 독특한 서술전략이 드러나게 마련이다. 이인직의 신소설에도 이인직만의 독특한 서술 전략들을 발견할 수 있는데

---

3) 윤명구, 「개화기 소설의 연구 동향」, 『개화기 소설의 이해』, 인하대 출판부, 1986. 17쪽.

그것이 바로 대화적 언어이다. 이에 본고에서는 이인직의 신소설에 나타나는 서술의 전략과 그 특성에 주목하여 이인직만의 독특한 서술의 방식과 대화방식을 규명하는 것을 목적으로 한다.

이를 위해 본 논문에서는 선행 연구들의 업적과 소설 사회학적 방법의 토대 위에, 바흐친의 대화이론을 원용하여 이인직 소설의 담론 특성을 규명하고자 한다.

2. 연구사 검토

이인직의 신소설을 연구사적으로 검토해 볼 때 국문학사상 이인직의 소설만큼 최대의 찬사와 최악의 혹평을 한 몸에 받아온 경우도 드물 것이다. 그것은 이인직의 신소설이 지니고 있는 문제적 성격이 그만큼 다면적이고 복잡한 것이어서 어느 한 가지의 시각으로 단순 논리화할 수 없는 것임을 증명하는 것이기도 하다. 유감스럽게도 이인직의 소설에 대한 이제까지의 연구들은 바로 이와 같은 어느 한 가지의 측면에 의해 조명해왔기 때문에 그 소설이 함축하고 있는 복잡한 다면성을 포괄적이고도 총체적으로 조명하는 데까지는 나아가지 못하였던 것도 사실이다.

선행 연구들에 대한 논의는 편의상 몇 시기로 나누어 살펴보는 것이 편리하다. 식민지 시대인 1922년 안확(安廓)으로부터 시작된 초창기의 논의는 주로 우리나라 국문학사상 최초로 선을 보인 서구 근대적 소설기법이라는 새로운 표현양식에 집중되어 있다. 안확(安廓)은『조선 문학사』에서 이인직 소설의 새로움에 대하여 간략히 기술하고 있는데, 그는 이인직의 소설이 종래의 권징주의 소설과 달리 인정을 위주로 한다는 것과 인물의 성격이나 심리 묘사가 극히 정묘하다는 데서 그 새로움을 찾았다.4)

---

4) 안 확,『조선문학사』, 한일서점, 1922. (최원식 역), 을유문화사, 1981. 202-203쪽.

그 뒤를 이은 김태준은 그의 『조선 소설사』(1933)에서 이인직을 문학운동의 선구자로 보고 그의 소설에 대한 평가를 다음과 같이 쓰고 있다. "국문을 (생략) 천시하던 때임에도 불구하고 그는 엄연히 모든 인습을 벗어나서 언문일치의 새로운 문체를 지었으니, 그 내용과 형식이 무릇 조선소설의 시조가 될 것이다."5) 김태준은 또 신소설이 보여주는 근대적 소설기법이 구미, 일본문예의 모방단계에 있으므로 아직 미숙하여 이른바 과도기적 혼혈아로 보고, 춘원 이후 현대소설의 건설은 이야기책(구소설)에서 대번에 나온 것이 아니라 이와 같은 신소설 작가의 막대한 노력의 성과가 있었기 때문에 성공하였다고 봄으로써 과도기적 소설인 신소설과 그 창작의 의의를 높게 평가하고 있음을 알 수 있다. 한편 그는 이해조, 김교제 등의 작품들에 대하여 '고대소설과 거리가 멀지 않다'고 그 한계를 명백히 함으로써 신소설의 기법에 대한 그의 찬사가 이인직의 것에 대한 것임을 알 수 있다.6) 안확이 역사소설과 그 시대정신에 더 비중을 두었던 데 비하여 김태준은 간략하지만 작가론, 작품론을 통하여 근대적 신소설의 성격에 보다 더 깊이 천착하고 있음이 주목된다.

이인직의 신소설에 대한 본격적인 작품론은 김동인과 임화의 작업에서 처음으로 이루어졌다. 김동인은 「한국근대소설고」(1929)에서 <귀의 성>을 분석하고 "한국 근대소설의 원조(元祖)의 영관(榮冠)"을 이인직에게 돌렸을 정도로 이인직 소설의 새로운 근대적 기법을 높이 평가하고 있다.7)

임화는 그의 『개설신문학사』(조선일보. 1939.9-1940.4)에서 이인직이 신소설의 양식을 창조했을 뿐만 아니라 신소설의 수준을 뛰어넘어 현대소설의 기원을 개척한 작가라고 극찬하였다. 그는 또 우리의 신문학이 외국

---

5) 김태준, 『조선소설사』, 청진서관, 1933. 김태준, 같은 책(개정 증보판), 학예사, 1939. 김태준, 『증보조선소설사』(박희병 교주), 한길사, 1990. 227-228쪽.
6) 앞의 책, 230- 232쪽.
7) 김동인, 「한국근대소설고」, 『신한국문학전집』18, 어문각, 1976, 5쪽.

문학의 영향과 모방인 동시에 우리의 전통적인 문학의 토대 위에서 서양의 문학과 교섭하는 '과도기의 문학'으로 파악하고, 새로운 정신을 낡은 양식으로 표현한 신소설 시대에 있어 새로운 정신을 새로운 양식으로 표현해 본 유일의 작가이며, 그 이외의 모든 사람이 새로운 정신을 낡은 양식으로 밖에 표현하지 못하던 시대에 있어 이 사실은 우리의 상상하는 것보다 훨씬 더 어려운 일이며, 또 거대한 가치와 의의를 갖는 일이라며[8] 이인직의 신소설 창작과 그것의 문학사적 의의를 높이 평가하였다.

　김태준과 김동인, 임화가 보여주는 이와 같은 호평은 이인직 소설의 새로운 표현양식이 그만큼 당대 독자들에게 신선한 충격과 공감을 불러 일으켰음을 의미한다. 그런데 초기연구에서 주목되는 것은 이인직 소설의 정치적 측면에 대한 논평이 공통적으로 생략되어 있다는 점이다. 이 중에 가장 심도있게 작품을 분석했던 임화의 글에서 "그의 작품 <은세계>나 혹은 <혈의 누>, 기타의 소설에 일관하던 그의 사회사상 내지는 정치 이상과 그의 행동이 적지 않은 거리가 있었으나 그 문제를 그가 어떻게 내적으로 처리했는지 지금 알 길이 없다"고 말한 점은 임화가 이인직의 친일적 생애와 그의 창작품을 직접적으로 연관시켜 생각하지 않았음을 보여 주는 대목이다.[9] 이것은 초기의 연구가 이인직의 근대적 표현 양식을 높이 평가하는 데 중요한 역할을 한 것으로 보인다.

　이러한 연구 태도는 그들이 놓여있는 시대적 제약성, 즉 식민지 치하라는 역사적 한계성과 관련되어 있다. 그러므로 이인직 소설의 사상적 연구 성과는 이후의 연구자들의 과제로 남게 되었다.

　해방 후 1950년대는 실증적 연구가 큰 성과를 거둔 시기였다. 1950년 김하명은 「新小說과 <血의 淚>와 李人稙」에서 <혈의 누>가 연재된 ≪만세보≫를 조사하여 그동안 확인되지 않았던 <혈의 누>의 발표 연

---

8) 임　화, 같은 글, 『신문학사』(임규찬, 한진일 편), 한길사, 1993, 172쪽.
9) 임　화, 『개설 신문학사』, ≪조선일보≫, 1940. 2. 14.

대를 확정지음으로써 실증적 연구의 중요성을 환기시켰다.[10]

그 뒤를 이어 전광용은 이인직 소설의 실증적 연구뿐만 아니라 신소설의 작가론, 작품론을 심도있게 전개하여 이 시기의 대표적인 신소설 연구자로 그 업적을 인정받고 있다. 특히 임화에 의해 간략하게 언급되었던 이인직의 정치적 삶이 전광용의 실증적인 작업에 의해 사실로 확인되었으며, 이에 따라 이인직을 대표로 하는 신소설의 성격 규정에 대하여 근본적인 반성의 계기를 마련하였다. 그는 이인직의 친일적 생애를 국내·외 자료를 통해 실증적으로 밝혀 이인직의 친일적 개화사상에 대하여 새로운 관심을 촉발시켰다. 그리고 신소설이 발표되었던 신문과 단행본 초판을 철저히 조사하여 모호했던 작품 연대를 확정하고 《매일신보》에 연재된 미완의 소설 <모란봉>을 발굴하여 그것이 <혈의 누>의 하편임을 밝혔다.[11]

조연현은 「개화기문학 형성 과정 고」(1966)에서 '혈의 누'의 신문 연재분과 단행본을 비교하여 개작된 것임을 실증적으로 밝혀내어 학문의 엄밀성을 다시 한 번 일깨웠다.[12]

이 시기의 실증적인 연구 작업은 이후의 이인직 소설 연구에 엄밀한 학문적 토대가 되었다는 점에서 지대한 업적을 남겼다. 그런데 이 시기의 연구자는 앞의 연구자들과 마찬가지로 이인직의 친일적 생애와 그 작품에서 드러나는 친일적 개화사상을 그것대로 인정하면서 이인직 소설의 근대적 면모와 전근대적 면모를 밝히는 데 주력하였으며, 그 소설의 문학사적 성격을 규정함에 있어서도 작가의 친일적 삶과 그 문학의 가치를

---

10) 김하명, 『신소설과 '혈의 누'와 이인직』, 문학, 1950. 5.
11) 전광용, 「치악산」, 사상계, 1955. 11.
　　　　「귀의 성」, 사상계, 1956. 1.
　　　　「은세계」, 사상계, 1956. 2.
　　　　「혈의 누」, 사상계, 1956. 3.
　　　　「이인직연구」, 서울대논문집(인문사회편) 6집, 1957
12) 조연현, 「개화기문학의 형성과정고」, 『한국신문학고』, 문화당, 1966

구분하여 평가하였다.

1970년대의 연구경향은 문학의 표현 보다는 당위론적인 차원, 즉 가치론의 차원을 중요시하는 성격이 강하기 때문에 이 시기의 연구 성과는 초기 연구자들의 연구 시각과는 정반대의 자리에서 이루어졌다는 점이 특기할 만 하다. 따라서 이제까지의 연구가 주로 외래적인 것과 관련하여 조명했던 것과는 반대로 그것의 내재적이고 전통 계승의 측면에서 새롭게 조명하는 연구 성과가 나왔다. 그것은 민족주의적 관점에서 이인직 소설을 분석하는 연구 경향이 두드러진다.

민족주의적 연구 경향은 1960년대로부터 우리나라에 불기 시작한 민족의 주체성이라는 시대정신과 상응하는 것이라 할 수 있다. 1960년-70년대 우리나라의 민족주의적 시대정신의 중요한 한 계기는 1964년 국가적 차원에서 행하여진 '한일국교 정상화 회담'에 반대하는 국민적 정서가 중요한 계기가 되었다. 당시의 지식인 및 시민들의 반응은 '몇 푼의 자금을 얻어내기 위한' 굴욕적인 회담으로 인식하고 '제2의 이완용을 소환하라'며 한일회담을 즉각 중지할 것을 궐기하였다.13)

이와 같은 사회적 분위기 속에서 민족주의라는 시대정신이 불같이 일어나 1970년대에는 국문학계의 핵심적인 연구 경향의 하나로 형성되었다. 이로써 70년대의 연구 경향은 '민족의 주체적인 생존을 중시'하고 문학의 표현론에서 벗어나 가치론의 차원으로 연구 방향을 전환시켰다. 따라서 이 시기의 문학연구는 작품이 '어떻게' 형상화 되었는가 라는 문제보다 '무엇을' 말해야 하는가 라는 당위론적인 문제에 더 집착하는 경향을 나타냈다.14)

1970년 신동욱은 「신소설에 반영된 신문화 수용의 태도」에 신소설이 구소설의 서사 구조인 남녀이합형의 사건 구조를 답습한 "양장한 고대소

---

13) 박세길, 『다시 쓰는 한국현대사』2, 돌베개, 1996(중쇄, 1989 초판), 144-145쪽 참조.
14) 권영민, 『한국현대문학사』(1945-1990), 민음사,1996(6쇄), 217-219쪽 참조.

설"일 뿐이며, 신소설의 개화의식은 한국을 부정하는 수단일 뿐이라고 혹
평하였다. 또한 일본의 침략 앞에 순응적 인물을 형상화한 '패배주의 미학'
이라고 비판하면서 신소설을 새로운 관점에서 고찰할 것을 역설하였다.
그리고 상대적으로 자주적 민족정신을 보여주는 신채호의 전기문학을 건
전한 전통성과 인간관을 들어 높이 평가하고 있다.15) 이와 같은 신동욱의
연구 업적은 특히 신소설의 구조나 기교가 개화기의 시대성과 가치 면에서
어떻게 관련되고 있는가, 그리고 고대소설의 구조와 어떤 동질성과 이질성
을 지니고 있는지를 새로운 관점에서 연구할 것을 제시함으로써 이인직
소설에 대한 이 시기의 연구 방향을 제시하였다는 점이다.

신동욱에 이어 조동일은 그의 논문『신소설의 문학사적 성격』(1973)에
서 신소설을 전통소설과 구조적으로 비교 분석하여 신소설이 전대의 귀
족적 영웅소설을 계승하고 있음을 밝히고, 기존의 연구자들이 신소설에
내재되어 있는 전대소설의 면모를 신소설의 결함을 지적하기 위해서만
거론하는 태도에 이의를 제기하였다. 바로 그러한 태도가 신소설과 전대
소설과의 관계를 본격적으로 다루지 않게 된 한 요인으로 작용하고 있다
며 신소설의 전통계승이 결코 부정적으로만 볼 수 없음을 시사했다. 또한
신소설의 새로움도 "전대소설의 부정적 계승이기에 나타난 것이며, 전대
소설과는 무관하게 이루어진 것은 아니다" 라는 말로 신소설의 전통계승
의 측면을 부각시키고 있다.16) 이 논문은 이인직 소설의 표면적 주제와
이면적 주제의 어긋남을 통하여 신소설의 주제를 의타적인 개화론으로
결론을 내렸다.

신소설의 전통계승과 관련된 이 주목할 만 한 두 논문은 이인직의 소설
이 지니는 긍정적인 측면 보다는 부정적인 측면을 밝혀내는 데 바쳐지고

---

15) 신동욱,「신소설에 반영된 신문화 수용의 태도」,『동서문화』4집, 계명대 동서문화연
        구소, 1970. 12.
16) 조동일,『신소설의 문학사적 성격』, 서울대학교 출판부, 1973, 9, 152쪽.

있다. 이러한 연구 성과는 초기 연구자들의 그것과 상대적인 자리에서 보고 있음을 뜻한다. 사실상 이인직의 소설에는 그 양면이 공존하고 있기 때문이다.

이인직의 신소설에 대한 70년대의 연구에서 민족주의적인 관점의 대표적인 업적으로 최원식의 논문 「은세계 연구」(1978)가 주목된다. 이 논문은 개화파의 개혁운동을 타율론으로만 파악하는 것도 한국사의 내재적 발전을 부정하는 결과를 가져온다는 주체적인 민족주의 시각에서 출발하고 있다.[17] 이에 따라 '은세계'의 전반부는 판소리계 소설의 구조를 계승한 것으로 개화기 문학에 조선 후기 문학이 외래문학 못지않게 중요한 발전적 계기가 되고 있음을 밝혔다. 이것은 초기 연구인 임화의 이식 문학론을 극복하는 동시에 70년대 초의 연구 성과인 전통계승과 관련한 신소설의 부정적인 측면뿐만 아니라 긍정적인 전통계승의 측면을 규명해 보임으로써, 기존의 연구 성과들의 한계점을 극복하는 데 공헌하고 있다. 최원식은 또 「개화기소설 연구사의 검토」(1981)에서 신소설에 대한 전면적인 부정적 평가에 이의를 제기하고 리얼리즘 문학의 발전 도상에서 신소설이 거둔 일정한 성취는 경시할 수 없다고 강조하였다.[18] 이 같은 탁월한 지적에도 불구하고 그의 「은세계 연구」는 <은세계>의 전반부와 후반부의 창작자를 따로 구별하여 서로 상반되는 평가와 함께 이인직을 친일 작가로 규정함으로써 민족주의적 관점의 특징을 명백히 드러내었다. 한편 「'혈의 누' 소고」(1984)에서는 '혈의 누'의 《만세보》 연재분(1906)과 김상만서포본(1907), 문장본(1940)을 비교하고 정치적 내용의 개작 과정을 검토함으로써 이인직 소설에 대한 실증적 연구와 비교 연구의 큰 성과를 거두었다.[19]

---

17) 최원식, 「은세계 연구」, 『창작과 비평』48, 1978.
18) 최원식, 「개화기소설 연구사의 검토」, 『신문학과 시대의식』(김열규, 신동욱 편), 새문사, 1981. Ⅱ, 14쪽.
19) 최원식, 「'혈의 누' 소고」, 한국학보 36집, 1984.

이와 같이 1970년대 '민족주의적 관점'의 연구는 이인직 소설의 근대적 면모와 새로움에 대한 가치 부여를 유보하고 이인직 소설의 전통계승의 측면과 그 문학의 친일적 개화사상에 주목함으로써 이인직의 소설을 친일 문학으로 규정하고 그 문학적 가치를 부정하는 것이 특징적이다. 이러한 민족주의적 경향의 연구들은 현재까지도 꾸준히 이어지고 있다.[20] 이러한 연구 경향은 초기 연구의 식민사관을 극복하고 민족주의 정신을 일깨운 성과는 있으나 이인직 소설의 긍정적 측면까지 폄하함으로써 일면적인 파악에 머물고 말았다는 한계점을 보여준다.

한편 앞의 민족주의 관점과 대응되는 한 연구 논문이 있어 주목을 끈다. 신춘자의 「이인직 소설 연구」(1990)가 그것이다[21]. 그는 이 논문에서 우리나라 개화기 문학의 대표적인 신소설이 친일문학으로 시발되어서는 안 된다는 당위론적인 전제하에 작품을 분석한 결과, 작가의 친일적 생애와는 달리 작품은 당대 사회의 고민과 갈등이 충실히 수용, 반영된 것이기 때문에 작품세계는 애국적인 것이었다는 결론을 내렸다. 이와 같은 연구 태도 역시 민족주의 관점에 속한다고 할 수 있다. 70년대의 당위론이 이인직 소설의 친일적 성향에 관심을 두었다면 이 논문은 이인직 소설

---

20) 홍일식, 『한국개화기의 문학사상 연구』, 열화당, 1980.
　　성현경, 「이인직 소설의 재평가」, 『동양문화』제 16집, 1975.
　　성현경, 「작가의 현실안과 작품과의 관계」, 『영대문화』제 8집, 영남대학교, 1975.
　　임수복, 「이인직소설에 나타난 친일사상에 관한 연구」, 원광대 석사논문, 1988.
　　김영민, 「신소설<은세계>연구」, 『매지논총』(인문사회과학편)제7집, 연세대매지학
　　　　술연구소, 1990, 2.
　　최영구, 「이인직 소설의 개화사상 연구」, 동아대 박사논문, 1991.
　　유순영, 「이인직 소설의 행동구조와 주제」, 『한국학논집』제19집, 한양대 한국학연
　　　　구소, 1991.
　　한상무, 「<혈의 누>의 이데올로기」, 『어문학보』제17집, 강원대 사범대 국어교육
　　　　과, 1994, 12.
　　차미라, 「이인직 소설의 친일문학적 성격」, 동아대 석사논문, 1999.
21) 신춘자, 「이인직소설 연구」, 『개화기소설 연구』, 인문당, 1990.

의 민족주의적 성향에 관심을 두었기 때문에 각각 상이한 가치평가와 결론에 도달하였다고 볼 수 있다. 이 상반된 연구 결과는 이인직의 소설이 내포하고 있는 양면성에 대하여 각각 일면적인 연구 성과를 나타내는 것이라 할 수 있다.

80년대의 연구는 기존의 일면적 연구 경향에 대한 반성에서 시작되었다. 이러한 연구 경향은 이인직 소설이 내포하는 양면적인 성격을 동시에 인정할 것을 제안한다. 이 새로운 연구 경향의 선구적 업적은 윤명구, 김윤식의 논문에서 찾을 수 있다.

윤명구의 논저 『개화기 소설의 이해』(1986)에서는 1970년대의 민족주의적 연구 성과를 식민지 사관의 극복에 있다고 평가한 뒤 신소설의 친일적 매판성에 대한 논의도 계속 되어야 하지만 신소설이 지니고 있는 장점까지 간과해서는 안 된다고 지적함으로써 작가의 사상과 문학의 도식화를 피하고 문학의 내재적 전통과 이식의 관계를 객관적 시각에서 종합적으로 파악하고자 하였다. 그리고 "분명한 것은 이들 양자의 조화가 개화기 문학에서 어떻게 이루어지고 있는가를 천착"해야 한다고 강조하였다.[22]

김윤식의 논문 「'정치소설'의 결여 형태로서의 신소설」(1986)에서는 이인직 소설의 정치적 특성에 대한 기존의 연구 시각에 대하여 "민족 주체성의 처지에서 비판할 수는 있지만", "이인직 소설 자체를 부정하는 논리가 되기는 어렵다."고 지적한다. 그리고 이인직 문학의 친일사상이나 구정치인에 대한 혐오사상, 신교육 사상은 "그가 당시 한국적 현실을 가장 실리적인 측면에서 파악한 탓"이라며 보다 더 객관적인 연구 시각을 보여주고 있다. 특히 이 논문은 이인직 소설의 정치적 성격이 당대 우리나라의 역사적 토대 위에서 그렇게 변형될 수밖에 없었던 우리의 역사적 특수성을 함께 고려하여 고찰하였다는 점에서 전대, 후대의 연구 시각과 경향에 시사하는 바가 크다고 하겠다. 부록에서는 이인직의 족보

---

22) 윤명구, 『개화기 소설의 이해』, 인하대 출판부, 1986, 16- 17쪽.

와 1907년 당시 이인직의 이력서를 공개하여 그동안 분명치 않았던 이인
직의 가계를 실증적으로 밝히는 데 공헌하고 있다.[23]

1980년대 중반부터 시작된 이와 같은 연구 경향은 어떤 당위론이나
특정 이데올로기의 편향된 시각에서 벗어나 이인직의 소설이 지니고 있
는 그것의 역사적 특수성에 주목하고 이인직의 신소설이 지닌 양면성을
비판적 요소와 긍정적 가치로서 동시에 인정하는 입체적인 연구 태도를
보여 주었다. 이것은 기존 연구 경향의 한계성을 보완하고 이후의 연구들
이 이인직의 소설을 다양한 각도에서 탐구하는 데 하나의 방향을 제시했
다고 할 수 있다. 이 같은 연구 경향은 1990년대를 지나 현재까지 꾸준히
이어지고 있는 사실에서 확인된다.

이상경의 논문 「<은세계>재론」(1994)과 「이인직 소설의 근대성 연구」
(1995)에서는 이인직 소설의 근대적 두 측면인 '반봉건 의식'과 '일본 지
배의 합리화' 문제를 긍정·부정이라는 이분법적 파악이나 가치평가를
지양하고, 있는 그대로의 이인직의 문명 개화론의 본질을 객관적으로
탐색하였다. 그리고 이인직의 신소설이 지닌 이중성에 대하여 그의 개화
주의가 친일주의로 나아갈 수밖에 없었던 노정이 우리의 근대사가 지닌
허약성에 있었음을 지적하고, 이인직의 소설이 그 시기에 했던 역할을
그와 같은 시대적 한계 속에서 자리매김할 것을 제안하고 있다.

이와 같은 연구 경향은 현재까지 이어지면서 이인직의 소설을 한계점
은 그것대로 인정하면서 그의 문학이 지닌 특수성과 근대적 면모에 주목
하고 있는 것을 볼 수 있다.[24]

---

23) 김윤식, 「'정치소설'의 결여 형태로서의 신소설」, 『한국 근대 소설사 연구』, 을유문화
　　사, 1986, 30-35쪽.
24) 김영민, 「신소설<은세계>연구」, 『매지논총』제7집(인문사회과학편), 연세대 매지학
　　술연구소, 1990. 2.
　　정선태, 「신소설의 서사론적 연구」, 서울대 석사논문, 1994.
　　노세경, 「<혈의 누>의 서사 형식 연구」, 서울대 석사논문, 1996.
　　정호웅, 「'먹을 것 다툼없이' 사는 세상에 대한 황홀한 열망」, 『문학사상』2월호, 1995.

정호웅은 <은세계>를 고찰한 그의 논문(1995)에서 '먹을 것 다툼 없이' 사는 세상에 대한 황홀한 그 열망이 친일로 변질되어 간 데 대한 한계점을 비판하면서도 "이인직 또한 당대의 개화지식인 일반과 마찬가지로 망국 직전에 도달한 한국사회를 되살릴 수 있는 방안으로 근대화를 지향했을 것"이라고 지적했다.[25]

김명인은 그의 논문 「<귀의 성>과 한 친일개화파의 세계인식」(1998)에서 이인직의 소설들이 그의 친일 개화사상의 단순한 메가폰이 아니라 근대적 예술의 형상을 통하여 그것을 드러낸다는 점에서 이인직을 "동시대에 보기 드문 근대적 예술가"로 평가하였다.[26]

권영민은 그의 「새롭게 검토해야 할 이인직과 신소설의 의미」(1999)라는 글에서 <혈의 누>를 고찰하고 <혈의 누>의 서사담론이 정치적인 식민담론의 영향권에서 구성되어 있음에도 불구하고 담론의 근대성을 구현하고 있음을 밝혔다.[27]

김영택, 최종순은 논문 「이인직소설의 담론특성에 관한 고찰」과 「이인직소설 <은세계>의 담론특성」등의 일련의 연구에서 이인직 소설을 담론의 층위에서 고찰하고 있다. 이는 비교적 근래의 문학연구 방법인 바흐

김영택 · 최종순, 「이인직소설의 담론특성에 관한 시론적 고찰」, 목원대 논문집 제33권, 1997.12.
김명인, 「<귀의 성>과 한 친일개화파의 세계인식」,『한국학연구』제9집, 인하대 한국학연구소, 1998.3.
김영택 · 최종순, 「이인직소설 연구(1)」, 목원대 논문집 제35집, 1998.8.
김영택 · 최종순, 「이인직소설 <은세계>의 담론특성」,『국어교육』98, 한국국어교육연구회, 1998.12.
김영택 · 최종순, 「이인직소설 <귀의 성>의 담론특성」,『어문학연구』제8집, 1999.6.
김종욱, 「<혈의 누>연구」,『한국문화』23, 서울대 한국문화연구소, 1999.6.
최종순, 「이인직소설의 세계인식과 그 비극의 의미」,『목원대 국어국문학』제6집, 2000.10.
25) 정호웅, 같은 논문, 『문학사상』2, 1995, 203쪽.
26) 김명인, 같은 논문, 『한국학 연구』제 9집, 인하대 한국학 연구소, 1998, 42쪽.
27) 권영민, 같은 논문, 『문학사상』7, 1999, 80-81쪽.

친의 대화이론을 원용한 것으로 기존의 연구들과는 다른 방법론으로 작품 분석을 시도함으로써 이인직 소설에 대한 새로운 연구 방향을 모색하고 있다.[28]

김종욱은 그의 논문 「<혈의 누>연구」에서 "많은 유보 조건을 내세운다고 하더라도 한국 근대소설의 형성 과정에서 <혈의 누>가 차지하고 있는 의미는 축소되기 어렵다."고 말하고 이인직 소설의 근대적 면모에 주목하고 있다.[29]

그 밖에도 이인직의 소설에 대한 특정한 소재나 주제를 통한 연구[30], 비교문학 연구[31]가 있다.

이재수와 芹川哲世는 이인직의 소설이 일본 문학의 영향을 받은 점에 주목하였고, 김윤식은 일본의 정치소설과 다른 점에 주목하여 고찰하였다. 최원식은 <혈의 누>의 1, 2차 개정 과정을 비교 고찰하였다.

이인직 소설에 대한 최근의 실증적 연구업적은 다지리 히로유키(田尻浩幸, 1992, 1993, 1999)와 이상경(1994)에 의해 이루어졌다. 이상경의 논

---

28) 김영택·최종순, 「이인직소설의 담론특성에 관한 시론적 고찰」, 목원대 논문집 제 33권, 1997.
　　김영택·최종순, 「이인직소설<은세계>의담론특성,『국어교육』98,한국국어교육연구회,1998. 등 일련의 논문들은 앞의 각주 참조 바람.
29) 김종욱, 같은 논문, 『한국 문화』23, 서울대 한국문화연구소, 1999, 65쪽.
30) 곽　근, 「민간신앙의 국문학적 수용양상」,『한국문학 연구』제 13집, 동국대 한국문학 연구소, 1990.
　　설성경, 「이인직소설에 나타난 '산'의 의미망 분석」,『연세교육과학』제 43집, 연세대 교육대학원, 1994.
　　김종철, 「판소리의 근대문학지향과 <은세계>」,『민족문학과 근대성』(민족문학사 연구소엮음), 문학과 지성사, 1995.
31) 이재수, 「신소설문학고」,『한국소설연구』, 선명문화사, 1973.
　　芹川哲世, 「한일 개화기 정치소설의 비교연구」, 서울대 석사논문, 1975.
　　김윤식, 「'정치소설'의 결여 형태로서의 신소설」,『한국 근대 소설사 연구』, 을유문화사, 1986.
　　최원식, 「애국 계몽기의 친일문학 - <혈의 누> 소고」,『한국학보』36집, 1984.

문 「<은세계>재론」은 '최병두 타령'의 창작 주체에 대한 실증적 연구이
고[32], 다지리 히로유키(田尻浩幸)는 일련의 논문들을 통하여 그동안 묘연
했던 이인직의 일본 도신문사(都新聞社) 견습 시절의 행적과 그때 《도신
문》에 발표되었던 이인직의 초기 단편소설 <과부의 꿈>과, 이인직 자
신이 쓴 한국 관련 기사들을 발굴하고 이를 국문으로 번역하여 공개함으
로써 이인직의 문학창작 과정과 문명 개화론의 본질에 보다 가깝게 접근
할 수 있는 새로운 계기를 마련하였다.[33]

　이상으로 몇 가지 연구 경향의 특징과 그 성과들에 주목하여 연구사를
검토하였다. 초기연구는 식민지시대라는 한계 속에서 전개되었기 때문
에 이인직의 소설에서 근대적인 새로운 면모에만 관심이 과도하게 집중
되었고, 그 다음의 연구는 모호했던 작가, 작품에 대한 실증적 연구가
이루어졌다. 세 번째 연구 경향은 '민족주의'라는 시대정신과 호응하면
서 초기 연구의 '이식 문화론'을 극복하였으나, 작가의 친일적 생애와
그 문학의 정치적 사상에 대한 과도한 집착으로 이인직 소설의 근대성마
저 부정해버리는 결과를 가져 왔다. 그리고 최근의 연구는 기존의 연구들
이 보여준 일면적인 파악에서 벗어나, 이인직 소설이 지니는 그 한계
내에서 그것이 당대에 기여했던 역할을 보다 객관적이고 입체적인 시각
에서 이해하려는 연구 경향으로 발전하고 있음을 살펴보았다.

　이처럼 이인직 소설 연구에 있어서 우리나라 개화기 역사가 지닌 특수
한 정치적·사회적 상황을 객관적으로 냉철하게 바라볼 수 있게 되기까
지에는 실로 1세기라는 시간이 필요했던 셈이다. 이제 기존의 연구 성과

---

32) 이상경, 「<은세계>재론」, 『민족문학연구』 제 5호 (민족문학사연구소), 1994.
33) 田尻浩幸, 「국초 이인직론」, 연세대 석사논문, 1992.
　　田尻浩幸, 「이인직의 都新聞社 見習時節」, 『어문논집』32, 고려대 국어국문학 연구
　　　　회, 1993.
　　田尻浩幸, 「《都新聞》에 발표된 이인직의 단편소설 <과부의 꿈>과 한국관련 기
　　　　사들」, 『문학사상』7, 1999.

들에 주목하면서 본 논문이 지향하는 것은 이인직의 소설이 지니는 그 복잡하고 다면적인 층위들에 대하여 연구의 시각을 보다 다양한 방법으로 확대하여 보자는 데 있다.

이인직의 신소설에 대한 기존의 연구 방법은 크게 형식주의 방법이나 사회학적 방법의 범주 안에서 이루어졌다. 초기 연구를 대표하는 임화는 사회학적 방법 안에서 이인직 소설의 리얼리즘의 측면에 주목하였다. 70년대의 조동일은 구조주의 방법으로 신소설과 고소설의 형식을 통한 계승관계를 고찰하였다. 그리고 대부분의 연구들이 사회학적 방법과 실증적인 방법 그리고 형식주의 방법 안에서 이루어졌다. 이러한 기존의 연구 방법은 이인직의 소설을 다층적으로 분석하는 데는 일정한 한계가 있는 것으로 보인다.

본 논문에서 원용하고자 하는 담론 이론은 이 두 가지 방법론이 갖는 한계점을 상호 보완할 수 있다는 장점이 있으며, 소설의 언어에 대한 정태적인 인식에서 벗어나 역동적인 것으로 인식하기 때문에 이인직 소설의 복잡하고 다면적인 층위를 보다 효과적으로 검토하는 데 유용한 방법이라 생각한다.

3. 연구 방법 및 범위

이인직의 신소설 연구에 있어서 국문학사상 최초로 서구 근대적 소설 양식을 뛰어나게 형상화하였다는 형식적 측면과, 그의 창작 의도가 자신의 정치적 목적에 있었다는 기존 연구들의 평가들에 주목할 때, 이인직 소설의 '형식'과 '내용'에 대한 양극의 평가가 되풀이 되어오고 있다는 점에서 그의 소설의 미학적 측면과 사상적 측면을 동일한 선상에서 입체적이고 총체적으로 탐구할 수 있는 새로운 방법론이 절실히 요청되고 있음을 발견하게 된다. 바흐친의 담론 이론은 이 두 측면을 하나의 미학 속에서 통합할 뿐만 아니라 소설의 언어에 대한 인식도 기호론적 실천 행위라는 새로운 차원에서 이해하고 있기 때문에 이인직 문학의 복잡한 언어 체계를 고찰하는데 적합한 방법론이라고 생각한다.

기존의 미학적 인식과 담론 이론의 미학적 인식의 가장 핵심적인 차이점은 바로 이 소설의 언어 역할에 대한 인식의 차이에서부터 비롯된다. 즉 전자는 소설의 언어를 단순히 내용을 전달하는 수동적인 도구나 매개체로 파악하였다면, 후자는 언어 그 자체가 소설의 본질적인 요소이면서 동시에 그 언어 사용자의 의식과 그것에 반영된 기호론적인 실천 행위로 파악한다는 점이다.[34] 바흐친은 모든 기호적 현상은 대화적인 성격에 의해 특징지어 진다고 주장한다.[35] 여기서 기호론적 실천 행위란 그 언어가 구체적으로 수행되는 역사·사회적 현실과 또 그 사회 구성원간에 발생하는 서로 상충하는 이데올로기, 그리고 그 언어 사용자의 의식이 서로 불가분해한 하나의 상호 작용태로 보는 관점이다. 즉 모든 기호와 이데올로기 그리고 인간 의식(정신)의 관계는 서로 불가분해하다는 것이다. 그것은 이 세 가지가 모두 본질적으로 사회적 현상과 밀접하게 관련되어 있기 때문이다.

사실 순수한 언어 그 자체로서의 특징은 오직 사회적 교류의 매개체로서 이데올로기에 대하여 중립적인 태도를 갖고 있지만 그것이 일단 언어적 실천 행위로서 나타날 때는 이미 특정한 사회-역사적 현상과 관련되는 이데올로기와 언어 사용자의 의식과 상호 역동적인 작용이 이루어지게 된다. 실제로 모든 이데올로기적인 것과 인간 정신이 외부 세계와 만날 수 있는 것은 오직 기호를 통해서만 가능하다. 인간 정신 또한 여러 가지

---

34) 우한용, 「채만식 소설의 담론 특성에 관한 연구」, 서울대 박사논문, 1991. 2쪽 하단, 각주 20 참조 바람.
35) 미하일 M. 바흐친, 『바흐친의 소설미학』(이득재 역), 열린책들, 1988, 97- 105쪽.

이데올로기적 동기로서 구성되어 있기 때문에 이 세 가지가 끊임없는 변증법적 관계를 유지하면서 사회적 상호 작용이 이루어지게 되는 것이다. 따라서 기호는 하나의 유기체와 외부 세계가 상호 접촉하는 '대화의 場'이다. 그러므로 기호의 연구는 이데올로기의 연구라고도 할 수 있다.[36]

담론 이론이 취급하는 대상은 언어의 대화적 관계이다. 그 때문에 대화 이론은 '언어'라는 용어보다는 '언술' 또는 '발화'라는 용어를 사용한다. 센텐스가 언어의 단위라고 한다면 발화는 언어적 의사소통의 단위라고 할 수 있다. 언어의 단위인 센텐스는 상대방의 응답을 전제로 한 것이 아니기 때문에 그 자체로서 내직 종결성을 갖고 있지 않다. 빈면에 의사소통의 단위인 발화는 반드시 상대방의 응답을 전제로 존재하기 때문에 상대방의 반응을 받아내기 위해서는 반드시 종결되지 않으면 안 된다. 이러한 경우 내적 종결성은 첫째, 발화가 완전한 의미나 주제를 표현하기에 앞서 갖는 형식을 말한다. 둘째, 청자에 의해 평가되는 화자의 계획이나 의도이다. 이 경우 화자는 의도하는 바를 그 특유의 독특한 방법으로 표현한다. 세 번째, 모든 발화는 대부분의 경우 종결을 알리는 어떤 패턴을 사용하기 마련이다. 발화의 특성은 다음과 같이 다섯 가지로 설명할 수 있다.

첫째, 모든 발화는 항상 상대방을 전제로 하여 이루어진다.
둘째, 모든 발화는 다른 발화에 대한 반응으로 일어난다.
셋째, 모든 발화는 발화 주체인 화자를 표현하는 기능을 갖는다.
넷째, 모든 발화는 가치평가적인 특성을 지닌다.
다섯째, 모든 발화는 그 나름의 독특한 내적 종결성을 지닌다.[37]

---

36) 미하일 M. 바흐친, 위의 책, 110-115쪽.
37) 김욱동, 『대화적 상상력- 바흐친의 문학이론』, 문학과 지성사, 1988, 141쪽 참조.

작품 창작은 작가가 자기가 속해 있는 사회 구성원들과 상호 의사소통을 위한 실천적 언어 행위이다. 그런 뜻에서 소설은 특수한 유형의 발화이며 구체적인 언어 행위인 발화가 가장 기본적인 요소로 구성되어 있는 셈이다. 왜냐하면 그것은 문학외적 요소와 소설이라는 장르의 내재적 법칙이 끊임없이 서로 접촉하고 서로에게 영향을 미치면서 그 자신만의 독특하고 새로운 기호론적 질서를 창출해 내기 때문에 작가가 의도한 본래의 추상적 명제와는 또 다른 문학 텍스트가 만들어지는 것이다. 그것은 작가가 사용하는 삶의 실재와 함께 문학 속으로 들어온 이데올로기적 내용과 문학의 내재적 형식 사이에 기호론적인 상호 갈등이 존재하기 때문이다. 다시 말해서 서로 다른 이 두 가지 요소는 서술 행위라는 단일한 행위 안에서 서로 만나 변증법적으로 통합되는 것을 의미한다.

그러므로 소설의 담론 연구에서 문학 텍스트는 단순히 작가의 이데올로기적 요소를 수동적으로 반영하는 역할만 하는 것이 아니라 그 자체의 독립적인 이데올로기적 역할과 문학외적 현실을 굴절시키는 독특한 양식이라고 보는 것이다. 이러한 관점은 칼 마르크스의 논문에서도 언급되어진 것으로 알고 있다. 그러나 바흐친의 담론이론에서 의미하는 굴절의 요인에는 근본적인 차이가 있다. 왜냐하면 그의 담론이론에는 굴절의 요인이 단순히 문학적 장치뿐만 아니라 순간순간 언어수행의 과정에서 일어나는 사회 구성원간의 이데올로기가 상호 침투한다는 역동적인 기호론적 관점에서 파악하고 있기 때문이다. 따라서 담론이론의 차원에서 볼 때 작가는 더 이상 통일되고 단일한 주체로서 작품을 창조하는 절대적인 존재가 될 수 없다. 그는 단지 텍스트라는 제재적 구성 요소들과 긴밀한 연관을 맺으면서 담론의 또 다른 구성체들과의 긴장과 갈등의 대화의 장(場)을 실행하는 존재로 이해할 수 있다.

소설의 담론 조직은 담론 구성체들의 내적인 조직 양상에 따라 크게 세 층위의 언술(말) 영역으로 나뉘어 진다. 첫째, 서술자의 직접적인 대상을 향한 말. 둘째, 작중 인물을 통한 객관화된 말. 셋째, 서술자나 작중 인물의 언어 속에 투사된 타인의 목소리 또는 그 흔적이 그것이다.[38] 이러한 언술의 유형은 텍스트 내에서 상호 교환적이고 보완적으로 이루어지며, 작가마다 각자의 개성과 필요에 따라 이러한 유형의 언술 방식이 다양하게 전개되게 마련이다. 이 중에 바흐친이 말하는 진정한 의미의 '대화적 언술'이란 위의 마지막 유형 즉 '능동적 언술'을 가리키는 말이다. 이것은 20세기의 뛰어난 러시아 작가 중의 한 사람인 도스토예프스키의 소설들에서 두드러지게 나타나는 것으로 '내적 대화'의 양상을 의미한다.

그렇다고 해서 우리가 모든 작가들의 텍스트에서 이와 같은 내적 언어를 똑같이 기대한다는 것은 무리한 작업이 될 수도 있다. 그것은 개개의 작가 의식과 그가 속한 역사-사회적 환경이나 그 이데올로기적 조건들이 서로 다르기 때문이다. 이인직의 담론 또한 그가 속한 역사적 환경과 그가 지향하는 이데올로기와의 관계 속에서 이인직만의 독특한 담론 특성을 보여주고 있다. 그러므로 이인직 소설의 담론 특성을 고찰하는 데는 다음과 같은 몇 가지 연구 방향을 정하여 논의를 전개하는 것이 필요하다.

첫째, 담론 주체와 그의 심미적 대상과 갖는 관계적 양상에 대하여 고찰한다.[39] 텍스트내적 체계 안에서 작가와 그의 대상 사이에는 심미적 거리가 존재한다. 이것은 그의 대행자라 할 수 있는 서술자를 중심으로

---

38) 미하일 M. 바흐친, 같은 책, 283-304쪽.

39) 본 논문에서 사용되는 '담론주체'의 의미는 두 가지로 사용된다. 넓은 의미로는 작품의 미학과 이데올로기를 총괄하는 텍스트외적인 의식의 주체 즉, 작가를 가리키는 용어로 쓰인다. 그리고 이 작가는 때에 따라서는 '창작의 주체'라는 용어로도 사용될 것이다. 한편, 좁은 의미로 쓰일 경우의 '담론 주체'는 텍스트내의 발화 또는 언술이 이루어지는 순간의 의식의 주체를 가리키는 용어로 쓰인다. 그런데 여기서 미리 말하자면, 이인직의 소설에서 이루어지는 모든 언술행위의 의식의 주체는 전자가 후자에게 내적으로 강하게 침투하고 있어 전자와 후자를 따로 구분하기가 어렵다는 것이 특징이다.

대상에 대한 서술의 태도나 시점, 논평 등과 관계되는데 작가와 대상간의 대화적 관계의 가능성을 타진해 보는 기본적인 단계라 할 수 있다.

둘째, 작중 인물들의 언술을 통한 객관화된 담론 조직의 양상에 대하여 살펴본다. 작중 인물은 작가의 세계관과 긴밀히 연관된다. 이것은 작가가 자신의 이데올로기를 어떤 전략으로써 구체화하는가에 대한 물음이다. 그것은 담론 주체의 통제에 의한 언술의 조직 양상에 따라 갈등 관계나 종속적인 관계적 특성이 드러날 수 있다.

셋째, 소설의 언술에는 '억양'의 문제가 매우 중요하다. 언어는 사회적 산물이기 때문에 담론의 주체가 언어를 사용할 때는 자신만의 독특한 억양과 의미를 부여함으로써 그 언어가 지니고 있던 기존의 사회적 의미로부터 자신의 새로운 기호로 적응시킨다. 이것은 담론 주체의 다양한 정서와 그의 이데올로기적 지향성을 효과적으로 드러내는 역할을 한다.

넷째, 소설의 담론은 기존의 역사적 사실이나 문학의 여러 장르의 언어적 구조물을 담론의 주체가 자신의 언어 속에 끌어들일 수 있다. 이것은 소설이 지니는 자율적 특성과 관계된다. 이 경우 텍스트의 내용과는 다른 별개의 독립된 담론이 어떻게 텍스트내의 언어와 관계하고 있는가에 대한 관심이다.[40]

다섯째, 담론의 주체와 독자 사이의 상호 기호론적 관계 양상에 대하여 주목하고자 한다. 특히 독자는 사회 구성원을 대표하는 '타자'라고도 부르는데, 이것은 담론 주체의 의도나 세계관에 동의 또는 반발함으로써 텍스트 내적 언술의 갈등과 모순을 불러일으킨다. 그 결과 텍스트의 총체

---

40) 이러한 층위의 연구는 줄리아 크리스테바에 의하여 '상호 텍스트성'이라는 이론으로 발전하였다. 우한용은 이를 '텍스트 연관성'이라는 용어로 사용하고 있으나 본 논문에서는 '텍스트 상관성'이라고 부른다. 여기서 '텍스트 상관성'으로 부르게 된 이유는, '연관성'과 '상관성'은 다같이 두 개 이상의 서로 다른 텍스트 간의 상호 관련성을 의미하지만 '상관'이라는 표현이 '연관'이라는 어감보다 '상충성'과 '이질 성'의 의미를 더 크게 부각시키는 것으로 인식되었기 때문이다.

적 이데올로기를 변질시키거나 새로운 의미 생성을 유도하는 중요한 내적 요소로 작용할 수 있다. 담론의 주체나 ‘타자’나 이 양자는 둘 다 텍스트외적 존재로서 텍스트의 내적 언어 속에 간접적으로 투사되기 때문에 이들의 언어적 양상은 서술자나 작중 인물의 언어 속에서 그 ‘흔적’을 드러낸다.

　이상과 같은 분석 작업을 통하여 개화기라고 하는 특수한 역사적 토대 위에서 창작된 이인직 소설의 담론 특성을 고찰하고자 한다. 이를 위하여 다음과 같은 순서로 논의를 진행하게 된다.

　Ⅱ장에서는 이인직의 신소설이 창작되기까지의 배경에 해당되는 몇 가지 기초적 고찰이 선행될 것이다. 이 장에서는 작가의 생애는 물론 이인직 소설의 미학에 큰 영향을 끼쳤다고 여겨지는 일본 유학시절의 행적과 그 주변의 문학적 환경에 대하여 살펴보고자 한다.

　Ⅲ, Ⅳ, Ⅴ장은 본 연구의 본론에 해당되는 것으로 이인직 소설의 담론 특성을 분석하고자 한다. 분석의 과정은 이인직 소설의 담론 조직 특성에 따라 크게 세 가지로 나누어 고찰하게 된다. 첫째, 이인직 소설의 담론을 다성적인 의미로 변질시키는 내적 담론, 즉 대화적인 담론 양식에 대하여 고찰한다. 이것은 이인직 소설의 다양한 담론조직 방식에 있어서 특히 바흐친이 말하는 진정한 의미의 언술, 즉 당대 사회구성원 간의 내적인 대화성이 독특하게 조직되는 양식이다. 이로써 이인직 소설의 대화적 담론이 그 특유의 담론조직 방식에 의해 드러나게 될 것이다. 두 번째는, 이인직 소설의 다양한 미학적 장치에 의해 총체적이고 객관적으로 드러나는 이데올로기들을 체계적으로 정리해 보는 작업이 될 것이다. 이것은 독백적 담론과 대화적 담론이 상호보완적으로 분석될 때 이인직 소설의 이데올로기가 총체적으로 드러나게 된다. 그리고 당대의 역사적 토대와 관련하여 작가의 역사인식과 지향성 그리고 작품의 내적 진실성에 대한 면밀한 분석을 통해서 이루어지게 될 것이다. 세 번째는, 근대 리얼리즘

소설에서 보편적으로 이루어지는 단성적 담론 양식에 대하여 고찰하고 자 한다. 이 단성적 담론 양식이 이인직의 소설에서 어떤 미학적 특성을 가지고 텍스트의 이데올로기를 드러내는 데 기여하고 있는가를 살펴보 게 된다.

VI장은 이제까지 살펴본 이인직 소설의 담론 조직 양식과 그 특성을 총괄하여 정리하고 그것의 최종적인 이데올로기를 당대의 역사 - 사회적 토대와 관련하여 그 진실성을 확인하는 것으로 결론을 맺고자 한다. 아울 러 이인직 소설의 담론이 지니는 소설사적 의의도 살펴보게 될 것이다.

이인직의 소설 창작은 그가 1900년 2월 관비 유학생으로 일본에 유학 간 후, 일본 미야꼬신문사(都新聞社) 견습기자 시절에 쓴 <과부의 꿈>(1902)을 시작으로[41] <백로주강상촌>(1906, 미완), <혈의 누>(1906), <귀의 성>(1907), <은세계>(1908), <치악산>상(1908), <빈설랑의 일미 인>(1912), <모란봉>(1913) 등이 있다. 본 논문에서는 이인직 소설의 담 론적 특성을 가장 잘 보여주는 그의 대표작품 <혈의 누>, <귀의 성>, <은세계>, <치악산>을 연구 대상으로 삼고자 하였다.[42]

본 논문의 연구 대상에서 제외한 작품들은 한일합방 이후의 작품들로, 당시의 역사-사회적 상황이 합방 이전과 판이하게 전개되던 시기에 창작 되었다. 이러한 작품들은 작가의 창작 의도나 조건들이 변화되었음을 보여준다. 즉 1910년 이후의 작품들에는 치열한 개화기의 시대정신이 거세되어 있는 점이 그 단적인 예라 할 수 있다. 치열한 시대정신뿐만 아니라 작가의 창작 의욕이나 소설 미학적 수준도 현저하게 떨어진다.

---

41) 1902년 1월 28-29일 미야꼬신문에 일본어로 발표된 소설. - 다지리 히로유끼(田尻浩 幸), 「《미야꼬신문》에 발표된 이인직의 단편소설 <과부의 꿈>과 관련 기사들」, 『문학사상』7, 1999.

42) 본 논문에서 사용하는 텍스트는 아세아 문화사(서울;亞細亞文化社)에서 출판된 영인 본 『新小說·翻案(譯)小說』전집(1978)이며 이후 인용할 때는 편의상 '전집'이라고만 기록하기로 한다.

그것은 우리나라와 민족이 주권을 잃었을 뿐만 아니라 이상을 잃었기 때문이다. 이상을 잃어버린 그의 소설에는 미래에 대한 어떤 전망도 보이지 않는다. 이상을 잃어버린 그의 언어에는 대화의 장(場) 또한 기대하기 어렵다. 왜냐하면 그의 의식이 닫혀버렸기 때문이다. 이것이 연구 대상에서 배제한 이유이다.

그러므로 본 논문에서는 그의 의식이 왕성한 의욕을 가지고 다양한 시대정신과 사회구성체와의 상호 관계 속에서 자신의 이상과 이데올로기를 공감하고자 하였던 1910년 이전의 작품들만을 연구 대상으로 삼고자 한다. 본 연구에서 제외한 작품들은 다음의 과제로 남겨두기로 한다.

Ⅱ. 기초적 고찰

1. 성장 배경

국초 이인직은 1862(壬戌)년 7월 27일 (음력) 한산 이씨(韓山李氏) 윤기 (胤耆:1824-1866)와 전주 이씨(1823-1879) 사이에 둘째 아들로 태어났다. 몇 살 때인지는 알 수 없으나 3대조 면채(冕采)의 직계 은기(殷耆)의 양자 로 들어간다.[1] 이인직이 5세 때 친부가 사망하였고, 11세 때 양모 윤씨가, 18세 때 친모 이씨가 사망했다. 그 밖에 양부 은기와 친형 운직(耘稙;1851-)의 사망한 해가 기재되어 있지 않아 알 수 없으나, 일찍부터 가정적으로 외로운 환경에서 자랐음은 짐작할 수 있다.

지금까지는 이인직이 부모와 양부모를 일찍 여윈 관계로 '고아와 거의 같'은 어린 시절을 보냈을 것으로 보고 있었으나[2] 그에게는 11년 연상의 형님(운직:耘稙)이 한 분 있었고, 친가에 두 명의 친누이가, 양자로 간 은기(殷耆)의 소생으로 두 자매가 있어, 오히려 누이들로부터 사랑을 많 이 받으며 자랐을 가능성이 크다. 어린시절 누이들과 함께 생활했던 경험 이 그의 신소설에서 뛰어난 여성심리 묘사를 가능하게 하였던 것으로 짐작이 된다.[3]

---

1) 은기의 생몰 연대가 「한산이씨 양경공파 세보」에 기재되어 있지 않아 알 수 없고, 은기의 처 남원 윤씨의 생몰은 1830-1872로 되어 있다.
2) 다지리 히로유끼(田尻浩幸), 같은 논문(석사), 6쪽.
   김명인, 같은 논문, 38쪽 각주.
3) 이인직의 친누이들은 각각 해주 사람 오氏와, 순흥 사람 안氏(官:주사)와 혼인했고, 은기가(家)의 두 자매는 각각 연안 사람 이氏와, 안동 사람 권氏와 혼인했다. - 『한산 이씨 양경공파세보』3권 89-90쪽.

뿐만 아니라 이인직의 부모가 40이 다 된 나이에 둘째 아들을 보았으니 그에 대한 사랑도 각별하였을 것이다. 적어도 18세가 될 때까지는 친모의 사랑을 많이 받았을 것으로 짐작할 수 있다.

게다가 이인직의 가계에는 친부모와 양부모의 사망 이후에도 집안에 어른이 전혀 없었던 것도 아니었다. 이인직의 친부 윤기에게는 은기, 헌기의 두 형제가 더 있었는데 은기는 해규의 양자로, 헌기는 해영의 양자로 가고 윤기만 친부 해서의 아들로 남아 있었다. 그리고 이인직의 양부 은기와 친부 윤기는 먼저 세상을 떠났지만 해영의 양자로 간 헌기(1817~1885)는 이인직이 24세가 될 때까지 생존해 있었다. 더구나 헌기의 양부 해영은 서자 면채의 아들임에도 불구하고 무과 급제하여 官이 中軍에 이르렀던, 서출 3형제 중에 유일한 인물이다. 그의 양자로 들어간 헌기도 察訪의 직급을 갖고 있어서 은기·헌기·윤기 3형제 중 형편이 제일 나은 편이었던 것 같다.

따라서 이인직은 적어도 '고아와 같은' 어린 시절을 보냈다고 볼 수는 없을 것 같다. 그것은 이인직이 《만세보》 발간 청원서에 기록한 주소가 '경기도 음죽군 거문리'로 되어있는 것에서도 확인된다.4) 이 주소가 이인직의 출신지인지는 정확히 알 수 없으나 '음죽' 이라는 지역은 바로 이인직이 24세가 될 때까지 생존하였던 이인직의 백부(伯父) 헌기의 집안과 관계가 있기 때문이다. 정확히 말하자면, 족보상에 나타나는 음죽은 헌기의 처인 김해 김씨가 묻혀있는 곳이다. 그렇다면 그 지역에 경제적으로 여유가 있었던 헌기가(家) 소유의 선산과 토지가 있었을 것으로 짐작이 된다.

역시 몇 살 때인지는 알 수 없으나 이인직은 동래 정씨(東萊 鄭氏)와 혼인했다. 부인의 생몰 연대 역시 족보에 기재되어 있지 않았다.

이러한 가정적인 외로움이 유·소년기의 이인직에게 불우한 환경이었

---

4) 다지리 히로유끼, 같은 논문(석사), 5쪽.

다면, 청년 이인직에게 결정적으로 절망감을 안겨준 것은 엄격한 봉건제
도의 하나인 신분제도였다고 생각된다. 청년 이인직이 총명하면 할수록,
그의 꿈이 크면 클수록 봉건적 신분제도는 청년 이인직의 발목을 옭아매
는 족쇄가 되었을 것이다. 그가 어려서부터 한문을 배웠다면 그가 철이
들면서 가장 먼저 뼈저리게 느껴야 했던 것은 가정적인 외로움이 아니라
자신이 처해 있는 사회적 신분의 한계였을 것이다.

사실 한산 이씨 가문을 거슬러 올라가 보면, 이인직의 8대조 의배(義培)
가 절도사(節度使)였고, 병자호란 때 큰 공을 세워 '충장공(忠壯公)', 한천
부원군(韓川府院君)에 봉해졌으며, 7대조 목(穆)은 한원군(韓原君)에, 6대
조 여발(汝發)은 훈련대장으로 한홍군(韓興君)에 봉해졌다. 5대조 기한
(基漢)은 음직으로 동지중추부사(同知中樞府事)를 지냈고, 4대조(고조)
사관(思觀)은 영의정과 좌의정을 번갈아 역임하였으니 상당한 권세 가문
에 속한다고 할 수 있다.5) 그러나 불행하게도 이인직의 증조 면채(冕采)
는 사관(思觀)의 적자(嫡子)가 아니라 서자(庶子)로 태어났다. 이인직의
비극은 여기에서부터 시작되었다.6)

이인직의 족보는 1982년에 작성된 양경공파세보(良景公派世譜)와
1905년에 작성된 을사보(乙巳譜)에는 사관(思觀)의 서자(庶子) 3형제인
면채(冕采), 단채(端采), 신채(紳采)의 이름과 적자(嫡子)인 헌채(憲采), 원
채(元采)의 이름 위에 동일하게 '자'(子)로 표기되어 있어 신분상의 차별
이 나타나지 않는다. 그러나 1845년에 작성된 병오보(丙午譜)에는 적자의
이름 위에는 '자'(子)로 표기, 서자의 이름 위에는 '서자'(庶子)로 표기되
어 있어 그 신분상의 차별화를 명백히 보여주고 있다.

바로 이 때문에 사관(思觀)의 적자로 태어난 헌채(憲采)나 원채(元采:

---

5) 김윤식, 「'정치소설'의 결여 형태로서의 신소설」의 부록 '이인직의 족보' 참조, 『한국
　　근대소설사 연구』, 을유문화사, 1986, 42-43쪽 - 과 한산 이씨 문열공파 후손
　　들의 증언 참조.
6) 『韓山 李氏 世譜』15권, 1845년 丙午譜 참조.

사윤(思胤)의 양자로 들어감) 그리고 그 후손들은 계속 벼슬의 길로 나아
가지만 서자로 태어난 단채, 면채, 신채 3형제는 벼슬이 없었다. 게다가
이들의 생부 사관(思觀)마저 우의정과 좌의정을 번갈아 할 때는 그 권세
가 막강하였으나 당파 싸움에 몰려 좌의정 때 세상을 떠나자, 면채(冕采)
를 비롯한 이들 서자(庶子)와 그 후손들은 가문으로부터 서출이라는 이유
로 외면과 멸시를 당하게 된다. 그로부터 이인직의 가계는 벼슬이 없다.
그의 친부의 가계나 양부의 가계 역시 벼슬이 없다.[7]

당시의 서자 신분에 대한 황 현(黃玹)의 증언을 들어보자.

서얼을 속칭 초림(椒林)이라고도 하는데, (생략) 다른 말로는 일명(一名)
편반(偏班), 신반(新班), 좌족(左族), 점족(點族)이라고도 부른다. 서얼은
보잘 것 없고 비천해서 아무리 재상의 아들로 태어났다 하더라도 품계의
등급이 겨우 중인과 맞먹기 때문에, 이들을 통틀어 중서(中庶)라고 부른
다. 이들은 벼슬길이 제한되어 있어서 단지 배부름만 영위할 뿐이다. 어
쩌다 무관에 종사한다 하더라도 영장(營將)이나 중군(中軍)에 그치며, 영
막(營幕)에 의지하면 비장(裨將)이 되고, 군청에 근무하면 책실(冊室)이
된다. 어쩌다 음로(蔭路) - 조상의 공덕으로 얻는 벼슬이 음관(蔭官)이며,
음관을 얻을 수 있는 길이 음로 또는 음도(蔭塗)이다. -에 따르더라도
안으로는 학관(學官)이나 검서(檢書)가 되고 밖으로도 찰방(察訪)이나 감
목관(監牧官) 밖에 되지 않으니, 늙을 때까지 못난 그대로 아무런 일도
할 수가 없어 그 천함이 더욱 심해진다. 그래서 뜻이 있는 자는 흰 머리로
굶을 바에야 차라리 숨어 사는 것을 고상하게 여겼다. 재주가 그대로
시들었으니 유식한 것이 오히려 걱정이었다.

7) 이후 면채의 후손 중에 중군(中軍) 또는 찰방(察訪), 주사(主事)와 같은 하급 관리직을
   가끔 하는 것을 볼 수 있는데, 이 경우는 '서자'이기 때문에 원칙적으로는 벼슬길이
   막혔을 것이지만 그 조상들이 워낙 충신(공신)이었기 때문에 특채로 (음직으로) 벼슬
   을 내리거나 시험을 보고 벼슬을 하기도 했다고 한다. 이인직의 친형(운직)이나 그의
   6촌들이 주사(主事)라는 하급관리직 밖에 할 수 없었던 이유도 바로 이와 같은 신분적
   한계 때문이었음을 알 수 있다.

수백 년을 내려오면서 서얼에게도 벼슬길을 터주자는 논의가 없지는 않았지만, 그들에게도 벼슬길을 열어주면 권세가 반드시 나눠질 테니 대대로 벼슬하던 집안에서 백방으로 이것을 막았다. 서민의 한계를 넘지 못하게 했으며, 강상(綱常)의 명분을 문란하게 할 수도 없다고도 하였다.[8]

이와 같이 이인직은 가정적으로나 사회적으로나 암담한 환경 속에서 성장하여 청년기를 보냈던 것이다. 이러한 환경은 그가 39세의 나이에 국비 유학생으로 뽑혀 일본으로 유학을 떠나기 이전이나 유학을 다녀온 이후에도 변함이 없었다. 한산 이씨 가문에서는 서출들에 대하여 전혀 관심이 없었으며 누가 어디서 무엇을 하고 사는지에 대해 알려고도 하지 않았다. 그 때문에 사관(思觀)의 서출 후손들은 살아남기 위해 뿔뿔이 흩어져 서로 연락도 끊고 가난과 싸우며 현재(2001현재)까지 살아 왔다.

사관(思觀)의 묘소가 있는 양주(당시 양주 땅은 현재 연천군, 포천군, 양주군, 남양주군으로 분할되어 있다고 한다.) 땅에서 그 후손들이 살아 왔으나, 6·25 때 이 마을에 들어온 인민군들이 마을 사람들을 몰살시켰다고 한다. 그 이후로는 사관(思觀)의 후손이 없어 30여년이 지나도록 사관의 묘소에 제사 지내는 이가 없었다. 그러다가 불과 11년 전부터 서출 후손인 홍직(弘稙)씨가 나서서 조상인 사관(思觀)에게 제사를 지내기 시작했다고 한다. 그는 지금까지 서출 삼형제의 후손은 물론 사관의 후손을 찾고 있으나 아직 한 사람도 찾지 못하였다고 한다[9].

---

8) 황 현, 『매천야록』(허경진 역), 한양출판, 1995. 129-130쪽.
9) 필자는 지난 2001년 봄, 서울 안국동에 소재하는 한산 이씨 종친회를 찾아 갔다. 그 곳에서 종친회의 일을 맡아 하시는 이상구 씨의 협조로 한산 이씨의 족보에서 이인직의 가계를 찾을 수 있었다. 또한 이상구 씨의 소개로 성남시에서 문열공파 후손들을 만났는데, 그 곳에서 현재 유일하게 생존하는 사관의 후손인 홍직 씨와의 면담이 이루어졌다. 이 지면을 빌어 그 분들의 협조에 다시 한 번 고마운 마음을 전하는 바이다.

서얼에 대한 이러한 차별대우도 제도상으로는 갑오년 이후 개혁이 되었다. 『매천야록』에 의하면, 문과에 급제하여 높은 자리에 오를 수 있었고, 금관자나 옥관자를 단 사람도 헤아릴 수 없이 많았다. 조정에 관직의 5분의 3을 서얼 출신들이 차지하였을 정도였다. 하지만 이는 재능 있는 자를 뽑기 위한 신분 개혁이었으나 결과적으로는 임금의 사인(私人)을 뽑는 꼴이 되고 말았다. 즉 노론의 서얼들은 높은 벼슬아치가 많았으나 소론, 남인, 북인의 세 당파에서는 한 사람도 없었다. 게다가 갑자기 귀하게 된 서얼 출신들은 곧고 결백한 정치로 벼슬에 보답하려 하지 않고 돈 버는 재미에 빠져 재물 불리는 솜씨만 뛰어났으며 사대부의 낡은 습관만 물려받았다. 그래서 정치는 더욱 어지러워졌다.[10]

이런 연유로 그의 가계는 권세 있는 양반가문도 아니고, 하층계급도 아닌 중간적 계층으로서 청년 이인직은 한편으로는 자기가 갈 수 없는 권력의 세계를 선망하면서도 다른 한편으로는 그 세계를 비판적 시각으로 바라볼 수 있는 아웃사이더로서의 위치를 확보하게 되었던 것이다. 어려서부터 학문을 배웠으니[11] 그는 일찍부터 지식인의 소양을 갖추고 있었다고 할 수 있다.

따라서 청년 이인직은 봉건 신분제도에 의한 부당한 차별 대우를 받으면서 어떻게 해서든지 가문으로부터 보란 듯이 성공한 자신의 모습을 보여주고 싶었을 것이고, 봉건신분제도에 대한 원한이 뼈에 사무쳤을지도 모른다. 그리고 이러한 환경 속에서 자연발생적으로 새로운 세상에 대한 동경과 강렬한 욕구가 일어났을지도 모른다. 그 암담하였던 시대를 지나 드디어 이인직에게도 기회가 왔다. 1900년 2월 정부에 의한 관비 유학의 기회가 그것이다.

한편 이인직이 태어나 청년으로 성장하던 한말(韓末)의 역사적 환경은

---

10) 황 현, 같은 책, 131쪽.
11) 다지리 히로유끼(田尻浩幸), 「국초 이인직론」, 연세대 석사논문, 1992, 5쪽.

복잡할 대로 복잡하였고 나라의 일은 꼬일 대로 꼬여가고 있었다. 대략 요약하면 첫째. 대원군의 쇄국정책과 정치적 세력 다툼, 둘째. 개화당과 보수당의 갈등, 셋째. 외세의 침략적 개방 요구와 내정 간섭이 그것이다. 먼저 1864년 고종이 등극하면서 10년간 대원군의 시대가 열렸고 이후 민씨 세도와의 세력 싸움에 백성들의 생활은 날로 피폐해지고 있었음은 주지의 일이다. 두 번째는 세계적으로 빠르게 변화하고 있던 근대적 자본주의와 그 사상에 공감하는 조선의 젊은 선비들과 중인층의 긴밀한 움직임(갑신정변의 실패와 갑오개혁 등), 그리고 이러한 진보적인 움직임에 완강히 반대하는 봉건정치세력과 백성들 사이에서 우왕좌왕하는 왕실의 태도. 세 번째는 주변 강대국들의 힘에 못 이겨 우리나라는 마지못하여 세계열강들과 차례로 통상조약을 체결하면서 조선의 문호가 조금씩 개방되기에 이르렀던 것이다.

1864년 고종 등극, 1876년 강화도 조약, 1881년 신사유람단 일본시찰, 1884년 갑신정변, 1894년 갑오개혁, 세상이 이렇게 복잡하게 움직이고 있을 때 대장부로서의 미래가 닫혀있었던 서출 청년 지식인 이인직이 과연 세상이 어떻게 되기를 바랐을까. 이인직으로서는 1884년 갑신정변의 실패 소식은 개인적으로도 커다란 좌절의 체험이 되었을 것이다. 세상은 하루가 다르게 변화하고 있는데도 봉건정부와 백성들이 개화를 반대하는 현실과 정세를 이인직은 체제 밖에 서서 아웃사이더의 눈으로 지켜보고 있었을 것이다. 그리고 자신이 해야 할 일을 찾고 있었을 것이다.

1900년 2월,[12] 서얼 후손 이인직이 드디어 관비 유학생으로 뽑혀 일본에 갈 수 있었던 것은 갑오개혁의 덕이 컸을 것이다. 갑오개혁(1894) 이후 많은 관비 유학생들이 해외로 유학을 떠났으나, 세력 없는 서출인 이인직에게는 5-6년의 세월이 더 필요했던 것이다. 그가 당시 39세의 나이로 유학을 떠났다는 것은 신학문과 신문명에 대한 그의 열정과 자신의 입지

---

12) 김윤식, 같은 논문, 44쪽의 부록2 참조.

를 개척하려는 집념이 얼마나 강했던가를 짐작할 수 있는 대목이다.

2. 유학시절

1) 정치수업

1900년 2월 일본으로 건너간 이인직은 같은 해 9월 동경정치학교(東京政治學校)에 청강생으로 입학하여 1903년 7월 16일, 만 2년 10개월 만에 졸업한다. 이 때 이인직이 다녔던 동경정치학교의 내력은 다음과 같다.

1890년대 말에 창립된 이 학교는 애초에 명치(明治)유신 정부에 대항하여 자유민권운동을 벌였던(1881년 창당) 자유당의 지도자 이다가끼(板垣退助)에 의해 창립되었다. 그런데 이 학교가 창립되던 1890년대에는 이미 세계가 본격적인 제국주의 체제로 발전해 갔던 시기였다. 이때 자유민권운동의 지도자들도 유신정부와 타협하고 자유당의 이념 또한 국권론으로 변질된 이후였다. 그러므로 동경정치학교의 설립이란 것도 '결국 아시아 침략을 위한 거점의 하나'로서 이루어진 것이라고 볼 수 있다.[13]

이 곳 정치학교에서 이인직은 문명개화와 부국강병을 표방하는 제국주의적 정치이념을 배우게 된다. 그런데 유감스럽게도 이 정치학교의 정체는 당시 이 학교에서 강의를 맡았던 사람 중의 하나인 고마쓰 미도리(小松綠)가 뒤에 서울에서 총독부 외사국장을 지내면서 한일합방을 주도하였던 것에서[14] 알 수 있듯이 '일본의 아시아 침략을 위한 거점의 하나'였던 것이다.[15] 이 곳에서 이인직은 고마쓰 미도리 뿐만 아니라 뒤에 친일내각의 농상공부 대신이 되는 조중응(趙重應)을 만나 교제하게 된다.

---

13) 최원식, 「애국계몽기의 친일문학」,『한국 근대 소설사론』, 창작과 비평사, 1986, 287쪽.
14) 전광용, 「이인직의 생애와 문학」,『신문학과 시대의식』, 새문사, 1994(4쇄, 1981 초
　　　판), II-18-20쪽 참조.
15) 최원식, 「애국계몽기의 친일문학」, 같은 책, 287쪽 참조.

당시 일본에 와서 공부하였던 대부분의 유학생들이 젊은이들이어서 마땅히 친구할 만한 대상이 없었던 39세의 중년 유학생 이인직에게 두 살 연상인 조중응(1860~1919)은 세계정세와 일본의 물정을 배우는 데에도 좋은 안내자가 되었을 것이다. 조중응은 일찍이 유생시절인 1883년에 '북방남개론'(北防南開論)을 주장했다가 왜(倭)와 내통했다하여 오랫동안 유배되었고, 갑오경장 이후 개화파 관료로 활동하다가 경장 내각이 붕괴되자 1896년 일본으로 망명하여 있었던[16] 바로 그 시기에 이인직을 만났던 것 같다. 여기서 '좋은 안내자'라는 역설적인 표현을 썼지만, 사실상 이곳 정치학교에서 만난 인연들이란 이인직을 친일의 길로 맺어주는 연결 고리가 되었던 셈이다. 이 점은 당시 조선의 정부에서도 우려했던 문제여서, 결국 1903년 2월 유학생 소환령이 떨어지게 된 이유도 바로 이인직의 경우에서 찾을 수 있을 것 같다.[17]

한편, 이인직은 동경정치학교에서 정치학을 '배우는 여가에[18]' 신문 사업을 배우기 위해 미야꼬 신문사(都新聞社)에 견습생으로 들어간다. 정치학교에 입학한 지 만 1년이 지난 1901년 11월의 일이다. 이인직의 유학 생활에서 동경정치학교가 이인직의 친일적 정치 생활의 길잡이가 되었다면 이 미야꼬 신문사의 견습기자 생활은 이인직의 문학 활동의 출발점이 된다는 점에서 중요한 의미를 지닌다. 이후 견습기자 생활을 마치는 1903년 5월5일까지 약 1년 4개월 동안, 이인직은 세계의 정세와 우리나라의 현실을 성찰하고 우리나라의 개혁 또는 근대화되어야 할 사항들에 대한 자신의 소견을 미야꼬 신문에 발표한다. 기사들에 나타난 비판적 현실 인식이나 세계 인식은 훗날 그의 문학 창작의 동기이자 사상적 기반이 되고 있다.

---

16) 최원식, 위의 책, 288쪽.
17) 김윤식, 같은 논문, 23-24쪽.
18) 이인직, 「입사설(入社說)」, 「<<미야꼬 신문>>에 발표된 이인직의 단편소설 <과부의 꿈>과 한국관련 기사들」, 『문학사상』7월호, 1999, 50쪽.

이인직이 미야꼬 신문사의 견습생으로 들어가게 된 공식적인 경로는 한국 공사관의 추천에 의해서이다. 이 견습기자 시절에 이인직이 쓴 일련의 기사들은 당시 이인직의 각오와 현실인식을 보여주는 중요한 자료가 되고 있다.[19]

1901년 11월 26일의 '입사설'(入社說)[20]에는 자신의 일본에 온 목적이 '지식을 세계에서 구하기 위'한 것임을 밝히고 있다. 특히 그는 신문의 역할에 주목하고 자신의 미래 사업을 신문사업에 두고자 하였다. 즉 그는 신문의 존재를 '만기활동(萬機活動)의 원천'으로, '문묵(文墨)으로 천하 만기(天下萬機)의 선악을 상벌하는 활동'으로 인식함으로써 그러한 신문 사업을 통해 봉건 조선의 동포를 계몽하려는 목표를 세우고 있다. 그 중에도 특히 '신문을 가지고 세계 문명을 그대로 옮기는 사진기계(寫眞機械)가 되고 새로운 소식을 말로 전하는 기계가 되겠다. 나는 그 문명의 참모습을 그대로 그려서 우리 국민에게 충고하는 중계자가 되기를 바란다'는 각오는 그의 언론 활동은 물론 문학 창작의 중요한 동기가 되는 것으로, 그의 리얼리즘 문학의 탄생과 그 목적을 예고하는 것으로 주목되는 대목이다.

'몽중방어'(夢中放語)에는[21] 국제정세에 대한 이인직의 통찰력이 돋보이는 한편 친일적인 태도 또한 주목된다. 전자의 경우 그는 세계정세에 대하여 다음과 같이 인식하고 있다. 첫째, 세계열강들이 진화론이라는 힘의 논리를 내세워 치열한 식민지 쟁탈전을 벌이고 있는 이 때, '중국은 새벽녘의 잔몽을 꾸고 있'고 우리나라는 '아무런 사기(邪氣)도 없는 천진(天眞)의' 꿈속에 있다고 한 대목은 '냉철한 자기성찰'이라 할 수 있다[22].

---

19) 이인직이 미야꼬 신문사 시절에 쓴 이 일련의 글들은 당시 미야꼬신문(都新聞)에 일어(日語)로 게재되었던 것들로서 1999년 다지리 히로유끼(田尻浩幸)에 의해 우리 말로 번역되어 『문학사상』 7월호에 처음으로 공개된 자료이다.
20) 이인직, 「입사설」, 《미야꼬신문》, 1901.11.29.
21) 이인직, 「몽중방어」, 위의 신문, 1901.12.18.

이러한 위기의식에서 그는 일본의 존재를 '正義의 夢'으로 인식하는 태도를 드러낸다. 이러한 인식은 일본이 우리나라를 기만하기 위한 계략임을 인식하지 못 한 것으로, 이인직 역시 '천진의 몽'에서 깨어나지 못하였음을 드러내는 것이라 하겠다.

'한국잡관'(韓國雜觀)에는[23] 조선의 다양한 문물을 소개하고 있는데 우리나라의 사회와 문물을 주로 비판적으로 분석하는 태도가 드러난다. 이것은 일본을 통하여 근대문명에 각성한 이인직이 아직 전근대화한 조선에 대한 자기성찰의 한 표현으로 볼 수 있다. 그러나 그가 비판하고 있는 자리가 우리나라가 아니라 외국이라는 점에서 볼 때는 신중한 태도라고 보기는 어렵다. 제 집안에서 자기를 반성하는 거야 바람직한 일이지만 남의 나라에 가서 제 집안 흉을 보고 있으니 제 집안 약점만 잡히는 꼴이니 부끄러운 일이다. 이러한 태도는 자칫 일본에 대한 비굴한 태도로 인식될 수 있다.

'한국실업론'(韓國實業論)에는[24] 우리나라의 광산에 대하여 '금은동철(金銀銅鐵)은 천장(天藏)의 보물이므로' 산출되는 곳이 많지만 "일시(一時) 채굴(採掘)의 이익이 거액(巨額)이라 해도 천백 년에 걸쳐 영원히 거둘 수 있는 이익이 아니기 때문에 나는 이것을 논하지 않겠다"고 말한 다음[25], "각 지방의 인삼을 확장하면 나라를 부(富)하게 할 수 있다"고 인삼무역에 대한 진지한 성찰을 보여주고 있다. 또 우리나라는 "천연적인 지질이 좋기 때문에"하늘이 내린 풍요국이라며[26], 우리나라도 일본국을 본받아 삼림(森林)을 보호하고 방죽을 쌓아 농학(農學)을 일으키고 농업을

---

22) 조남현, 「부국담론의 론객, 합방론의 행동주의자-이인직편」,『문학사상』1월호, 2003.
　　　234쪽.
23) 이인직, 「한국잡관」, 《미야꼬신문》, 1902.3.1,2,9,27.
24) 이인직, 「한국실업론」, 위의 신문, 1902.12.20,21,24.
25) 이인직, 「한국실업론(韓國實業論)上」, 같은 책, 61쪽.
26) 이인직, 위의 책, 63쪽.

발달시킨다면 오늘의 배(倍)의 농리(農利)를 거둘 것이라고 보았다.

그 밖에도 우리나라의 제지(製紙), 잠상(蠶桑), 직물(織物), 그리고 원산의 명태어장에 이르기까지 우리나라 실업(實業)의 근대화에 대한 본격적인 연구 태도를 보여주고 있다. 이러한 그의 태도는 그가 현재 일본에서 무엇을 배우고 나면 즉시 그것을 우리나라의 실정에 대입하여 무엇을 어떻게 하면 우리나라에 이익이 될 것인지 견주어보는 것으로 이해할 수 있다. 그러나 조선의 침략을 꿈꾸는 일본의 입장에서는 이인직의 이러한 기사 내용이 우리나라를 침략하였을 때 식민지 정책에 이용될 수 있는 안내서 역할을 할 수 있다는 점에서 이 또한 우리 민족에게는 불리할 수 있다.

여기서 한 가지 주목되는 점은, 제주민이 일반 한민(韓民)과 같이 타약(惰弱)하지 않기 때문에 다른 한국민보다는 생활이 완전하다고 말하는 대목이다. 그는 제주민들이 과거에 한국정부가 일본인에게 채복권(採鰒權)을 준 데 대해 일제히 격노하여 반대하였던 사실을 상기하고, 제주민들이 정부의 부당한 명령을 받들지 않고 제주목사에 대립하는 한편 일본인에게 저항하였던 사실을 들어 "이러한 인민이 있고 하늘이 준 산물이 있는데 나머지 정치만 좋은 것을 얻으면 한국의 산업이 흥기(興起)하는 데 어찌 어려울 까닭이 있겠는가"라고[27] 진보에 대한 믿음을 보여준다.

여기에 덧붙여 주목되는 또 한 가지는, 한국의 부원(富源)이 적지 않음에도 부원이 열리지 않고 인민이 해마다 궁해가고 국력이 위미(萎微)하는 까닭은 관리의 폭렴(暴斂)과 화폐제도의 불완전, 그리고 우리 민족의 타약(墮弱)함 때문이라고 보았다. 이인직은 이러한 폐해를 없애지 않으면 한국민 스스로의 힘을 가지고 실업을 진흥시키는 것은 기대하기 어렵다고 적고 있다. 이인직의 우리 사회에 대한 이와 같은 인식은 당대의 현실에 대한 많은 성찰과 '제대로 된 인식을 지니고 있음을 입증'하는 것[28]으

---

27) 위의 책, 67쪽.
28) 조남현, 같은 글, 236쪽.

로 볼 수 있다.

 '몽중방어'에서 세계정세에 눈을 떴고, '한국잡관'과 '한국실업론'에서
는 일본의 선진 문화와 제도문물을 배운 결과에서 얻어진 우리나라의
전근대적 사회에 대한 자기반성과 성찰의 내용이 그것이다. 이인직이
우리나라의 자랑스런 점이나 긍정적인 점보다는 부정적인 면들을 주로
들추어낸 것은 우리나라와 사회에 대한 냉철한 자기 성찰과 개혁의지의
표현으로 볼 수 있다. 이러한 그의 의식에는 일본을 모범국가로 생각하였
음은 물론이다.

 '한국신문 창설취지서'(韓國新聞 創設趣旨書)는[29] 그가 일본에서 보고
배운 것에서 얻어진 결론인 셈이다. 여기에는 그가 일본에서 보고 배운
내용들이 요약적으로 제시되어 있으며, 그 결과 자신이 해야 할 일이
국민들을 계몽하는 신문을 창설하는 일이었다. 그 내용을 보면, 주목되는
대목이 몇 가지 눈에 띈다.

 첫째, 신문의 설립 목적이 정치론과는 초연한 입장에서 교육 및 실업
관계의 신문을 만들겠다는 대목이다. 이러한 그의 태도는 처음 '몽중방
어'에서 보여 주었던 포부와 사뭇 다르다는 점이 주목된다. 그는 '몽중방
어'에서 "나에게 만약 뜻이 있다면, 꿈속에서 화독(華督)을 만나서 송(宋)
을 지키는 책(策)을 들어야 하고, 전단(田單)을 만나 제(薺)를 지키는 계
(計)를 들어야 한다. (생략) 의지가 없는 사람은 불쌍한 사람이다"라든지,
"만약 일국(一國)의 정치가(政治家)가 일시(一時)의 책(策)을 잃을 때는
곧바로 일국(一國)의 소장성쇠(消長盛衰)에 관(關)할 결과(結果)를 초래할
것이니 이를 경계하지 않으면 안 된다"라고 하면서 세계의 대세(大勢)를
성찰했던 관심의 방향과 사뭇 다르기 때문이다.

 둘째, 사회진화론을 바탕으로 한 친일적인 발언이다. 즉 "생존경쟁"의
시대에 "열등한 것을 가지고"는 우승열패일 뿐이니, 동족인 일본인하고

---

29) 이인직, 「한국신문 창설취지서」, 같은 신문, 1903.5.5.

친밀하게 지내지 않으면 안 된다는 것이다.[30] "양(洋)을 따지지 말고 우방(友邦)에게 호소하고 그 감응(感應)의 동정(同情)을 구하는 것이 실로 목하(目下)의 급무(急務)"인데, "지금 사처(四處)를 돌아봐도 이를 얻을 수 있는 곳은 동양의 문명국(文明國) 일본밖에 없다"는 것이 그것이다. 그리하여 우리 민족은 일본에 대한 악감정을 버리고 일본의 선진 문명을 수입할 것이며, 일본은 우리에게 문명의 모범을 가르쳐 달라는 것과, 오래도록 양국 인민사회에 연락상보(連絡相補)하는 원계(遠計)를" 바란다는 것이다.

이러한 발언은 우리나라와 일본이 친밀하게 지내기를 바라는 것이지, 그것이 한일합방과 같은 식민지의 상태로 발전하기를 바라는 것이라고는 생각되지 않는다. 이 말은, 그가 '정치 외교'에 관한 신문이 아닌 국민을 계몽하기 위한 교육을 목적으로 한다는 말과는 달리, 그는 지금 정치 외교적인 발언을 하고 있는 대목이다. 그가 아직도 정치 외교에 관심이 있음을 드러내는 것이라 할 수 있다.

이인직이 정치 외교에 관심을 보이건, 우리나라에 대하여 비판적인 시각으로 문제점들을 들추어내건, 또는 근대 일본의 문물과 정책에 대한 선망을 보이는 데는 큰 문제될 것이 없다고 본다. 아니 오히려 지극히 자연스런 일인지도 모른다. 단지 일본에 대한 선망의 태도가 지나쳐 자기 비하내지 비굴한 태도까지 보이는 것은 우리나라 국민의 정서에는 맞지 않는다. 그러나 그것도 어느 정도까지는 양보할 수 있다. 왜냐하면 그의 '한국신문 창설취지서'에서 보여주는 외교적인 발언 내지 공손한 표현법은 다분히 일본식의 태도로 읽혀진다. 예컨대 상대국에 대한 깍듯한 높임과 고마움에 대한 과장된 인사법이 그러하다.

그런데 문제는, 왜 우리나라의 그러한 문제점들을 남의 나라의 신문지상에서 폭로하였느냐는 것이다. 만약 이인직의 이러한 글들이 우리나라의 언론지상에 발표되었더라면 이야기는 전혀 다르게 이해되었을 것이

---

30) 위의 글, 『문학사상』7월호, 71쪽.

다. 우리나라의 정부나 국민이 근대화한 일본의 실상을 이인직의 글을 통하여 배우고 깨닫게 하고자 하는 애국충정으로 받아들여졌을 것이다. 그런데 이 경우는 제 나라의 문제점을 남의 나라에 가서 폭로하였다는 데 있다. 그것도 우리나라를 식민지로 삼으려 하는 나라에서 말이다.

그러나 이러한 관점도 이인직의 입장에서 생각해 본다면 또 다르게 해석될 수 있다. 즉 그 때는 아직 일본이 자신의 침략적 야욕을 겉으로 드러내지 않고 우리의 가장 가까운 이웃으로 행세하고 있을 때였고, 우리나라의 사정이 이인직과 같은 신분과 진보지향성의 지식인에게 언론의 기회가 흔쾌히 주어지지 않았기 때문일 수도 있다. 그와 같은 사정은 이인직의 글에서 읽을 수 있다.

"유래(由來) 한국의 법령이 언론의 자유를 허가하지 않고 시사득실(時事得失)에 있어서 의논하는 기회를 얻지 못한 것은 모두 아는 사실이다. 만약 당국자(當局者)를 향해서 기염(氣焰)을 토(吐)했다가 드디어 입을 봉쇄당하더라도, 두려워 떨고 움츠리고 있는 동포(同胞) 국민을 위하여 이것을 보도(補導)하려는 사람이 있는지 없는지. 나는 이것을 걱정하고 슬퍼한다. 소위 정치 외교를 논함을 바라지 않는 것은 바로 이것이다[31]." 이것은 이인직이 철저하게 봉건 정부의 반대편에 서 있음을 보여주는 발언이다.

이렇게 하여 한편으로는 장차 문학창작의 사상적 기반을 구축하는 동시에 다른 한편으로는 선진 일본의 근대적 문학 창작기법을 시험하기도 하였다. 1902년 1월 28일, 29일에 일본어로 발표한 <과부의 꿈>(朝鮮文學, <寡婦の夢>)이 바로 그것으로, 말하자면 그의 습작이자 이인직이 쓴 첫 단편소설인 셈이다.

장차 이인직 문학의 사상적 측면을 이끌어 갈 그의 현실에 대한 성찰 내지 인식은 「몽중방어」(夢中訪語, 1901. 12, 18), 「한국잡관」(韓國雜觀)

---

31) 이인직, 「한국신문 창설취지서」, 같은 책, 69쪽.

및 속(續), 그리고 「한국실업론」(韓國實業論) 上·中·下를 통하여, 그리고 그것의 종합 및 결론이라 할 수 있는 「한국신문창설취지서」(韓國新聞創設趣旨書)에서 찾아 볼 수 있다.

「입사설」(入社說) 이후 20여일 만에 쓴 「몽중방어」에는 나라를 지키는 책(策)을 구하는 데서부터 시작된다.

> 나에게 만약 뜻이 있다면 꿈속에서 화독(華督)을 만나서 송(宋)을 지키는 책(策)을 들어야 하고, 전단(田單)을 만나 제(齊)를 지키는 계(計)를 들어야 한다. (중략) 만약 일국(一國)의 정치가(政治家)가 일시(一時)의 책(策)을 잃을 때는 곧바로 일국(一國)의 소장성쇠(消長盛衰)에 관(關)할 결과(結果)를 초래할 것이니 이를 경계하지 않으면 안 된다.[32]

나라를 지키는 책(策)을 구하는 일이 막중한 당면 과제임을 강조하고 있다. 그가 세계의 대세(大勢)를 성찰하는 것은 바로 이 당면 과제를 풀기 위함이다. 그러나 그가 파악한 주변의 정세는 정확하게 꿰뚫어 보고 있으면서도 정작 일본의 침략적 야욕의 몽(夢)에 대하여는 외면했거나 언급을 회피하고 있다. 한편 세계열강들의 움직임에 대해 '그것이 또한 어떤 마형귀태(魔形鬼態)를 끄집어 낼 것인가'라고 한 말 속에는 일본을 포함한 외세의 침략에 대한 의구심과 나라의 미래를 근심하는 지식인의 내면이 언뜻 드러난다.[33]

하지만 이러한 고민 끝에 그가 내린 최선의 방안은 '동양 삼국 공영론'을 지지하는 것이었다. 이인직이 볼 때 당시 동양 삼국의 상황은 공영으로 밖에는 해결할 수 없다는 논리이다.[34] 즉 근대화에 성공한 서구 열강

---

32) 이인직, 「몽중방어(夢中放語)」,(《미야꼬신문》,1901.12.18), 같은 책, 52쪽.
33) 「아아 어제는 제국의회(帝國議會)가 여기서 열렸고, 삼백(三百)의 군자(君子) 각각 경륜(經綸)의 몽(夢)을-리 히 그렸다. 이로써 그 꿈을 분석(分析)해 보면 그것이 또한 어떤 마형귀태(魔形鬼態)를 끄집어 낼 것인가」, 위의 책, 52-53쪽.

들에 의해 전근대의 아시아 봉건국가들이 사분오열(四分五裂)의 식민지로 전락할 위기에 놓여있는 이 때 아직도 우리나라의 이천만 동포들은 천진의 꿈속에 있고, 중국은 아직 잠에서 완전히 깨어나지 못한 상태에 있다. 오직 일본만이 일찍이 근대화의 길을 열어 '국초(國礎)를 굳게 하여 동양(東洋)의 우이(牛耳)를 잡고 보차순치(輔車脣齒)의 의(誼)를 인방(隣邦)에게 두텁게 하여, 백년(百年)의 장책(長策)을 확립(確立)'하였다는 것이다.35)

그런데 흥미로운 것은 이인직이 이처럼 미야꼬 신문사(都新聞社) 입사 초기의 글에는 나라를 지키는 책(策)과 계(計)를 듣고자 하는 데서 화두(話頭)를 열었으나, 유학을 마치고 귀국하기 두 달 전에 쓴 글에서는 나라(國家)가 아닌 국민(國民)을 구제하는 일에 초점을 두고 있다는 점이다.36) 유감스럽게도 이것은 유학 초기에 가졌던 이인직의 정치적 호연지기가

---

34) 「슬프다. 나라의 세력과 백성의 힘이 쇠미(衰微)해짐이 이와 같이 심하니 어찌 마음을 놓고 있을 수 있겠는가. 그러므로 양(洋)을 따지지 말고 우방(友邦)에게 호소하고 그 감응(感應)의 동정(同情)을 구하는 것이 실로 목하(目下)의 급무(急務)일 것이다. 지금 사처(四處)를 돌아봐도 이를 얻을 수 있는 곳은 동양의 문명국(文明國) 일본 밖에 없다」- 이인직, 「한국신문 창설취지서」, <<미야꼬신문>>(都新聞), 1903, 5. 5 : 위의 책, 69쪽.

35) 오늘에 있어서의 세계의 대세(大勢)를 성찰하면, 완연히 대몽(大夢)이 교착(交錯)함과 같다. 우리 한국(韓國)은 아무런 사기(邪氣)도 없는 천진(天眞)의 몽(夢)이며, 지나(支那)는 새벽녘의 잔몽(殘夢)이다. 러시아인들은 여순(旅順) 및 만주(滿洲)에 욕화(慾火)의 몽(夢)이 있고 서장(西藏)에서 그 잔몽(殘夢)을 일으키고, 영국인의 몽(夢)은 향항(香港) 및 위남위(威南衛)에 따르고, 독일인의 몽(夢)은 교주만(膠州灣)에, 불란서인의 몽(夢)은 안남(安南)에 각각 일개(一個)의 괴영(怪影)을 그리고 있다.
방금(方今) 서세동점(西勢東漸)하여 아주일폭(亞洲一幅)은 거의 사분오열(四分五裂)에 이르려고 한다. 단 일본은 홀연히 국초(國礎)를 굳게 하여 동양의 우이(牛耳)를 잡고 보차순치(輔車脣齒)의 의(誼)를 인방(隣邦)에 두텁게 하여, 백년(百年)의 장책(長策)을 이에 확립하였다. 이것이 가장 광휘(光輝)있고 명예(名譽)있는 정의(正義)의 몽(夢)이다. - 이인직, 「몽중방어(夢中訪語)」, 위의 책, 52-53쪽.

36) 이인직, 「한국신문 창설취지서(韓國新聞創設趣旨書), <<미야꼬신문>>(都新聞), 1903. 5. 5.

정치학교 졸업을 두 달 앞둔 시점에서 완전히 거세되어 있음을 드러내는 것이다. 일찍이 서출(庶出)이라는 신분의 제약 때문에 사십 평생을 무명의 서생(書生)으로 살아왔던 그가 나이 사십이 다 되어 일본으로 유학을 와서 동경정치학교에 들어갔을 때는 새 시대를 열어갈 정치에 참여하는 일에 애초부터 뜻이 없었다고 보기는 어렵다.[37] 그런데 이제 그 뜻을 펼쳐가야 할 귀국을 얼마 앞두고 신문 사업을 하되 정치 외교에 관하는 문제에는 논함을 바라지 않는다고 공언하는 것은 무엇을 의미하는가.

이인직의 생각이 이처럼 일변(一變)하게 된 것은 그가 동경정치학교에서 배운 '사회진화론'의 영향과[38] 주변 정세를 성찰한 그의 현실주의적인 판단의 결과일 것이다.[39]

이인직의 「한국신문 창설취지서」(韓國新聞創設趣旨書)[40]에는 당시 유행하고 있었던 '사회진화론'과 '사회집단학 - 대동사상'의 관점이 그대로 드러나 있다. 우승열패(優勝劣敗)에 의한 생존경쟁이라는 시대의식, 서세동점(西勢東漸)이라는 위기의식이 이인직으로 하여금 구미인(區美人)을 이족(異族)으로, 일본인(日本人)을 동족(同族)으로 인식하게 만들었다. 이

---

37) 「옛말에 황제(皇帝) 꿈에 화서(華胥)에 들어가고, 공자(孔子) 꿈에 주공(周公)을 본다고 하였으며, 제갈량(諸葛亮)은 초당(草堂)에서 대몽(大夢)을 꾼다고 하였다. 나에게 만약 뜻이 있다면, 꿈속에서 화독(華督)을 만나서 송(宋)을 지키는 책(策)을 들어야 하고, 전단(田單)을 만나 제(薺)를 지키는 계(計)를 들어야 한다. (중략) 의지가 없는 사람은 불쌍한 사람이다」 - 이인직, 「몽중방어(夢中訪語)」, 미야꼬 신문, 1901. 12. 18.

38) 다지리 히로유키(田尻浩幸), 같은 논문(석사), 19-25쪽 참조.

39) 이인직이 견습생으로 있을 당시 미야꼬 신문사(都新聞社) 사원이었던 大谷誠夫라는 사람이 "내가 언젠가 일본(日本)은 조선(朝鮮)을 합병(合倂)할 계획(計劃)인 것을 이야기하였을 때 李氏가 파랗게 된 일이 있다"고 한 말을 미루어 보건대, 이인직이 이 시기에 일본의 조선 병합 계획을 알게 되었으며, 우리나라가 결국 주변 열강들의 침략으로부터 온전히 독립을 고수할 수 없다는 사실을 간파했던 것으로 보인다. - 다지지 히로유키(田尻浩幸), 「이인직의 都新聞社見習時節」, 『어문논집』32집, 고려대학교 국어국문학연구회, 1993, 320쪽의 각주 7 참조.

40) 《미야꼬 신문》, 1903. 5. 5.

것은, 그가 볼 때 우리나라가 사면초가(四面楚歌)의 상태에 놓여있는 당시의 상황에서 우리나라가 선택할 수 있는 최선의 방책이라고 인식했던 것으로 보인다. 다시 말해서 이인직의 이러한 생각은 일본을 중심으로 하는 '동양 삼국 공영론'을 긍정할 수밖에 없는 당시 우리나라의 '허약성'[41]을 인정하는 것이기도 하다.

유학 초기에 이인직의 글에서 보여준 '동양 삼국 공영론'의 인식은 한·중·일 삼국이 각자 독립된 국가로서의 상호 관계로 인식하였기에 그의 정치적 호연지기가 가능하였으나, 일본의 조선 침략 계획을 알고 있는 견습생활을 마감하는 글에서는 국가(國家)라는 말조차 찾아보기 어렵다. 그는 장차 희망이 정치·외교가 아니라 신문 사업을 통해 국민을 계몽하고 실업(實業)과 교육을 통한 '이용후생(利用厚生)을 중심으로 국민의 힘을 양육하는' 일에 힘쓰는 것이라고 밝힌다. 이것은 장차 이인직의 언론활동과 문학 창작의 방향을 결정하는 동시에 장차 이인직의 사회활동의 범위를 명확히 구분 짓는 것이 된다. 또한 '이것은 그의 문학이 온전한 정치소설로 창작될 수 없었던 이유' 중의 하나이기도 하다.[42]

2) 문학수업

1902년 1월 28, 29일에 미야꼬 신문에 발표한 이인직의 일본어 단편소

---

41) 이상경, 「이인직 소설의 근대성 연구」, 『민족문학과 근대성』, 문학과 지성사, 1995. 145쪽.

42) 「그가 주필이나 사장이 되어 펴고자 한 원래의 포부와는 썩 거리가 있는 것이었다. 당초 그의 포부란 신문사의 주필이나 사장이 됨으로써 정당 정치의 대의사로서 그 당의 정견을 펴는 정치소설가로 천하를 주름잡는, 저 <佳人奇遇>나 <雪中梅> 또는 <經國美談>의 작가를 본 받음에 있었을 것이다. 그러나 독립협회와 그 연장선에 있던 만민공동회가 이미 보부상에 의해 해체된 지 오래이며, 의회정치는커녕 바야흐로 일본 총독 정치가 시작된 한국에 있어서는 일본과 같은 정치소설은 생각할 수 없는 여건이었다. 이러한 상태에서 그가 할 수 있는 현실적인 선택은 정치소설의 결여 형태인 <혈의 누>를 만들어내는 일이었다. (중략) 1906년의 지식인의 수준에서 볼 때 이러한 성격은 현실적이라 할 것이다」- 김윤식, 같은 논문, 30-31쪽.

설 <과부의 꿈>(寡婦の꿈)은 이인직이 미야꼬 신문사 견습생으로 입사한 지 두 달 만에 발표된 것으로, 공식적으로 발표된 이인직의 첫 단편소설이자 습작이라 할 수 있다. 이 소설에 대하여 논하기 전에 먼저, 이인직의 신소설 창작에 상당한 영향을 주었다고 할 수 있는 미야꼬 신문의 성격과 당시 주목 받고 있었던 일본 문학의 경향들에 대하여 간략히 살펴보는 것도 이인직의 소설을 이해하는 데 도움이 될 것 같다.

당시 미야꼬 신문(都新聞)의 성격은 연극의 각본이나 극장의 비평을 우선적으로 게재하고 대중에게 인기 있는 연재소설 작가를 배출하였을 정도로, 정치논설(政論)을 위주로 하는 정대신문(大新聞)에 대항하여 교훈 내지 오락(娛樂)을 본위로 하는 신문(小新聞)에 해당된다. 당시, 소설가인 지총여수(遲塚麗水)도 이 신문사의 사원으로 있었는데 이인직 보다 네 살 연하인 그는 이인직과는 서로 진심을 터놓고 사귀는 간담상조(肝膽相照)의 사이였다고 한다. 이인직의 습작 <과부의 꿈>도 이인직의 일본어 문장을 지총여수(遲塚麗水)가 고쳐준 것(麗水補)으로 신문에 기록되어 있다.43) 이처럼 이인직이 일본 문학계 인사들과 교류하면서 그들의 안내로 당시 주목 받고 있었던 일본 문학의 번역소설, 정치소설 그리고 사실주의, 낭만주의, 자연주의 등의 다양한 사조들을 접하게 되었을 것으로 짐작된다. 당시 일본 문학은 일찍이 서구 근대문학의 다양한 사조를 수입, 실험하여 자신의 문학으로 토착화시켜가던 시기였다.

명치(明治) 10년(1877) 이후 활발히 창작되었던 번역문학과 정치소설은 문학 자체의 흥미보다는 문명국의 풍속과 인정 그리고 입헌정치와 같은 새 지식을 공급하기 위해 창작 및 번역되었고, 특히 정치소설은 민중의 정치적 계몽과 정당(政黨)의 이상을 선전하기 위해 창작되었다. 이러한 목적과 창작의 영향으로 당시의 일본인은 코스모폴리탄이 되려고 하는

---

43) 다지리 히로유키, 「이인직의 都新聞社見習時節」,『어문논집』32, 고려대 국어국문학
연구회, 1993, 321-323쪽.

동시에 애국자로서의 정열을 가지고 있었다.[44] 한 일본 문학사에 의하면
일본의 정치소설 중에 가장 훌륭하다고 평가 받고 있는 <경국미담>(經
國美談)의 경우, 당시 개진당(改進黨)의 거물이었던 야노 류우게이(失野
龍溪)가 직접 쓴 작품으로 그 내용은 이렇다.

그리스 역사에서 테베의 발흥과 패업(霸業)완성을 주도하고, 거기에
그 자신의 개진당적(改進黨的)인 주장과 의견을 담고 있는데, 그의 견해
에 의하면 테베가 흥한 것은 그 이상(理想)이나 주장 때문이며, 반대로
아테네는 공화적(共和的)인 정치 이상을 가졌기 때문에 쇠하고 말았다는
것이다. 이러한 논리로써 그는 점진주의적인 개진당의 입장에서 자유당
에 대한 근본적인 비판을 담고 있는데, 이 작품은 당시의 일본 청년들을
자극하여 약소국인 일본을 지켜 세우려는 정치적인 정열이 스며있다고
한다. 이와 같은 창작 의도와 작품 경향은 근대 개화주의자인 이인직의
신소설 창작에 상당한 자극과 동기 부여를 제공했다고 짐작된다. 아니,
실제로 이인직의 소설은 이와 거의 동일한 창작 태도를 드러내고 있음은
주지하는 바이다.

명치 20년(1887년)을 전후하여 일본 문학은 서구 근대문학의 사실주의
(寫實主義) 수법에 관심을 갖기 시작하였다. 이 경향은 문학에서 도덕의
식이나 공리주의를 배격하고 세태(世態)와 인정(人情)을 사실적(寫實的)
으로 묘사하는 것이 창작의 목적이었다. 특히 심리(心理) 묘사에 역점을
두는 이러한 창작 기법은 개인의식의 자각에 바탕을 두고 있었다. 이러한
경향의 소설은 한 사람의 주인공뿐만 아니라 여러 명의 주인공을 삼거나,
주인공의 성격 묘사나 자아(自我)에 대한 끈질긴 분석, 언문일치체, 새로
운 형식 등의 새로운 면모를 보여 주었다. 그런가 하면, 사랑과 돈(재물)의
힘이 인간 사회를 지배하는 문제를 다루거나, 사회의 상층부터 하층까지
의 인간과 생활을 묘사하려 하였다.[45] 사실주의 문학의 이러한 경향은

---

44) 유 정(柳呈)편, 『현대일본문학사』(現代日本文學史), 정음사, 1984, 24-29쪽 참조.

사상적 내용보다는 문장과 표현에 주로 관심을 기울였다. 그런가 하면, 또 한편에서는 예술에서의 이상(理想)을 강조하[46]거나 또는 봉건적인 가장제(家長制)의 불합리를 사실로써 지적한 작품도[47] 주목받고 있었다.

이와 같이 문학에 대한 새로운 인식과 근대적인 창작 방법의 경향은 유학생 이인직으로 하여금 한국 문학 사상 최초로 근대적 문학 양식을 시험하도록 하는 데 지대한 역할을 하였다고 할 것이다.

특히 이인직이 견습기자로 활동하던 당시 일본에서 주목과 찬사를 한 몸에 받았던 소설에 <검은 물결>(黑潮, 1902)이라는 작품이 있다. 이 소설은 현실 정치를 폭로한 일종의 '정치소설'적인 면과 화족(華族)의 문란한 가정을 그린 '가정소설'적인 면을 함께 지닌 작품인데 중도에서 끝나고 말았다. 이 소설을 창작한 작가의 말에 의하면, 고민하고 있는 일본 사회 전체를 주인공으로 한 것이라고 한다. 규모가 크고, 번벌(藩閥) 정치가들의 모델이 누구인지 알게끔 묘사했고, 거의 모든 등장인물에게 격렬한 비판을 가하고 있는데, 작가의 이상적 정열과 거기에서 나온 정의 감이 당시의 비평가로부터 새로운 '일본의 외사'(日本外史)라는 평판과 함께 '정의로운 언론이 여기에 있다'는 찬사를 받았다고 한다.[48]

이 소설은 특히 이인직이 습작 <과부의 꿈>(1902. 1. 28~29)을 창작하면서 본격적인 소설 창작에 관심을 기울이던 시기에 발표되었고, 평단으로부터 찬사를 받았으니 이인직이 이 소설과 그 작가의 작품들에 대한 관심과 영향을 적지 않게 받았을 것으로 짐작할 수 있다. 이인직이 유학

---

45) 이러한 경향의 문학은, 쯔보우찌 쇼오요오(坪內消遙)의 평론 「소설신수」(小說神髓:1855), 후따바떼이 시메이(二葉亭四迷)의 소설 <뜬구름>(1887), 오자끼 고오요오(尾崎紅葉)의 소설 <세 아내>(1892), <다정다한>(多情多恨:1896), <금색야차>(金色夜叉:1897~1903) 등을 대표적인 것으로 꼽는다. - 유 정(柳呈) 편, 위의 책, 33-37쪽 참조.

46) 모리 오오가이(森鷗外:비평가), 《사라가미 소오시》 (평론집, 1889).

47) 히로쯔 류우료오, <검은 도마뱀>, 1895.

48) 유 정(柳呈), 같은 책, 55-56쪽.

할 당시 일본에서는 이 소설의 작가 도꾸또미 로까(德富蘆花)의 전성기였다. 그는 1889년 무렵부터 여러 신문(新聞)과 잡지(雜誌)에 작품을 연재하여 오다가 1898년 소설 <불여귀>를 국민신보(國民新聞)에 발표하여 일약 인기 작가가 되었다.49) <불여귀>(不如歸, 1898~99) 또한 당시 가장 호평을 받고 있던 작품으로 당대의 어느 작품들보다도 폭넓은 사회성을 지닌 작품이었다.50) 이 소설의 이와 같은 사회적 반향은 이인직에게 신소설 창작에 대한 자극과 작가적 자긍심을 불어 넣었을 것으로 짐작할 수 있다. 실제로 이러한 영향은 이인직의 모든 신소설 작품에서 역사·현실에 대한 작가의식으로 발전하고 있는 것에서 드러난다.

　주목되는 또 다른 작가의 작품에 『무사시노』(武藏野, 1901)라는 단편집이 있다. 이 단편집의 저자인 구니끼다 돕뽀(國木田獨步)는 명치시대(明治時代)의 단편으로서는 가장 뛰어난 작품을 여러 편 남겼다. 그의 인물들은 인생에 고립(孤立)하여 견딜 수 없는, 그런 연민을 자아내는 존재로 그려져 있어서 독자로 하여금 잊을 수 없는 깊은 인상을 남겼다고 한다. 특히 그는 자연을 사랑하고 자연을 새로운 눈으로 다시 본 낭만주의자로, 그의 단편소설에는 감상적, 낭만적 서정미가 넘쳐난다. 그의 자연관은 삶에 지친 인간이 대자연의 품속에서 위안을 찾아낸다는 것과, 인간은 결코 대자연 밖으로 나갈 수도 없다는 체념이 깃든 숙명론적인 사상을 보여준다고 한다.51) 이 작가의 미학은 이인직 소설의 자연에 대한 낭만적 또는 서정적 묘사와 여성인물의 체념이 깃든 숙명론적 형상에서 그것의 지대한 영향을 받은 것으로 드러난다.

　이인직이 미야꼬 신문사 견습생으로 입사한 지 두 달 만에 쓴 단편소설 <과부의 꿈>에는 바로 이 작가의 미학적 특징을 그대로 모방하고 있는

---

49) 이재수, 「신소설문학고」, 『한국소설연구』, 선명문화사, 1973, 441-442쪽.
50) 유　정(柳呈), 같은 책, 55-56쪽.
51) 위의 책, 57-58쪽 참조.

것을 볼 수 있다. 그리고 다른 한편으로는 일본어를 통한 언문일치의 문장과 근대적인 서사양식을 시험하고 있음을 볼 수 있다. 특히 이 단편소설은 한(恨)이 많은 조선의 청상과부를 주인공으로 하고 있어서 어둡고 무거운 주제가 될 수 있는 소재를 가졌으나, 주제적인 측면보다는 서정적인 자연의 배경 속에 외로운 조선 여인의 외양만을 스케치하듯 묘사하고 있어서 한 폭의 아름다운 그림이나 생생한 영화의 한 장면을 보는 듯 감상적이고 낭만적인 느낌을 준다.

먼저 서사구조를 보면 다음과 같다.

    1. 현재 : 만물이 생동하는 봄.
          타는 듯이 빨갛게 물든 석양 노을
          새하얀 소복을 입은 32~33세 가량의 여인이 석양을 바라보며
          죽은 남편을 그리워하다가 깜박 잠이 든다.

    2. 과거 : 13년 전
          20세의 나이에 남편의 죽음, 장례를 치르고
          먼저 간 남편을 원망하는 마음을 노래.

    3. 현재 : 꿈속에 사랑하는 남편을 만났으나 잠에서 깨어나
          다시 고독한 과부의 몸으로 돌아온다.
          아름다운 달빛에 어렴풋이 보이는 소복부인.

'현재 → 과거 → 현재' 라는 서사구조는 사건순서를 역전하여 기술한 것으로, 근대적인 서사기법의 한 방식이다. 이러한 인과적(因果的)인 사건 배열 방식은 독자로 하여금 사건에 대한 강한 호기심과 긴장감을 유발시키며, 나아가 스토리에 대한 낯설게 하기의 기능을 담당한다. 즉 독자에게 새로움과 감동의 효과를 상승시키는 데 효과적인 방법이라 할 수

있다. 이와 같은 서사구조는 이후 이인직의 '신소설의 근대적 서사구조의 원형'52)이 되고 있다.

서술하는 방식은 대상에 대한 묘사와 대화를 구분하는 근대적 서술양식을 취하였다. 현재의 주인공과 그녀를 둘러싼 배경의 묘사는 화자가 맡았고, 주인공의 과거에 대한 정보는 작중의 주변인물간의 대화형식으로 전달된다. 이때 작중인물들의 대화는 단순한 정보의 전달만을 위한 것이 아니라 작중의 현실에 생명을 불어넣는 중요한 역할을 하는 것이다. 다시 말해서, 독자들이 화자의 언어를 통하여 작중 세계에 밀착되어 있다가 작중인물들의 목소리를 들음으로써 실제적인 현장감을 느낄 수 있게 만드는 역할이라 할 수 있다.

여기서 주목되는 것은 주인공과 그를 둘러싸고 있는 대자연에 대한 대비적 묘사이다. 아직은 미숙한 단계이지만 자연의 움직임을 섬세하게 형상화하고 있어서, 소복을 입고 멍하니 난간에 기대앉아 있는 주인공의 정적(靜的)인 모습과 대비되어 시간성과 현장성이 생동감 있게 느껴진다. 이처럼 주인공을 둘러싸고 있는 대자연에 대한 섬세한 묘사는 이후 이인직의 모든 소설에서 탁월하게 빛을 발하게 된다. 이 소설에서 주인공과 자연과의 관계는 서로 대비되는 양상을 보여준다. 즉 타는 듯이 '빨갛게' 물든 저녁노을과 눈부시도록 '새하얀' 소복의 여인, '무상한 대자연'의 아름다움과 '슬픔에 젖어있는 고독한 여인', 이러한 대비(對比)적 묘사는 주인공의 불행한 처지를 부각시키는 역할을 한다.

그러나 마지막 부분은 대자연과 인물이 하나로 조화되는 양상을 보여준다. 즉 미풍을 타고 흘러가는 한 조각구름과 서쪽 하늘에 빛나는 달빛을 바라보는 주인공은 밤의 어두움 속으로 잠기는 것이다. '차가운 달빛'

---

52) 이인직의 습작<과부의 꿈>에 대한 분석은 다지리 히로유키에 의해서 처음 이루어졌다. 그는 「이인직의 都新聞社見習時節」이라는 논문을 통하여, 이 단편 속에서 이인직의 '신소설의 근대적 서사구조의 원형'들을 찾아 검토하고 있다. - 다지리 히로유키, 같은 논문, 『어문논집』, 32집, 323쪽.

을 받으며 밤의 장막 속으로 잠기는 이 '소복의 부인'이야말로 '인생에 고립되어 견딜 수 없는' 무한한 연민을 자아내는 인물이 아닐 수 없다. 20세의 나이에 청상과부가 되었으니 13년간 가슴 속에 쌓인 한(恨)은 또 얼마나 많겠는가.

그러나 이 소설은 조선 여인의 한의 문제를 형상화하는 것보다는 그 여인을 둘러싸고 있는 대자연의 서정성을 생동감 있게 묘사하는 데 훨씬 더 재능을 보여주고 있다. 말하자면 이 소설이 과부의 한(恨)을 미학적으로 다루기에는 아직 미숙한 작가에게 부담스러운 주제였음을 알 수 있다. 이 소설에서도 밝히고 있듯이 조선의 여성은 일단 과부가 되면 평생을 소복(素服)만 입고 혼자 살아야 한다. 얼굴도 가꾸어서는 안 된다. 목숨은 살아있으되 목석(木石)이나 마찬가지의 신세이다. 이 소설의 소복 부인도 13년 전 남편을 잃은 뒤로 웃음을 잃어버렸다. 그런데도 이 소복 부인은 세상을 원망할 줄 모르는 순응적인 여인이다. 소복 부인의 이러한 한(恨) 의 양태에 대하여 한 연구자는 '한국인의 인간적 성숙의 차원'과 상응한 다며, 한국인의 전통적 한의 구조인 '한의 공격성과 퇴영성을 초극하고 우호성, 진취성이 이룩하는 '화해지향성'을 보여주는 것이라 하였다.53) 바로 여기에 이인직 소설의 한 특징을 발견할 수 있다. 즉 이것은 이인직 소설의 전형적인 여성상이라 할 수 있는데, 이 소설의 주인공이야말로 이후 이인직 소설의 중요한 여성인물의 원형이 되는 것이다.

이 소설에서 과부의 한(恨)에 대한 작가의 문제의식에는 이해가 가지 만, 그러한 주제를 전달하기에는 과부가 너무나 순응적인 데다가 그녀가 놓여있는 자연 환경이 지나치게 서정적으로 묘사되고 있어서 독자로 하 여금 문제의식을 불러일으키기 보다는 오히려 낭만적이고 감상적으로 이끌리게 만들고 있다. 이 점은 이 소설이 아직 미숙한 습작이라는 점과, 당시 일본에서 큰 인기를 끌고 있던 낭만적인 작품들의 영향을 많이 받고

---

53) 다지리 히로유키, 위의 논문, 329쪽.

있음을 드러내는 것이다. 특히 이 소설에서 재능을 보였던 섬세한 자연의 묘사는 이인직의 신소설에서 탁월한 리얼리즘의 미학을 성취시키는 데 크게 공헌하게 된다. 뿐만 아니라, 이 소설에서는 작중인물의 미숙했던 한(恨)의 정서가 그의 신소설의 여성인물에게서 깊은 내면으로부터 터져 나오는 뜨거운 언어로 표출되고 있는 것을 볼 수 있다.

이상과 같이 이인직의 문학창작 수업은 일본의 '명치 년대 문학의 절대 적인 영향 하에서' 이루어졌다고 하겠다.54)

그 밖에도 이인직은 유학시절에 <별주부전>(鼈主簿傳)을 일본어로 번역하기도 하였다. 그것은 나중에 한 일본인 아동문학자(大江小波)에 의해 <용궁의 사자>(龍宮の使者)로 편집되고『세계 옛 이야기』책에 수 록되어 1904년 11월 27일 박문관(博文館)에서 발행되었다.55)

3. 귀국 후의 활동

1) 소설 창작과 언론활동

1903년 7월 16일 동경정치학교를 졸업한 이인직은 귀국 후, 1904년 2월 22일 일본 육군성 제 1군 사령부 소속 한어(韓語) 통역관으로 임명되 어 동년 5월까지 로·일 전쟁에 종군하였다. 그리고 통역관에서 해고되 자 본격적으로 신문사업을 추진하였다. 1904년 9월 6일 그는 서병길(徐丙 吉)56), 이윤종(李胤鍾)57)과 함께 '국민신보사'(國民新報社)를 설립할 계획 을 세우고, 11월에 신문을 창간할 목적으로 주식을 모으는 광고를 《황성 신문》 에다 몇일간 지속적으로 냈으나 여의치 못하였다. 이 때 이인직이

---

54) 이재수, 같은 책, 454쪽.
55) 다지리 히로유키, 석사, 7쪽.
56) 후에 흥사단, 기호학회 평의원이 됨.
57) 이윤종과 서병길은 헌정연구회(후일 대한자강회)의 평의원과 사무원이었다.

이루지 못한 '국민신보'는 1906년 1월 6일, 일진회의 송병준에 의해서 설립, 창간되었다. 그해 2월 이인직은 《국민신보》의 주필이 되고, 이 신문에 그의 처녀작 <백로주강상촌>을 연재하였다.58) 이 소설은 제목은 구식인데 내용은 신식이어서 이광수의 <무정>(1917)에 직접 연결될 수 있는 것이었다고 한다.59)

이인직은 1906년 5월 초에, 천도교의 기관지인 《만세보》의 발간 청원서를 직접 써서 제출하고 5월 10일에 발간 허가를 받는다. 그리고 6월 17일 《만세보》가 창간되자 그는 《국민신보》에서 자리를 옮겨 《만세보》의 주필이 된다. 이 신문은 본래 《국민신보》의 대항지로 창간되었다. 일진회를 견제하기 위해 1906년 초 망명지 일본에서 귀국한 손병희가 오세창, 권동진을 참모로 내세워 일진회에 대항하는 사회활동의 일환으로 《만세보》를 창간하였다고 한다.60) 그 때 우리나라 신문의 검열권을 가지고 있던 사람은 경무청 고문(警務廳顧問)으로 있던 丸山重俊(환산중준) 등의 일본인들이었는데 그들은 이인직에게 항간의 유언비어를 게재하지 말라고 미리 경고하였다고 한다. 이것은 그때 이미 우리나라의 지식인들이 언론 활동을 하는 데 있어서 일본세력으로부터 상당한 제약을 받고 있었음을 시사해주는 내용이다.61)

《만세보》의 주필이 된 이인직은 창간호에다 논설 '사회'를 썼고, 7월 4일-5일 이틀간 단편을 발표했으나 미완으로 중단했다. 곧 이어 7월 22일부터 10월 10일까지 50회에 걸쳐 <혈의 누>를 연재하였고, 그 나흘 뒤인 10월 14일부터 다음 해 5월 31일까지 <귀의 성>을 134회에 걸쳐 연재하였다. 이렇게 하여 이인직의 신소설 두 편이 1906-7년에 걸쳐 《만세보》

---

58) 연재하였다고 전해지나 현재까지 '국민신보'자료가 없어 확인되지는 못하였다. 다지리 히로유키, (석사) 7-8쪽 참조.
59) 전광용, 「이인직 소설연구」, 같은 책, 289쪽.
60) 위의 논문, 290쪽.
61) 한원영 저, 『한국개화기 연재소설 연구』, 일지사, 1990, 51쪽.

에서 탄생하였다. 이후 이 두 작품은 1907년 3월 17일 광학서포에서 <혈의 누>가, 같은 해 5월 중앙서관에서 <귀의 성>(상권)이 단행본으로 각각 발행되었다. 이 때 <혈의 누>의 경우, 애초에 표기되었던 후리가나식 표기가 순 한글 표기로 수정되는 등 1차 개작이 이루어졌다. 이어서 이 소설은 1908년 3월 27일 같은 출판사에서 재판이 간행되며, 제 3판의 간행은 한일합병 이후인 1912년 11월 10일 동양서원에서 나왔다. 이 때 제목의 변경과 함께 또 한 차례의 (제 2차) 개작이 이루어진다.62) <귀의 성>(하권)은 1907년 7월 25일 중앙서관에서 단행본으로 간행되었고, 같은 해 10월 3일에 그 상권이 김상만 책사에서 단행본으로 간행되었다.63)

그러나 《만세보》는 재정난으로 1907년 6월 29일자로 종간(終刊)되고 신문사는 일본인의 손에 넘어간다. 이것은 《대한신문》이라는 명칭으로 변경되어 이 신문사의 후견인 이완용의 친일내각 기관지로 다시 태어난다. 그 때가 1907년 7월 18일경이며, 이때 이인직이 이 신문사의 사장자리에 취임한다. 그 이튿날인 19일 우리나라에는 고종 양위 사건이 일어났고, 같은 달 24일에는 정미(丁未) 7조약이 체결되었다. 뒤 이어 신문지법(新聞紙法)이 제정되었고, 보안법(保安法)이 공포되며, 그 해 8월에는 우리나라의 군대가 해산되었다. 이와 같은 급격한 정세(政勢)의 변화 속에서 이인직은 친일내각의 우두머리이며 《만세보》의 후견인이던 이완용의 비서 역할을 맡게 된다. 같은 해 9월 7일부터 이인직은 <강상선>이라는 소설을 《대한신문》에 연재했다고 한다.64)

그 밖에도 이인직은 1906년 11월에 창간된 잡지 《소년한반도》의 고정 기자로 일했으며, 이 잡지에 '사회학'이라는 글을 1907년 3월까지 총 5회에 걸쳐 연재하다가 미완으로 중단되었다.65) 당시 《소년한반도》(少

---

62) 최원식, 「애국계몽기의 친일문학」, 같은 책, 참조.
63) 다지리 히로유키, 같은 논문(석사), 10-11쪽.
64) 백순재, 「이인직의 강상선 새 발견」, 한국학보, 1977, 4.
65) 다지리 히로유키, 같은 논문(석사), 8쪽.

年韓半島)의 기고가 중에는 독립협회 출신인 정교(鄭喬)를 비롯하여 뒤에 애국계몽운동에 참여하는 인사들이 대거 참여하고 있었다. 이인직과 함께 대표적인 신소설 작가의 한 사람인 이해조가 소설가로 등단한 것도 바로 이 《소년한반도》를 통해서였다. 이해조는 이 잡지의 창간호부터 종간할 때까지 백화체 한문소설 <잠상태>를 연재하면서 소설가의 첫발을 내디딘 셈이었다.66) 잡지 《소년한반도》에는 또 친일개화파 조중응(趙重應)도 창간호부터 기고가로 참여하고 있었는데, 1907년 2월에는 그가 사장에 취임하였다가 두 달 만에 (4월) 법무대신의 자리로 옮겨가면서 잡지 《소년한반도》도 종간되고 말았다. 《소년한반도》의 창간 취지는 '구 사회를 혁명'하는 것을 목적으로 하며 그것이 곧 20세기 속의 한반도를 사랑하는 것이라고 창간사에서 역설하였다.67)

이인직은 또 잡지 《소년한반도》가 종간(終刊)될 무렵에는 '이해조, 박정동과 함께 《제국신문》의 사원으로' 일하기도 했다. 이 때 이인직은 《제국신문》에 <혈의 누>의 하편을 11회에 걸쳐 연재하다가 (1907년 5월 17일-6월 1일까지) 중단하였다. 당시 《제국신문》의 기고가들은 보수(報酬)의 다소에 개의치 않고 다만 우리나라의 개명(開明)을 위해 자원 근무한 것이었다고 한다.68)

《제국신문》은 1898년 사장 이종일, 주필 이승만(李承晚) 체제로 창간된 구한말의 대표적인 민족 언론의 하나였다. 1907년 6월 당시 간부진은 사장 이종일, 발행인 남궁준, 편집인 정운복이었다. 이 중 이종일과 남궁준은 광무사(光武社)의 발기인이며, 이종일은 언론계의 중진이자 대한자강회의 총무를 역임하였고, 뒤에 3·1 운동의 핵심인물 33인 중의 한 사람으로서 대표적인 민족주의자였다. 정운복은 독립협회의 소장파로

---

66) 최원식, 「이해조 문학연구」, 『한국근대소설사론』, 창비사, 1986, 23-24쪽.
67) 최원식, 같은 논문(창작사), 23-24쪽.
68) 다지리 히로유키, 같은 논문(석사), 10쪽.

옥고를 치렀고, 대한자강회의 총무, 서북학회의 회장을 역임한 민족주의
자였다.[69] 그러고 보면 1906년-7년대까지만 하더라도 우리나라의 개화운
동에는 민족주의자니 친일주의자니 하는 구분이 없이 모두가 한 목소리
로 우리나라의 개명(開明)운동을 애국운동의 하나로 동참하였음을 알
수 있다.

　1908년 7월 21일 이인직은 김상천, 박창동과 함께 추진하여 온 관인구
락부(官人俱樂部)의 연극장(演劇場) 설립을 승인받는다. 그해 8월 3일 이
인직은 일본 연극계 시찰을 다녀온 후, 11월 13일부터 창극 <은세계>를
극장(원각사)에 올린다.

　한편 1908년 9월 20일 <치악산>상권이 유일서적에서 출판되며, 같은
해 11월 20일에 '연극소설'이라고 표기된 <은세계>가 동문사(同文社)에
서 간행되었다. 이 동문사(同文社)는 같은 해 8월 21일경 이완용의 친일내
각과 관계가 깊은 거물 정치가들에 의해 창설되었으며, 창설 목적은 '수
집구문선집유문'(蒐集舊文選集遺文)이라 했다.[70]

　'한일합방' 뒤인 1911년 6월 2일, 이인직의 신소설 <혈의 누>가 일제
경무부(日帝警務部)에 의해 출판 금지 처분을 받는다. 그해 7월 31일,
이인직은 일제가 성균관에 설치한 경학원(經學院)의 사성(司成)에 임명
됨과 동시에, 경학원 잡지(연 4회 간행되는 한문으로 된 잡지인데 1913년
(大正 2年) 12월에 창간호가 나왔음)의 편찬과 발행인을 겸직하게 된다.
이에 대한 그의 연수당(年手當)은 9백 원이었다.[71] 같은 해 10월 26일에는

---

69) 최원식, 같은 논문(창작사), 26쪽 참조.
70) 다지리 히로유키, 같은 논문(석사), 11쪽.
71) 당시 중추원의 부의장이던 이완용이 2천원이었고, 중추원의 고문(顧問)과 경학원이
　　대제학(大提學)을 겸직하고 있던 박제순과 중추원의 고문 조중응의 연수당이 천육
　　백원, 중추원 찬의(贊議)가 일천원이었다. 한편, 부찬의(副贊議)의 경우 팔백원 또는
　　육백원을 받았으며, 같은 사성(司成)의 직함에도 박치상(朴稚詳)의 경우에는 육백원
　　을 받았다. 이인직은 중추원의 찬의보다 아래, 부찬의 보다 위에 속하는 대우를
　　받았음을 알 수 있다. -위의 논문, 15쪽 참조.

신소설 <귀의 성>이 발행 허가를 받는다. 1912년 2월에 <귀의 성>(상 권)이 발행된다.

1912년 3월 1일 단편소설 <빈설랑 일미인>을 《매일신보》에 연재한 다. 같은 해 11월 10일, <혈의 누>의 제목이 비관(悲觀)적이라는 이유로 <모란봉>이라 개제(改題)하고 내용도 가장 핵심적인 부분, 즉 신소설 <혈의 누>에서 신소설로서의 가치를 지니게 하는, 애국 계몽적(愛國啓 蒙的)인 요소들을 대폭 수정 또는 개작(改作)하여 현실 순응적이고 운명 론적인 내용으로 바꾸어 동양서원에서 간행하였다.72)

1913년 2월 5일부터 6월 13일까지 65회에 걸쳐 <모란봉>을 《매일신 보》에 연재하다가 미완으로 중단하고 말았다. 이것으로 이인직의 작가 로서의 삶은 끝이 나고 있다.

이상과 같은 소설 창작과 언론활동을 하는 이외에도 이인직은 다음과 같은 사회활동을 하였다.

2) 사회활동 및 기타

1905년 3월 5일, 이인직은 '동아청년회'(東亞靑年會)에도 참가한다. 이 모임의 취지는 지식과 사교에 의해 동아인(東亞人)의 단결을 이루어 동아 (東亞)의 전 국면(全局面)에 문명의 보급을 꾀한다는 것이었지만, 사실은 식민지를 지배함에 있어서 무단적(武斷的)인 방법이 아니라 한국과 중국 (韓淸) 양 국민의 풍습과 관례를 이해함으로써 한층 더 효과적인 식민지 경영책(經營策)을 강구(講究)하자는 것이었다. 그 해 4월에는 조중응이 이 모임의 평의원 겸 간사로, 이인직은 위원으로 각각 취임하였다.73)

이인직은 또 1907년 2월경 《제국신문》의 이종일을 비롯한 각 사회단 체(政黨, 敎會, 商會)의 인사(人士)들을 회원으로 하는 동지친목회(同志親

---

72) 최원식, 「애국계몽기의 친일문학」, 같은 책. 291-298쪽.
73) 다지리 히로유키, 같은 논문(석사), 7쪽.

睦會)의 발기인의 한 사람이기도 하였다. 이 친목회는 국가의 진보와 사회의 융화력을 제창하는 모임이었다. 이들 발기인 중에는 이 준, 오세창, 윤치호, 정운복, 권동진 등도 포함되어 있었다.[74]

1908년 말경 신소설 <치악산>(9월 20일)과 <은세계>(11월 20일)를 출판하고 창극 <은세계>를 원각사에 올린(11월 13일 -) 이인직은 1909년 9월경까지 목적 불명의 수차례 일본을 방문한다. 1909년 9월 23일 귀국한 이인직은 기존의 대동학회(大東學會 : 회장 신기선, 고문 이완용, 김윤식, 조중응, 유길준)가 공자교회(孔子敎會)로 설립되자 그 해 10월 14일 공자교회의 간사(幹事)가 된다. 그리고 매월 총리대신 이완용과 농상(農相) 조중응의 보조금으로 신문 발행을 준비하는 한편 11월경에는 공자교회의 지방부장(地方部長)으로 일하기도 하였다.

1909년 12월 4일, 이완용 파와 경쟁관계에 있던 일진회(一進會)의 회장 이용구가 황제, 통감, 이완용의 내각에게 합방 상주문 급 청원서(合邦上奏文及請願書)를 제출하자, 그 다음날 원각사(圓覺社)에서 이완용 파의 정치가와 그 주변의 친일단체들이 일진회를 공격하는 국민연설회를 열었다. 이에 이인직도 참가하여 <국민의 심득(心得)>이라는 제목 하에 연설을 하였는데 그 내용은 일진회를 비난하는 한편, 을사조약(乙巳條約)을 비롯한 일련의 사태를 보호조약(保護條約)의 현상으로 설명하는가 하면, 이등박문(伊藤博文)을 우교적(友交的)인 지도자로 이해하는 등 일본제국주의자들을 미화하는 논리를 폈다.

1909년 7월 11일 재경한일신문간친회(在京韓日新聞懇親會)에 출석한 바 있고, 1909년 10월 공자교회가 설립되자 공자교회의 간사가 되어 신문 발행을 준비하였다. 이어서 1910년 3월 24일경 공자교(孔子敎) 신문을 발간할 계획으로 열심히 운동하였고, 1910년 7월 5일 대한신문 사원 차상학(車相鶴)을 소개하여 대한일일신문을 공자교 기관지로 발행할 계획으

---

74) 위의 논문, 9쪽.

로 그 신문사 사장이던 田村萬之助와 교섭하였으나 실패하였다.[75]

1910년을 전후하여 이인직은 이완용의 지시를 받고 수차례에 걸쳐 비밀리에 일본을 방문하였다.[76] 그리고 국내(國內)는 물론 일본 유학생들 속에까지 공자교 지회(孔子敎支會)를 설치하기 위하여 동분서주 한다. 뿐만 아니라 공자교의 신문을 발행하기 위하여 백방으로 노력하였으나 실패하였다.[77]

1910년 8월 4일과 8일, 두 차례에 걸쳐 이인직은 전에 그의 유학시절 일본 동경정치학교 스승이자 당시 통감부 외사국장으로 있던 고마쓰 미도리(小松綠)를 그의 관저로 찾아가 한일합방에 관하여 밀담하였다.[78] 그 2주 뒤인 8월 22일 '한일합방조약'을 정하고 29일에 병합되었다. 그 열흘 뒤인 9월 1일, 이인직이 사장으로 있던 《대한신문》(大韓新聞)이 《한양신문》(漢陽新聞)이라는 명칭으로 바뀌고 그 간판을 바꿔 달은 지(8월 30일에 명칭을 바꿈) 단 이틀 만에 폐간되었다. 그리고 무슨 영문인지 대한신문의 일반 임원들에게는 상당한 위로금이 지급되었으나 이인직만은 9월 2일에 경무총감부에 피소 당한다.[79] 그 이유는 아직도 밝혀지지 않았다.

1911년 7월 31일 성균관 경학원의 사성(司成)으로 임명받고, 연 4회 발행되는 한문 잡지인 경학원 잡지의 편찬과 발행인이 된다. 경학원은 조선총독의 감독에 속하며[80] 이후 그가 1916년 11월 25일 사망할 때까지 경학원 사성(司成)의 직무에만 전념하였다. 경학원 사성으로서 그가 하는 일이란 우리나라 각 지방을 돌며 '유림(儒林)의 정황(政況)을 시찰(視察)'

---

75) 다지리, 위의 논문, 12-14쪽.
76) 전광용, 「이인직 소설연구」, 『신소설 연구』, 새문사, (1986 초판) 1990(2쇄), 58쪽.
77) 다지리, 같은 논문, 13-14쪽.
78) 전광용, 같은 책, 63-65쪽.
79) 다지리, 같은 논문, 14쪽.
80) 전광용, 「이인직 연구」, 같은 책, 59쪽.

하는 것과 의병들의 정신적 지주인 지방 유생(地方儒生)을 규탄하는 글을 신문 경남일보에 발표하고(1913. 7. 9), 경학 강연(經學講演)의 결사 설명(結辭說明)을 하는 것이었다.

이러한 생활은 애초에 이인직이 문명한 일본 땅에 가서 정치학교와 신문사 견습생으로 공부하면서 품었던 포부와는 너무나 거리가 먼 것이었다.[81] 그가 꿈꾸던 일이란, 세계의 문명과 새로운 소식을 우리 국민에게 전하고 천하만기(天下万機)의 선악을 상벌하는 계몽의 수단으로서 신문사업을 하고 싶었던 것이었으나[82], 그 꿈은 '한일합방'과 함께 깨어지고 말았다. 일제가 그의 꿈을 빼앗아버린 것이다. 그 대신 이인직은 1915년 11월에 일본 천황(大正)을 위한 '立太禮獻頌文'(립태례헌송문)과 '卽位大禮式獻頌文'(즉위대례식헌송문)을 짓는 등[83] 그야말로 철저한 '일제의 주구' 노릇만 하다가 생을 마감하였다.[84]

때는 1916년 11월 21일, 신경통으로 총독부 의원에 입원하였다가 25일(음력 11월 1일)에 세상을 떠났다. 당년 55세였다. 장례식은 11월 28일, 그가 평소에 신봉하던 천리교 의식에 따라 거행되었는데, 당국에서 주는 공로금 450원을 받고 이완용, 조중응 등과 총독부의 현직 고위 관리들에게 호종(護從)되어 아현 화장장에서 한줌의 재가 되어 자연의 품으로 돌아갔다.[85]

그런데 이인직의 생애를 살펴보면서 흥미로웠던 것은, 국초 이인직의 생애가 철저하게 소외당한 삶이었다는 점이다. 그것은 이인직이 1907년 7월 이완용의 비서가 되고 '한일합방'의 전초기지 역할을 열심히 이행하였음에도 불구하고 '한일합방'이 되자마자 경무총감부(警務總監部)에 피

---

81) 김윤식, 같은 책, 30쪽.
82) 이인직, 「입사설」, 「한국신문창설취지서」, 같은 책, 참조.
83) 전광용, 같은 책, 66-67쪽.
84) 최원식, 「애국계몽기의 친일문학」, 같은 책, 291쪽.
85) 전광용, 「이인직의 생애와 문학」, 같은 책, Ⅱ-20쪽.

소(被訴)당했다는 사실에서도 잘 나타난다. 이것은 그동안 작가나 언론인으로서 활동하였던 이인직이 합방 이후에 그가 할만한 일과 직위에 대한 의견을 나누기 위한 것으로 생각할 수도 있겠으나86) 그보다는 오히려 과거 이인직의 언론활동에서 드러났던 민족주의적인 측면 즉 그의 사상(思想) 검증이 필요했던 것이라고 볼 수도 있다.

이것은 '합방'이 이루어진 지 불과 나흘째 되는 날이었다는 점과, 이후 그의 모든 언론활동이 철저하게 일본제국주의를 위해 바쳐졌다는 점, 그리고 1911년 6월 2일 신소설 <혈의 누>가 출판금지 처분을 당했던 사실과, 1912년 11월 10일 <혈의 누>의 제3판이 동양서원에서 간행될 때 제목이 비관적이라는 이유로 <모란봉>이라 개제(改題)하고, <혈의 누>의 애국계몽적 내용의 핵심을 대폭 수정, 개작하였던 사실이 그것을 잘 말해주고 있다.

만약 전자의 의미가 맞는다면, 그들이 이인직에게 뭐 그리 대단한 작위를 줄 것도 아니었으면서 굳이 경무총감부에서 피소까지 해가며 장래 일을 의논하였을 이유는 없다고 본다. 게다가 그런 이유였다면 신문사가 폐간되던 날 임직원들에게 상당한 위로금이 지급되었을 때 그 사장인 이인직에게는 더 큰 위로금이 지급되었어야 했다. 그런데 위로금이 지급되기는커녕 불명예스럽게 피소당하는 처지가 되었던 것이다. 그리고 그 1년 뒤에 가서야 겨우 경학원 사성(司成)이라는 보잘 것 없는 하급 관리직에 임명되었던 사실이 그 증거라 하겠다. 이인직이 1907년 9월 19일에 선능참봉(宣陵參奉)의 벼슬을 받았다가 일주일 만에 빼앗긴 것도 이와 같은 맥락에서 그 이유를 찾을 수 있다.

따라서 1910년 9월 2일 이인직의 피소(被訴) 사건을 한 마디로 표현한다면 일제 경무총감부가 작가이며 언론인인 이인직의 민족정신을 확실하게 거세하기 위한 경고성 사건이었다고 볼 수 있다. 사실 이인직은

---

86) 다지리 히로유키, 같은 논문(석사), 14-14쪽.

그동안 우리나라 내각의 최고 책임자인 이완용과 일본제국주의 세력 사이에서 입과 귀의 역할을 하였지만 그는 어쩔 수 없는 우리나라 국민의 한 사람이고 지식인이라는 사실은 변하지 않는다. 따라서 그동안의 언론 활동에 있어서 이인직의 언론을 우리나라의 《황성신문》이나 《대한매일신보》의 논객의 눈으로 볼 때는 그의 친일적인 언변이 눈에 거슬렸을 것이고, 일본 제국주의자들의 눈으로 볼 때는 이인직의 민족주의적인 언어가 눈에 가시였을 것임은 자명한 일이다. 바로 이 점이 일본의 근대성을 지향하는 개화사상과 국가와 민족에 대한 본능적인 애국(愛國)의 감정 사이에서 갈등하였던 한 개화지식인 이인직의 비극이었던 것이다.

게다가 '한일합방'의 지대한 공로자였음에도 불구하고 이완용과 조중응 등은 귀족의 칭호를 받았으나 이인직 만은 평민의 신분을 벗어나지 못하였다. 이인직의 생애에서 공식적인 직함은 1906년 2월부터 1910년 8월 말까지 언론인으로서 외에 1907년 9월 19일에 선능참봉(宣陵參奉)의 직함을 받았으나 곧(같은 달 25일) 면직되고 1911년 7월 말부터 1916년 11월 그가 사망할 때까지는 경학원 사성의 직함이 전부였다. 이와 같은 사실은 그의 출신성분의 영향 또한 적지 않았을 것으로 보인다. 이인직이 그토록 바라 마지않았던 평등한 근대사회는 결코 그에게 오지 않았다.

Ⅲ. 서술의 대화적 양상
-다성적 언어-

소설문학에 있어서 다성적 언어가 창작될 수 있으려면 적어도 다음과 같은 두 가지의 조건이 전제된다. 첫째, 그 소설이 창작되는 당시의 시대 정신이나 가치관들이 서로 상충하는 역사적 전환기에 발생하는 것이 일반적이라는 점이다. 둘째, 그와 같은 가치관의 다양성과 모순들을 어느 한 편에 치우침이 없이 민주적으로 수용하려는 창작 주체의 열린 의식과 대화적인 창작 태도가 있어야 한다는 점이다.

특히 다성적 언어에서 중요한 것은 현재 발화행위를 수행하고 있는 의식의 주체이다. 이것은 텍스트 내적 세계에서 조직되고 있는 언어들이 누구의 목소리를 통하여 발화되느냐가 중요한 것이 아니라 그것의 의식의 주체가 누구를 대상으로 하여 자신의 이야기를 수행하고 있느냐가 중요하기 때문이다. 우리가 이 다성적 언어에서 주목하여야 할 대상은 바로 이와 같은 발화 행위자의 서술 태도와 독자에 대한 그의 반응이다.

이때 다성적 언어의 수행은 창작 주체가 어떤 하나의 특정한 이데올로기적 의식만을 단일하게 강조하거나 조직하는 것이 아니라 하나 이상의 다양한 이데올로기적 의식이나 목소리들을 자신의 언어 속에 대등한 관계로서 수용하는 것이다. 이 때 수용되는 그 객체는 단순히 수동적으로 수용되는 객체가 아니라 어디까지나 창작 주체 즉 수용 주체와 동등한 관계 속에서 나란히 공존하는 또 하나의 능동적인 이데올로기적 주체가 되는 것이다.[1] 이러한 능동적인 객체를 가리켜 우리는 내적 타자라고 부른다.

---

1) 미하일 M. 바흐친, 같은책, 196-200쪽.

이인직의 신소설에 나타나는 다성적 언어는 작가의 의식을 대변하고 있는 서술자와 그와 내적으로 통합되어 있는 작중인물의 목소리를 통하여 드러난다. 이 서술자는 자신의 서술 대상인 작중인물에 대한 권위적인 서술 태도와는 달리 자신의 이야기를 듣고 있는 청자에 대하여는 정반대의 민주적인 태도를 취함으로써 다성적인 언어 행위를 수행하는 것이다. 이것은 창작 주체의 의식이 그만큼 당시 사회를 향하여 열려있음을 의미한다.

한편, 다성적 언어에 있어서 창작 주체의 열린 의식 못지않게 중요한 역할을 하는 것이 시대정신과 사회적 맥락을 구성하고 있는 다양한 이데올로기 집단의 사회구성원들이다. 이인직의 신소설에서 다성적 언어에 중요한 역할을 하는 것은 당시 우리나라를 점령하고 있었던 일본세력이었다. 우리 민족과 상충하는 일본세력이라는 두 개의 집단과 이데올로기는 이인직 소설의 다성적 언어에 핵심적인 미학적 요소로 작용한다. 이 두 개의 이데올로기적 타자들이 창작 주체의 의식내부에서 상호 투쟁함으로써 소설의 언어는 단성적인 목소리가 아니라 다성적인 목소리가 되는 것이다.

이것은 창작 주체가 두 개의 상충하는 이데올로기 집단의 중간에 서서 자신의 민족의식과 근대사상을 우리 민족에게 계몽시키기 위해 얼마나 고심하였던가를 반영하는 것이며, 그렇게 고심한 끝에 그가 고안해 낸 서사 전략이 바로 이 장에서 고찰하게 될 다성적 이야기 방식이었던 것으로 드러난다.

따라서 이와 같은 다성적 언어가 이인직의 신소설에서 창작되었다고 하는 것은 우연한 일이라거나 또는 한 작가의 특별한 재능이 있어서 만이 아니라, 그 작가를 둘러싸고 있었던 복잡한 역사 - 사회적 맥락과 창작 환경이 그와 같은 다성적 언어가 창조될 수 있는 미학적 토양을 마련해 주었다고 할 수 있다. 다시 말해서 이와 같은 다성적 언어는 한 작가의

특별한 문학적 재능뿐만 아니라 격변하는 역사적 전환기를 맞아 고뇌하
는 한 지식인의 내적 진실과 복잡한 사회적 맥락이 함께 빚어낸 시대의
산물임을 드러내는 것이라 할 수 있다.

이인직의 신소설에 나타나는 다성적 언어의 양상은 다음의 몇 가지
미학적 장치를 통하여 살펴볼 수 있다.

1. 내적인 대화성

이인직의 신소설에서 내적인 대화성이 두드러지게 나타나는 작품은
1906년에 발표된 <혈의 누>이다. <혈의 누>의 서술자는 의식의 주체로
서 자신이 서사 내적 상황에 직접 참여하는 작중인물이 아니라, 상황의
밖에서 사건을 이야기하고 인물의 의식이나 그들의 발화를 통제하는 권
위적인 서술자이다. 따라서 이 소설에는 의식의 주체가 작중인물의 밖에
있고 작중인물들은 서술자의 조종에 의해 움직이고 말하는 인형들에 불
과하다. 그에게 있어 작중인물이란 서술자 자신의 언어가 사용될 수 있도
록 하기 위해서만 인물들에게 말과 의식을 허용한다. 그러므로 이 소설에
있어서 진정한 담론의 주체는 작가를 대신하는 서술자 자신이다. 따라서
이 소설에서 주목하여야 할 대상은 바로 이 서술자의 서술 태도이다.

<혈의 누>의 서술자는 자신의 서술 대상인 작중인물들에 대하여는
권위적이지만 한편 작중인물들 간에 형성되는 대립적인 이데올로기를
전달할 때의 서술 태도는 지극히 객관적이고 중립적인 입장을 취한다.
그러니까 이데올로기적 측면에서 본다면 작중인물들에 대한 서술자의
입장은 편파적이 아니라 민주적이라 할 수 있다. 이 점이 바로 이 소설을
단일한 단성적 담론이 아닌 다성적 담론으로 이끄는 원동력이 되고 있는
것이다.

그런데 서술자가 이 두 개의 대립적인 이데올로기 사이에서 중립적인 입장을 취할 수밖에 없는 것은 이와 같은 대립적인 서사 내적 상황이 서사 외적 환경 즉, 작가를 둘러싸고 있는 실제 우리나라의 역사·사회적 환경과 불가분의 관련을 맺고 있기 때문이다. 다시 말하자면, 이러한 서사 외적 환경이란 곧 서술자의 담론의 대상인 독자를 포함하여 그의 담론 생산에 깊숙이 침투하여 의미 생산에 능동적으로 참여하는 중요한 내적 담론의 환경을 의미하고 있는 것이다. 구체적인 예를 들자면 1906년 당시 우리나라의 역사·사회적, 그리고 정치적 환경과 작가가 둘러싸여 있는 개인적 환경이 곧 서사 외적 환경을 형성하고 있다고 하겠다.[2] 이러한 복잡한 역사·사회적, 정치적 이데올로기의 환경 속에서 서술자는 중립적인 매개자의 입장에서 사회 구성원들 간의 상충하는 이데올로기들과 끊임없이 내적으로 다성적 관계를 이끌어가고 있다.

1) 매개자

신소설 <혈의 누>의 서술자는 철저하게 매개자적 입장에서 발화를 수행한다. 서로의 이해관계가 대립되는 서사 내적 세계를 서술하는 서술자가 매개자의 입장을 취할 경우, 서술자의 언어는 두 개의 상반되는 의식들이 서로 투쟁하는 담론의 장(場)이 된다. 이때 <혈의 누>에서 상호 이해관계가 대립되는 두 개의 의식이란 말할 것도 없이 민족적 자주의식과 친일의식을 가리킨다. 이것은 작가가 지향하는 의식의 양면성과 관계가 깊은 것이 사실이지만, 그에 못지않게 중요한 요인이 바로 작가를 둘러싸고 있는 주변 상황과 우리나라가 처해있던 역사적 환경이었다. 그리고 이 모든 요인은 결국 우리나라가 안고 있는 시대적 모순에서 파생된 것에 다름 아니다.

---

2) 앞의 'Ⅱ. 기초적 고찰'을 참고 바람.

그 중에 먼저 외부적 요인이라 할 수 있는 역사적 환경을 보면, 우리나라는 1905년 한일 보호조약이 체결되면서부터 일본의 침략이 가시화된 상태였다. 우리나라의 외교권과 재정권은 이미 일본의 손에 넘어간 상태였고, 그 밖에도 정부의 주요한 사업들이 일본인의 감시와 간섭을 받고 있는 상황이었다.[3] 언론의 활동에도 예외는 아니었다.[4] 외부적 요인의 또 한 가지는 당시 우리나라의 다양한 시대정신과 관계가 있다. 당시 우리나라는 외세의 침략으로부터 나라를 지켜야 한다는 반(反)외세의 정신과 서둘러 우리나라를 근대적 국가로 변모시키기 위해서 주변 근대 국가들과 활발히 교류하여야 한다는 개화사상이 대표적인 예이다.

이러할 때, 이인직의 주변 환경은 철저한 민족주의의 진영도 친일세력의 진영도 아닌 양쪽의 인사들과 동시에 관계를 맺고 있었다. 이인직이 3년간 일본에 유학하면서 알게 된 일본세력과의 인맥과, 귀국 후의 언론 활동을 통한 민족주의 진영의 개화지식인들과의 인맥이 그것이다. 여기서 일본세력과의 인맥이란, 대표적인 친일파의 한 사람인 조중응과 절친한 관계였다는 사실과, 1906년 초에 우리나라 통감부의 외사국장(外事局長)으로 부임하여 한일합방의 전초적인 역할을 하였던 소송록(小松綠)과는 이인직이 일본 유학시절 동경 정치학교에서 열국(列國)정치제도와 국제법을 가르친 인연으로 사제관계였다는 사실을 대표적인 예로 들 수 있다.[5]

---

3) 강재언, 『한국의 근대사상』, 한길사, 1988, 204-207쪽 참조.
4) 이인직이 1906년 5월 《만세보》의 발간 청원서를 직접 써서 제출하였을 때, 당시 우리나라 신문의 검열권을 가지고 있었던 사람은 우리나라 사람이 아닌, 경무청 고문으로 있던 환산중준(丸山重俊)이었다. 그는 이인직에게 항간의 유언비어를 게재하지 말라고 미리 경고하였다. 이것은 일본 세력이 우리나라 지식인들의 언론활동을 감시하고 있었음을 의미하며, 당시 우리나라의 언론들이 상당한 제약을 받고 있었음을 시사해주는 내용이다. - 한원형, 같은 논문, 51쪽 : 다지리 히로유끼, (석사논문), 8쪽.
5) 전광용, 이인직 연구, 『신소설 연구』, 새문사, 1990, 57쪽.
　　최원식, 애국 계몽기의 친일 문학, 같은 책, 287-291쪽.

그 밖에 친일세력의 인맥은 그가 언론인으로 활동하였던 《국민신보》 6) 그리고 민족주의 진영으로는 《만세보》 7), 《소년한반도》 8), 《제국신문》 9) 등을 통한 언론활동이나 각종 사회단체활동10)을 통하여 민족주의 진영의 개화지식인들과 폭넓은 사회적 관계를 맺고 있었다.

---

6) 1906년 1월 6일 '일진회'의 송병준에 의해 설립, 창간되었다. 그해 2월에 이인직이 주필이 되었고, 그의 처녀작 <백로주강상촌>을 연재하였다. - 다지리 히로유끼, (석사논문), 7-8쪽.

7) 이 신문은 천도교의 기관지로서 1906년 6월 17일 창간되었다. 1906년 초 망명지 일본에서 귀국한 손병 가 오세창, 권동진을 참모로 내세워 일진회에 대항하는 사회활동의 일환으로 창간하였다고 한다. 이인직은 《만세보》가 창간되자 《국민신보》에서 자리를 옮겨 만세보의 주필이 되었다. <혈의 누>가 발표된 것도 만세보를 통해서였다. - 전광용 같은 논문, 290쪽.

8) 1906년 11월에 창간되었다. 이인직은 이 잡지의 고정기자로 일했다. 그는 이 잡지에 「사회학」이라는 글을 1907년 3월까지 총 5회에 걸쳐 연재하다가 미완으로 중단하였다. 당시 《소년한반도》의 기고가 중에는 독립협회 출신인 정교(鄭喬)를 비롯하여 뒤에 애국계몽운동에 참여하는 인사들이 대거 참여하고 있었다. - 다지리 히로유끼, 같은 논문(석사논문), 8쪽, 최원식, 「이해조 문학 연구」, 같은 책, 23-24쪽.

9) 이인직은 잡지 《소년한반도》가 종간될 무렵에는 《제국신문》의 사원으로 일하기도 했다. 이때 이 신문에 <혈의 누>의 하편을 11회에 걸쳐 연재하다가 - 1907년 5월 17일부터 6월 1일까지 - 중단하였다. 《제국신문》은 1898년 사장 이종일, 주필 이승만 체제로 창간된 구한말의 대표적인 민족 언론의 하나였다. 1907년 6월 당시 사장 이종일, 발행인 남궁준, 편집인 정운복이었다. 이종일과 남궁준은 광무사(光武社)의 발기인이며, 이종일은 언론계의 중진이자 대한자강회의 총무를 역임하였고, 뒤에 3 · 1운동의 핵심인물 33인 중의 한 사람으로 대표적인 민족주의자였다. 정운복은 독립협회의 소장파로 옥고를 치르고 대한자강회의 총무, 서북학회의 회장을 역임한 민족주의자였다. - 최원식, 같은 논문(창작사), 26쪽.

10) 이인직은 1905년 3월 '동아청년회'에 참가하여 4월에 조중응이 이 모임의 평의원 겸 간사로, 이인직은 위원으로 취임하였다. 이 모임의 취지는 동아인(東亞人)의 단결과 동아(東亞)의 전 국면에 문명의 보급을 꾀한다는 것이었으나 사실은 한국과 중국 양 국민의 풍습과 관례를 이해함으로써 효과적인 식민지 경영책을 강구하자는 것이었다. - 다지리 히로유끼, (석사논문), 7쪽 - 이인직은 또 1907년 2월경 각 사회단체(정당, 교회, 상회)의 인사들을 회원으로 하는 '동지친목회'의 발기인의 한 사람이기도 하였다. 이 모임은 국가의 진보와 사회의 융화력을 제창하는 친목회로서 발기인 중에는 이준, 오세창, 윤치호, 정운복, 권동진 등도 포함되어 있으며, 《제국신문》의 이종일도 이 모임의 회원이었다. - 디지리 히로유끼, (석사논문), 9쪽.

이와 같은 외부적인 요인이 이인직의 지향성과 신소설 창작에 막대한 이데올로기적 힘으로 작용하게 된다.

그리고 이인직 개인의 내적 요인으로서 당시 우리나라의 봉건정치 제도에 대한 혐오와 진보적인 근대화의 의지이다. 그가 지향하는 근대화란 국가체제 뿐만 아니라 국민들의 의식이 깨어나는 것 즉, 근대적인 시민으로서 역사적 현실을 타개해 나갈 수 있는 정신적, 물질적인 힘을 기르자는 것이었다. 그것은 1906년 현재의 상황에서 더 이상의 나쁜 일이 일어나지 않도록 일본을 경계하면서 하루 바삐 우리의 힘을 기르자는 논리로 요약된다. 다시 말해서 그것은 일본에 대한 반(反)침략의 정신과 동시에 일본을 이길 수 있는 근대화의 길을 하루 빨리 배우자는 것이었다. 이것은 명백한 자주의식의 소산이다.

그러나 이러한 자주의식은 서술자의 직접적인 언어에서는 드러나지 않는다. 이것은 어디까지나 이 소설의 서사구조와 작중인물들의 언어를 통해 총체적으로 드러나는 이데올로기의 한 층위일 뿐이다. 역설적이게도 서술자의 목소리는 이러한 자주의식의 이데올로기를 지워버리거나 부정하는 역할을 하는 것으로 드러난다. 즉 그는 어느 편의 이데올로기에도 자신의 태도를 고정시키려 하지 않는다. 철저하게 중립적인 태도를 취하는 것이다. 이것은 작가가 앞의 두 가지 외부적 요인으로부터 강력하게 영향을 받고 있기 때문이다. 앞에서 말한 작가의 양면적인 지향성이란 것도 이 두 가지의 외부적 요인들과의 내적인 다성적 관계를 의미한다.

이상과 같은 서사외적 요인들이 담론의 주체인 작가와 내적으로 깊숙이 관계하면서 서사내적 이데올로기의 생산에 참여하는 능동적인 청자(독자)가 된다. 이에 따라 작가의 대변자인 서술자는 더 이상 작가의 단일한 의식이나 관념만을 전달하는 수동적인 매개체가 아니라 서로 다른 이데올로기 집단의 중개자로서 일종의 방관자적 태도를 보여준다. 그러므로 작가의 이데올로기는 어디까지나 작품 속에서 예술적으로 재현되어질 뿐 자신의 의도를 명백하게 밝히려 하지 않는다. 따라서 서술자는 하나의 이데올로기에 얽매이지 않고 이것에서 저 이데올로기로 옮겨가면서 역동적으로 서사를 이끌어 갈 뿐이다. 그의 목소리는 마치 파도처럼 이쪽에서 저쪽으로 그리고 다시 이쪽으로 밀려왔다 밀려가며 역동적으로 움직인다. 그 구체적인 예를 들면 아래와 같다.

> ① 그 때는 평양성 중에 살던 사람들이 이번 불소리에 다 달아나고 있는 것은 일본군사 뿐이라. 그 군사들이 까마귀 떼 다니듯 하며 이집 저집 함부로 들어간다. ②본래 전시국제공법(戰時國際公法)에 전장에서 피난가고 사람 없는 집은 집도 점령하고 물건도 점령하는 법이라. 그런고로 군사들이 빈집을 보면 일삼아 들어간다.
> ③ 김씨 집에 들어와서 보는 군사들은 마루 끝에 부인이 누워있는 것을 보고 도로 나갈 뿐이라④ 아마도 부인을 구하여 줄 사람은 없었더라. 만일 엄동설한에 하루 동안을 마루에 누웠으면 얼어 죽었을 터이나 다행히 일기가 더운 때라.11)

예문의 ①은 일본군사들이 평양성을 장악한 이후의 활동양상을 생생하게 묘사한 장면이다. 이들에 대한 시각과 말에는 부정적인 억양이 배어있어, 당시 평양 시민들의 일본병사들에 대한 부정적인 목소리를 수용한 것으로 보인다. 한편 ②에서는 일본병사들의 행위를 합리화하려는 또 다른 목소리를 수용함으로써 서술자의 목소리는 서로 입장을 달리 하는 대립적인 의식들의 대화의 장으로 나타난다. 이렇게 두 개의 서로 상반되는 목소리가 동시에 서술자의 언술 속에서 수행되는 것은 이 두 개의 시각을 서술자가 동시에 존중하기 때문이다. 서술자는 이 두 개의 이데올로기의 집단 중 어디에도 자신의 소속을 삼지 않는다. 이것이 그의 언술을 대화의 장으로 만드는 요인이 되고 있다. ③에서 마루 끝에 누워있는 부인

---

11) <혈의 누>, 전집1, 17쪽.

을 보고도 '도로 나갈 뿐이라'고 한 것은 청인군사가 산에 가서 젊은 부녀를 보면 겁탈하고 돈이 있으면 뺏어가고 작폐가 심하다고 서술하던 것을 상기시키는 것으로 이것은 일본병사에 대한 긍정적인 언술이다. 그러나 다시 ④에 가서 '아마도 부인을 구하여 줄 사람은 없었더라'는 말로써 마루 위에 실신하여 쓰러져 있는 부인을 내버려 둔 일본병사의 몰인정함을 암시하여 서술자 자신의 입장을 중간자적 위치에 되돌려 놓고 있다.

흥미로운 것은 서술자의 이와 같은 태도가 우리 민족을 대변하는 작중 인물의 언술에 대하여도 동일하게 나타난다는 사실이다.

> 구씨의 목적은 공부를 힘써하여 귀국한 뒤에 우리나라를 독일국 같이 연방도를 삼되 일본과 만주를 한 데 합하여 문명한 강국을 만들고자 하는 비사맥 같은 마음이요, 옥년이는 공부를 힘써 하여 귀국한 뒤에 우리나라 부인의 지식을 넓혀서 (중략) 구완서와 옥년이가 나이 어려서 외국에 간 사람들이라 조선 사람이 이렇게 야만 되고 이렇게 용렬한 줄을 모르고 (중략) 제 나라 형편 모르고 외국에 유한한 소년학생 의기에서 나오는 마음이라.
> 구씨와 옥년이가 그 목적대로 되든지 못되든지 그것은 후의 일어어니와.[12]

위의 예문에서 보듯이 서술자는 구완서의 이데올로기에 대하여도 동의하지 않는다. 단지 그의 이념을 전달만 할 뿐이다. '조선 사람이 이렇게 야만 되고 이렇게 용렬한 줄을 모르고'는 우리 민족을 야만시하는 일본세력의 시각과 의식이다. 이렇듯 서술자의 의식은 끊임없이 상충하는 이 두 이데올로기의 세력들에게 자신의 자리를 내어주고 그 자신은 어느 한 편의 이데올로기를 전달할 때는 그 대립되는 다른 이데올로기의 세력들에게 '곁눈질'을 보내는 것이다.[13] 이것은 작가의 자의식 속에서 일어

---

12) <혈의 누>, 전집1. 87-88쪽.

나는 다성적 양상의 드러남이라 할 수 있다. 바흐친은 자의식이 작중인물의 존재를 결정해 주며 이데올로기에 있어서도 기본적인 범주가 된다고 말한다. 다시 말하면 자의식이 작중인물이나 이데올로기의 영역에서 예술적인 지배소의 역할을 한다는 것이다. 즉 작중인물과 이데올로기는 자의식이라는 동일한 원칙에 의해 지배된다고 보는 것이다.[14]

그런데 서술자의 언술을 주의하여 살펴보면 그 곁눈질의 대상이 일본 세력에게만 국한되어 있음을 어렵지 않게 발견할 수 있다. 그것도 매우 흥미로운 양상을 띠고 있어 주목해 볼 필요가 있다. 즉 서술자가 일본의 침략상을 서술하거나 우리 민족이 그들로부터 고난을 당하는 장면, 또는 민족의식이 강하게 드러나는 장면을 형상화할 때 그와 같은 곁눈질의 언술이 두드러지게 나타난다는 사실이다. 그와 같은 서술태도는 전체적인 서사구조 속에 일관되게 드러난다. 다소 장황하지만 그와 같은 언술의 양상을 구체적으로 살펴보면 다음과 같다.

> ㉠ 그 부인이 죽어서 이 욕을 아니 보리라 하는 마음뿐이다. 어느 틈에 죽을 겨를도 없는지라 (중략) 언덕 위에 사람이 총 한 방을 놓으니 밤중의 총소리라 산이 울리면서 사람이 모여드는데 일본 보초병들일러라. (중략) 부인은 총소리에도 겁이 없고 도리어 욕을 면한 것만 천행으로 여기는데 그 남자는 제가 불측한 일을 바라는 자이라 총소릴 듣고 저를 죽이러 온 사람으로 알고 달아난다. (중략)
>
> ㉡ 보초병이 부인을 잡아서 앞세우고 가는데 (중략) 계엄 중 총소리라 평양성 근처에 있던 헌병이 낱낱이 모여들어서 총 놓은 군사와 부인을 데리고 헌병부로 향하여 가니(중략) 밤은 깊어 사람의 자취도 없고 사면

---

13) 미하일 M. 바흐친, 같은 책, 281-282쪽. "다른 사람들의 의식에 대해 생각하는 것은 곧 그것들과 함께 이야기를 하는 것을 의미한다. 그렇지 않으면 그것들은 침묵을 지키며 입을 다물고, 객관화되고, 종결된 이미지로 굳어버린다." - 바흐친 - (재인용), 김욱동, 같은 책, 174쪽.

14) 김욱동, 같은 책, 175쪽.

에서 닭은 홰를 치며 울고, 개는 여염집 평대문 개구녁으로 주둥이만
내어놓고 짖는다.

ⓒ 닭소리, 개 소리에 부인의 발이 땅에 떨어지지 못하여 걸음을 멈추
고 섰는데, 오장이 녹는 듯 하고 눈물이 앞을 가린다. 개는 영물이라 밤
사람을 알아보고 반가워 뛰어나오다가 헌병이 칼을 빼어 개를 치려하니
개가 쫓겨 들어가며 짖으나, 사람도 말을 통하지 못하거늘 더구나 짐승이
야……. (중략) 개야 이리 나오너라. 나는 어디로 잡혀가는지, 내 발로 걸어
가나 내 마음으로 가는 것은 아니다. 헌병이 소리를 질러 가기를 재촉하
니, 그 부인이 하릴없이 헌병부로 잡혀가는데, 개는 멍멍 짖으며 따라오
니 그 개가 짖고 나오던 집은 부인의 집일러라.

ⓔ 그 날은 평양성에서 싸움 결말나던 날이오, 성중에 사람이 진저리내
던 청인이 그림자도 없이 다 쫓겨 가던 날이오, 철환은 공중에서 우박
쏟아지듯 하고 총소리는 평양성 근처가 다 들어 빠지고 사람 하나도 아니
남을 듯 하던 날이오, 평양사람이 일병 들어온다는 소문을 듣고(중략)별
염려 다 하던 그 일병이 장마통에 검은 구름 떠들어오듯 성내 성외에
빈틈없이 들어와 백이던 날이라.

ⓜ 본래 평양성중 사는 사람들이 청인의 작폐에 견디지 못하여 산골로
피난 간 사람이 많더니, 산중에서는 청인군사를 만나면 호랑이 본 것
같고 원수 만난 것 같다. (중략) 젊은 부녀를 만나면 겁탈하고 돈이 있으면
빼앗아가고 (중략) 그 부인은 평양성 북문 안에 사는데 몇 일 전에 산에
피난도 갔다가 (중략) 다시 온 지가 수일 전이라. 그 때 마음에 다시는
죽어도 피난 가지 아니한다 하였더니, 오늘 새벽부터 총소리는 천지를
뒤집어 놓고, 사면 산꼭대기 들 가운데에 불비가 쏟아지니 밝기를 기다려
서 피난길을 떠나는데 (중략) 성 중에는 울음 천지요, 성 밖에는 송장
천지요, 산에는 피난군 천지라.[15] (중략)

ⓗ 그 부인은 일본군 헌병부로 잡혀갔으나, 규중에서 생장한 부인이
그러한 난리 중에 풍파를 겪었다 하는 말을 듣는 자 누가 불쌍타 하지
아니하리오. 통변이 말을 전하는 대로 헌병장이 고개를 기울이고 불쌍하
다, 가엽다 하더니 그 밤에는 군중에서 보호하고 그 이튿날 제 집으로

---

15) <혈의 누>, 전집 1, 8-12쪽.

돌려보내니, 부인은 하루 밤 동안에 세상 풍파를 다 지내고 본집으로
돌아 왔더라.16)

　위의 예문은 일본군이 평양성을 침략해 들어오던 날의 참혹한 정경을
서술한 내용 중의 일부분이다. 이 참혹한 정경을 서술하는 서술자의 언술
에는 끊임없이 서로 대립하는 두 개의 의식이 투쟁하고 있다. ㉠에서
일본 군사들의 등장은 최씨 부인을 구원하기 위한 것이 아니라 붙잡아
가기 위한 의도적 장치이다. 그러한 의도는 ㉡㉢㉣에서 구체적으로 드러
난다. 최씨 부인이 헌병부로 잡혀가는 장면을 묘사하는 언술에는 민족적
인 통한으로 가득 차 있다. 이 통한(痛恨)의 정서는 부인과 일본 군사들의
말이나 행동 묘사에서도 드러나지만, 특히 울부짖는 가축들의 형상화를
통하여 보다 더 미학적인 효과를 거두고 있다.
　사람의 자취도 없는 깊은 밤, 남의 나라 병사들에게 끌려가는 부인을
보고 사면에서 닭과 개가 홰를 치고 울부짖는 정경의 묘사는 일본의 침략
상에 대항하는 민족의 정서와 내적인 언어를 우회적인 방식으로 드러내
는 것으로 읽혀진다. 이러한 의도를 뒷받침하는 것이 ㉣의 '그날'이라는
표현이다. 그 날의 의미는 평양의 시민들이 별 염려 다하던 그 일병이
'장마통에 검은 구름 떠들어오듯 성내 성외에 빈틈없이 들어와 백이던
날'이라는 데서 의미심장하게 드러난다. 특히 일본 군사들이 침략해 들어
오는 장면을 '장마통에 검은 구름 떠들어오듯 성내 성외에 빈틈없이 들어
와 백이던 날'이라는 말은 우연하게도 펄벅의 소설『大地』의 살인적(殺人
的)인 메뚜기 떼를 연상시킬 만큼 무시무시하고 위압적인 일본군의 무리
를 탁월하게 묘사한 언술이라 할 수 있다.
　그러나 서술자는 이와 같은 일본의 침략상을 서술하기에 앞서 먼저
일본군을 미화하는 언술부터 시작한다. ㉠의 내용은 사실상 일본군들이

---

16) <혈의 누>, 전집 1, 16쪽.

평양성 내·외를 장악하여 산과 들을 누비고 다니는 장면이지만 이들은 우연하게도 최씨 부인이 겁탈을 당할 위기에서 구해주는 역할을 한다. 그러나 그들은 부인의 구원자가 아니라는 것이 그 뒤에서 곧 밝혀진다. 그들은 아무 죄가 없고 혐의가 없을 뿐 아니라 아무런 힘도 없는 여염집 부인을 안전하게 집으로 돌려 보내주는 게 아니라, 마치 전쟁포로를 연행하여 가듯 강제로 끌고 가는 것이다.

이렇게 최씨 부인이 일본병사들에게 붙잡혀 가는 중간에 불쑥 청인 군사들의 작폐이야기가 나오는 것도 예사롭지 않다. ㉣과㉤에는 일본군의 참혹한 침략상이 가장 강렬하게 직접적으로 서술되는 대목인데 그 일본군의 침략상과는 전혀 무관한 청인 군사들의 이야기를 한마디씩 집어넣는 것은 서술자의 일본세력에 대한 곁눈질의 언술이다. 이것은 서술자의 의식 속에서 일본세력의 이데올로기와 우리 민족의 이데올로기가 쉬지 않고 대립과 갈등을 일으키기 때문이다.

㉤에서 청인 군사의 작폐를 들먹이지만 실제적인 서사 내적 상황은 일본 군사들에 의한 참혹한 정경이 형상화되는 것이다. 즉 산중에서 청인 군사를 만나면 호랑이 본 것 같고 원수 만난 것 같다지만 정작 서사 내적 상황의 묘사는 '오늘 새벽부터 총소리는 천지를 뒤집어 놓고'라는 데서부터 산꼭대기와 들 가운데는 불비가 쏟아지고 성중 성밖에 울음과 송장 천지를 만들어 놓은 것은 일본 군사들이다. 홍미롭게도 서술자는 이렇게 무참하게 우리 땅과 민족을 유린하는 일본군의 모습을 형상화하여 놓고 다시 ㉥에 가서는 일본인 헌병장을 인정 많은 인물로 부각시켜 놓는다. 그런 다음 이번에는 최씨 부인에 대하여 '하루 밤 동안에 세상 풍파를 다 지내고' 자신의 집으로 돌아 온 뒤 정신을 잃고 쓰러지는 양상으로 형상화하고 있는 것이다.

<혈의 누>에서 서술자의 서술 방식은 이와 같이 전개된다. 특히 일본세력에 대한 곁눈질의 언술은 주로 언 표면에 직접적으로 드러나는데

반하여 일본세력의 침략상과 우리 민족의 수난상은 예술적으로 형상화
함으로써 독자에게 여실하게 인지될 수 있도록 보여준다는 점이 주목된
다. 이것은 그만큼 일본세력이 우리나라에서 막강한 권력을 행사하고
있었음을 드러내는 증거이다. 그래서 끊임없이 민족적인 언술 뒤에 다시
그 말의 의미를 은폐하고 친일적인 언술로 옮겨가며, 그 말 뒤에는 또다
시 앞의 의미를 부정하고 민족적인 목소리로 옮아가는 식의 태도를 취하
는 것이다.

이 서술자의 목소리가 역동적인 것은 바로 이와 같은 그의 변덕스러운
태도 때문이다. 바흐친은 이러한 언어가 변덕스러운 것은 "언어는 물질
적인 실체가 아니라 오히려 끊임없이 변화하는, 지극히 변덕스러운 다성
적 상호작용의 매개체이기 때문"이라고 본다.[17)

이와 같은 언술의 양상은 옥년이와 일본인과의 관계에서도 동일하게
드러난다.

> 그 이튿날 일본 적십자 간호수가 보고 실어 보내니 군의가 본즉 중상은
> 아니라. 철환이 다리를 뚫고 나갔는데 ①군의관 말이 만일 청인의 철환을
> 맞았으면 철환에 독한 약이 섞인지라, 맞은 후에 하루 밤을 지냈으면
> 독기가 몸에 많이 퍼졌을 터이나 옥년이 맞은 철환은 일인의 철환이라
> 치료하기 대단히 쉽다 하더니 과연 삼주일 못 되어서 완연히 평일과 같은
> 지라.[18)

> 옥년의 마음에는 정상 부인이 시집가는 곳에 부인을 따라 가고 싶으나
> 부인이 데리고 가지 아니 할 말을 하니 옥년이는 새로이 평양성 밖 모란
> 봉 아래서 부모를 잃고 발을 구르며 울던 때 마음이 별안간에 다시 난다.
> (중략) ② 본래 부인이 시집가려 할 때에 옥년의 사정이 불쌍하여 중지하

---

17) 김욱동, 같은 책, 192쪽.
18) <혈의 누>, 전집1, 35쪽.

였으나 젊은 부인이 공방에서 고적한 마음이 있을 때마다 옥년이를 미워
하는 마음이 생긴다. (중략) 에그 저 원수의 것이 무슨 연분이 있어서
내 집에 왔나 하면서 눈살을 찌푸리더라. (중략) 눈살 밑에서 자라나는
옥년이가 눈치만 늘고 눈물만 흔하더라. 하루가 삼추 같던 그 세월이
삼년이 되었는데, 옥년이는 심상소학교 입학한 지 사년이라. (중략)

③ 저 아이는 정상군의 양녀지. 군의는 요동반도 함락될 때에 죽었다지.
그 부인은 그 양녀 옥년이를 불쌍히 여겨서 시집도 아니 가고 있다지.
에그 갸륵한 부인일세. 저 철없는 옥년이가 그 은혜를 다 알는지. 알기는
무엇을 알아. 남의 자식이라는 것이 쓸 데 없느니. 참 갸륵한 일일세.
정상 부인이 남의 자식을 길러 공부시키려고 젊은 터에 시집을 아니 가고
있으니 드문 일이지.

졸업 식장에 모인 사람들이 (중략)

(부인) 이제는 공부 다 하였으니 어미를 먹여 살려라. 공부를 네가 한
듯 하냐. 내가 시키지 아니 하였으면 공부가 다 무엇이냐. 네가 조선서
자랐으면 공부하는 구경도 못하였을 것이다. ④ 네 운수 좋으려고 일청전
쟁이 난 것이다. 네 운수는 좋았으나 내 운수만 글렀다. 너 하나 공부시키
려고 허구한 세월에 이 고생을 하고 있다.

부인이 적색의 말을 퍼부어 오니 옥년이가 고개를 숙이고 가만히 생각
한즉 겨우 소학교 졸업한 계집아이가 제 힘으로는 정상부인을 공양할
수도 없고 정상부인의 힘을 또 입으면서 공부하기도 싫고 한 가지 생각만
난다.19)

내 몸을 낳은 사람은 평양 아버지 평양 어머니요
⑤ 내 몸을 살려서 기른 사람은 정상 아버지와 대판 어머니라.
내 팔자 기박하여 난리 중에 부모 잃고
내 운수 불길하여 전쟁 중에 정상 아버지가 돌아가니
어리고 약한 이 내몸이 만리 타국에서 대판 어머니만 믿고 살았소.
내 몸이 어머니의 그러한 은혜를 입었는데 내 몸을 인연하여 어머니 근심
되고 어머니 고생되면 그것은 옥년이의 죄올시다. (중략) 어머니 나는

---

19) <혈의 누>, 전집1, 47-51쪽.

가오. 부디 근심 말고 지내시오. 하면서 눈물이 비 오듯 하다가 (중략)
ⓥ일청전쟁이 일어났을 때에 그 전쟁은 우리 집에서 혼자 당한 듯이,
내 부모는 죽은 곳도 모르고 내 몸에는 총에 맞아 죽게 된 것을 정상군의
손에 목숨이 도로 살아나서 (중략) 오기는 물 위로 왔거니와 가기는 물속
길로 가리로다. 내 몸이 저 물에 빠지거든 이 물에서 썩지 말고 물결
바람결에 몸이 둥둥 떠서 신호 마관 지나서 대마도 앞으로 조선해협 바라
보며 살같이 빨리 가서 진남포로 들어가서 대동강 하류에서 역류하여
올라가면 평양 북문 볼 것이니 이 몸이 썩더라도 대동강에서 썩고 지고
(중략) 섧고 원통한 맺힌 마음에[20]

　　인용에서 보는 바와 같이 서술자의 의식은 두 개의 상호 대립하는 이데
올로기들 사이에서 역동적으로 움직인다. 그것은 그의 의식이나 목소리
가 어느 한 편의 이데올로기에 고정되어 있는 것이 아니라 서로 이해관계
가 대립하는 서술 대상들에 대하여 민주적인 매개체적 태도를 취하기
때문이다. ①의 경우 옥년이 일본군 철환에 맞았다는 사실이 독자에게
부정적으로 비추어질 것을 염려한 일본 세력의 목소리이다. 옥년이가
일본군이 쏜 총에 맞았다는 사실은 곧 일본군 침략에 의한 피해자임을
뜻한다. 이러한 사실을 은폐시키려는 것이 ①의 내용이다. 그러니까 예문
①의 언술에는, 앞의 최씨 부인의 경우와 마찬가지로, 일본군의 침략에
의해 우리 민족이 피해를 당하는 구체적인 사건의 제시인 동시에 그 비판
적 사실을 은폐 또는 부정하고 일본군의 자기 합리화의 목소리로 대체시
킴으로써, 두 개의 이데올로기가 갈등하는 내적 대화의 구조를 이루고
있다.
　　②와 ③의 경우도 그렇다. 옥년이에 대한 정상부인의 부정적인 태도를
완화시키는 역할이 ②,③의 내용이다. 이것은 정상부인의 행위에 대한
리얼리티를 성공적으로 이끌어내는 동시에 그 뒤에 서술하게 될 비정한

---

20) <혈의 누>, 전집1, 58-59쪽.

그녀의 행위를 합리화시키는 구실을 한다. 그러니까 옥년이가 일본인에게 냉대를 당하는 바로 그 장면의 앞에는 이렇듯이 일본인의 행위를 합리화하는 언술이 반드시 선행되고 있는 것이다. 예문의 ④는 일본세력이 청일전쟁을 일으킨 자신들의 행위를 합리화하는 이데올로기이다. 그것이 서술자의 목소리가 아닌 작중인물 정상 부인의 목소리로 발화되는 것은 서술자가 어느 편의 이데올로기에도 자신의 의식을 고정시키지 않으려는 태도 때문이다. 그의 의식은 어디까지나 두 개의 대립적인 이데올로기 집단들이 서로 갈등하고 논쟁하는 대화의 장(場)으로 사용될 뿐이다. 그러므로 일본세력의 이와 같은 적반하장(賊反荷杖)격의 이데올로기는 자신들만의 주장일 뿐, 그에 대응하는 옥년이는 또 다른 자신의 이데올로기를 수행한다.

⑤는 ⑥에서 옥년이가 보여주는 자신의 이데올로기를 일본세력의 독자에게 은폐시키는 장치가 된다. 다른 말로 하면 옥년의 언술에는 일본인에 대한 두 개의 의식이 서로 갈등하며 투쟁한다. 이것은 옥년이의 의식속에 일본세력을 강하게 의식하는 서술자의 의식이 침투해 있기 때문이다. 이 경우의 다성적 관계는 내적으로 복잡하게 얽혀있는 다성적 언어라 할 수 있다. 그 일차적인 다성적 관계는 이 소설의 전체적인 의식의 주체인 서술자의 이중적인 목소리이고, 또 하나는 바로 그와 같은 서술자의 간섭에 의해 일어나는 작중인물의 이중적인 언술이 그것이다. 예문의 ⑤, ⑥에서 볼 수 있는 옥년이의 경우는 후자로서 작중인물과 서술자 간에 일어나는 내적 대화라고 볼 수 있다.

2) 내적 대화의 흔적

<혈의 누>의 서술자는 자주적 민족의 시각에서 역사를 인식하고 강력한 근대 국가를 지향하지만, 그의 의식 속에 침투한 일본세력과의 충돌과 갈등에 의해 그의 언어에는 끊임없는 곁눈질과 압력의 흔적들이 드러난

다[21]. 그 결과 이 작품의 이데올로기는 단일한 이데올로기의 생산이 아니라 상충하는 역동적인 이데올로기의 이미지로 나타나는 것이다. 서술자와 작중인물 간의 내적 대화의 흔적은 단성적이고 단일한 이데올로기를 수행하는 작중인물들의 언술에서도 드러난다. 이러한 인물들은 최씨 부인이나 옥년이처럼 일본인과 직접 마주치는 일도 없다. 그럼에도 불구하고 이들의 언술에는 타자(일본세력)의 목소리는 들리지 않지만 상대방의 이데올로기에 압도당하여 자신의 이데올로기가 변질된다. 이것이 바로 내적 대화의 흔적이다. 이것은 앞에서도 말한 바와 같이 서술자의 간섭에 의해 일어난다.

이 서술자는 자신의 목소리이든 작중인물의 목소리를 통해서이든 간에 우리 민족의 이데올로기가 발화될 때에는 그에 대립하는 이데올로기 세력을 강력하게 의식한다. 이것은 그의 의식 속에서 민족의 이데올로기를 감시하는 타자의 의식이 침투해 있기 때문이다. 다시 말하면 그의 의식 속에 일본세력의 말이 능동적으로 깊숙이 침투하여 우리 민족의 이데올로기가 온전하게 발화되는 것을 방해하고 자신들의 이데올로기로 변조시키기 위해 투쟁하는 것이다. 이것은 서술자가 자신의 입장을 어느 한 편에 고정시키지 않고 있기 때문에 일어난다.

이러한 입장의 서술자가 자신의 고유한 이데올로기를 수행하고 있는 작중인물의 언술에 간섭할 때 서술자의 의식이나 목소리는 작중인물의 언술 속에서 '흔적'으로써 자신의 존재를 드러낸다. 이러한 경우 작중인물의 언술은 '이중적 목소리로 된' 언술이 되는 것이다. 이것을 바흐친의 이론에서는 서로 다른 두 개의 목소리는 두 사람의 화자를 포함하는 것이

---

21) 내적 대화의 흔적이란 서술 주체의 의식 속에서 일어나는 상충하는 이데올로기 간의 상호작용의 흔적을 일컫는 말이다. 이 경우 텍스트 상에 직접 그 존재가 드러나지는 않지만 하나의 이데올로기를 이끌어 가는 주체의 언어 속에 그것과 대립하는 자신의 목소리나 이데올로기를 반영시킴으로써 서술자의 언어나 직중인물의 언어를 다중적인 의미로 변질시켜 그 흔적을 드러내는 것이다.

며, 이 두 개의 화자는 마치 대화를 나누는 것처럼 서로 내적으로 관련되어 있다고 설명한다. 다시 말해서 이러한 언술은 어디까지나 내적인 대화로 조직되어 있다는 것이다.[22)]

단성적인 단일한 이데올로기를 수행하는 작중인물의 언술에서 서술자의 목소리가 '흔적'으로 나는 경우는 다음과 같다.

㉠ 땅도 조선 땅이요 사람도 조선 사람이라. 고래 싸움에 새우 등 터지듯이 우리나라 사람들이 남의 나라 싸움에 이렇게 참혹한 일을 당하는가 (중략) 슬프다. 저러한 송장들은 피가 시내 되어 대동강에 흘러들어 여울목 치는 소리 무심히 듣지 말지어다. 평양 백성의 원통하고 서러운 소리가 아닌가. 무죄히 죄를 받는 것도 우리나라 사람이요 무죄히 목숨을 지키지 못하는 것도 우리나라 사람이라.

㉡ 이것은 하늘이 지으신 일이런가. 사람이 지은 일이런가. 아마도 사람의 일은 사람이 짓는 것이라. 우리나라 사람이 제 몸만 위하고 제 욕심만 채우려 하고, 남은 죽든지 살든지, 나라가 망하던지 흥하던지, 제 벼슬만 잘하여 제 살만 찌우면 제일로 아는 사람들이라. 평안도 백성은 염라대왕이 둘이라 (중략) 선화당에 있는 감사는 몸 성하고 재물 있는 사람은 낱낱이 잡아가니 인간 염라대왕으로 (중략) 고사를 잘 지내면 탈이 없고 못 지내면 온 집안에 동토가 나서 다 죽을 지경이라.(중략)

㉢ 더구나 남의 나라 사람이 와서 싸움을 하느니 지랄을 하느니, 그러한 서슬에 우리는 패가하고 사람 죽는 것이 다 우리나라가 강하지 못한 탓이라(중략) 이후에 이러한 일을 또 당하지 아니 하게 하는 것이 제일이라. 제 정신 제가 차려서 우리나라도 남의 나라와 같이 밝은 세상 되고 강한 나라 되어(중략) 아귀귀신 같은 산 염라대왕과 산 터주도 못 오게 하고, 범 같고 곰 같은 타국 사람들이 우리나라에 와서 감히 싸움 할 생각도 아니 나도록 한 후이라야.[23)]

㉣ (막동) 나라는 양반님네가 다 망하여 놓으셨지요. (중략) 양반님 서슬

---

22) 미하일 M. 바흐친, 같은 책, 210-213쪽.
23) <혈의 누>, 전집1, 14-15쪽.

에 상놈이 무슨 사람 값에 갔습니까. 난리가 나도 양반의 탓이올시다.
일청전쟁도 민영춘이란 양반이 청인을 불러 왔답디다. 나리께서 난리
때문에 따님아씨도 돌아가시고 손녀아기도 죽었으니 그 원통한 귀신들
이 민영춘이란 양반을 잡아갈 것이올시다.[24]

위의 예문은 작중인물 김관일이가 자주적인 시각에서 현실을 인식하
며 중얼거리는 독백의 언술이다. 그런데 흥미로운 것은 민족의 이데올로
기를 수행하는 그의 언술에서 그의 발화 내용을 변질시키는 능동적인
타인의 흔적이 발견된다는 사실이다. 즉 우리나라 사람들이 참혹한 일을
당하는 것은 청일전쟁 때문이며 그 전쟁을 일으킨 장본인은 일본세력이
다. 그런데도 참혹한 일을 저지른 일본세력에 대한 언급은 김관일의 독백
어디에도 나타나 있지 않다. 그가 외국 세력을 지칭한 '범 같고 곰 같은
타국 사람들'이란 일본과의 전쟁에서 패배한 나라들이다. 여기서 범과
곰 같은 외국 세력도 경계해야 할 대상이지만 지금 당장에 가장 경계해야
할 대상은 일본이다.

그렇다면 ㉠에서 암시하는 외세의 대상은 ㉢에서 변질되고 있는 것이
다. 이것은 압도적인 타인의 말이 내적으로 그의 이데올로기 생산에 영향
을 미치기 때문이다. 김관일의 언술이 애초에 의도했던 대로 바르게 수행
되지 못하고 변질되는 것은 의식의 주체인 서술자가 내적으로 타인(일본
세력)의 말에 압도당하고 있기 때문이다. 다시 말해서 타인의 말 자체는
드러나지 않았지만 그 말의 영향력이 흔적으로써 드러나는 것이다.

예문 ㉣의 경우도 이와 동일한 원리에 의해서 타인의 흔적이 드러난다.
최주사나 막동이는 누구의 눈치도 볼 필요 없이 이야기할 수 있는 자유로
운 서사 내적 환경에 있다. 그런데도 막동이는 청일전쟁의 원인을 청인
군사들에게서만 찾는다. 그러나 엄밀히 따지자면 청인 군사들은 우리나

---

24) <혈의 누>, 전집1, 35쪽.

라를 침략하겠다는 목적으로 우리나라에 들어온 것이 아니라 우리나라 정부의 요청에 의한 것이었다. 따라서 막동이의 논리는 편파적이다. 오히려 그의 논리는 침략자 일본세력의 자기 합리화의 논리와 연결되어 있다. 다시 말하자면 막동이의 논리는 우리 민족의 이데올로기와 대립되는 타자(일본세력)의 논리가 우리 민족인 막동이의 언술에서 나타나고 있는 것이다. 이것은 능동적이고 공격적인 타자의 말이 서술자의 의식을 압도하여 내적인 상호 작용의 결과, 막동이의 언술에서 나타나게 될 막동이 본래의 이데올로기를 변조시켰던 것으로 볼 수 있다.

이처럼 서술자의 의식이나 목소리는 어느 한 편의 이데올로기에 고정되어 있지 않기 때문에 서로 이해관계가 대립되는 타자들의 목소리들과 끊임없이 내적인 다성적 관계를 통하여 갈등하고 충돌하면서 역동적으로 움직이고 있다. 그럼으로써 서술자의 의식이나 언술은 단일하고 단성적인 의미들로 결정되어 있는 것이 아니라 언제라도 다른 이데올로기적 목소리로 변할 수 있는 역동적인 생명력을 지니고 있는 것이다. 이 독특한 성격을 지니고 있는 서술자는 자신이 어느 한 대상을 서술하는 순간에도 그 서술하는 대상과 이데올로기적으로 대립하는 또 다른 타자에 대하여 끊임없이 곁눈질을 보내거나 또는 그 쪽의 목소리에 압도 당하여 자신의 이데올로기를 변질시키고 있는 것이다.

<혈의 누>의 서술자에게서 나타나는 이와 같은 특성은 당시 우리나라 안의 이데올로기적 권력이 어느 세력에게 주어져 있었던가를 극명하게 보여주는 것이기도 하다. <혈의 누>에서 보여주는 서술자의 언술은 일본세력이라는 타자의 이데올로기와 우리 민족의 이데올로기 사이에서 내적으로 끊임없는 갈등과 투쟁의 양상으로 읽혀질 수 있다. 담론의 시각에서 보면 이 소설의 서사 담론에는 서술자 자신의 의식이란 존재하지 않는다고도 볼 수 있다. 그 속에는 오로지 외세의 침략을 당하여 고통받는 우리 민족의 모습과 우리나라를 침략하여 식민지로 삼으려는 일본

세력들과 서로 대립하고, 밀고 당기며 상호 투쟁하는 양상을 서술자는 다만 중개하였을 뿐이다. 작가는 자신의 언술을 감시하는 일본세력의 위협과 우리 민족의 앞에서 어느 편에도 가담하지 못하고 중간자의 입장을 선택하였다.

그럼에도 불구하고 일본세력의 침투력은 강력하여 자신들의 침략행위를 합리화하도록 서술자의 이데올로기 생산에 막대한 영향력을 행사하고 있는 것을 볼 수 있었다. 반면에 우리 민족의 이데올로기는 서술자의 말이나 작중인물들의 직접적인 말보다는 그들이 처해있는 서사 상황의 묘사를 통해서 더 잘 드러난다. 그 과정에서도 서술자가 일본세력의 권력에 압도 당할 때마다 이 세력은 서술자의 의식을 장악하고 자신들의 침략행위를 합리화하거나 자신들의 이데올로기를 강요하는 능동적인 참여자로 나타난다. 이들의 존재는 말의 표면에 직접 드러나지는 않는다 하더라도 작중의 이데올로기를 변조시키는 능동적인 참여자로서의 흔적을 문맥 속에 남겨놓고 있다.

2. 텍스트 상관성

이인직의 신소설에는 시대와 작가가 다른 이질적인 장르들이 효과적으로 수용되어 작품의 의미를 확장시키거나 강화시키는 구실을 톡톡히 해내고 있다. 특히 주목되는 것은 이인직 소설에서의 텍스트 상관성이 단순히 수용 주체의 독서 체험에 의한 영향 관계라든가 교양의 차원을 넘어, 수용 주체의 의미심장한 의도와 계획 하에 다중적인 의미를 지향하고 있다는 점이다. 이 때문에 우리는 그것이 수용 주체의 어떠한 의도하에 수용되었는지, 그리고 그러한 의도에 의하여 어떻게 굴절되어 있는지를 주목하지 않으면 안 된다. 또한 그것이 본래부터 지니고 있던 이데올로기와 수용 주체의 의도 간에 어떠한 다성적 관계가 이루어지고 있는가를 살펴 볼 수가 있을 것이다.

이인직의 신소설 중에 주목되는 텍스트 상관성은 <은세계>와 <치악산>에서 발견된다. 이 두 작품 모두 다 1908년에 창작된 것이다. 여기에 수용되어 있는 이질적인 담론들은 그 기능에 따라 크게 두 가지로 분류된다. 한 가지는, 일단 그것이 미학적인 형식을 통해 신소설 속에 들어와서는 수용자의 언어 속으로 녹아드는 경우이다. 이 때의 그것은 수용 주체의 이데올로기와 본래의 이데올로기가 하나로 통합되어 단일한 이데올로기를 생산해 낸다. 이때 그것이 하는 역할은 수용 주체의 언어가 설득력 있게 독자에게 전달되도록 만들며 작품의 내용을 풍요롭게, 그리고 그 의미를 강화시키는 역할을 한다.

다른 한 가지는, 수용되기 이전에 그것이 지니고 있던 그 본래의 이데올로기가 그것을 수용하는 주체의 의도 하에 수용되는 과정에 굴절되는 경우이다. 다시 말해서 시대와 작가가 다른 이질적인 담론이 수용 주체의 언어로써 옮겨지는 과정에서 그 두 개의 언어와 가치체계 사이에 다성적인 관계가 성립되는 것이다. 이와 같은 이질적인 담론들의 상호 연관에 의해 소설의 언어는 화학적 반응을 일으키고 서로 다른 두 개의 목소리를 드러내게 되는 것이다. 여기에는 수용 주체의 의미심장한 내적 대화성이 주목된다.

전자의 경우는 주로 우리나라의 전통 민요인 노동요, 초동요, 상두소리 등을 들 수 있으며, 후자의 경우는 우리나라의 전래 판소리 <흥부전>의 '놀부의 박타령'과 중국 고사에 나오는 '오기'의 이야기가 해당된다.

이제 작품을 통하여 그 구체적인 수용 양상을 살펴보기로 한다.

1) 단일성

민요는 그 나라의 민중 속에서 자연적으로 발생하여 자신들의 생활

감정 뿐만 아니라 역사나 사회에 대한 집단의식이 소박하게 반영되어 있는 전래 가요이다. 이러한 민요가 특정한 소설 속에 수용된다는 것은 그것을 수용하는 주체의 의도와 부합되거나 그 본래의 의미를 수용 주체의 의도로 변용하기 위함이다.

이인직의 신소설 <은세계>에 수용된 민요들은 작중 현실의 상황을 현장감 있게 활력을 불어넣는 중요한 역할을 하고 있다. 뿐만 아니라 현실의 상황을 객관화시키고 작중인물들의 입장을 강화시킨다. 그리고 그것은 특정한 한 개인인 작가나 작중인물의 입장을 당대 민중들의 목소리로써 시대적 분위기로 확대시키고 고조시킨다.

내려왔네 내려왔네 불가사리가 내려왔네
무엇하러 내려왔나 쇠잡아 먹으러 내려왔네[25]

낭이라데 낭이라데 강원감영이 낭이라데
두리기둥 검은 대문 걸려들면 낭이라데
애-고 나 살려라
도적질을 하더라도 사모바람에 거드럭거리고
망나니짓을 하여도 금관자 서슬에 큰 기침한다.
애-고 나 살려라

강원도 두메산골에 살찐 백성을 다 잡아먹어도
피똥도 아니 누고 배병도 없다데
애-고 나 살려라[26]

천진한 초동들의 목소리가 생생하게 감지되는 노래이다. 특히 '애-고 나 살려라'는 어린이들 특유의 흥미를 유발하는 유희적 후렴구로 사실주

---

25) <은세계>, 전집3, 118쪽, 초동요.
26) <은세계>, 전집3, 139쪽, 초동요.

의적인 현장감을 강화시키는 부분이다. 초동들의 노래임에도 불구하고 당대 사회에 대한 풍자적 성격이 강하게 드러나는 것은 그 사회가 태평성세가 아닌 어지러운 세상임을 의미한다.

농민들의 노동요에는 보다 더 구체적인 현실의 상황과 삶에 대한 농민들의 보편적 정서가 담겨져 있다.

'농심(農心)은 천심(天心)'이라는 옛말을 떠올리는 대목이다. 자연의 섭리대로 살아가는 농민들의 선한 마음씨가 돋보인다. 위의 노랫말에는 신성한 노동의 가치를 일깨우고 가족애, 먹는 것에 대한 감사하는 마음이 배어 있다. 이치에 어긋나는 탐욕이나 사악함이 없이 순리대로 살아가는 농민들의 질박한 삶의 정서가 묻어 있다. 이들은 신성한 노동의 대가로 거둬 들인 곡식의 가치를 알고 있다. 이러한 농민들의 목소리를 소설

---

27) <은세계>, 전집 3, 127 - 128쪽.

속에 끌어들이는 의도는 하늘이 내린 백성들의 재물을 부당하게 수탈하고 학정하는 봉건 관리들의 행태가 하늘의 뜻을 거스르는 행위임을 드러내기 위함이다.

다음의 노랫말은 역설적인 언어로써 부패한 지방관리를 고발하고 있다.

이논임자 배춘보 인심좋기는 다시없네 / 저먹을 것은 없어도 일꾼대접은 썩잘하데 / 보리탁주 겯드리 실컷먹고 또남았네 / 배춘보야 들어보아라 네가참 잘알아챘다 / 막먹고 막써서 부모세덕 다없애고 / 가난뱅이 되었으니 네신상에는 편하니라 /
벼백이나 하는재물 지금까지 지녔던들 / 걸렸을라 걸렸을라 영문고밀개에 걸렸을라 / 강원감사 정등내 곰배정자는 아니지만 / 고밀개는 가지고왔데 앞으로긁고 뒤로긁고 / 이리긁고 저리긁고 자나굵으나 굵으나자나 / 득득긁어 들이는판에 너조차 걸려들어 /
사령에게 고랑맛 사또앞에 태장맛 / 이세상에 따가운맛 볼대로 다본후에 / 네재물 있는대로 톡톡털어 다바치고 / 거지되어 나왔을라 여-허 여-허 어여라 상사듸야[28]

부모가 남겨준 재산을 다 탕진하고 가난뱅이가 된 배춘보를 잘했다고 칭찬하는 것은, 현실이 거꾸로 돌아가는 세상임을 비판하기 위함이다. 백성을 보살피고 지켜주어야 할 지방관리가 자신의 임무를 져버리고 거꾸로 백성의 재물을 부당하게 빼앗는다는 것은 나라가 제 기능을 다하지 못하고 있다는 것을 의미한다.

따라서 이러한 노랫말을 통하여 알 수 있는 것은 백성들의 마음이 이미 부패한 지방관리의 존재를 부정한다는 사실이다. 예나 지금이나 민심이 떠난 정권은 존재 가치가 없어진다. 이들의 노랫말이야말로 당대 사회의 여론을 대표하며 민심의 반영이라 할 수 있다. 이 막대한 여론의 힘이

---

28) <은세계>, 전집 3, 131쪽.

소설의 현실 속에 수용됨으로써 이 소설이 지향하는 바의 든든한 버팀목
이 되고 있는 것이다.

이와 같은 백성들의 지지 속에서 서술자는 자신의 이데올로기를 이들
의 언어 속에 침투시킨다.

> 우리동네 최서방님 굳기는 하지마는 그른일은 없더니라
> 벼천이나 하는죄로 영문에 잡혀가서 형문맞고 큰칼쓰고
> 옥중에 갇혀있어 반년을 못나오데 여-허 여-허 어여라 상사듸야[29]
> (중략)
> 글잘하는 양반이 말을하여도 남다르데
> 최서방님이 나를보고 순사도를 욕을하는데 / 나라 망할 놈이라고 이를
> 북북갈고 피를 퍽퍽 토하면서 / 우리나라 백성들이 불쌍하다고 말을하
> 니 / 그매를 그렇게 맞고 그고생을 그리하면서 / 내몸생각은 조금도
> 없고 나라망할 근심이데 여-허 여-허 어여라 상사듸야[30]

위의 노랫말에서 주목되는 것은 최병도가 지방관리의 탐학을 나라가
망하는 원인으로 보고 있다는 점이다. 부패한 지방관리의 탐욕과 학정으
로 백성들이 억울한 누명을 쓰고 재물을 빼앗기는 것은 어느 시대에나
있어왔다. 그러한 정치세력에게 백성들이 등을 돌리고 새로운 세상이
오기를 갈망하는 것은 너무나 당연한 자연의 섭리이다. 그리고 그것이
원인이 되어 나라가 망할 경우에는 같은 국가 안에서 다른 왕조의 혁명이
나 정치세력의 혁명을 의미하는 것이었다.

그런데 문제는, 이 소설에서 그것을 나라가 망하게 된 원인으로 강조하
는 데는 다른 의도가 있는 것으로 보인다는 점이다. 그 의도는 최병도가
순사도 앞에서 목숨을 걸고 성토하는 장면에서 노골적으로 드러난다.

---

29) <은세계>, 전집 3, 129쪽.
30) <은세계>, 전집 3, 132 - 133쪽.

> 순사도께서 이 백성들을 수족같이 아르시고 동생같이 여기시고 어린
> 자식같이 사랑하시면 이 백성들이 무궁한 행복을 누리고 이 나라가 태산
> 과 반석같이 편안할 터이오나, 만일 그렇지 아니하여 백성이 도탄에 들을
> 지경이면 천하의 백성 잘 다스리는 문명한 나라에서 인종을 구한다는
> 옳은 소리를 창시하여 그 나라를 뺏는 법이니 (중략) 우리나라도 백성에
> 게 포학한 정사를 행할 지경이면 나라가 망하는 것은 순사도는 못 보시더
> 라도 순사도 자제는 볼 터이올시다.31)

그러니까 이 소설에서 말하는 '나라가 망한다'는 의미는 우리나라 안에
서 우리 민족에 의한 정치적 혁명이 아니라, 1905년 이후 우리나라가
일본의 내정간섭을 받게 된 상황을 염두에 둔 발언으로 읽혀진다. "천하
의 백성 잘 다스리는 문명한 나라에서 인종을 구한다는 옳은 소리를 창시
하여 그 나라를 빼앗는 법이니", 이것은 이 소설에서 노동요를 부르는
우리나라 백성들의 의도와는 전혀 별개의 이데올로기이다. 아니, 서로
첨예하게 대립하여야 할 관계이다.

당시 우리나라 봉건지배층의 부패와 탐학이 극에 달하여 국민들이 고
달펐던 것도 사실이고, 당시 정치세력에 대하여 국민이 등을 돌렸던 것도
사실이었다고 하더라도, 우리나라 국민들 누구도 외세의 통치를 바랬던
적은 한 번도 없었다. 역사가 증명하듯이 오히려 우리나라 국민들은 반
(反)외세 의병운동이 전국 각지에서 일어나 무수한 목숨들이 침략자 일본
군사들의 총칼 앞에서 희생되었음은 주지의 사실이다.
　따라서 이 대목은 우리나라 백성들이 부패한 지방관리를 비판하고
새 세상이 오기를 갈망하는 노동요가 수용 주체의 이데올로기에 의해
왜곡될 소지를 다분히 안고 있으나, 다행히 위의 인용에서 드러나듯이,

---

31) <은세계>, 59쪽, 아세아문화사의 영인본에는 빠져있음. 이상경, 「이인직 소설의
　　근대성 연구」,『민족문학과 근대성』, 문학과 지성사, 1995, 164쪽, 재인용.

적어도 노동요에서는 그 의미가 크게 손상되지는 않았다. 흥미롭게도 이 소설에 수용된 노동요의 역할은 당시의 부패한 봉건 지방관리를 비판하고 그 탐학을 고발하는 데 까지만 이 소설을 지지하고 있는 것이다.

봉건 지방관리의 학정에 대한 고발은 주인공 최병도의 죽음으로써 극에 달한다. 다음의 상두소리는 고발의 차원을 넘어 백성들의 한(恨)의 차원으로 나아가고 있음을 보여준다.

> 워 - 허 워 - 허 이길이 무슨길고 북망가는 길이로다.
> 워 - 허 워 - 허 이주검이 무슨주검인고 학정밑에 생주검일세
> 워 - 허 워 - 허 생떼같은 젊은 목숨 불연목에 맞아죽었네
> 워 - 허 워 - 허 이양반이 죽었을 때 눈을감고 죽었을까
> 워 - 허 워 - 허 처자의 손목쥐고 유언할제 어떨손가
> 워 - 허 워 - 허 고향을 바라보고 낙루가 마지막일네
> 워 - 허 워 - 허 한을품고 죽은사람 썩지도 못한다데
> 워 - 허 워 - 허[32)]

이 상두소리는 그 노랫말에서 알 수 있듯이 독자로 하여금 봉건 정치세력에 대한 극도의 증오심을 불러일으키기 위한 수용 주체의 의도적인 장치이다. 즉 무고한 백성들을 탐욕과 학정으로 죽이는 국가체제, 이러한 체제는 존재 가치가 없다. 이런 세상은 빨리 바뀌어야 한다. '이 세상이 잘못되었다는 것은 어린 아이들도 알고(초동요) 백성들이 안다(노동요, 상두소리)', 이런 논리이다. 말하자면 소설 속에 다양한 민요들을 수용함으로써 이 소설의 작가가 지향하고 있는 것에 다수의 백성들이 지지하는 역할을 하는 셈이 된다.

---

32) <은세계>, 전집 3, 158쪽.

2) 다중성

우리나라의 전래 판소리 <흥부전>에 나오는 '놀부 이야기'는 심술궂고 인색한 놀부가 평생 자신이 학대하던 아우 흥부가 어느 날 갑자기 부자가 되자, 과거 자신의 행위를 뉘우칠 줄 모르고 더 큰 탐욕을 부리다가 하늘의 벌을 받고 패가망신 한다는 이야기이다. 그런데 그 이야기가 개화기의 신소설 <은세계>에 수용되어 우리나라의 봉건 왕조가 세계열강과의 개화 과정에서 몰락하게 된 역사적 사실을 비유하는데 씌어지고 있다는 점이 주목된다.

여기서 특히 주목하고자 하는 것은 '놀부의 이야기'가 수용 주체에 의하여 어떻게 언어화되고 있는지, 그리고 그것이 본래 지니고 있던 이데올로기가 어떻게 수용 주체의 이데올로기로 굴절되고 있는지를 살펴보는 일이다. 그 본래의 의미를 굴절시킨다는 것은 수용 주체와 '놀부 이야기'가 갖고 있는 그 본래의 이데올로기 간에 내적인 대화의 관련성으로 이해할 수 있다. 말하자면 본래의 의미를 변화시키는 '대화화된 이어성'을 추적하는 일이라 할 수 있다.[33]

<은세계>에서 이 이야기는 주인공 옥남이의 의식을 통하여 발화되고 있다.

> 세계 풍운은 날로 변하는 때라. 더구나 우리나라에서는 세상이 어찌 되어 가는지 모르고 괴상 극악한 짓만 하다가 세계 풍운이 변하는 서슬에 정신이 번쩍번쩍 나는 판이다. 일로전쟁 이후로 옥남이가 신문만 정신 들여 날마다 보는데 신문을 볼 때마다 속만 터진다. 어찌하여 속이 그렇게 터지는고.
>
> 옥남의 마음에 우리나라 일은 놀부의 박타듯이 박은 타는대로 경만 치게 된 판이로고 생각한다. 박을 타는 것 같다 하는 말은 웬 말인고. 옛날 놀부의 마음이 동포형제는 다 빌어먹게 되더라도 남의 것을 뺏어서

---

33) 김욱동, 같은 책, 230쪽.

내 재물만 삼으면 좋은 줄을 알던 사람이라. 일평생에 악한 기운이 들들 뭉쳐서 바람풍자 세 가지 쓰인 박씨 하나이 되었더라. 그 바람풍자 풀기를 올풍졸풍 망풍이라 하였으나 옥남이 같은 신학문 있는 사람의 마음에는 그 바람 풍자가 북풍이 아니면 서풍이요, 서풍이 아니면 남풍이라. 대체에는 바람에 경을 치던지 큰 바람이 불고 말리라 싶은 생각이나, 그러나 바람 불기 전에는 어느 바람이 불는지 모르는 것이요, 박을 타기 전에는 무엇이 나올지 모르는 터이라.[34]

이 예문은 세계열강과 우리나라 봉건 지배자들의 행태가 비교되는 대목이다. 세계열강은 치열한 식민지 쟁탈전을 벌이고 있는데 반하여 우리나라 지배자들은 세상 돌아가는 정세에는 캄캄한 채 제 나라 백성들의 재물이나 빼앗기에 골몰하고 있다는 이러한 인식에는 우리나라가 처하게 된 현실에 대하여 안타까워하는 민족적인 조바심이 배어 있다. 그와 동시에 당시 우리나라가 반(半)식민지에 처하게 된 책임이 우리나라의 봉건정치 관리들이 세계정세에 빠르게 대처하지 못한 때문이라는 비판이 깔려있다. 이러한 역사의식은 한 발 더 나아가 조만간 우리나라가 직면하게 될 망국(亡國), 즉 한일합방에 대한 책임도 결국 나라를 제대로 경영하지 못한 봉건정치 관리에게 있음을 시사하는 것이다. 이것은 진화론이라는 약육강식의 논리가 근대적 이념으로 지배하던 당시의 세계사적 안목에서 조국의 현실을 바라보는 젊은 신지식인 옥남이의 역사 인식이다.

그런데 옥남이의 이와 같은 제국주의적 역사인식에도 불구하고 그의 말 속에는 조국의 현실에 대한 피 끓는 민족적 감정이 복잡하게 뒤얽혀 있다. 즉 '신문을 볼 때마다 속만 터진다.'는 말이 그것이다. 주목해야 할 것은 여기서 부터이다. 속이 터진다는 것은 누군가에게 자신의 속 터지는 내면의 진실을 토로하지 않을 수 없게 만드는 요인이 된다. 그러

---

34) <은세계>, 전집 3, 203 - 204쪽.

나 그 내면의 진실을 토로하기에는 시대가 자유롭지 못하였다. '놀부 이야기'의 수용은 이러한 내적 진실을 누군가와 소통하기 위한 미학적 장치로서 수용되었다고 볼 수 있다. 이러할 경우 그것은 다중적이고 모호한 의미들을 산출하는 역할을 하게 된다. 이때 그것의 이데올로기가 모호해지면 해질수록 수용자의 의도는 성공하고 있는 셈이다.

소설의 언어에서 다성적 담론의 조직을 이해한다는 것은 '인간 의식의 다성적인 성격, 그리고 모든 목소리, 몸짓, 행동의 깊은 애매성을 인식하는 데 있다.[35] 소설 언어의 다성성은 역사적 사회의 모순과 복잡성, 그리고 사회와 내적으로 연관되어 있는 인간 의식 속에서 산출되는 것이다.[36] 예문에서 보여주는 옥남이의 말에는 '신문을 볼 때마다 속만 터진다'는 목소리와 , 우리나라의 봉건정치 관리들을 놀부에 비유하는 억양 사이에는 미묘한 이질성을 내포하고 있다. 이 두 개의 목소리는 각각 서로 상반되는 이데올로기를 지향하고 있는 내적 타자와 상관하고 있기 때문이다.

이것을 좀더 세밀하게 분석해 보면, 먼저 옥남이의 마음이 '신문을 볼 때마다 속만 터지고', '우리나라의 일이 놀부의 박 타듯이 경만 치게 된 판'이라고 생각하는 것과, 반면에 '세상이 어찌 되어 가는지 모르고 괴상극악한 짓만 하다가', '일평생에 악한 기운이 들들 뭉쳐서' 박씨 하나가 되었다는 목소리는 근본적으로 다른 목소리로 읽혀진다. 전자의 지향성은 민족적인 타자와 연관되는 목소리이고, 후자의 지향성은 우리나라를 반(半)식민지로 장악하고 있는 일본세력과 연관되어 있다고 볼 수 있다. 이렇듯 옥남이의 언어는, 적어도 텍스트 상관성에 있어서는 우리가 앞에서 <혈의 누>의 서술자의 언어에서 보았던 것과 유사한 언술 구조를 보여주고 있음을 알 수 있다.

---

35) 프라바카라자, 「루카치, 바흐친, 그리고 소설 사회학」(여홍상 역), 『바흐친과 문학이론』, 문학과 지성사, 1997, 295쪽.
36) 프라바카라자, 같은 책, 295쪽.

본래의 <흥부전>에서 '놀부의 박타령'은 심술궂고 마음씨 사나운 놀부 개인에게 일어난 사건이지만 신소설 <은세계>에서는 러일전쟁 이후로 우리나라에서 연속적으로 일어나는 사건마다 우리나라가 패망의 늪으로 한 발씩 빠져 들어가는 양상을 비유하는데 씌어지고 있다. 예문의 옥남이가 러일전쟁 이후로 '신문을 볼 때마다 속이 터지고' 우리나라의 일이 놀부의 박 타듯이 '박은 타는대로 경만 치게 된 판'이 의미하는 것은 1905년 제2차 '한일협약'(을사보호조약)과 1907년 제3차 '한일협약'(정미7조약)을 통하여, 우리나라가 반(半)식민지로 전락하게 된 데 대한 민족주의적인 통분의 정서이다. 그리고 이것은 작중인물(옥남)과 창작 주체간의 내적 통합을 의미한다.

당시의 그와 같은 우리나라의 사정이 일본 제국주의자들의 막대한 무력과 권력을 행사하였던 결과임을 그는 40이라는 중년의 나이에 지켜보았던 목격자이며 역사의 산 증인이다. 그런 그가 아무리 친일주의자라한들 민족적 감정이 없을 리는 없다. 이러한 자신의 진심을 일본인의 감시로부터 가장 안전하게 드러내기 위해서 인색한 놀부에게 하늘이 벌을 내렸다는 '놀부의 박타령' 이야기가 적합하다고 생각한 듯 하다. 바로 이러한 의도와 본래의 '놀부의 박타령'이 의미하는 이데올로기의 사이에 의미 분화가 일어날 수 있다. 그 언술에는 이중적 목소리의 대화성이 드러날 수밖에 없는 것이다. 바로 이 점이 민족과 일본(검열관)이라는 두 층위의 독자에게 상반된 의미를 전달하여 소설의 언어를 다성적 언어로 변화시키고 있는 것이다.

대체 그 박씨가 어느 바람에 불어온 것인고. 한식 동풍에 어류가 비꼈는데 왕사 당년에 날아드는 제비들이 공량에 높이 앉아 남남(喃喃)히 지저귀고 강남소식을 전하면서 박씨를 떨어뜨린다. 주인이 그 박씨를 주어다가 심었는데(중략) 그 박이 박복한 박이라(중략). 한 통을 타면 초상상제가 나오고, 또 한 통을 타면 장비가 나오고 또 한 통을 타면 상전이 나오니,

나머지 박은 겁이 나서 감히 탈 생의를 못하나 기왕에 열려서 굳은 박이라, 놀부가 타지 아니 하더라도 박 속에 든 물건은 다 나오고 말 모양이라, 놀부가 필경 패가하고 신세까지 망쳤는데, 도덕 있고 우애 있는 흥부의 덕으로 집을 보존한 일이 있었더라.

그러한 말은 허무한 옛말이라. 지금 같은 문명한 세상에 물리학으로 볼진대 박 속에서 장비도 나오고 상전도 나올 이치가 없으니 옥남이가 그 말을 참말로 믿는 것이 아니라. 그러나 옥남의 마음에 옛날 우리나라에 이학박사(理學博士)가 있어서 우리나라 개국 오백년 전후사를 추측하고 비유하여 지은 말인가 보다, 그렇게 생각하여 의심나고 두려운 마음이 주야 잊지 못하는 것이 옥남의 일편 충심이라.37)

'그 박이 박복한 박이라' 이 한 마디의 말 속에 '놀부의 박타령'을 수용한 주체의 내적 진심과 그 의도의 모두를 응축하고 있는지도 모른다. 왜냐하면 그 다음에 오는 말의 표현 속에서 그러한 진실을 읽을 수 있기 때문이다. 즉, 한 통을 타면 초상상제가 나오고, 또 한 통을 타면 장비가 나오고, 또 그 다음에는 상전이 나온다는 표현이 그것이다. 이러한 옥남이의 비유는 우리나라가 러일전쟁(1904)이후부터 <은세계>의 창작(1908) 당시까지 주변 강대국들 간에 벌어지고 있었던 아슬아슬한 역사적 상황을 놀부의 박타령에 비유하여 여실히 묘사한 것이기 때문이다.
여기서 초상상제나 장비나 상전이 무엇을 가리키는 말인지는 새삼 거론할 필요조차 없으려니와, 더욱 주목되는 것은 그 '나머지 박'에 대한 이야기이다. 말하자면 이것은 미구에 우리나라에 들어 닥칠 일본의 식민지 병합 계획을 두고 하는 말에 다름 아니다. 동시에 이 말 속에는 일본세력이 우리나라의 정치권력 안에 너무 깊숙이 간여하고 있기 때문에 우리나라가 일본의 영향권으로부터 빠져 나가기에는 때가 너무 늦었음을 시

---

37) <은세계>, 전집 3, 204-205쪽.

사하는 것이기도 하다.[38]

　이어서 옥남이의 목소리는 또 다른 타자를 지향한다. 즉 '놀부가 필경 패가'한다는 것과, '우애 있는 흥부의 덕으로 집을 보존한'다는 말이 그러하다. 놀부가 패가한 것은 우리나라 봉건 정부의 자업자득이란 말이고, 도덕과 우애 있는 흥부의 덕이란 것은 지금 옥남이가 지향하고 있는 타자를 가리키는 말이다. 이처럼 옥남이의 내적 의식은 두 개의 상반되는 이해 집단의 타자들 사이에서 역동적으로, 그리고 모호한 언어로 움직이고 있다.

　뿐만 아니라 옥남이의 말은 앞에서 자신이 비유를 들었던 박타령 이야기 자체를 부정해 버린다. "그러한 말은 허무한 옛말이라. 지금 같은 문명한 세상에"라는 말로 '장비'와 '상전'이 나오는 이야기를 부정함으로써, 그나마 잠깐 내비쳤던 민족주의적 의식 자체를 부정해 버리는 것이 되고 말았다. 이것은 옥남이의 의식 속으로 침투한 반대편 타자의 강력한 이데올로기적인 힘에 압도당한 옥남이의 반응으로 볼 수 있다.

　언어의 변화는 다른 이데올로기를 생산해 낸다. 이제 이야기는 다시 조선 오백년을 패망하게 한 원인이 박 속에서 나온 초상상제나 장비 혹은 상전이 아니라, 부패한 우리나라의 봉건 지배자들이라는 논리로 의미가 굴절된다. 그리고 그 비판의 대상도 우리나라 내부의 부패한 봉건 지배자들에게만 해당되는 논리로 축소되는 것이다. 이 말은 화자인 옥남이가

---

38) 옥남이의 이와 같은 역사 인식은 그가 옥순이와 시국을 논하는 장면에서 명백하게 밝혀진다. 「만일 이십 년 전에 개혁이 되었으면 이십 년 동안에 나라의 힘이 크게 떨치지는 못하였더라도 인민의 교육 정도와 생활의 길이 크게 열려서 국가의 독립하는 힘이 유여하였을 것이오, 만일 십 년 전에 개혁이 되었을 지경이면 오호 만의(嗚呼晩矣)라. 나라 일 하기가 대단히 어려운 때이라. 비록 남의 힘을 빌리지 아니 하고 내 힘으로 개혁을 하였더라도 백공천창(百孔千創)의 꿰매지 못할 일이 여러 가지라. 그러나 개혁한 지 십 년만 되었더라도 족히 국가를 보존할 기초가 생겼을 터이라. 그러한즉 (중략) 정치 개혁은 아니 하고 도리어 나라 망할 짓만 하였으니 그런 원통한 일이 있소」- <은세계>, 전집 3, 212-213쪽.

지향하는 내적 대화의 대상이 우리 민족에게서 일본세력에게로 바뀌었음을 드러내는 것이다. 그것은 다음의 예문에서 명백히 드러난다.

옥남의 마음에 우리나라에는 놀부의 천지라. 세도 재상도 놀부의 심장이요 각 도 관찰사도 놀부의 심장이요 각 읍 수령도 놀부의 심장이라. 하루 바삐 개혁당이 나서서 일반 정치를 개혁하는 때에는 저마다 놀부 떼가 일시에 박을 타고 들어앉았으려니 생각한다.
옥남이가 날마다 때마다 우리나라에 개혁되기만 기다리는데 그 기다리는 것은 놀부 떼를 미워서 개혁되기를 기다리는 것도 아니요, 국가의 미래 중흥을 바라고 인민의 목하도탄을 면하게 되는 것을 바라는 마음이라.[39]

앞에서 보여준 박타령에는 외래 세력에 의하여 주인이 신세를 망치는 것으로 비유하였으나, 위의 예문에서는 우리나라의 '개혁당'에 의하여 제체가 바뀌는 것으로 변질되고 있는 것이다. 여기서 주목되는 것은 '개혁당'의 존재이다. 그리고 그 의미의 모호함이다. 김옥균의 시대만 하더라도 우리나라의 개혁당 하면 당연히 우리나라의 개혁당이 주체가 되었을 것이나, 옥남이가 말하는 개혁당이란 일본 제국주의의 괴뢰 정부인 이완용 내각과 관계가 있다는 데 문제가 있다. 일본세력과 손잡은 개혁당을 지지하는 옥남이의 목소리는 그의 내적인 대화의 대상(타자)을 명백히 드러내는 것이기도 하다.

이상과 같이 <은세계>에서 '놀부의 박타령'의 수용은 검열관(일본인)의 눈을 피하여 화자가 역사에 대한 민족적 진심을 토로하기 위한 미학적 장치로 계획되었으나, 수용 주체의 이중적인 태도와 애매성에 의해 '놀부의 박타령'은 두 가지 상반된 이데올로기를 보여주고 있다. 특히 처음에는 민족적인 의분의 감정에서 시작되었다가 결국에는 외세에 의한 개혁을 지지하는 것으로 변질되는 양상을 보여주었다. 이것은 수용 주체가

---

39) <은세계>, 전집 3, 205-206쪽.

일본세력의 막강한 힘에 압도당하고 있음을 반영한다고 할 수 있다. 이와 같은 내적 언어 구조에는 화자의 언어에 능동적으로 참여하는 타자(외적 타자, 즉 일본세력)와 이에 대항하는 화자(옥남이)의 내적 타자[40] 사이에 벌어지는 갈등과 투쟁의 반영이라 할 수 있으며, 결과적으로 내적 타자는 외적 타자와 타협하는 양상으로 나타나고 있음을 살펴보았다.

3) '오기'의 고사

이인직의 소설에는 정치적 성향이 강한 소설일수록 그 서술의 애매성과 이중성의 특징이 두드러지게 나타난다는 사실을 앞의 <혈의 누>와 <은세계>의 경우에서 이미 살펴 본 바 있다. 이러한 소설에서는 그 정치적 지향성이 모호하여 이중성을 드러내는 점이 특징이었다고 할 수 있다. 그런데 이인직의 소설 중에 완고의 전근대성을 비판하는 가정소설에서 그야말로 난데없는 정치적 성향의 언어와 마주치게 되는 경우가 있으니, 그것이 1908년에 간행된 미완성의 신소설 <치악산> (상)이다.

신소설 <치악산> (상)은 개화를 지지하는 가정과 봉건제도를 고집하는 가정 간에 겪게 되는 갈등의 이야기인데, 여기에 난데없는 반(反)민족적인, 그야말로 의심스러운 사상이 '나라를 위하는 마음'이라는 말과 교묘하게 뒤섞여 있는 점이 주목된다. 그런데 이 소설의 경우는 앞의 <혈의 누>나 <은세계>에서와는 달리 훨씬 더 대담하게 외적 타자에 대한 지향성을 드러내지만 서술자나 작중인물의 직접적인 표현이 아니라 '오기'의 고사를 빌어서 우회적으로 표현하고 있다.

주인공인 이씨 부인이나 그 남편인 백돌이, 그리고 그녀의 몸종인 검홍이는 동일한 의식의 소유자들이다. 이들에게 있어 현재(전근대 = 봉건)는 고생이오, 미래(개화 = 근대)는 행복이라는 환상에 빠져있다. 아니 환상

---

40) 옥남이 자신의 의식 속에 잠재하는 민족적 본능이 이에 해당한다. - 필자.

이라기보다는 오히려 신념으로 가득 차 있다고 할 수 있다. 이러한 의식은 1908년 당시 역사를 내다보는 작가 이인직의 그것과 내적으로 연관되어 있기 때문이다. 문제의 '오기'의 고사부터 살펴보면 다음과 같다.

(백돌) (생략) 내가 외국에 가서 공부를 하더라도 오늘같이 마누라를 생각하면 허다한 염려되는 마음으로 공부에 착심이 되지 아니할 터이니, 나는 내일 우리 집에서 떠나는 길로 부모도 없고 동생도 없고 아내도 없고 미실미가한 단독일신같이 마음을 먹고 나설 터이니, 내가 외국 가서 몇 해가 되든지 편지 한 장 아니 부칠 터이니 그리 알고 마누라도 내게 편지 부칠 생각을 마오.

옛적에 오기란 사람은 노나라에 가서 (증자)의 가르침을 받아서 공부를 하다가 그 모친이 죽어도 문상도 아니 하고 공부만 하니 (증자)가 오기를 끊으셨고, 그 후에 노나라에 벼슬 할 때에 노나라에서 제나라를 치고자 하여 (오기)로 장수를 삼고 싶으나, (오기)의 아내는 제나라 여편네라, 노나라 사람이 (오기)를 의심하니 (오기)가 그 아내를 죽이고 장수되기를 구하여 제나라를 쳐서 크게 공을 이루었으니, 어진 도덕으로 말할진대 (오기)를 옳다 할 수 없으나, 나는 (오기)를 배울지언정 (증자)는 배울 마음이 없소.

우리나라 사람들이 제 몸과, 제 부모, 제 처자, 제 집, 제 재물만 중히 여기고 제 나라는 망하던지 흥하던지 모르는 사람들이라. 제 손으로 제 발등 찍듯이 우리나라 사람이 우리나라를 망하여 놓고 분하니 절통하니, 남에게 천대받기가 싫으니, 먹고 살 도리가 없느니, 하면서 저물도록 하는 것은 나라 망할 짓만 하니 그렇게 미련한 일이 있소.
나는 하늘 같이 중한 부모의 은혜를 저버리고 바다 같이 깊이 정든 아내를 잊고 만리 타국에 가서 공부하려 하는 것은 나라를 위하는 생각에서 나온 마음이오.
내가 타국에 간다하면 우리 아버지께서는 필경 변으로 여기시고 못 가게 하실 터이니 나는 아버지 모르시게 도망질 하겠소.[41]

언뜻 보면, 백돌이의 굳은 의지가 가상하게 보인다. 그의 말대로 '나라를 위하는 생각에서' 부모의 뜻을 거역하고 아내마저 내버려두고 멀리 타국에 가서 몇 년이든지 공부에만 전념하겠다는 굳은 의지가 그러하다. 그러나 백돌이의 이 말은 다성성을 보여준다.

오기'의 고사가 지니고 있던 본래의 의미를 생각해 보자. 첫째, 오기는 불효를 짓는 한이 있더라도 학문에의 뜻을 꺾지 않았다. 둘째, 아내를 죽이는 한이 있더라도 출세를 위한 자신의 뜻을 꺾지 않았다. 셋째, 그랬기 때문에 그는 마침내 노나라에서 자신의 능력을 인정받아 크게 성공하였다. 넷째, 그러므로 오기는 출세를 위해 불효를 짓고 아내를 죽일 만큼 출세의지가 강한 사람이다. 이것이 '오기'의 고사가 전하는 본래의 메시지이다.

이러한 오기의 고사를 백돌이가 자신의 굳은 의지를 밝히기 위하여 인용하는 의도는 무엇인가. 그의 굳은 의지는 무엇에 대한 의지인가. 그는 "나라를 위하는 생각에서 나온 마음"이라 했다. "어진 도덕으로 말할진대 '오기'를 옳다 할 수 없으나, 나는 '오기'를 배울지언정 '증자'는 배울 마음이 없소." 백돌이의 이 말은 모호하고 다중성을 띤다. 다시 말해서 이것은 내적인 대화성을 띠는 말이다. 즉 백돌이가 '오기'의 고사에서 어디까지를 배우겠다는 것인지, 아내를 죽이면서까지 노나라에서 출세하는 길을 택하였던 '오기'를 배우겠다면 이 말은 누구를 향한 발화인가. 그가 일본에 가서 굳은 의지로써 공부하여, 오기가 그랬던 것처럼, 일본에서 또는 우리나라에서 출세하겠다는 것이 어떻게 나라를 위하는 것이 되는 것인지, 그 의도가 모호해지는 것이다.

여기에 화자(백돌이)가 자신의 의사소통의 대상으로 두 개의 집단, 서로 대립하는 이해관계를 갖고 있는, 타자들을 동시에 지향하고 있음이 드러나는 대목이다. 그 때문에 화자의 언어는 적어도 '오기'의 고사를

---

41) <치악산>(상), 전집 2, 26-28쪽.

인용하는 대목에서 만큼은 역동적으로 움직이고 있다. '오기'는 불효와 자기 아내를 죽이면서까지 노나라에서 출세하는 길을 선택하였는데 그것이 어떻게 애국이 되는 것인지 설명이 없다. 한 가지 그의 설명이 있다면 '우리나라 사람들이 제 몸, 제 가족만 위하다가 나라를 망하여 놓고, 분하니 절통하니, 남에게 천대받기 싫으니, 먹고 살 도리가 없느니, 하면서 저물도록 하는 것은 나라 망할 짓만 하'고 있다는 말이 그것이다.

그렇다면, 백돌이는 1908년 현재의 역사 토대 위에서는 나라가 망한 데 대하여 말로만 사느니 못 사느니 왈가왈부 할 것이 아니라 반(半)식민지 하에서라도 먹고 살 궁리부터 하는 것이 오히려 나라를 위하는 길이라고 생각하고 있음을 드러내는 것이다. 이러한 태도에는 일면 타당성이 없지 않다. 근대적 실용주의자 이인직의 관점에서 볼 때, 현실적으로 실현 불가능한 자주독립만 부르짖는다든가, 남의 나라 사람에게 천대받기 싫으니 하고 입으로 떠들 것이 아니라, 반 식민지 치하에서라도 열심히 공부하여 출세하고 현실에 참여하는 것이 오히려 애국이라고 보는 것이다. 그런 의미에서 백돌이의 이 애매한 말 속에는 '애국'과 '현실 타협'의 두 언어가 동시에 공존하고 있다.

아내를 죽이는 한이 있더라도 노나라에서 벼슬하기를 원한다는 말의 청자와 하늘같이 중한 부모의 은혜를 저버리고 타국에 가서 공부하려 하는 것은 나라를 위하는 생각에서 나온 마음이라고 하는 말의 청자와는 서로 다른 이해집단이다. 백돌이는 두 개의 상충하는 이해 집단의 독자를 하나의 언어 속에 동시에 지향하면서 상충하는 이데올로기의 언어를 사용하고 있는 것이다.

이 중에 어느 것이 진실이냐고 묻는 것은 무의미하다. 왜냐하면 이 두 가지가 모두 진실일 수 있기 때문이다. 그만큼 우리나라가 처해 있던 당시의 역사적 상황이 복잡하고 애매한 것이었던 만큼, 그러한 시대 속에서 저마다 고뇌하며 대응하여야 했던 우리 민족의 내면적 삶 또한 그만큼 복잡하고 애매한 처지였던 점을 드러낸 것이라고 볼 수 있다.

백돌이의 이와 같은 현실 대응 태도는 1908년의 작가 이인직의 그것과 내적으로 연관되어 있음을 알 수 있다. 즉 '오기'의 고사 수용은 두 개의 대립되는 내적 독자를 대상으로 두 개의 상반되는 메시지를 각각 전달하는데 씌어지고 있다. 우리 민족에게는 당대의 시점에서 애국하는 길은 근대 학문을 열심히 배워 하루 바삐 근대의식으로 전환할 것과, 일본세력에게는 식민지 체제 내에서 벼슬을 구하고자 하는 작가 이인직의 실리적인 욕구가 담겨진 이중적인 목소리였던 것으로 이해된다.

4) 기타

이상과 같이 이인직의 신소설에 수용되어 있는 텍스트 상관성을 검토해 보았다. <은세계>에 수용된 전래의 민요들은 우리나라의 피지배계층인 백성들이 지배계층에 대한 비판의식을 소박한 해학적 언어로 담아낸 그 본래의 의도와 수용 주체의 봉건 지배계층에 대한 비판의식과 별반 마찰 없이 부합하여 단일한 의미를 생산하고 있음을 볼 수 있었다. 한편, <은세계>에서 수용되고 있는 판소리 <흥부전>의 '놀부의 박타령'은 놀부의 끝없는 탐욕이 스스로 화를 자초하여 하늘이 벌을 내린다는 그 본래의 의미가 일본 제국주의자들의 탐욕에 의해 우리나라가 반(半)식민지로 전락하게 된 사실과는 너무나 거리가 먼 것임에도 불구하고 모호한 의도로 수용됨으로써, 그것이 언어화되는 과정에서 의미의 다중성을 생산하고 있다.

그리고 <치악산>에서는 우리나라의 것이 아닌 중국의 고사에서 취한 '오기'의 이야기가 그 본래의 의도와는 정반대의 의미를 산출하기 위해 씌어지고 있음을 볼 수 있었다. 앞의 민요의 경우 본래의 창작 의도와 수용 주체의 의도가 서로 부합하기 때문에 내적인 충돌이나 대립이 없는 단일한 언어로 볼 수 있었다면, 후자의 경우에는 그 본래의 창작 의도와 수용 주체의 의도가 서로 다르기 때문에 내적인 갈등과 대립의 관계로 볼 수 있다. 이 때문에 그 수용의 과정에서 모호하고 다중적인 의미들로 분화되는 양상이 두드러지게 나타난다. 이렇게 하여 이인직의 소설에서의 텍스트 상관성은 단일성과 다중성의 언어로 수용되어 있음을 규명하였다.

그 밖에도 이인직의 신소설에는 우리나라의 가까운 역사 속에 현존했던 인물들의 일화가 수용 주체의 의도적인 수용에 의하여 내적인 대화성과 다성적인 의미를 생성해 내는 경우가 있다. 그것은 <귀의 성>에서 주변인물인 침모와 그 모친과의 대화 속에서 발견된다.

(침모) 어머니가 고생하시는 생각을 하면 내가 사람이라도 쳐죽이고 도적질이라도 하여다가 어머니 고생을 면하게 할 도리가 있으면 하고 싶소.
(노파) 이애, 그러한 생각 말어라. 제가 잘 되려고 사람을 어찌 죽인단 말이냐. 그런 생각만 하여도 벌력을 입을 것이다.
(침모) 낙동장신 이경하는 어진 도 닦으려는 예수교인을 십이만 명이나 죽였다는데 어찌하여 그런 악독한 사람에게 벌력이 없으니 왠 일이오.
(노파) 이애, 네 말이 이상하구나. 제가 잘 될 경륜으로 사람 죽이고 당장에 벌력을 입어서 만리 타국 감옥에서 열두 해 증역하고 있는 고영근의 말은 못 듣고 사십 년 전에 지나간 일을 말하는 것이 이상하구나. 이경하는 제가 사람을 죽였다더냐, 나라 법이 사람을 죽였지. 나라에서 무죄하고 착한 사람을 많이 죽이면 그 나라가 망하는 법이오, 사람이 잔악한 꾀로 사람을 죽이면 그 사람이 벌력을 입느니라.[42]

예문에서 먼저 이경하에 대한 두 모녀의 시각은 서로 다르다. 침모는 포도대장 이경하가 무죄한 예수교인들을 잡아다 죽인 행위 그 자체에 초점을 두고 있다면 노파는 나라의 법을 집행한 행위보다는 그러한 법을

---

42) <귀의 성>, 전집 1, 227-228쪽.

만들어 놓은 우리나라의 봉건 정부에게 비판의 화살을 돌리고 있다. 이 중에 노파의 지적이 보다 더 근본적인 문제의식을 짚어내고 있음은 물론 이다. 애초에 이경하라는 인물을 이 소설의 언어 속에 끌어들인 이유도 바로 우리나라의 봉건 정부를 비판하려는 데 있었다고 볼 수 있다.

그러나 문제는 그 다음에서 드러난다. 즉 '나라에서 무죄하고 착한 사 람을 많이 죽이면 그 나라가 망하는 법'이라는 노파의 말이 그것이다. 이 말은 이인직의 신소설에 거의 빠지지 않고 단골로 등장하는 말 중의 하나이다. 그리고 <귀의 성>의 서술자가 텍스트 내적 세계에서 객관성 을 유지하는 매개자임에도 불구하고 <혈의 누>의 서술자와는 달리 내 적인 대화성을 별반 드러내지 않았던 이 텍스트에서 특이하게도 주변인 물의 언어에서 일본세력이라는 타자에게 강하게 곁눈질을 보내고 있는 것이다.[43)

여기에서 주목되는 것은 노파의 그 말이 함축하고 있는 내적인 대화성 이다. 노파의 그 한 마디에는 우리나라 봉건 정부의 학정에 대한 백성들 의 한(恨)이 서린 목소리가 깃들어 있는 동시에 우리나라가 자체적인 내부의 모순으로 스스로 망했다고 우리 국민들에게 인식시키려는 또 다 른 타자의 목소리가 침투해 있음을 감지할 수 있다. 이러한 점에서 노파 의 말은 두 개의 상충하는 이데올로기가 투쟁하는 내적인 대화의 장(場) 으로 읽혀진다.

예문에서 또 하나의 내적 대화성은 고영근에 대한 노파의 언어에서 드러난다. 고영근은 '독립협회'의 회원이며 '만민공동회'(제3차)의 회장 으로 활동한 바 있는 애국계몽운동가의 한 사람이다. 그는 '독립협회'가 강제 해산되자 수구파 대신들을 암살하려다가 실패하여 일본으로 망명 (1899. 5)하였다. 1903년 망명지 일본에서 그는 민비시해의 하수인이었던

---

43) 미하일 M. 바흐친, 같은 책, 281-2쪽: "이러한 현상들 속의 말은 이중적인 지향성을 갖는다. 다시 말해서 일상적인 말인 담화의 대상과 다른 말, 즉 낯선 담화를 겨냥한다."

우범선을 죽이고 그 공으로 우리나라의 정부로부터 사면을 받고자 하였다. 우리나라의 조정 대신들도 그를 속죄할 것을 다투어 청하였으나, 일본정부가 그를 체포하여 종신형에 처하였던 사건이다.[44]

　이러한 역사적 사실을 비추어 볼 때 예문에서 노파가 말하고 있는 고영근에 대한 해석에도 다중적인 의미들이 산출된다. 우선, 노파의 해석은 일본세력의 입장을 지지하는 시각이다. 이 소설의 '내포 작가'나 고영근이나 우리나라의 근대화를 지향한다는 점에서는 똑같은 개화파이지만 고영근이 우리나라의 국모를 시해한 일본인들의 하수인 노릇을 한 우범선을 죽임으로써 민족적 자존심을 선택하였다면, 이 소설의 작가는 우리나라의 개화를 늦추고 있는 봉건 정부에게로 마음을 돌린 고영근을 비판하는 편에 서 있음을 보여준다. 바로 이러한 노파의 언어 속에서 고영근의 행위에 대하여 '제가 잘 될 경륜으로 사람을 죽인 것'이라고 해석하는 그 목소리는 명백히 우리 민족의 목소리이기 보다는 그를 종신형에 처하였던 일본세력의 목소리로 읽혀질 수 있다. 여기에서 민족의 자존심을 선택한 고영근의 이데올로기와 일본세력의 그것이 내적으로 서로 투쟁 관계를 갖게 되며, 고영근의 사건을 수용한 수용 주체와 그 본래의 사건 사이에도 상충하는 대화성이 작용하고 있다고 볼 수 있는 것이다.

3. 결말의 대화성

　내적으로 다성적인 소설은 결말 구조에서도 단성적인 결말 양식과는 다른 양상으로 나타난다. 전통적인 소설 양식에 있어서 결말의 부분은 이야기의 구조적 완결성뿐만 아니라 선행 사건의 해결을 통한 서술자의 세계관이나 주제의식을 드러내는 독특한 장치로 인식되어 왔다. 그런데

---

44) 신춘자, 같은 논문, 87-89쪽 참조.

다성적인 소설은 이데올로기적으로 상호 대립하는 다중적인 담론들(목소리들)에 대하여 자신의 의식을 개방하고 자신의 입장을 중립화하기 때문에 근본적으로 텍스트적 구조화에 있어서 결말의 미완결성을 지향한다. 따라서 다성적인 소설 양식의 특징은 바로 이와 같은 개방성에 있다고 할 수 있다.[45]

그것은 항상 현재의 다양한 사회적 이데올로기들을 향하여 열려 있으며, 역사적 현실과 최대한 접촉하려는 새로운 영역을 차지하고 있다. 그리고 이 모든 개방성은 다성적인 소설의 서술자가 다성적인 의식들과 내적으로 연관되어 있기 때문에 가능한 것이다. 다시 말해서 다성적인 소설의 결말 구조는 서술자의 절대적인 관점에 의해 통일되고 단일한 주제의식으로 종결되는 단성적인 소설의 닫힌 구조와는 대조적인 것으로, 소설의 결말 양식 자체를 미완성으로 종결짓는다는 점이 다성적인 소설과 단성적인 소설 간에 보여주는 또 하나의 두드러지는 차이점이라 할 수 있다.[46]

그러나 다성적인 소설의 이러한 결말의 개방성이 반드시 다성적인 소설만의 전유물이라는 뜻은 아니다. 그렇다고 하더라도 다성적인 소설의 결말 양식의 개방성과 단성적인 소설의 결말 구조 사이에는 이데올로기적인 분명한 차이가 드러날 수 있다고 본다. 왜냐하면 이데올로기적으로 서술 주체의 의도가 이 두 결말 양식 사이의 어느 편에 가까운지 텍스트상에 그의 서술 태도에서 드러날 것이기 때문이다. 그런 점에서 이인직 소설의 결말 구조를 통해 그의 소설이 이데올로기적으로 단일하고 완결된 결말의 양식인지 아니면 역사적 현실을 향하여 열려있는 대화 지향적인 결말 양식인지를 고찰하는 것도 의미가 있다고 본다.

---

45) 미하일 M. 바흐친, 『바흐친의 소설미학』(이득재 역),열린책들, 1988, 200쪽.
46) 프라바카라자, 「루카치, 바흐친, 그리고 소설사회학」(여홍상 역),『바흐친과 문학이론』, 문학과 지성사, 1997, 295-299쪽 참조.

이인직 소설의 결말 양식은 그 성격상 종결성과 미종결성으로 나누어
살펴보는 것이 편리하다.

1) 미종결성

이인직 소설의 특징들 중에는 <귀의 성>(1906)을 제외한 모든 작품들
의 결말 구조가 미완결 구조로 되어 있다는 점도 포함된다. 이처럼 이인
직의 신소설이 미완결의 결말 구조를 지니는 까닭은 그의 소설의 언어가
내적으로 다성적인 구조로 이루어져 있기 때문이다. 일반적으로 소설이
란 '작가가 이 세계를 자기 나름대로 다룰 수 있는 권리를 지니고 있는
주관적 서사시'로 이해하고 있는 것이 사실이다.[47] 이 때 작가가 어느
정도 사회와 독자를 향하여 그 참여의 여지를 많이 열어 놓았느냐에 따라
서 평가 유보적인 결말 양식을 갖거나 아니면 구체적인 작가의 세계관을
가시적으로 담보하는 결말 양식을 갖게 된다.

그런데 이인직의 신소설 경우에는 이 중 전자에 가깝다고 하겠으나
근본적으로는 내적인 다성적 소설에 더 가깝다고 볼 수 있다. 왜냐하면
이인직의 소설은 자신의 언어를 이데올로기적인 세계에서 단일하고 통
일적인 언어의 절대성을 부인하고 자신의 대화 속에 참여하는 사회적
맥락과 서로 대립하는 담론들 간에 상호 투쟁이 가능하도록 개방하고
있을 뿐이기 때문이다. 다시 말해서 이인직 소설의 언어는 '대립적인
사회계급간의 지속적인 정치적·사회적·이데올로기적 투쟁의 현현'일
뿐이다.[48] 즉 다성적 결말이란 종결이 아니라 중단일 뿐이다. 그것은 언
제든지 사회와 그 구성원을 향하여 대화를 재개할 수 있으며, 사회와
미래를 향하여 열려있는 '소설은 그 자체 항상 미완성'인 것이다.[49] 이와

---

47) 프란츠 K.스탄젤, 『소설형식의 기본 유형』(안삼환 역), 탐구당, 1982, 42쪽.
48) 프라바카라자, 같은 책, 300쪽.
49) 미하일 M. 바흐친, 같은 책, 196쪽.

같이 내적으로 다성적인 소설은 특정한 이데올로기적 언어로 종결되는 것이 불가능하다.

하지만 작가는 분명히 자신이 창조한 텍스트 내적 세계에 대한 창조자이며 우월한 자이다. 그런 그가 자신의 신적인 권위를 스스로 포기하고 텍스트 내적 세계에 대한 가치 평가를 유보하는 것은 무엇을 의미하는가. 바흐친은 현대 세계에서는 절대 진리를 전제하는 것은 불가능하다고 말한다.[50] 다성적인 소설에서 작가는 단지 '대화의 참여자' 그리고 '그 조직자'일 뿐이다.

다성적인 소설에 대한 바흐친의 이와 같은 주장은 이인직의 소설에서도 부분적으로 적용될 수 있겠는데, 그 중에 결말의 미종결성도 이러한 한 예가 될 수 있다. 즉 이인직의 소설 결말이 미종결의 상태로 끝나고 있는 것도 작가의 이와 같은 '대화의 참여자'나 '그 조직자'의 자세에서 그 원인을 찾을 수 있다고 판단되기 때문이다. 이것은 근본적으로 작가(즉 내적 작가)가 상호 대립하는 이데올로기(즉 사회적 맥락)의 어느 편에도 자신의 입장을 두지 않는 데서 성립되는 양식임은 새삼 말할 필요가 없는 것이다.

이인직의 소설에서 서술 주체의 이와 같은 서술태도는 <혈의 누>(1906), <은세계>(1908), <치악산>(1908)에서와 같은 결말 양식을 만들어 냈다. 먼저 <혈의 누>의 결말에는 '상편 종(上編終)'이라고 씀으로써 다음 기회에 이야기가 계속 이어질 것임을 시사하였다. 말하자면 이것은 다성적 언어의 중단이라 할 수 있다. 그런데 흥미로운 것은 1908년에 쓴 <은세계>의 경우이다. 그 결말에는 '은세계 종(終)'이라고 씀으로써 소설이 끝났음을 분명히 밝히고 있으나 실제로 서사 내용은 끝난 것이 아니라 중지되었을 뿐이다.

---

50) 츠베탕 토도로프, 「바흐친의 문학론 - 인간과 상호인간 -」, 『바흐친과 문학이론』(여홍상 역), 문학과 지성사, 1997, 116-117쪽.

한편 <치악산>의 경우는 명백히 미완성 작품임에는 틀림이 없으나, 텍스트 내적 구조 자체가 거시적인 차원에서 볼 때 역시 서술 주체의 중간자적 태도에 의해서 특정한 이데올로기적 결말 구조나 가치 판단의 가능성을 상상하기는 어려운 상황으로 보인다. 그러므로 이 세 편의 소설에서 보여주는 그 결말의 양식은 '상편'의 결말 구조나 '완결판'의 결말구조 그리고 '미완'의 결말구조가 동일한 양상으로 나타나고 있다는 점에 주목할 필요가 있다.

이와 같은 결말 구조는 무엇보다도 작가가 자신의 특정한 이데올로기적 가치 판단을 독자에게 일방적으로 주입하려는 담론이 아님을 시사해 준다고 할 수 있다. 그는 자신의 소설에서 그 최종적인 언어를 단지 매개적 언어로만 사용하고 있는 것이다. 이인직의 소설에서 이와 같은 결말 구조가 나올 수밖에 없는 것은 서술 주체가 이데올로기적으로 상충하는 당대 사회구성원들과 내적으로 긴밀하게 뒤얽혀 있었던 데 그 원인이 있다고 판단된다.[51]

그리고 또 한 가지 이유는, 이러한 내적 대화의 형식은 그 개방성으로 인하여 현재(당대 현실)와 최대한 접촉하는 새로운 영역이라는 점과 관계가 있다고 할 수 있다. 즉 현재에 일어나고 있는 모든 일들은 언제나 역동적으로 움직이고 있으며 언어의 사용만큼이나 가변적이다. 다성적인 소설은 이러한 현재의 모든 미완결성을 묘사하기 때문에 소설 그 자체가 항상 미완성일 수밖에 없는 것이다.[52] 이인직의 소설에서 결말 구조가 보여주는 미완결성의 특징을 이와 같은 다성적 소설의 특징과 연결지어 볼 수 있는 것도 바로 이와 같은 유사성을 보여주고 있기 때문이다.

이인직의 소설 중, 위에서 언급한 세 편의 결말 구조는 모두 유사한 대립 구조로 되어 있다. 그런데 그 중 어느 것도 해결의 실마리는 보이지

---

51) 'Ⅱ. 기초적 고찰' 참고 바람.
52) 프라바카라자, 같은 책, 295-299쪽.

않는 결말 구조 즉 현재 진행 중의 결말 구조를 갖는 것이 특징적이다. <혈의 누>의 경우 맨 마지막 부분은 주인공 김옥년이 미국에서 신학문을 공부하고 꿈에 그리던 고국의 어머니 품으로 돌아오겠다는 편지를 보내오는 것으로 끝이 난다. 이것만 놓고 본다면 결말의 이데올로기는 옥년이의 포부, 즉 조국에 돌아가면 조선의 여성들에게 근대 교육을 통하여 우리나라가 하루 바삐 부강한 근대 국가가 되도록 큰 일을 하겠다는 그 꿈이 이루어질 것을 독자가 전망하거나 기대할 수 있는 결말 구조라고 볼 수 있겠다.

그런데 사실은 그렇지를 못하다. 우리나라의 현실이 구완서나 옥년이가 돌아와서 자신들의 꿈을 펼칠 수 있을 때까지 조용히 기다리고 있지를 못하였다. 그렇다고 우리나라와 국민들이 구완서와 옥년이가 해외에 나가서 공부하고 있는 동안에 먼저 자주적으로 부강한 근대 국가를 이룩하였던 것은 더더욱 아니었다. 청일전쟁을 겪으면서부터 옥년이의 편지를 받게 되는 현재까지 10년간 우리나라는 옥년이가 겪었던 고난과 변화 이상으로 엄청난 내우외환((內憂外患)을 겪어오고 있었다. 그리고 그러한 상황은 현재에도 계속 진행되고 있었다. 나라 안의 이러한 현재적 사정을 <혈의 누>의 결말 구조에서는 은근히 암시적이고 상징적으로 제시되어 있다. 그리고 그것은 소설의 맨 마지막 부분에서 옥년이의 편지가 평양의 최씨 부인에게 도착하는 장면과 연결되어, 미종결의 구조를 이루게 되는 것이다. 그 구체적인 장면을 자세히 살펴 본 후에 논의를 계속하기로 한다.

   ㉠ 김관일은 옥년을 만나보고 구완서를 사위감으로 정하고 구씨와 옥년의 목적이 그렇듯 기이한 말을 들으니 김씨의 좋은 마음도 측량할 수 없는지라.
   미국 화성돈의 어떠한 '호텔'에서는 옥년의 부녀와 구씨가 솥발같이 늘어앉아서 그렇듯 희희낙락 하는데, 세상이 고르지 못하여 조선 평양성

북문 안에 게딱지같이 낮은 집에서 십년 전부터 남편 없고 자녀 간에 혈육 없고 재물 없이 지내는 부인이 있으되 십년 풍상에 남보다 한 가지가 있으니 그 많은 것은 근심이라.

그 부인이 남편이 죽고 없느냐 할 지경이면(중략) 자녀 간에 혈육이 없는 것은 생산을 못하였느냐 물을진대 딸 하나를 두고 아들 겸 딸 겸 하여 금옥같이 귀애하다가 일곱 살 되던 해에 잃었더라. 눈앞에 참적을 보았느냐 물을진대 (중략) 어데서 죽었는지 알지도 못하니 그것이 한이러라.

ⓛ 마침 까마귀 한 마리가 지붕위에 내려앉더니 까막가막 깍깍 짖는 소리가 흉칙하게 들리거늘 부인이 감았던 눈을 떠서 장팔어미를 보며 하는 말이

"여보게, 저 까마귀 소리 좀 들어 보게. 또 무슨 흉한 일이 생기려나봐. 까마귀는 영물이라는데 무슨 일이 또 있을는지 모르겠네. 팔자 기박한 여편네가 오래 살았다가 험한 일 더 보지 말고 오늘이라도 죽었으면 좋겠네. 요사이는 미국서 편지도 아니 오니 웬일인고."

기운 없는 목소리로 시름없이 탄식하는 모양은 아무가 보든지 좋은 마음은 아닐 터인데, 늙고 청승스러운 장팔어미가 부인의 그 모양을 보고 부인이 죽으면 따라 죽을 듯한 마음도 있고 까마귀를 쳐 죽이고 싶은 마음도 생겨서 마당으로 펄펄 뛰어 내려가서 지붕 위를 쳐다보면서 까마귀에게 헛 팔매질을 하며 욕을 한다.

"슈여 -, 이 경칠 놈의 까마귀. 포수들은 다 어디로 갔누, 소금장사, 네어미 -."

조선 풍속에 까마귀 보고 하는 욕은 장팔어미가 모르는 것 없이 주워섬기며 소리를 버럭버럭 지르니, 그 까마귀가 펄쩍 날아 공중에 높이 뜨더니 깍깍 짖으며 모란봉에로 향하거늘, 부인의 눈은 까마귀를 따라서 모란봉에로 가고 노파의 욕하는 소리는 까마귀 소리를 따라간다.

ⓒ 우자 쓴 벙거지 쓰고 검정 홀태바지 저고리 입고 가죽 주머니 메고 문 밖에 와서 안 중문을 기웃기웃 하며 "편지 받아 들여가오" 두 세 번 소리하는 것은 우편군사라. 장팔의 어미가 까마귀에게 열이 잔뜩 났던 차에 어떤 사람인지, 무슨 말인지, 자세히 듣지도 아니하고 질부둥거리

깨어지는 소리 같은 목소리로 우편군사에게 까닭 없는 화풀이를 한다.
　　"웬 사람이 남의 집 안마당을 함부로 들여다보아. 이 댁에는 사랑양반
도 아니 계신 댁인데 웬 젊은 녀석이 양반의 댁 안마당을 들여다보아."
　　(우편군사)"여보, 누구더러 이 녀석 저 녀석 하오. 체전부는 그리 만만
한 줄로 아오.(생략)"[53]

　예문의 ㉠은 해외 유학중에 있는 주인공 옥년과 그 일행들이 국내의
사정은 까맣게 모르고 자신들의 큰 뜻을 펴게 될 날을 꿈꾸며, 오랜 고생
끝에 잠시 즐거운 시간을 보내는 장면과, 한편 청일전쟁으로 인하여 불행
한 일을 당하고 가슴에 한(恨)을 안고 살아가고 있는 평양의 최씨부인의
이야기를 대조적으로 제시하고 있다. 전자는 우리 민족이 꿈꾸고 있는
희망사항을, 후자는 우리나라와 민족이 실제로 처해 있는 현실의 모습을
그린 것이다. 그리고 이러한 현실의 사정을 보다 더 구체적으로 제시하고
있는 것이 ㉡과 ㉢의 장면이다. 여기서 특히 주목되는 것은 ㉡의 '까마귀'
와 ㉢의 '우편군사'가 다중적인 의미를 함축하고 있는 상징적인 언어로
해석될 수 있다는 점이다. 그것은 소설의 전체 맥락 속에서 볼 때 상당히
의미심장한 상징적 언어로 읽혀질 수 있다고 본다.
　<혈의 누>에서 '까마귀'의 존재는 소설의 앞부분과 예문에서 보는
바와 같이 결말 부분에서만 나타난다. 그런데 흥미로운 것은 소설의 앞부
분에서의 그것은 자연물로서의 까마귀가 아니라 '일본군'을 비유하는
데에 씌어지고 있다는 점이다. 이 소설에서 일본군사에 대한 최초의 묘사
는 일본군이 평양 성내를 침입하여 오던 날을 '장마통에 검은 구름 떠들
어오듯 성내 성외에 빈틈없이 들어와 백이던 날'이라고 표현한 데서 찾을
수 있다.[54] 그 뒤를 이어 일본군이 청인군사들을 몰아내고 평양성을 완전
히 장악하고 난 뒤 그들의 행적을 묘사할 때 '그 군사들이 까마귀 떼

---

53) <혈의 누>, 전집 1, 88-91쪽.
54) <혈의 누>, 전집 1, 11쪽.

다니듯 하며 이집 저집 함부로 들어간다'고 하는 데서[55] '까마귀'와 '일본
군'을 문맥상 동일한 존재로 연상시키고 있는 것이다.

여기서 주목되는 것은 일본군을 장마통에 '검은' 구름 또는 '까마귀
떼'로 표현하고 있다는 점이다. 이 두 가지의 서로 다른 자연물에서 공통
으로 연상되는 것은 '검은 색'이다. 이것은 일본군이 검은색 복장을 하고
있었음을 의미한다. 또 한 가지 연상되는 공통점은 이것들은 하나의 개체
를 가리키는 것이 아니라 거대한 집단이나 무리들을 가리키고 있다는
것이다. 그렇다면 이 말은 당대에 청일전쟁을 함께 겪었던 우리 민족
사회의 구성원들이라면 누구나 연상하고 공감할 수 있는 상징적 언어라
할 수 있다.

그런 의미에서 이 상징어는 이 소설의 창작 주체라는 한 특정한 개인의
언어라기보다는 우리 민족의 사회구성원들과 창작 주체가 서술자의 언
어 속에 내적으로 침투하여 상호 교섭하고 통합하는 장(場)이 되고 있다
고 말할 수 있다.

그런데 중요한 것은 그 '까마귀'의 존재가 소설의 결말 부분에 와서
상징적인 언어로 다시 나타난다는 점이다. 게다가 더욱 의미심장한 것은
'까마귀'의 출현과 동시에 '검정' 홀태바지 저고리 차림의 우편군사가
등장한다는 사실이다. 그것도 하필이면 결말부분에서, 오랜 세월 동안
고생하며 근대 교육을 받은 주인공 옥년이가 우리 민족의 절반인 여성들
에게 근대 교육을 가르쳐 나라의 근대화에 이바지하겠다는 큰 꿈을 가지
고 귀국하려는 마당에 '까마귀'의 존재는 무엇을 의미하는가.

예문에서 장팔어미가 까마귀와 우편군사에게 대고 욕지거리하는 말에
주목해 볼 필요가 있다. '슈여 - , 이 경찰놈의 까마귀. 포수들은 다 어디로
갔누, 소금장사, 네어미 - .' 장팔어미가 까마귀를 쳐 죽이고 싶은 마음에
열이 잔뜩 나 있는 순간에 '검정'홀태바지 저고리 차림의 낯선 남자를

---

55) <혈의 누>, 전집 1, 17쪽.

발견하고 냅다 소리를 지른다. "웬 사람이 남의 집 안마당을 함부로 들여다보아. 이 댁에는 사랑양반도 아니 계신 댁인데 웬 젊은 녀석이 양반의 댁 안마당을 들여다보아." 묘하게도 이 장면은 소설의 앞부분에서 보았던 일본 군사들의 행위를 묘사하는 서술자의 목소리를 연상시킨다. '그 때는 평양성중에 살던 사람들이 이번 불소리에 다 달아나고 있는 것은 일본군사 뿐이라. 그 군사들이 까마귀 떼 다니듯 하며 이집 저집 함부로 들어간다.[56]

그리고 중요한 또 한 가지는 '까마귀'에 대한 최씨 부인의 반응이다. 그녀가 현재의 상황에서 또 다시 험한 일을 당할 바에는 차라리 죽어버리고 싶을 만큼 청일전쟁(즉 외세의 침략)은 그녀의 가슴에 한(恨)을 심어주었다. 그런데 까마귀는 잔인하게도 또 그녀의 집에 와서 짖어대었고, 최씨 부인은 그 소리를 듣고 또 다른 불길한 예감에 사로잡히는 것이다. 이러한 언어는 우리나라가 아직도 일본의 침략의 영향권 안에 놓여있음을 명백히 시사하는 것이다. 그리고 그 때문에 현재의 불행한 처지는 물론이거니와 앞으로 더 큰 불행을 당할지도 모른다는 긴장감을 상징적으로 암시하고 있는 것으로 해석된다.

자주적 근대화를 실천하려는 김관일·김옥년·구완서와 같은 해외유학파를 새로운 근대적 건국의 싹이라 한다면, <혈의 누>에서 보여주는 이러한 결말의 양상은 그 싹이 국내에로 들어와 미처 뿌리를 내리기도 전에, 우리나라의 현실은 이미 외세(일본)가 먼저 터를 잡고 있는 형국이다. 현재의 우리나라에 대한 일본의 반(半)점령 상태를 서술의 주체는 '까마귀'와 '검정'홀태바지 저고리 차림의 우편군사라는 상징적 언어로 이야기하고 있는 것이다. 그리고 서술의 주체는 장팔어미의 말을 빌려 침략자를 상징하는 '까마귀'와 '우편군사'에 대하여 적대적 감정을 노골적으로 드러내는 것을 볼 수 있다. 그것은 '포수들'과 '소금장사'그리고

---

56) <혈의 누>, 전집 1, 17쪽.

'쳐 죽이고 싶은 마음'에서 여실히 드러난다.

<혈의 누>의 이와 같은 결말 양식은 외세에 의한 우리 민족의 시련이 아직 끝나지 않고 진행 중임을 보여주는 것이다. 특히 이인직의 소설은 당대의 현실적 상황과 긴밀히 연관되어 있기 때문에 현재적 상황이 해결되지 않는 한 그의 소설의 결말 구조 또한 완결성을 기대하기는 어렵다고 할 수 있다. 요컨대 이들 해외 유학파에 의한 자주적 근대화의 꿈은 가히 환상적인 것이지만, 조국의 현실은 청일전쟁으로부터 10년을 지난 현재까지도 별로 달라진 것이 없는, 암울한 것임을 보여주는 미완결의 구조라고 할 수 있다.

<혈의 누>의 그것과 흡사하게 미완결의 구조로 되어있는 <은세계>는 실제로 결말의 구조 뿐만 아니라 소설의 전체적인 구조에서도 두 작품이 닮은꼴로 이루어져 있음을 볼 수 있다. <혈의 누>의 결말구조가 우리 민족과 외세(일본)가 대치(對置)되는 상태라면 <은세계>의 그것은 봉건주의자와 개화주의자가 대립하는 양상이다. 전체적인 구조로 보아도 유사하다. 즉, <혈의 누>가 외세의 침략으로부터 자주적 근대화의 각성이 이루어지고, 그 결과 외국유학과 자주적 근대국가 건설이라는 목표가 설정되지만, 아직도 외세의 영향권 안에 있는 어두운 국내 현실이 그 꿈의 실현을 전망하지 못하도록 만든다는 것이 전체적인 구조이다.

한편, <은세계>의 경우는 타락한 봉건 관리의 학정으로부터 근대적 정치 개혁의 각성이 이루어지고, 그 결과 외국 유학과 근대적 정치 개혁이라는 목표가 설정되지만, 나라 안의 완강한 봉건 세력의 반대 운동으로 그 꿈의 실현을 확실하게 전망하지 못한다는 것이 결말을 포함한 전체적인 구조이다.

<은세계>의 결말 부분에서 <혈의 누>의 최씨 부인과 유사한 역할을 하는 인물이 최병도의 부인이자 옥순·옥남이의 어머니인 본평댁이다. 최씨 부인(<혈의 누>)이 외세의 침략으로 인하여 한(恨)을 얻었다면, 본평

부인은 우리나라 봉건정치 관리들의 학정으로 인하여 한(恨)이 맺혀있는 인물이다. 이들은 다수의 우리 민족을 대변하는 인물이라 할 수 있다. 이와 같이 우리 민족의 대외적, 대내적 요인으로부터 맺혀있는 그 한을 풀어줄 수 있는 길은 오로지 자주적 근대국가를 건설하여 부국강병을 이루는 데 있다는 것이 작가의 표면적 주제의식이다. 그러나 그것은 작가나 우리 민족의 희망사항일 뿐 역사적 현실의 상황은 이 두 편의 결말구조에서 드러나는 것처럼 그 반대 세력에 부딪쳐 더 이상 앞으로 나아갈 수 없는 진퇴양난의 상황에 놓여있다는 것이 그 이면적 주제라 할 수 있다.

　이러한 결말의 양식은 작가가 자신의 지향하는 바를 작가의 권위로써 당위론적으로 결정을 내리는 단성적 결말의 구조와는 엄연히 다른 것이다. 이것은 우리 민족의 이상 (즉 자주적 근대국가 건설과 부국강병이라는 희망사항)과 역사적 현실과의 다성적 양상인 동시에 서로 대립되는 이데올로기 집단간의 다성적 구조라고 볼 수 있다. 이와 같은 결말의 구조는 이 두 작품이 단성적인 담론보다는 내적인 다성적 담론 양식에 근접해 있음을 드러내는 또 하나의 증거로 볼 수 있다.

　하지만 이 두 작품이 서로 유사하게 미완결성을 보여주는 결말의 구조임에도 불구하고 <은세계>의 결말 구조는 <혈의 누>의 경우와는 달리 좀더 복잡한 양상을 띠고 있다. 그것은 <혈의 누>의 창작 연대인 1906년의 역사적 현실과 <은세계>의 창작연대인 1908년의 역사적 상황이 훨씬 달라졌다는 것과도 무관하지 않을 것이다. 무엇보다도 그것은 <혈의 누>에서 해외유학파(구완서·김옥년)가 지향하던 자주적 근대 국가의 건설이 <은세계>에 와서는 외세(일본)가 주체가 되어 추진하고 있는 정치개혁에 동조하는 것으로 변질되고 있는 데서 시대의 복잡성이 드러난다.

　다음은 <은세계>의 결말 부분의 그 구체적인 양상이다.

㉠ 절 동구밖에서 총소리 한 번이 탕 나면서 왠 무뢰지배 수백 명이 들어오더니 옥남이 남매를 붙들어 내린다. (중략)

(무뢰) 네가 왠 사람이며, 머리는 왜 깎았으며, 여기 내려오기는 무슨 정탐을 하려 하느냐. 우리는 강원도 의병이라. 너 같은 수상한 놈은 포살하겠다.

하며 기개가 당당한지라. 옥남이가 천연히 나서며 일장 연설을 한다.

㉡ 여보시오 우리 동포 들어보시오. 나는 동포를 위하여 공변되게 하는 말이니 여러분이 평심서기하고 자세히 들으시오. 의병도 우리나라 백성이요 나도 우리나라 백성이라. 피차에 나라 위하고 싶은 마음은 일반이나 지식이 다르면 하는 일도 다른 법이라. 이제 여러분 동포께서 의병을 일으켜서 죽기를 헤아리지 아니하고 하시는 일이 나라에 이롭고자 하시는 일이오, 나라에 해를 끼치려는 일이오, 말씀 좀 하여주시오.

㉢ 내가 동포를 위하여 그 이해를 자세히 말하면 여러분의 마음과 같지 못한 일이 있어서 나를 죽이실 터이나, 그러나 내가 그 이해를 알면서 말을 아니 하면 여러분 동포가 화를 면치 못할 뿐 아니라 국가에 큰 해를 끼칠 터이니, 차라리 내 한 몸이 죽을지라도 여러분 동포가 목전에 화를 면하고 국가 진보에 큰 방해가 없도록 충고하는 일이 옳을 터이라, 여러분이 나를 죽일지라도 내 말이나 다 들은 후에 죽이시오.

㉣ 여러분 동포가 의리를 잘못 잡고 생각이 그릇 들어서, 요순 같은 황제폐하 칙령을 거스르고 흉기를 가지고 산야로 출몰하여 인민의 재산을 강탈하다가 수비대 일병 사오십 명만 만나면 수십 명 의병이 더 당하지 못하고 패하여 달아나거나 그렇지 아니하면 사망 무수하니 동포의 하는 일은 국민의 생명만 없애고 국가 행정상의 해만 끼치는 일이라. 무엇을 취하여 이런 일을 하시오.

㉤ 또 동포의 마음에 국권을 잃은 것을 분하게 여긴다 하니 진실로 분한 마음이 있을진대 먼저 국권 잃은 근본을 살펴보고 장차 국권이 회복

될 일을 하는 것이 옳은 일이라. 우리나라 수십 년 내 학정을 생각하면
이 백성의 생명이 이만치 남은 것이 뜻밖이오, 이 나라가 멸망의 화를
면한 것이 그런 다행한 일이 없소. 우리나라 수십 년 내 학정은 여러분이
다같이 당하던 일이니 모르실리가 없으나(중략) 그러한 정치에 나라가
어찌 부지하며 백성이 어찌 부지하겠소. 그렇게 결단 된 나라를 황제폐하
께서 등극하시면서 덕을 헤아리시고 힘을 헤아리셔서 나라 힘에 미쳐
갈만한 일은 일신개혁하시니 중앙 정부에는 매관매직하던 악습이 없어
지고 지방에는 잔학생령 하던 관리가 낱낱이 면관이 되니 융희원년 이후
로 황제폐하께서 백성에게 학정하신 일이 무엇이오.

　여보 동포들 들어보시오. 우리나라 국권을 회복할 생각이 있거든 황제
폐하 통치하에서 부지런히 벌어먹고 자식이나 잘 가르쳐서 국민의 지식
이 진보될 도리만 하시오. 지금 우리나라에 국리민복(國利民福)될 일은
그만한 일이 다시없소. 나는 오늘 개혁하신 황제폐하의 만세나 부르고
국민동포의 만세나 부르고 죽겠소.

　(중략)

　그렇게 만세를 부르는데 의병이라 하는 봉두돌빈의 여러 사람들이 아우
성을 지르며 (중략) 풍우같이 달려들어서 옥남의 남매를 잡아가는데.[57]

<혈의 누>의 결말에서 대립되는 것이 우리 민족과 외세(일본)였다면
<은세계>에서의 그것은 해외유학파와 의병이 서로 대립하는 양상이다.
후자의 경우 표면적으로는 우리나라의 정치개혁을 두고 우리 민족간의
갈등으로 표현되어 있지만 그 이면에는 외세(일본)의 막강한 정치적 권력
이 장악하고 있음에서 연유하고 있음은 주지하는 바이다. 예문에서 옥남
이가 말한 바와 같이 "의병도 우리나라 백성이오, 나도 우리나라 백성"이
면서 피차간에 나라를 위하여 하는 일들이건만, 역사를 이해하고 미래를
예측하는 방식이 서로 다름으로 인하여 이들 간에는 적절한 타협의 실마
리가 전혀 보이지 않는다. 역사에 대응하는 의병과 해외유학파 간의 이와

---

57) <은세계>, 전집3, 220-225쪽 .

같은 괴리를 옥남이는 '지식이 다르면 하는 일도 다른 법'이라고 인식한다. 여기서는 이들의 행동 양식에 대하여 어느 편의 옳고 그름의 가치평가를 하려는 것은 아니다. 하지만 동일한 역사 현실을 두고 대응하는 방식에 있어서 우리 민족 내부의 이와 같은 인식의 차이는, <은세계>의 초반에서 최병도가 일찍이 지적한 바와 같이, 김옥균의 시대로부터 이어져 온 우리의 민족적 비극이 아닐 수 없다.

아무튼 <은세계>의 결말은 <혈의 누>의 결말과 마찬가지로 서사내적 사건의 미완결성 뿐만 아니라 작품의 주제적 의도마저 미결정성을 보여줌으로써 창작 주체의 권위적 의도보다는 우리나라가 직면한 역사 현실에 대하여 텍스트 내적 독자를 포함한 창작 주체의 내적 타자들과 함께 대화로 풀어보고자 하는, 미완결의 다성적 결말구조라고 볼 수 있겠다. 그리고 덧붙여서 <혈의 누>의 끝에서 '하편'을 기다리라는 것은 당대의 소설 양식에 대한 작가나 독자들의 인식이 전통적인 단성적 소설의 결말 양식에 익숙해져 있었던 까닭에, 작가 자신조차도 자신의 서술 구조가 내적으로 다성적인 열린 구조임을 미처 깨닫지 못했기 때문인 것으로 판단된다. 그러나 그의 서술 양식이 명백한 다성적 구조임을 보여주는 것은, 그 2년 뒤에 씌어진 <은세계>의 결말에서 <은세계> 종(終)으로 되어 있으나 그 결말의 양식은 <혈의 누>의 상편과 거의 유사한 양식으로 끝맺고 있음에서 잘 드러난다.

이인직 소설의 또 하나의 작품은 1908년에 출판된 <치악산>이다. 그런데 <치악산>의 경우는 작품 구조상 결말의 부분이 아예 창작되지 않은 상태에서 중단된 미완성의 작품이기 때문에 앞에서 보았던 <혈의 누>나 <은세계>의 결말 구조와는 비교가 될 수 없다. 다만 소설의 내용과 구조상으로 미루어 보건대 1906년에 창작된 <귀의 성>과 많은 점에서 유사한 점들이 발견된다. 먼저 완고의 봉건 가정을 비판적으로 그리는 점도 그렇거니와 계략을 꾸민다거나 복수극을 벌이는 점도 흡사하게 닮은 양상을 보여준다. <귀의 성>에서는 평민 강동지가 양반 김승지의 정실부인에게 복수하였다면 <치악산>에서는 개화양반 이판서가 완고의 양반 홍참의 집안에 복수하고 있다. 다소 차이가 있다면 결말의 부분이 될 것 같다.

<귀의 성>의 결말 구조에서는 미래에 대한 전망이 불투명하고 비극적이었던 데 비하여 <치악산>에서는 비록 결말의 부분은 창작되지 못하였을지라도 백돌이나 검홍이를 통한 미래에 대한 예측의 말이나 '오기'의 고사를 미루어 볼 때, 이 소설의 결말 구조는 현실 타협적인 개화파의 미래지향성으로 나아가다가, <혈의 누>와 <은세계>의 결말에서 그랬던 것처럼, 그것을 완강히 반대하거나 방해하는 세력(또는 인물들)에게 저지당하는 장면으로 끝맺음하였을 가능성이 높다.

한편, 이 소설에서 백돌이의 해외유학은 표면상으로는 나라를 위하여 떠난다고 하였지만 사실상 그의 목적은, <혈의 누>나 <은세계>에서 해외유학파들의 그것과는 명백히 다른, 앞으로 다가올 식민지 시대를 대비하여 식민지 치하의 벼슬길을 준비하는 것이었음이 백돌이의 '오기'의 고사에서 확연하게 드러난다. 어떤 의미에서는 이인직의 신소설들 중에서 이 <치악산>이 가장 노골적인 현실 타협성을 드러내는 작품이라고 볼 수 있다. 그런 의미에서 보더라도 이 소설의 결말 부분이 창작되었다고 하더라도 <혈의 누>나 <은세계>의 경우와 별반 차이 없는 미완결의 결말 구조로 창작되었을 가능성이 매우 높다. 왜냐하면 그 때(1908)는 아직 우리나라가 완전한 식민지의 상태에까지 이르지는 않았으므로 작가가 우리 민족을 의미하는 다수의 사회구성원들의 예민한 정서를 전혀 의식하지 않을 수는 없었을 테니까 말이다.[58]

---

58) 백돌이의 이러한 목적은 한일합방이 이루어진 뒤에 김교제에 의해 창작된 <치악산> 하편에서 현실로 이루어진다. 그 하편의 결말은 완결된 구조를 보여준다. - 필자.

이상으로 이인직 소설의 결말 구조에 나타난 다성적 양식을 살펴보았다. 앞에서 살펴 본 바와 같이 소설의 다성적인 결말 구조는 서술 주체가 중개자적 태도를 끝까지 유지하기 때문에 결말에 가서도 서술자의 절대적 관점에 의해 특정한 방향으로 결정짓는 완결된 구조와는 구별되는 양식을 보여주었다. 이러한 다성적 결말의 양식은 작가 이인직이 의식적으로 이러한 양식을 창조하였건 혹은 전혀 의식하지 못하였건 간에, 서술의 주체가 자신의 언어를 단일하고 통일적인 언어의 절대성을 지향하기보다는, '이데올로기적 세계의 언어적·의미론적 탈중심화를 향하여 나아가고 있음을' 보여주는 것이라 할 수 있다.[59]

또, 이러한 서술의 태도는 자신의 대화 속에 참여하는 문화적·사회적 맥락과 소설의 정치적·역사적 성격이 상호 침투하는 내적 연관관계를 보여주는 것이기도 하다. 따라서 소설의 이데올로기적 변화나 움직임은 이러한 텍스트 내·외의 조건과 상황 변화에 따라 언제든지 달라질 수 있는 가변적인 것이 된다. 이인직의 소설을 다성적인 결말 양식과 관련지을 수 있었던 것은 그의 소설의 결말 구조가 바로 이러한 특징들을 보여주고 있기 때문이다. 그리고 이인직의 신소설이 이처럼 다성적인 결말의 양식을 갖게 된 데에는 무엇보다도 먼저 작가(또는 서술 주체)의 의식이 역사적 현실의 움직임을 향하여 열려있었다는 점과, 동시에 자신의 독자(또는 내적 타자)의 반응을 향해 열려있었기 때문으로 판단된다.

2) 단성적 종결성

이인직이 창작한 신소설 중에 유일하게 완결된 결말의 구조를 갖는 것이 1906년에 창작된 <귀의 성>이다. 이 소설의 결말 구조는 작품의 중심적인 문제에 대하여 창작 주체가 작중인물이나 자신의 내적 타자,

---

59) 프라바카라자, 같은 책, 299쪽.

또는 일반 독자들에게 문제만 제시함으로써 다함께 문제의 해결 방안을 모색하려는 다성적인 담론 방식과는 명백히 다르다. 다시 말하자면 이러한 결말의 양식은 창작 주체가 독단적으로 문제의 해결 방향을 결정하고 특정한 방식으로 결말을 종결지었기 때문에 다양한 이해 집단의 독자들과 문제 해결의 방안에 대한 더 이상의 대화가 불가능해진다는 것이다.

이와 같은 폐쇄적인 결말의 구조는 대체로 권위적이고 단성적인 서술자의 담론 양식에서 이루어지는 경우라 할 수 있다. 그렇다고 해서 모든 단성적 소설의 결말 양식이 반드시 종결성을 나타낸다고 말하는 것은 아니다. 이인직의 소설의 경우를 볼 때는 그와 같은 특징을 보여 주는 것으로 나타났을 뿐이다.

그런데 우리나라 개화기 당대의 작가들이나 독자들에게 있어서 소설의 결말 구조에 대한 인식은 바로 이와 같은 단성적 담론의 결말 양식에 더 익숙해져 있었기 때문에 신소설의 창작자인 이인직 자신도 예외는 아니었다. 그것은 열린 결말 구조로 되어있는 <혈의 누>(1906)의 끝부분에서 그것을 하나의 독립된 소설로 보기 보다는 언젠가 뒤에 가서 마저 쓰게 될 완결 편을 염두에 두고 있는 데서 잘 나타난다. 하지만 1908년에 창작된 <은세계>는 하나의 독립된 소설로 창작되었으면서도 그 역시 <혈의 누>의 결말 양식과 동일한 미완결의 형태로 이루어져 있다. 이것은 이인직을 포함한 당대의 작가들이 전통적인 단성적 소설 양식에 익숙해 있었던 까닭에 창작 주체인 작가 이인직 자신조차도 자신의 서술 구조가 내적으로 다성적인 열린 구조임을 깨닫지 못하였던 것을 말해주는 것이다.

그러나 내적으로 다성적인 서술의 형태는 소설의 결말을 완결 지을 수 없는 것이 지극히 자연스러운 현상으로 받아들여질 수 있다. 왜냐하면 서술의 주체가 의도하는 것은 소설의 결말에서 자신의 단일한 이데올로기를 단성적으로 종결짓는데 있는 것이 아니라 주요하다고 생각하는 특정한 문제 또는 관심을 두고 있는 문제에 대하여 타자 또는 독자와 더불어 '대화를 나누는 것' 그 자체에 있기 때문이다. 대화란 화자나 청자간에 평등한 관계에서 이루어지는 것이라면, 어느 한 쪽의 권위적인 판단에 의해 독단적인 결론이 내려지는 단성적인 담론이 아닌 이상, 이들 간에는 대화의 완결이 아닌 오로지 대화의 중단이 있을 뿐이다.

한편, 이인직의 소설에서 유일하게 완결성의 결말을 갖추고 있는 <귀의 성>의 결말 구조는 전래적인 소설의 결말 양식과 근대적 소설의 결말 구조를 동시에 보여주고 있어 흥미롭다. 이것은 서사 양식에 대한 창작 주체의 과도기성을 드러내는 것이기도 하지만 동시에 전래적인 서사 양식에 익숙한 독자들을 의식하여 그들과 가까이 교감하려는 창작 주체의 의도적인 장치일 수도 있다.

좀더 구체적으로 살펴보면 <귀의 성>의 결말 구조는 전래적인 소설의 결말 양식과 신파조의 충격적 결말의 양식, 그리고 근대적인 리얼리즘 소설의 결말 양식 등의 세 가지가 한꺼번에 연속적으로 덧붙여진 것이 특징적이다. 여기에서 더욱 흥미로운 것은 이 세 가지 결말 양식의 순서이다. 이 소설의 서사 구조상 가장 먼저 오는 것이 리얼리즘의 결말 구조, 그 다음이 신파조의 결말 구조, 그리고 맨 마지막이 전래적 결말의 구조로 되어 있는 것이 그것이다. 여기에는 창작 주체의 근대적 서사 의식과 독자의 전래적 서사 의식이 서로 만나서 교감하는 장소로 이해된다.

일찍이 <귀의 성>의 결말에 대하여 극찬한 바 있는 김동인이 감탄하였던 것은 앞의 세 가지 결말 양식 중 재래의 작가에게서 보지 못했던 '새로운 결구' 즉 리얼리즘적 결말 양식에 있었다. 당대의 독자의 한 사람으로서 이에 대한 김동인의 직접적인 목소리를 들어보자.

여주인공 춘천집은 왜 피살을 당하였느냐? 이는 재래의 작자에게 보지 못하던 새로운 결구(結構)다. 주인공의 행복을 축수하려 하기에 소설이

존재할 가치가 있지, 여주인공의 피살이라는 것은 <人間社會>가 아닌
소설에는 있지 못할 잔혹한 일이었다. 「귀의 성」을 읽는 필자의 어머니가
「이 책은 너무 참혹스럽다」고 책을 밀치고 탄식한 것도 그 당시에는 당연
한 일이었다. 뿐만 아니라 작자는 끝까지 냉정한 태도로 이 여주인공의
죽음에도 조그만 동정을 가하지 않았다.[60]

더구나 <귀의 성>에서 우리는 자연배경(自然背景)의 활용(活用)을 보
았다. 다른 작품들에도 자연묘사(自然描寫)가 없는 바는 아니나 강동지가
김승지 부인을 죽이고 나올 때의 자연묘사는 독자의 마음을 서늘케 한다.
물론 서양문예(西洋文藝)가 人事를 노래한 데 반하여 동양문예(東洋文藝)
는 많은 자연찬미(自然讚美)가 있었는지라. 동양소설에는 (중략) 모두가
묘사를 위한 묘사이지 결코 이야기에는 아무 연락이 없는 것이었다. 그러
나 이 작가는 자연과 인생의 관계 및 그 연결을 알았다.[61]

김동인이 <귀의 성>에 대하여 감탄하고 있는 것은 서술자의 '냉정성'
이다. 즉 서술자의 서술 태도가 억울하게 죽음을 당하는 춘천집에 대하
여, 그리고 사건의 처음부터 마지막까지 냉정성을 잃지 않고 사건을 이끌
어 가는 데 있었다. 이것은 근대 리얼리즘 소설의 대표적인 특성의 하나
임은 익히 주지하는 바이다. 서술자는 작중의 주인공이 참혹한 일을 당하
는데 대하여 안타까워 할 독자들의 정서에는 아랑곳하지 않고 오로지
자신의 서술 대상에만 몰두하는 태도이다. 그는 자신의 서사 내적 세계의
어느 편에도 가담하지 않는 것과 마찬가지로 자신의 서사 내적 독자의
정서에도 전혀 관심을 기울이지 않는다. 그야말로 전형적인 단성적 서술
의 태도이다.

이처럼 서술자의 무심한 태도를 효과적으로 드러내는 대목이 바로 참
혹한 장면의 묘사 뒤에 오는 자연 배경의 묘사이다. 김동인의 탁월한

---

60) 김동인, 「한국근대소설고」(1929), 『신한국문학전집』18, 어문각, 1976, 5쪽.
61) 김동인, 위의 책, 7-8쪽.

통찰력은 바로 이러한 점을 빠뜨리지 않고 정확하게 짚어내는 데 있다. 서술자가 묘사하고 있는 배경으로서의 자연은 인간사의 참혹한 현장 안에 있으면서도 지극히 평화롭고도 초연한 자태를 하고 있다. 바로 이러한 자연물로서의 배경과 역동적인 인간사를 대비시켜 그 참혹함의 효과를 극대화시키는 것은 또한 창작 주체의 대자연과 인간관계에 대한 탁월한 통찰력의 결과일 터이다. 다음은 작품에 그려진 그 구체적인 장면들이다.

구레나룻 난 자가 춘천집이 설 찔렸을까 염려하여 숨 떨어진 춘천집을 두세 번 거푸 찌르더니 두 송장을 끌어다가 사태 난 깊은 골에 집어 떨어뜨리는데, 춘천집 모자의 송장이 사태밥에서 내리굴러 들어가매 적적한 산 가운데 은 같은 달빛뿐인데 그 밤 그 달빛은 인간에(인간 세상에 - 필자)제일 처량한 빛일러라. (중략) 끔찍하고 악착한 그 주검을 인간에서는 아무도 본 사람이 없으나, 구만리 장천 한 복판에 높이 뜬 밝은 달은 참혹한 송장에 비추었는데, 그 달의 광선이 한편으로 춘천 삼학산 아래 솔개동네 강동지집 안방 서창에 눈이 부시도록 들이 비추었더라.[62]
강동지가 호령을 천둥같이 하면서 달려들더니 점순이의 머리채를 움켜쥐고 (중략) 푸른 이끼가 길길이 앉은 바위 위에 홍보를 펴놓은 듯이 핏빛뿐이라. 강동지가 한숨을 휘 쉬면서 돌아다 보니, 바다 위에 아침 안개가 걷으며 오륙도에 해가 돋아 붉었더라.[63]
강동지가 철장대 같은 팔을 쑥 내밀며 쇠스랑 같은 손가락을 딱 벌리더니 모로 드러누운 최가의 갈빗대를 누르니 최가의 갈빗대 부러지는 소리가 (중략) 강동지는 옷에 피한 점 아니 묻히고 최가를 죽였더라.
깊은 산 숲풀 속에 밤 새 소리는 그윽하고 넓은 들 원촌에는 닭의 소리가 꿈속같이 들리는데[64]

춘천집이 살해당하는 장면을 목격하고 있는 달빛은 은같이 처량한 빛

---

62) <귀의 성>, 전집1, 284-285쪽.
63) <귀의 성>, 전집1, 373-374쪽.
64) <귀의 성>, 전집1, 364쪽.

을 띠우고 있을 뿐이며, 강동지가 점순이를 죽이고 났을 때는 오륙도에
아침 안개가 걷히고 붉은 해가 돋는다. 최가를 죽이고 났을 때는 깊은
밤 숲속의 밤 새 소리와 멀리 마을에서 들려오는 닭의 울음소리가 이
비극적인 인간사의 사건들과 동일한 우주의 질서 속에서 움직이고 있음
을 보여준다. 자연이 이처럼 초연하고 평화롭기 때문에 춘천집의 복수를
갚고 난 뒤의 강동지의 심사가 더욱 더 처량하고 서럽게 느껴진다. 이것
은 리얼리즘 기법의 뛰어난 한 측면으로 볼 수 있다.

또 한 가지, 김동인이 이 소설의 결말 구조에서 감탄하였던 것은 학대
받는 가련한 여주인공 춘천집이 결말에 가서 피살당하는 충격적인 양식
에 있었다. 이것 역시 리얼리즘적 결말 양식의 한 방식이라고 할 수 있다.
주인공의 죽음은 작품의 주제 의식을 강하게 부각시키는 효과가 있다.
이에 대한 독자의 반응을 우리는 당장 앞의 예문에서 보는 바와 같이
김동인 모자(母子)에게서 찾아볼 수 있다.

그런데 이 소설의 결말이 이와 같은 리얼리즘의 결말 구조에서 그치는
것은 아니다. 이 소설의 창작 주체는 더욱 충격적이고 잔인한 결말 구조
를 준비하고 있었다. 춘천집이 피살당하는 장면으로부터 마지막 페이지
까지 일백 페이지에 달하는 분량을 강동지가 딸의 원수를 갚기 위해 벌이
는 피의 복수극으로 채워져 있는 것이 그것이다. 이 참혹한 사건들을
서술자의 냉정한 필치로 묘사해 놓은데 대하여 당대의 독자였던 김동인
모자(母子)의 반응은 충격 그 자체였다.

<귀의 성>의 결말 구조가 객관적인 서술자의 냉정성에도 불구하고 다
성적인 열린 구조가 되지 못하고 폐쇄적인 단성적 양식이 된 것도 바로
강동지의 개인적인 복수 행위로써 문제의 해결 방향을 결정지은 데에도
한 원인이 있다. 다시 말하면, 서술자의 서술 태도는 냉정성을 끝까지 유지
하였으나 문제를 해결하는 방식에 있어서는 대상에 대한 복수를 감행함으
로써, 작중인물인 강동지와 그를 지지하는 독자가 동시에 후련함을 느낄

수 있는 신파조의 결말 구조로 변질되고 있는 것이다. 이러한 특징은 김승지 부인에게 복수하고 난 뒤의 강동지에게서 가장 잘 드러난다.

> 강동지가 칼을 턱 놓고 한숨을 휘- 쉬더니 김승지 부인의 목을 흘겨보며 토죄를 한다.
> 이년 제가 시앗을 없애고 너 혼자 얼마나 호강을 하려고 그런 흉악한 일을 하였더냐. 걸핏하면 양반이니 염소반이니 하며 너는 고소대 같이 높은 사람이 되고 내 딸은 상년이라고, 그년, 그년, 그까짓 년, 남의 첩년, 강동지의 딸년, 죽일 년, 살릴 년 하며, 너 혼자 세상에 다시없는 깨끗한 양반의 여편네인 체 하던 년이, 그렇게 쉽게 몸을 허락한단 말이냐.(생략)
> 하더니 칼을 다시 집어들고 죽어 자빠진 송장을 후려치고 돌쳐나가니, 그 날은 사월 열이레 날이라. 누르스름한 달은 서천에 기울어졌고, 장안은 적적한 깊은 밤이라.65)

이와 같은 후련한 복수극은 과거의 권선징악적 서사 결말 구조와는 또 다른 양식이다. 과거의 권선징악의 서사 결말에는 선한 사람은 복을 받고 악한 사람은 벌(罰)을 받는데, 이 때의 벌은 핍박을 받은 인물에 의한 직접적인 복수가 아니라 하늘이 벌을 내리는, 즉 하늘(또는 자연)의 섭리에 의하여 자연스럽게 정리되는 경우가 대부분이다. 그런데 이 소설에서는 죽음을 당한 춘천집의 아버지 강동지가 직접 나서서 자신의 손으로 복수를 감행하고 있는 것이다.

강동지의 이러한 행동은 억울하게 죽임을 당한 춘천집에 대하여 깊은 동정심과 연민으로 가득 차 있는 독자들의 가슴을 후련하게 하여 줄 뿐만 아니라, 신분제도의 모순에 대한 강력한 저항의 의미로 읽혀진다. 따라서 한(恨) 맺힌 딸의 복수를 갚기 위하여 살인을 저질러야 했던 평민 강동지의 처절한 행동 양식은 신파조의 결말 구조에 해당된다고 할 수 있으며,

---

65) <귀의 성>, 전집1, 379-380쪽.

의식의 측면에서는 신분제도와 축첩제도를 비판하는 앞의 리얼리즘적 결말과 연속적인 의미를 그대로 유지하고 있다.

한편, 이러한 결말의 양식은 특히 의기(義氣)가 넘치는 당대의 젊은 독자들에게 커다란 충격과 함께 깊은 인상을 심어주었을 것이다. 이러한 독자의 대표적인 인물이 최서해이다. 그는 우리나라의 1920년대 신경향 파 문학의 대표적 작가의 한 사람으로 이인직의 신소설에 대하여 다음과 같이 평가하고 있다.

> 그의 작(作-필자)을 통하여 첫째 우리가 보게 되는 것은 그 때의 사회이다. 지금으로부터 이십여 년 전후의 조선 사회상을 우리는 여실히 보게 된다. 그의 붓은 어디까지든지 사실적이었다. 자신 있는 외과의가 신념 있는 해부도를 휘두르듯이 불합리한 주종관계와 악착한 본처의 질투와 시기며 상호 반목하는 노예 계급, 추태가 빈번한 양반의 가정 등을 조금도 기탄없이 주저치 않고 사실적으로 쪼개 내었다. 소설이라면 신화적 전설적의 것으로 알던 것은 그 때의 독자나 작가가 다같이 느끼고 있던 속에서 이러한 수법을 보인 것은 청천의 벽력이라 아니 할 수 없다. 그런데 그의 사실적 필치는 다만 사실적에만 그치고 만 것이 아니다. 다시 말하면 객관적으로 쌀쌀하게 쪼개기만 한 것이 아니라 그의 붓끝에는 뜨거운 정과 엄숙한 비판이 있어서 지나가는 잔해 속에서 새로 올 세상을 보았다. 이것이 그의 사회관이요 인생관일 것이다. (중략) 그는 그 때에 벌써 언문일치를 쓰려고 애썼다. (중략) 그는 엄연히 모든 인습과 전설을 벗어나서 신문체를 지어 썼다. (중략) 나는 여기 있어서 그를 우리 조선 문학운동사에 있어서 첫 사람으로 추앙한다.[66]

인용에서 보면 최서해도 김동인과 마찬가지로 이인직 소설의 새로움에

---

66) 최서해, 「조선 문학 개척자 : 국초 이인직씨와 그 작품」, 중외일보, 1927. 11.15 (이상
　　경, 「이인직 소설의 근대성 연구」, 『민족문학과 근대성』, 문학과 지성사,
　　1995, 145쪽. 재인용).

감탄하고 있다. 즉 기존의 소설에서는 볼 수 없었던 근대 리얼리즘 문학적 특성에 대한 감탄과 찬사, 그리고 서술자의 냉정하고 객관적인 서술태도에 대한 관심이 그러하다. 흥미로운 것은 김동인과 최서해가 감탄하고 있는 작품이 똑같이 <귀의 성>이라는 사실이다. 그만큼 이 소설이 당대의 많은 독자들에게 새로움과 큰 감동을 안겨주었음을 뜻한다.

그런데 최서해가 김동인과 다른 측면에서 이 소설을 평가하는 대목에 주목해 볼 필요가 있다. 즉, "다시 말하면 객관적으로 쌀쌀하게 쪼개기만 한 것이 아니라 그의 붓끝에는 뜨거운 정과 엄숙한 비판이 있어서 지나가는 잔해 속에서 새로 올 세상을 보았다"는 것이 그것이다. '뜨거운 정과 엄숙한 비판'이란 물론 전체적으로 보면 리얼리즘 정신과 관련되는 것이지만 이 소설의 결말 구조와 관련시켜 본다면, 그것은 강동지의 뜨거운 의분의 감정과 복수 행위를 연상시킨다. 그도 그럴 것이 최서해의 20년대 작품들의 결말 구조가 <귀의 성>의 그것과 거의 유사하게 닮은꼴이라는 점도 함께 연상되기 때문이다.

이인직의 신소설 <귀의 성>의 결말 구조가 1920년대의 최서해의 작품 결말 구조에 얼마만큼 직접적인 영향을 주었는지는 최서해 자신의 입으로 밝힌 바 없으니 알 수 없겠으나, 적어도 최서해가 이인직의 신소설 <귀의 성>을 인상 깊게 읽었다는 사실은 확인된 셈이다. 그리고 기질적으로 의기(義氣)가 강한 최서해의 감각에는 <귀의 성>의 결말 구조, 특히 강동지를 통해 이루어지는 피의 평정(平定)이 의식적이건 무의식적이건 간에 어느 정도는 영향을 미쳤을 가능성을 완전히 배제하기는 어려울 것 같다.[67]

강동지의 복수에 이어 이 소설의 마지막을 장식하는 것은, 다름 아닌

---

67) 윤명구, 「이인직과 그의 소설」, 『개화기 소설의 이해』, 인하대 출판부, 1986. - 「<귀의 성>은 간교한 음모와 살인, 그리고 보복의 피보라로 물든 소설이라 할 수 있다. 그리고 보기에 따라서는 20년대 중반기에 나타나는 빈궁문학의 살인 방화를 결과로 맺는 소설들의 한 원형이라고도 볼 수 있다.」 102-103쪽.

전래적인 이야기(즉 전설이나 민담 등)의 결말 양식이라 할 수 있는 '시앗 새'의 전설이다. 이것은 구소설의 결말 양식에 익숙해 있는 독자들에게 친숙함을 제공하고 있을 뿐만 아니라 이 소설의 주제인 축첩제도의 비극성을 다시 한 번 상기시키는 역할을 하고 있다.

> 그 뫼 쓴 후에 삼학산 깊은 곳에 춘삼월 꽃필 때가 되면 이상한 소리가 나는데 그 새는 밤에 우는 새라. 무심히 듣는 사람은 무슨 소린지 모르지마는, 유심히 들으면 너무 영절스럽게 우니, 말쟁이가 그 새소리를 듣고 춘천집의 원혼이 새가 되었다 하는데, 대체 이상하게 우는 소리라.
> 　시앗 되지마라 시앗 시앗
> 　시앗 되지마라 시앗 시앗
> 　시앗 새는 슬프게 우는데, 춘천 근처에 시앗 된 사람들은 분을 됫박같이 바르고 꽃 떨어지는 봄바람에 시앗 새 구경을 하러 삼학산으로 올라가니, 새는 죽었는지 다시 우는 소리 없고, 적적한 푸른 산에 풀이 우거진 둥그런 무덤하나 있고, 그 옆에는 조그마한 애총 하나 뿐이더라.[68]

이상으로 이인직의 신소설 중 유일한 완결성의 결말 구조를 갖추고 있는 <귀의 성>을 살펴보았다. 앞에서 인용하였던 김동인이나 최서해의 글에서도 알 수 있듯이, 이인직의 신소설들 중에 유독이 <귀의 성>에서 독자들이 깊은 인상을 받은 것은, 작중인물들 개개인의 성격 창조나 철저하게 객관적인 서술 태도, 그리고 사실적인 묘사 등의 탁월한 근대문학적 미학이 토대가 되었던 것도 사실이지만, 그에 못지않게 이 소설의 결말 구조가 각각 개성이 다른 근대적, 신파적, 그리고 전래적인 세 가지의 결말 양식을 결합한 완결의 결말에서 느껴지는 독특한 여운도 한 몫하였을 것으로 판단된다.

완결의 결말 구조에 익숙해 있던 당시의 독자들에게 미완결의 결말이

---

68) <귀의 성>, 전집1, 385쪽.

뭔가 낯설고 불완전한 작품으로 인식되었던 데 비하여, <귀의 성>의 결말 구조는 새로운 리얼리즘적 특성과 신파적인 특성, 그리고 친근한 전래적 결말의 특성을 가미한 복합적인 완결 구조가 다른 소설에서 느낄 수 없었던 새롭고도 강렬한 결말의 여운을 주어 다수의 대중들로부터 사랑을[69] 받게 되는 중요한 요인이 되었던 것으로 보인다. 그러나 이러한 복합적 결말 양식은 과도기적인 결말 구조의 한 양상으로서 신소설 작가 이인직의 미숙함을 드러내는 것이라 하겠다.

4. 다성적 언어의 특징

이상과 같이 이인직의 신소설에 나타나는 다성적인 언어의 양상을 살펴보았다. 앞에서 살펴본 바와 같이 이인직 소설의 언어 모두가 다성적인 언어로 구성되어 있는 것은 아니다. 이 장에서 살펴본 '다성적인 언어'들은 이인직의 작품들 속에 나타나는 다성적인 성격이 특징적으로 드러나는 요소들만을 모아서 하나의 장으로 묶어 본 것에 불과하다. 그럼에도 불구하고 이와 같은 다성적인 언어의 역할이 이인직 소설의 미학에 지대한 영향을 미치고 있을 뿐만 아니라, 당대의 사회구성원들과 내적으로 대화하는 의식의 과정이 역동적으로 표출되어 있다는 점에서, 다른 신소설 작가들의 작품과 뚜렷하게 구별되는 점이라 하겠다. 그리고 서술자의 언어에서 그러한 특징이 가장 두드러지게 나타나는 작품은 신소설 <혈의 누>이다.

<혈의 누>의 서술자는 자신의 서술대상인 작중인물들에게는 권위적인 태도를 취하는 반면에 자신의 말을 듣고 있는 청자 즉 독자에 대하여는 민주적인 태도를 취하고 있는 것이다. 이 서술자의 언어가 다성적으로

---

69) 전광용, 「이인직 연구」, 같은 책, 123쪽.

엮어지는 것은 바로 이와 같은 그의 민주적인 태도에서 기인하는 것이다. 그에게 있어서 작중인물들은 자신의 언어 즉 다성적인 언어를 사용하기 위해 필요한 하나의 문학적 기호일 뿐이다. 그러므로 자신의 서술 대상인 작중인물들에게는 다성적인 통로를 허용하지 않는다. 그의 작중인물들은 권위적인 서술자에 의해 의식이나 행위가 통제되기 때문에 앞에서 살펴 본 바와 같이 단성적인 언어만을 부여 받을 수 있었다. 따라서 이 작품에서 권위적이고 독단적인 서술자와 작중인물과의 관계는 철저한 주종관계로 이루어져 있다고 할 수 있다.

그런데 이 권위적인 서술자는 자신의 담론의 대상인 독자에 대하여는 전혀 다른 태도를 취하고 있다. 그는 자신의 독자를 향하여 의식적으로 내적인 대화의 통로를 열어두고 있을 뿐만 아니라 그들과 더불어 자신의 언어 속에서 텍스트의 의미 생성에 영향을 미칠 수 있는 참여의 여지를 허용하고 있는 것이다. 작중인물들에 의한 단성적 언어가 닫힌 세계의 언어라면, 이 민주적인 서술자의 언어는 그의 의식이 독자를 향해 열려 있는 언어라고 말할 수 있다. 그렇기 때문에 그의 언어 속에는 서로 상충 하는 다양한 시대정신과 이데올로기를 소유한 사회구성원들의 목소리가 침투하여 상호 투쟁하는 대화(또는 담론)의 장으로 나타난다. 이러할 경 우 가장 강력한 힘을 가진 타자가 상대를 압도하고 자신의 이데올로기를 서술자의 언어 속에 침투시키게 되는 것이다.

<혈의 누>의 경우, 서술자의 언어 속에서 능동적으로 의미 생산에 참여하는 대화자 중에는 당시 우리나라를 침략하여 식민지로 만들기 위 해 맹렬히 공작 중이던 일본 세력의 목소리가 강력하게 침투되어 있음을 볼 수 있다. 이와 같은 강력한 타자의 침투로 인하여 서술자의 언어는 끊임없이 압도당하고 흔들리면서 역동적으로 움직이고 있다. 다시 말하 사면 이 소설의 서술자는 다수의 우리 민족을 대변하는 독자와 소수일지 라도 막강한 무력과 정치적 압력을 행사하는 일본 세력이라는 독자(언론

검열관을 포함하여) 사이에서 중립적인 매개자의 태도를 취하면서 모호하고 다중적인 언어적 양상을 보여주는 것이 특징이라 할 수 있다.

한편 이인직의 신소설에는 작가나 시대가 전혀 다른 이질적인 장르의 담론들을 수용하는 과정에서도 독특한 내적 대화성이 드러나는 경우가 있어 주목된다. 이것은 작가나 이데올로기가 서로 다른 텍스트와 텍스트 간에 일어나는 상충하는 내적 대화성이 특징이라고 할 수 있다. 이인직 소설에 있어서 이와 같은 텍스트 상관성은 수용 주체의 창작 의도에 따라 다중적인 의미 생성에 중요한 역할을 하고 있음이 드러난다. 예컨대 <은세계>에 수용되어 있는 '놀부의 박타령'과 <치악산>에 수용되어 있는 '오기'의 고사는 그 본래의 창작 의도와 수용 주체의 의도가 상충하는 데서 내적인 대화성이 두드러지게 나타나는 경우이다.

반면에 <은세계>에 수용되어 있는 민요들은 그 본래 지니고 있던 이데올로기와 수용 주체의 의도가 상호 부합하여 서사내적 세계를 현장감과 생동감을 불어넣어 주는 단일한 이데올로기성을 나타내기도 한다. 이인직의 신소설 <은세계>와 <치악산>에서 나타나는 이와 같은 텍스트의 상관성은 1908년의 우리나라의 역사와 사회적 환경이 내적으로 긴밀하게 상호 작용하고 있음을 드러내는 것이라 할 수 있다.

다성적인 언어는 그 소설의 결말 구조에서도 단성적인 소설의 결말 양식과는 또 다른 독특한 양상을 드러낸다. 단성적인 소설의 경우 그 결말 구조는 서사 내적 세계의 다양한 이데올로기들이 서술자 (또는 창작 주체)의 권위적인 의도에 의해 그의 단일한 이데올로기로 귀결되는 것이 일반적인 경우라 할 수 있다. 혹은 특정한 이데올로기로 귀결되지 않는다 하더라도 단성적인 소설의 결말 양식은 적어도 그 텍스트의 서사 내용이 종결되는 지점에서 끝이 난다. 그런데 다성적인 소설의 경우 그 결말의 구조는 단성적인 소설의 결말 구조와 정반대로 나타난다. 왜냐하면, 다성적인 소설은 그 언어의 주체가 권위적인 태도를 취하는 대신 민주적인 태도를 취하기 때문이다. 다시 말하자면 이 민주적인 서술자는 자신의 서사 내적 세계의 다양한 이데올로기의 목소리(또는 의식)들과 끊임없이 상호 접촉하고 혹은 투쟁하면서 대화를 이끌어 갈 뿐 어느 한 편으로 종결지을 수 없기 때문이다.

이러한 특성 때문에 다성적인 소설의 결말 구조는 미종결의 양식으로 나타날 수밖에 없다. 그 미종결의 결말 양식이란 곧 다성적인 관계가 중단되는 상태를 의미한다. 따라서 기존의 단성적인 소설의 결말 양식에 익숙해져 있던 작가나 독자들의 눈에는 이러한 다성적인 소설의 결말 구조가 미완성의 작품으로 인식될 수밖에 없다. 흥미로운 것은, 다성적인 결말의 양식을 창조한 작가 이인직 조차도 자신의 소설이 미종결의 결말 구조로 이루어지게 된 원인이 자신의 다성적 언어에 있었다는 사실을 깨닫지 못했다는 점이다. 그 때문에 이인직 소설의 대화성이 가장 두드러지게 나타나는 <혈의 누>의 결말에서는 '하편'을 예고하는 것으로 작가 자신이나 당대의 독자 모두에게 미종결 양식의 낯설움을 대신하고자 하였던 것이다.

그러나 이인직 소설의 언어가 대화성을 특징으로 한다는 것을 또 한 번 증명해주는 것이 신소설 <은세계>이다. 신소설 <은세계>의 결말 구조 역시 작가가 자신의 소설을 미완성 작품으로 만들고 싶어서 서사 내용을 중단하였을 리는 없다. 그러므로 그것은 그의 언어가 갖는 다성적 성격 때문에 전통적인 단성적 소설의 결말처럼 종결될 수 없었던 것이라고 이해된다. 그의 신소설 <치악산>(상권)의 경우도 대화성의 성격이 강하기 때문에 만약 결말 부분에서 텍스트의 서사 내용이 계속 발전해 나갔다 하더라도 결국에 가서는 미종결의 결말 양식이 될 수밖에 없었을 것이다.70)

---

70) 그 하권이 김교제에 의해 창작 되었지만, 그것은 이미 그 작가의 언어와 이인직의 언어가 다를 뿐만 아니라 창작 연대가 한일합방 이후여서 텍스트의 이데올로기 생산

마지막으로, 이인직의 신소설 중 <귀의 성>이 유일하게 완결된 결말 구조를 갖출 수 있었던 것은 창작 주체가 텍스트 내적 세계의 서사 상황에 대하여 독단적으로 문제의 해결 방향을 결정하고 단성적인 결말로 종결지었기 때문에 가능하였다. 말하자면 내적인 대화의 장을 이루는 열린 결말구조가 아니라 창작 주체의 독단적인 방식으로 결말을 종결지었기 때문에 단성적인 담론의 종결성을 보여주었다고 하겠다. 특히 이 소설의 결말 구조는 전대소설과 근대소설의 중간 단계인 과도기적 소설임을 증명이라도 하듯이, 한 개의 작품 안에서 근대적 리얼리즘의 결말에 이어 과도기적 신파조의 결말, 그리고 맨 마지막에 전래적인 소설의 결말 양식이 덧붙여져서 서사 내용이 종결되었다는 사실도 흥미로운 일이 아닐 수 없다.

이상과 같은 사실들을 미루어 볼 때 이인직의 신소설이 지니고 있는 다성적인 언어의 특성들이 다시 한 번 확인된 셈이다. 그의 언어에서 이처럼 다성적인 특성이 두드러지는 것은 작가가 당대의 시대정신과 사회구성원들 간에 일어나고 있었던 상충하는 이데올로기들에 열린 의식으로 창작에 임하였던 데 그 원인이 있다고 하겠다. 맨 마지막에 전래적인 소설의 결말 양식이 덧붙여져서 서사 내용이 종결되었다는 사실도 특기할 만한 일이라 하겠다.

에 참여하는 사회구성원들(즉 내포독자)의 사회 환경이 변화하였기 때문에, 이인직의 열린 의식으로 창작한 상권과 김교제가 창작한 하권을 같은 선상에서 비교될 바는 아니라고 보기 때문에 본 논문에서는 제외하기로 하였다.

Ⅳ. 텍스트의 미학적 이데올로기
-객관적 언어-

소설의 언어에 있어서 '객관적 언어'란 한 마디로 말해서 창작 주체의 의도가 미학적으로 표현된 '작품 자체의 목소리'를 일컫는 말이라고 할 수 있다.[1] 창작 주체의 이데올로기적 언어는 일단 어떤 형식을 통해 소설에 들어오게 되면 그 성격이 전혀 달라진다. 작가의 의도는 줄어드는 반면, 본래의 언어는 다른 사람의 언어로 변하게 되는 것이다.[2] 가령 창작 주체가 본래 리얼리즘의 미학에 입각하여 소설을 창작하였다고 하더라도 그의 의식 내부의 다성적 대상이 상호 대립되는 이해관계를 갖고 있는 다양한 독자층을 내포하고 있다면, 그의 언어는 '이중적 목소리로 된' 언어로 나타나게 되는 것이다.

그 '이중적 목소리로 된' 언어는 내적 대화성을 의미하며, 이러한 경우 소설의 이데올로기는 작가에 의해 받아들여지거나 부정되는 것이 아니라 예술적인 조직을 통해서 객관적으로 드러나는 것이다. 이렇게 하여 작품에 표현된 관념이나 이데올로기는 작가 자신의 것이라기보다는 예술적으로 형상화된 관념이나 이데올로기의 이미지에 불과하다.[3]

이인직의 신소설은 서구의 근대문학 형식을 우리나라에 처음으로 도입하여 근대적 '보여주기' 기법과 함께 사건을 객관적으로 구현함으로써

---

1) 프란츠 K. 스탄젤, 『소설형식의 기본 유형』(안삼환 역), 탐구당, 1982, 38쪽.
2) 미하일 M. 바흐친, 같은 책, 209- 214쪽.
3) 여기서 객관적으로 드러난다는 것은, 리얼리즘 전통에 속한 이론가들의 주장처럼 소설의 언어가 삶의 실체를 마치 거울에 비추듯이 있는 그대로 모방(재현)한다는 이론과는 다른 개념이다. 예술적으로 이렇게 재현된 이데올로기를 바흐친은 '이데올로기의 이미지'라고 부른다. - 김동욱, 같은 책, 176쪽 참조.

창작 주체의 이데올로기를 객관화하고 있다. 뿐만 아니라 작가의 대변자적 작중인물에게 작가의 이데올로기를 결정적으로 주입시키지 않고 미결상태로 남겨둠으로써 개인의 단성적 담론의 차원에서 다성적 담론의 차원으로 한 발짝 다가서 있는 것처럼 보인다.

이인직의 신소설이 단성적 담론의 차원에서 다성적 담론의 차원으로 한 발짝 다가갈 수 있었던 것은 첫째, 서술자가 상충하는 이해관계를 갖는 독자층을 의식하며 서술하였다는 점. 둘째, 작중인물의 언어를 다양한 '어조'로써 표현하여 창작 주체의 이데올로기적 태도를 나타내었다는 점이다. 소설의 언어에서 이 '어조'는 담론의 주체가 텍스트 내적 상황에 대하여 자신의 감정을 나타내는 하나의 이데올로기적 표현방식이 된다. 그러므로 서술자의 경우, 그의 담론 환경은 능동적인 '타자'들의 목소리가 그의 의식 속에 침투함으로써 본래 의도했던 이데올로기적 언어가 압도당하거나 생략 또는 변질의 가능성을 항상 내포하고 있으며, 그러한 담론 환경 속에서 담론의 주체는 자신의 이데올로기 표현을 위한 방법으로 다양한 어조를 창안하여 다성적 언어의 효과를 거두고 있다.

이와 같은 미학적 장치를 통하여 이인직 소설에서 드러나는 객관적인 언어는 크게 세 가지의 이데올로기로 분류될 수 있다. 하나는 작품의 총체적인 이데올로기가 제국주의에 대한 위기의식과 자강의식을 촉구하는 것이라면, 다른 하나는 세계사적 흐름에 역행하는 봉건지배계층의 모순을 비판하는 것이다. 그리고 최종적으로 도달한 이데올로기는 이인직의 신소설이 궁극적으로 지향하는 것으로서 준비론적인 근대의식을 절망적인 현실의 대안으로서 제시하고 있다. 이제 구체적인 작품들을 통하여 그와 같은 이데올로기의 이미지들을 고찰하기로 한다.

1. 反침략과 자강의식

우리나라의 신소설에서 <혈의 누>만큼 외세의 침략상과 그 대응으로서의 자강의식이 두드러지게 나타나는 소설은 없을 것이다. <혈의 누>가 창작되었던 1906년은 우리나라가 일본의 강압에 못 이겨 '한일보호조약'(1905. 11)이 체결된 이후여서 일본의 침략에 대한 위기의식이 어느 때 보다도 심각하게 대두되었던 시기였다. 주지하다시피 일본은 종래의 강화도조약(1876. 2)을 비롯하여 청일전쟁(1896) 및 러일전쟁(1904)에서 조선의 자주독립을 주장하였던 자신의 태도를 돌변하여 침략의 속셈을 노골적으로 드러내었던 것이 한일보호조약이었다.[4] 이 소설은 일본이 조선 침략의 발판으로 삼았던 청일전쟁을 배경으로 하고 있지만 청국군은 사실상 단 한 번 배경으로 나타났다가 완전히 자취를 감추고 오직 일본군의 활약상이 두드러지게 묘사되고 있는 점이 주목된다.

이 소설의 전체적인 서사 구조는 그 이데올로기적 추이에 따라 '평양→일본→미국→평양'이라는 네 개의 공간으로 이동된다. 작품 길이 총 96쪽 분량에 주인공 옥년이의 등장은 34쪽에서부터이다. 텍스트의 시작에서 34쪽에 이르기까지는 일본군의 침략상과 옥년이가 고아가 되는 배경에 해당된다. 이것은 소설 전체 길이의 삼분의 일에 해당되는 만큼 일본군과 우리 민족과의 관계에 대한 중요한 이데올로기적 의미가 내포되어 있는 것으로 드러난다. 그 다음은 옥년이가 일본에 가서 겪게 되는 이야기로서 34쪽에서 구완서를 만나게 되는 61쪽까지이고, 이 두 사람이 미국에 가서 아버지를 만나는 데까지가 61쪽에서 89쪽이다. 마지막은 평양에서 최씨 부인이 딸의 편지를 받아보는 것으로 89쪽에서 96쪽까지인데 분량상으로는 가장 짧은 부분이지만 1906년의 반(半)식민지적 현재 상황이 의미심장하게 형상화되어 있어 이 중의 어느 한 부분도 소홀히 다룰 수 없는

---

4) 강재언, 『한국의 근대사상』, 한길사, 1988. 77-78, 204-206쪽 참조.

구조이다. 이것을 간략하게 제시하면 다음과 같다.

① 평양 : 최씨부인 - 청일전쟁 중 딸을 잃음(1 - 34쪽)
② 일본 : 김옥년 - 일본인 양녀되어 대판심상소학교 졸업(34쪽 - 61쪽)
③ 미국 : 김옥년 - 구완서 도움으로 중학교 졸업 (61 - 89쪽)
④ 평양 : 최씨부인 - 딸의 편지 받음 (89쪽 - 96쪽)

위에서 제시된 서사 구조에서 각 공간마다 중요하게 다루어지는 작중 인물을 따로이 주인공으로 삼는다면 ①과 ④는 최씨부인이 주인공이며 의식의 차원에서 부인과 대응되는 인물이 김관일이다. ②와 ③의 주인공은 김옥년이며, 그녀와 대응되는 인물이 구완서이다. 그리고 이 모든 주요한 인물들과 사건에 깊숙이 개입하여 텍스트의 이데올로기 생산에 강력한 영향력을 행사하는 것이 일본세력이다. 이 일본의 존재는 작중인물들의 물리적인 대상으로서 표면에 드러나기도 하지만 작중인물이나 서술자의 의식과 언어 속에서 능동적으로 자신의 존재를 드러내는 내적인 '타자'의 역할을 수행한다.

1) 외세의 침략과 민족의 수난

① 배경으로서의 청일전쟁

청일전쟁은 <혈의 누>의 배경인 동시에 작품의 전체적인 사건과 인물들에게 막대한 영향력을 행사하는 행위자이다. 그것은 청일전쟁이라는 이름으로 배경화되어 있지만 실제로 작중인물들과 부딪치며 사건에 영향력을 행사하는 행위자는 일본군과 일본인들이다. 따라서 이 소설의 관심사는 청일전쟁이라는 명목으로 우리나라를 침략한 일본제국주의자들의 실체를 드러내는 데 많은 노력을 기울이고 있는 것으로 드러난다.

그동안 우리는 <혈의 누>에 대하여 논의할 때 전경화되어 있는 주요인물들과 서술자의 이중적인 목소리에서만 작품의 주제와 의미를 찾으려 하였기 때문에 그 이면에서 작품의 주제에 능동적인 영향력을 행사하고 있는 행위자로서의 일본과 그 일본세력에게 압도당하고 있는 서술자의 내면의 목소리에 대하여는 미처 관심을 기울이지 못하였던 것이 사실이다. 그것은 이 소설의 서술자가 보여주는 친일적인 태도로 느껴져 먼저 우리들에게 커다란 배신감과 분노심을 자극하였기 때문일 것이다.

그러나 배경으로서의 이 청일전쟁은 사실상 우리나라를 지배하기 위한 청일 양국의 패권싸움이었다. 이것을 소설의 배경으로 삼는다는 것만으로도 이 소설의 창작 의도가 우리 민족에게 단순히 친일 개화사상만이 아닌 의미심장한 내적언어로써 뭔가를, 예컨대 민족주의적인 정서를 친일적 언어와 대립시켜 나타내는 것이라고 볼 수 있다.

성중에는 울음 천지요 성밖에는 송장 천지요 산에는 피난군 천지라 어미가 자식 부르는 소리, 서방이 계집 부르는 소리[5]

화약 연기는 구름에 비 묻어 다니듯이 평양의 총소리가 의주로 옮아가더니 백마산에는 철환비가 오고 압록강에는 송장으로 다리를 놓는다[6]
그 날은 평양에서 싸움 결말나던 날이요 성중에 사람이 진저리내던 청인이 그림자도 없이 다 쫓겨 나가던 날이요 철환은 공중에서 우박 쏟아지듯 하고 총소리는 평양성 근처가 다 두드러 빠지고 사람 하나도 안 남을 듯 하던 날이오, 평양 사람이 일병 들어온다는 소문을 듣고 일병은 어떠한지 임진 난리에 평양 싸움 이야기하며 별 공론이 다 나고 별 염려다 하던 그 일병이 장마통에 검은 구름 떠 들어오듯 성내 성외에 빈틈없이 들어와 백이던 날이라[7]

---

5) <혈의 누>, 전집1, 12쪽.
6) <혈의 누>, 전집1, 23쪽.
7) <혈의 누>, 전집1, 11쪽.

여기서 주목되는 것은 이 참혹한 전쟁의 두 주역은 청국군과 일본군이지만 실제로 독자들에게 비추어지는 대상은 청일전쟁의 승리자인 일본군이라는 점이다. 다시 말하면 이 소설의 작중인물들에게 비극적인 사건이 발생하는 것은 청국군과의 관계를 통해서가 아니라 일본군이 침략해 들어오던 날로부터 일본군과의 관계양상을 통해 발생하고 있다는 사실이다. 이것은 청일전쟁에 대한 작가의 관심이 패배자인 청국이 아니라 승리자인 일본에 있음을 뜻한다. 청국군사에 대하여 호랑이 본 것 같고 원수 만난 것 같다는 표현을 쓰고 평양백성에게 못된 짓을 많이 하였다고는 하지만 이미 일본군에게 패배하여 이 땅을 물러남으로써 이 땅에 남아서 우리나라를 점령하고 있는 외국 세력은 일본국 병사들뿐이었다.

서술자는 청국군을 몰아내고 이 땅을 점령한 일본군의 위력에 대하여 '장마통에 검은 구름 떠 들어오듯 성내 성외에 빈틈없이 들어와 백이던 날'이라고 표현함으로써 가공할 만 한 위력임을 보여준다. 이러한 표현력은 펄벅의 소설『대지』에 나오는 메뚜기 떼를 연상시킬 만큼 탁월하다. 소설은 바로 그 일본군이 평양을 침략해 들어온 그 날의 참혹한 모습을 비추어 주는 데서 시작되는 것이다. 일본군이 입성하면서 '백마산에는 철환비가 오고 압록강에는 송장으로 다리를 놓고 청·일간의 싸움에 결말이 나던 날이다. 이렇듯 이 소설의 사건 발단은 '그 날'에서 비롯되고 있다.

그렇다면 작가는 어떤 의도에서 소설의 배경을 일본이 이 땅(평양)에 입성하던 날에 촛점을 두었던 것일까. 그것은 두 말할 필요없이 주도권 싸움에서 일본이 승리하였기 때문이다. 현실주의적이면서 미래 지향적인 이인직으로서는 과거의 일에는 관심이 없다. 현재 우리의 모습을 객관적으로 비추어 주고 나서 우리가 나아갈 방향을 모색하자는 것이 이인직의 창작 태도임을 알 수 있다. 이러한 창작 태도에는 단순히 친일적인 성격보다는 침략자 일본에 대한 경계심과 국가적 민족적 위기의식이 짙게 깔려있음을 느낄 수 있다. 그것은 우리나라를 점령한 일본군사들의 행동과 우리 민족들과의 관련 양상에서 확연하게 드러난다.

② 침략자 일본과 최씨부인

전쟁에서 승리한 일본군은 평양의 백성들에게 지배자처럼 군림한다. 지금까지 우리는 <혈의 누>에서 김관일의 부인이며 김옥년의 어머니인 최씨부인이 겁탈 당하려던 순간에 일본 헌병에게 구조된다는 점에서 이 소설이 일본군을 미화하고 있다는 데에 더 많은 관심을 기울이는 경향이 없지 않았다. 그러나 국부적인 일본군의 미화에도 불구하고 사실상 최씨 부인이 이들에게 구조되어 집으로 무사히 돌아가는 것이 아니라 마치 전쟁포로처럼 범죄자 취급을 받으며 일본군 헌병부로 끌려간다는 사실 에 주목할 필요가 있다.

보초병이 부인을 잡아서 앞세우고 가는데 서로 말은 못하고 벙어리가 소를 몰고 가는 듯 한다. 계엄중 총소리라 평양성 근처에 있던 헌병이 낱낱이 모여들어서 총 놓은 군사와 부인을 데리고 헌병부로 향하여 가니 그 부인은 어딘지 모르고 가나 성도 보이고 문도 보이는데 정신을 차려본 즉 평양성 북문이다. 밤은 깊어 사람의 자취도 없고 사면에서 닭은 홰를 치며 울고, 개는 여념집 평대문 구녁으로 주둥이만 내어놓고 짖는다. 닭소리 개소리에 부인의 발이 떨어지지 못하여 걸음을 멈추고 섰는데 오장이 녹는 듯 하고 눈물이 앞을 가린다. 개는 영물이라 밤 사람을 알아 보고 반가와 뛰어나오다가 헌병이 칼을 빼어 개를 치려하니 개가 쫓겨 들어가며 짖으나 사람도 말을 통하지 못하거든 더구나 짐승이야....(중략) 개야 이리 나오너라, 나는 어디로 잡혀가는지 내 발로 걸어가나 내 마음 으로 가는 것은 아니다. 헌병이 소리를 질러 가기를 재촉하니 부인이 하릴없이 헌병부로 잡혀가는데 개는 멍멍 짖으며 따라오니 그 개 짖고 나오던 집은 부인의 집일러라
그 날은 평양성에서 싸움 결말 나던 날이요, 성중에 사람이 진저리내던

청인이 그림자도 없이 다 쫓겨 나가던 날이요, 철환은 공중에서 우박 쏟아지듯 하고[8]

그 때는 평양 성중에 살던 사람들이 이번 불 소리에 다 달아나고 있는 것은 일본군사 뿐이라

그 군사들이 까마귀 떼 다니듯 하며 이집 저집 함부로 들어간다.[9]

우리나라를 점령한 침략자 일본군사들의 행위는 마치 우리나라가 벌써부터 자신들의 식민지이기나 한 것처럼 행동하는 양상이다. 일본 헌병은 조선의 아녀자를 한 밤중에 집으로 데려다 주지 않고 '벙어리가 소를 몰고 가듯'이 '소리를 질러 가기를 재촉하'며 강제로 헌병부로 붙들어 가는가 하면, 일본군사들은 평양성 내의 여념집들을 '까마귀 떼 다니듯 하며 이집 저집 함부로 들어간다.' 이것이야말로 작가가 독자에게 보여주고 싶었던 청일전쟁의 실상이었다. 최씨부인은 바로 자신의 집 앞을 지나치면서도 제 집으로 들어가지 못하고 남의 나라 병사들에게 포위되어서 헌병부로 잡혀간다. 그 장면이 탁월한 리얼리즘의 기법으로 형상화되어 있어 현장감을 더해준다. 특히 깊은 밤중에 사방에서 조선의 닭과 개들이 홰를 치며 울부짖는 장면은 이 소설의 압권이다. 이 장면이야말로 백마디의 웅변보다 더 우리 민족의 절실한 심정을 탁월하게 묘사한 대목이라 할 수 있다.

주목해야 할 것은 그 장면 뒤에 만나게 되는 서술자의 목소리이다. 즉 서술자는 최씨 부인이 일본 헌병들에게 끌려가는 장면을 생생하게 묘사한 다음 '그 날은 평양성에서 싸움 결말나던 날이오(중략) 그 일병이 장마통에 검은 구름 떠 들어오듯 성내 성외에 빈틈없이 들어와 백이던 날이라'고 강조함으로써 우리나라와 민족에게 새로운 강자로 떠오른 일본의 위력과 함께 경계해야 할 대상임을 독자에게 인식시키고 있는 것이

---

8) <혈의 누>, 전집1, 9-11쪽.
9) <혈의 누>, 전집1, 17쪽.

다. 그런데 서술자는 침략자 일본군에 대한 실상을 이처럼 탁월하게 형상
화하였으면서도 여기에서도 그냥 넘어가지 않는다. 청나라 군사들이 일
본군에 패배하여 퇴각하였다는 문장 앞에 '성중에 사람이 진저리내던'
이라는 수식어 한 마디를 덧붙임으로써 새로운 침략자 일본을 경계하는
이데올로기를 변질시키는 양상을 드러낸다. 그럼에도 불구하고 이 소설
은 청국과 일본의 싸움에서 일본이 승리함으로써 우리 민족은 사실상
일본군의 압제와 수난을 당하는 역사적 위기 상황에 놓여 있음을 리얼리
즘의 수법으로 생생하게 보여주고 있다는 사실을 간과할 수 없다.

이처럼 객관적인 서사구조 면에서는 민족의식이 명백히 드러나 있으
면서도 서술자의 담론에서 상충하는 다성적 언어에 의해 반(反)침략 의도
가 약화되거나 은폐되어 있는 것이 이 소설만이 지닌 독특한 대화법이라
할 수 있다. 이것은 창작 주체가 당시 우리나라를 반(半)식민지로 장악하
여 권력을 행사하고 있던 일본세력을 의식한 것으로, 서술자는 일본세력
에게는 반(反)침략과 민족의식을 은폐하고자 하는 감정과, 우리 민족에게
는 우리가 당면한 역사적 진실을 드러내고자 하는 강렬한 민족적 본능에
의해 서술자의 언어는 끊임없이 서로 상충하는 담론들로 변환되고 있었
던 데 기인한다.

③ 침략자 일본과 김옥년

이 소설의 주인공 김옥년에게 있어서 일본은 과연 어떤 존재로 그려지
고 있는가. 고아가 된 옥년이를 양녀로 삼아 친딸처럼 사랑하고 신식학교
에 공부시킨다는 점에서는 시혜자임이 분명하다. 그러나 그 근본을 따지
고 그 결과를 살펴보면 앞의 최씨부인의 경우와 마찬가지로 김옥년에게
있어서 일본은 고마운 시혜자가 아니라 오히려 기만자에 더 가깝다. 애초
에 옥년이를 고아로 만든 것은 청일전쟁이었다. 더구나 옥년이가 총을
맞던 날은 일본이 입성하여 철환이 공중에서 '우박 쏟아지듯' 하던 '그날'

이었고, 옥년이가 총을 맞은 것도 일본군이 쏜 총탄이었다. 그날 밤 최씨 부인을 자기 집으로 돌려보내기만 하였어도 옥년이는 고아가 아니 되었다. 문제는 일본 헌병들이 조선의 아녀자를 강제로 잡아갔기 때문에 그 가정이 이산되었다는 점이다

따라서 주인공 옥년이를 통해 드러나는 서사구조는 일본 제국주의의 실체와 그 침략적 성격을 은밀하게 드러나도록 짜여져 있는 것을 볼 수 있다. 옥년이가 독이 묻은 청국군사의 총을 맞지 않고 일본군의 총에 맞았기 때문에 치료하기가 쉬웠다든가 정상군의관이 자비심으로 옥년이를 양녀로 삼는다는 등등의 이유로 우리는 자칫 작가의 친일적인 의식에만 관심을 기울이기 쉬우나, 총체적인 서사구조 속에서 살펴 볼 경우 우리는 작가가 일본에 대하여 얼마나 주도면밀하게 경계하고 있는가를 충분히 감지할 수 있다. 일본은 결코 믿어서는 안 되는 존재임을 전달하기 위해 먼저 일본이라는 감시자의 눈을 만족시키는 국부적인 친일전략을 사용한다. 그래서 옥년이 일본군의 구조로 목숨을 건졌고, 일본군의관의 양녀가 되어 문명한 일본국으로 보내어져, 정상부인의 온갖 사랑과 신식교육을 받게 되는 등, 일본인은 옥년에게 은혜를 베푸는 자애로운 은인으로 그려지는 것이다.

그러나 옥년이는 일본인의 보호 속에서 성인이 될 때가지 행복하게 성장하지 못한다. 정상군의관의 사망과 함께 옥년이의 운명은 다시 한번 일본인으로부터 뼈아픈 수난의 역사를 경험하도록 되어있기 때문이다. 자애롭던 정상부인은 자신의 새로운 목적을 위해 어제까지도 세상에 둘도 없는 듯이 귀애하였던 옥년이를 천덕꾸러기로 구박하기 시작한다. 옥년이가 심상소학교를 졸업하던 날도 정상부인의 따가운 눈총을 받으며 겨우 눈물의 졸업장을 받아 들었고, 그동안 길러준 댓가로 평생 먹여 살리라는 채무에 시달리게 되는 것이다.

그렇다면 이 소설에 그려진 일본이라는 존재는 우리에게 어떠한 존재

인가. 그들은 우리나라 땅에서 청군과 전쟁을 일으켰고, 우리에게 총상을 입히고 가족을 이산시켰으며, 게다가 우리를 보호해주겠다고 기만하여 옥년을 데려다가 치료하고 겨우 소학교까지만 가르쳐 놓고는 아직 자립할 수 있는 나이도 아니고 교육수준도 못되는데도 자신의 새로운 목적이 생기게 되자, 빚을 갚으라고 독촉하고 비정하게 몰아부치는 채권자의 모습으로 형상화되어 있는 것이다.

> ① 옥년의 마음에는 정상부인이 시집가는 곳에 부인을 따라가고 싶으나 부인이 데리고 가지 아니 할 말을 하니 옥년이는 새로이 평양성 밖 모란봉 아래서 부모를 잃고 발을 구르며 울던 때 마음이 별안간에 다시 난다.[10]
> ② (부인) 이제는 공부 다 하였으니 어미를 먹여 살려라. 공부를 네가 한 듯 하냐. 내가 시키지 아니 하였으면 공부가 다 무엇이냐. 네가 조선서 자랐으면 곧 공부하는 구경도 못하였을 것이다. 네 운수 좋으려고 일청전쟁이 난 것이다. 네 운수는 좋았으나 내 운수만 글렀다. 너 하나 공부시키려고 허구한 세월의 이 고생을 하고 있다.
> ③ 부인이 적색의 말을 퍼부어 나오니 옥년이가 고개를 숙이고 가만히 생각한 즉 겨우 소학교 졸업한 계집아이가 제 힘으로는 정상부인을 공양할 수도 없고 정상부인의 힘을 또 입으면서 공부하기도 싫고 한 가지 생각만 난다.[11]

인용의 ①에서 옥년이가 정상부인에게 버림을 받게 되자 '새로이 평양성 밖 모란봉 아래서 부모를 잃고 발을 구르며 울던 때 마음이 별안간에 다시 난다'고 하는 것은 일차적으로 일본인 정상부인에 대한 옥년이의 의존적인 태도로도 볼 수가 있겠으나, 굳게 믿고 의지해 왔던 양어머니에 대한 배신감과 절망감이 짙게 배어있는 말이라고 할 수 있다. 동시에

---

10) <혈의 누>, 전집1, 47쪽.
11) <혈의 누>, 전집1, 51쪽.

예문②, ③에서와 같이 일본사람이 결코 우리 민족의 보호자가 아니라는 사실을 옥년이가 각성하는 의미로 해석할 수 있다. 옥년이는 이제껏 일본인 양어머니에게 의존해 왔던 마음을 분연히 떨쳐버린다. 바로 여기 옥년이의 의타적인 의식에서 주체적인 민족적 의식으로 변화하는 대목에 주목할 필요가 있다.

예문의①과 ③에서 보여주는 옥년이의 변화된 의식은 일본(인)에 대한 민족적 자존심의 회복을 나타내는 순간이라 할 수 있다. 이것은 이제껏 옥년이가 일본인에게 보여주었던 의타적인 태도에서 이제 막 깨어나 일본인의 실체와 자신과의 관계를 파악하고, 일본인으로부터 독립된 자아를 회복하는 모습이다. 구차하게 '정상부인의 도움을 또 받으면서 공부하기도 싫고' '그날 밤에 물에 빠져죽을 차로 대판항구로' 나가는 장면은, 아직 나약하기 그지없는 모습이긴 하지만 일본인으로부터의 독립이라는 의미에서 주목에 값하는 것이라 할 수 있다. 옥년이의 이러한 의식의 내면에는 일본 제국주의의 침략행위에 대하여 감추어져 있던 작가의 날카로운 역사인식과 자주적인 민족적 본능이 은밀하게 작용하고 있음이 드러난다.

이 소설에서 일본(인)이라는 존재는 서술자의 국부적인 담론에서는 인정 있는 문명개화의 선도자로서 우리나라와 국민들을 보호하고 은혜를 베푸는 시혜자로 그려지지만 총체적인 서사구조의 틀 속에서 일본(인)을 바라보면 그들은 우리나라와 국민을 기만하는 이중적인 얼굴로 형상화되어 있는 것이 드러난다. 이러한 서사구조를 텍스트 밖의 역사적 사실과 관련하여 생각해 볼 때, 일본(인)이 우리나라를 근대적인 독립국가로 성장할 수 있을 때까지 선도하고 보호하여 줄 나라가 아니라는 사실을 작가가 의도적으로 드러냈다는 생각이 든다. 일본(인)에 대한 이와 같은 작가의 의구심은 우리 국민이 '하루 바삐' 문명개화하여 근대적인 의식 수준이 되어야 한다는 조바심으로 나타나는 것이다.

작가의 이와 같은 생각을 적극적으로 구현하는 인물은 자주적인 개화주의자 구완서이다. 그는 절망의 순간으로부터 옥년이를 구출해 주는 횃불과도 같은 존재이다.

2) 민족적 각성과 자주적 대응

<혈의 누>의 서사구조는 침략자 외세로부터 수난을 당하고 희생당하는 우리나라 백성을 객관적으로 묘사하는 부분과, 그러한 역사적 현실을 민족적 차원에서 각성하고 자주적인 대응 방안을 모색하는 당위적인 부분으로 크게 나뉘어 진다. 이 두 가지를 서사적으로 보여주는 인물이 전자에 최씨부인과 김옥년이라면 후자에 김관일과 구완서가 있다. 전자가 우리 민족이 처해있는 역사적 실존의 모습이라면 후자는 그러한 역사적 현실로부터 우리 민족이 나아가야 할 방향을 제시하기 위해 창조된 관념의 표출이라 할 수 있다.

여기서 논의하게 될 대상인 김관일과 구완서는 최씨부인과 김옥년에 각각 대응하는 역할을 수행하는, 말하자면 작가의 이상을 대변하는 인물이라 할 수 있다. 그밖에 작가의 역사인식을 대변해주는 또 다른 인물로 최주사와 막동이가 있다. 이들은 잠깐 나타났다가 사라지는 주변인물이지만 청일전쟁에 대한 작가의 역사인식을 대변하고 있어, 결코 지나쳐 버릴 수 없는 인물들이다.

① 민족적 각성과 역사인식

청일전쟁이 일어나기 전까지 김관일은 평양에서 돈 잘 쓰기로 이름있던 평범한 평양시민의 한 사람이었다. 그러나 청일전쟁에 가족을 잃음으로써 그는 한 개인의 영달과 가정의 행복만을 추구하던 일개 시민의 차원을 뛰어넘어 국가와 민족이 처해있는 역사적 현실에 눈을 뜨는 최초의 인물이다. 앞에서 보았던 최씨부인이나 김옥년은 청일전쟁이 자신의 가

족을 이산시키고 고통을 주는 것으로만 인식하는데 반하여, 김관일은
가족을 잃은 슬픔 속에서도 우리나라와 민족이 처해있는 비극적인 현실
을 냉철하게 역사적으로 분석하는 비판정신을 보여준다. 그는 이러한
비극을 초래한 원인을 우리나라가 강하지 못한 탓이라고 분석한다. 그리
고 우리나라가 강하지 못한 원인은 봉건정치 관료들이 부패했기 때문이
라고 생각한다. 김관일에게 있어 부패한 봉건관료는 외국의 침략자들과
마찬가지로 우리나라 백성들을 못살게 구는 부정되어야 할 대상이다.

> 김씨는 혼자 빈집에 있어서 밤새도록 잠들지 못하고 별생각이 다 난다.
> (중략) 땅도 조선 땅이요 사람도 조선사람이라. 고래 싸움에 새우등 터지
> 듯이 우리나라 사람들이 남의 나라 싸움에 이렇게 참혹한 일을 당하는가.
> (중략) 슬프다. 저러한 송장들은 피가 시내되어 대동강에 흘러들어 여울
> 목 치는 소리 무심히 듣지 말지어다. 평양 백성의 원통하고 설운소리
> 아닌가. 무죄히 죄를 받는 것도 우리나라 사람이오, 무죄히 목숨을 지키
> 지 못하는 것도 우리나라 사람이라.[12]

> 우리나라 사람이 제 몸만 위하고 제 욕심만 채우려고 하고 남은 죽든지
> 살든지, 나라가 망하던지 흥하던지 제 벼슬만 잘하여 제 살만 찌우면
> 제일로 아는 사람들이라. 평안도 백성은 염라대왕이 둘이라. (중략) 제
> 손으로 벌어놓은 제 재물을 마음 놓고 먹지 못하고, 천생 타고난 제 목숨
> 을 남에게 매어놓고 있는 우리나라 백성들은 불쌍하다 하겠거든, 더구나
> 남의 나라 사람이 와서 싸움을 하느니 지랄을 하느니 그러한 서슬에 우리
> 는 패가하고 사람이 죽어나는 것이 다 우리나라 강하지 못한 탓이라.
> 오냐. 죽은 사람은 하릴없다. 살아있는 사람이나 이후에도 이러한 일을
> 또 당하지 아니하게 하는 것이 제일이라. 제 정신 제가 차려서 우리나라
> 도 남의 나라와 같이 밝은 세상되고 강한 나라되어 백성된 우리들이 목숨
> 도 보존하고 재물도 보존하고 각 도 선화당과 각 고을 동헌위에 아귀귀신

---

12) <혈의 누>, 전집1, 13-14쪽.

같은 산 염라대왕과 산 터주도 못 오게 하고, 범 같고 곰 같은 타국사람들
이 우리나라에 와서 감히 싸움할 생각도 아니 하도록 한 후에라야 사람도
사람인 듯싶고 살아도 산 듯싶고.13)

김관일의 이러한 비판 속에는 봉건정치 관리에 대한 개혁의 논리가
내포되어 있다. 그것은 곧 근대적 정치개혁을 의미한다. 그가 서둘러 미
국으로 유학을 떠나는 것은 '이후에 이러한 일을 당하지 아니하게, 하겠
다는 조바심 때문이다.

김관일과 동일한 민족적 각성을 보여주는 인물이 최주사와 막동이다.
그런데 이 두 사람의 말에는 특별히 주목을 요한다. 그것은 청일전쟁의
책임이 우리나라의 정부에게 있음을 명백히 밝히고 있기 때문이다. 이것
은 일차적으로 이인직이 친일파인 까닭에 일본을 배척하고 청국을 사대
하는 민씨 일파에 대한 노골적인 비판이라고 할 수 있겠으나, 그렇다고
해서 민영춘이를 비난하는 이유가 단순히 이 민씨 세력이 일본을 배척하
기 때문만은 아니라고 본다. 그 보다는 오히려 일본이 침략해 올 수 있도
록 빌미를 제공한 데 대한 비난의 의미가 더 클 수도 있다. 왜냐하면
청나라 군사가 우리나라에 들어 온 것은 민씨 세력의 요청에 의한 것으로
그들이 우리나라를 침략하려는 의도는 아니었다. 그 반면에 일본은 우리
나라를 침략할 기회만 엿보아 오다가 이를 절호의 기회로 삼았고, 그
결과 1905년 '한일보호조약'을 이끌어 냈던 것은 주지의 사실이다.

따라서 이 소설을 전체적으로 놓고 볼 때 민씨 일파가 청인을 불러들인
데 대한 막동이의 비판 속에는 청국에 대한 적대감 보다는 우리나라를
반(半)식민지의 상태로 초래한 양반 지배층에 대한 분노의 감정이 훨씬
더 강하게 느껴진다.

---

13) <혈의 누>, 전집1, 14-15쪽.

막동아, 너 같은 놈더러 쓸데없는 말 같지마는 이후에는 자손 보존하고 싶은 생각 있거든 나라를 위하여라. 우리나라가 강하였다면 이 난리가 아니 났을 것이다. (생략)

(막동) 나라는 양반님네가 다 망하여 놓으셨지요. (중략) 소인 같은 상놈 들은 제 재물, 제 계집, 제 목숨 하나를 위할 수가 없이 양반에게 매였으니 나라 위할 힘이 있습니까. (중략) 양반님 서슬에 상놈이 무슨 사람값에 갔습니까. 난리가 나도 양반의 탓이올시다. 청일전쟁도 민영춘이란 양반 이 청인을 불러왔답디다. 나리께서 난리 때문에 따님아씨도 돌아가시고 손녀 아기도 죽었으니 그 원통한 귀신들이 민영춘이라는 양반을 잡아갈 것이올시다.14)

사실상 최씨부인과 김옥년이 수난을 당하는 것은 청군이 아니라 일본 군사들로부터였다. 만약에 이 소설이 일본제국주의자들의 침략을 합리 화하려는 의도에서 씌어졌다면, 주인공 최씨부인과 옥년이가 일본군이 아닌 청국군사들에게 수난을 당하고 평양의 시민과 시가지가 청군에게 점령당하고 괴롭힘을 당하는 장면들이 형상화 되었어야 했다. 그래서 우리의 평양 시민들과 주인공들이 더 이상 견딜 수 없는 지경에 이르렀을 때 일본군사들이 이 땅을 평정하러 입성하는 장면이 이 소설의 마지막 부분을 장식했어야 했다. 그러나 주지하는 바와 같이 우리의 주인공들이 나 그 주변 인물들은 일본군이 입성하는 날로부터 가족의 비극을 겪게 되고, 그로 인하여 민족적 각성을 보여주는 것이다. 다만 침략자 일본, 더 정확하게 말하면, 우리나라를 반식민지로 만든 일본에 대한 비판적 정서가 작중 인물이나 서술자의 언 표면에 직접 드러나지 않았을 뿐, 일본에 의한 우리나라의 역사적 실상이 리얼리즘이라는 미학적 장치 속 에서 여실히 드러나 있는 것이다.

---

14) <혈의 누>, 전집1, 28-29쪽.

② 자주적 대응

<혈의 누>에서 구완서라는 인물의 등장은 침략자 일본에 대한 맞섬의 의지를 강하게 시사하는 부분이다. 그는 김관일과 더불어 이 소설의 주인공인 최씨부인과 김옥년에 각각 대응되는 역할을 수행하고 있다. 민족적 각성이나 자주의식의 차원에서 볼 때 구완서라는 인물은 김관일의 또 다른 이름이며 그의 분신이라 할 수 있다. 그는 김관일이가 그랬던 것처럼 동일한 역사의식을 가지고 우리의 부패한 봉건국가를 문명한 강대국으로 만들겠다는 포부를 안고 미국으로 떠난다는 점도 동일하다. 이처럼 두 인물은 서로 다른 이름을 가지고 동일한 역할을 수행하고 있는 것이다.

구완서의 출현은 주인공 김옥년이 일본인으로부터 참을 수 없는 냉대를 당하다 못하여 죽음을 선택하지 않을 수 없는 상황에 이르렀을 때이다. 자신의 은인이며 보호자라고 굳게 믿었던 일본인에게서 버림을 받았을 때 갈 곳이 없는 주인공 앞에 구완서가 구원자로 나타나는 서사구조에 대하여, 이것을 단순히 영웅소설의 전통계승으로만 파악할 수 없는 작가의 의미심장한 민족적 자존심을 읽을 수 있다.

> 항구에 다다르니 넓고 깊은 바닷물은 하늘에 닿을 듯한데 옥년이가 가는 곳은 저 길이라. 옥년이가 그 물을 바라보고 하는 말이 오냐 반갑다. 오던 길로 도로 가는구나. 일청전쟁이 일어났을 때에 그 전쟁을 우리 집에서 혼자 당한 듯이 내 부모는 죽은 곳도 모르고 내 몸에 총을 맞아 죽게 된 것을 정상군의 손에 목숨이 도로 살아나서 어용선을 타고 저 바다로 건너왔구나. 오기는 물 우에 길로 왔거니와 가기는 물속 길로 가리로다.
>
> 내 몸이 저 물에 빠지거든 이 물에서 썩지말고 물결 바람결에 몸이 둥둥 떠서 신호 마관 지나가서 대마도 앞으로 조선해협 바라보며 살같이 빨리 가서 진남포로 들어가서 대동강 하류에서 역류하여 올라가면 평양 북문 볼 것이니, 이 몸이 썩더라도 대동강에서 썩고지고, 물아 부탁하자. 나는 너를 쫓아간다. (중략) 옥년이가 정신이 아득하여 푹 고꾸라졌다.

섭고 원통한 맺힌 마음에 기색을 하였다가 그 기운이 조금 돌면서[15)

>너는 청일전쟁을 너 혼자만 당한 듯이 알고 있나보다마는 우리나라 사람이 누가 당하지 아니한 일이냐. (중략) 사람이 밥벌레가 되어 세상을 모르고 지내면 몇 해 후에는 우리나라에서 일청전쟁 같은 난리를 또 당할 것이다. 하루 바삐 공부하여[16)

위의 인용은 주인공 옥년이가 일본인으로부터 갖은 수난과 냉대를 당하던 끝에 죽음을 선택하는 장면이다. 옥년이 자살을 기도하는 것을 의타적이고 나약한 탓으로 볼 수만은 없다고 본다. 어린 나이에 조선인 소녀가 당장 타국에서 일자리를 찾는다는 것도 어려운 일이지만 다른 한편으로는 일본이라는 나라 자체를 거부하는 의미일 수도 있다. '일청전쟁이 일어났을 때에 그 전쟁을 우리 집에서 혼자 당한 듯이' 라는 말속에는 그것이 자신의 집안의 문제가 아니라 국가와 민족의 문제임을 각성하는 의미를 담고 있다. 뿐만 아니라 '내 부모는 죽은 곳도 모르고 내 몸에 총을 맞아 죽게 된 것을'라는 표현도 그것이 일본의 소행임을 의식적으로 시사하는 의미로 읽을 수 있다. 물론 그 뒤의 말 '정상군의 손에 목숨이 도로 살아나서' 라는 표현은 이 소설의 특징인 양면성을 드러내는 것이지만 그것은 일본세력에게 민족적 의도를 은폐하기 위한 구실에 불과하다.

무엇보다도 중요한 것은 '오기는 물위의 길로 왔거니와 가기는 물속 길로 가리로다'에서 옥년이의 일본에 대한 강렬한 저항의지가 표출되고 있다는 점이다. 어린 소녀의 가슴에 그 한(恨)의 뿌리가 얼마나 깊었으면 자신의 주검마저도 일본의 바닷물에서 썩지말고 우리나라의 대동강 물에서 썩기를 바랐겠는가. 이것은 일본에 대한 원한에 사무친 발언이다. 그리고 이 장면이야말로 최씨부인과 더불어 우리 민족을 대변하는 옥년

---

15) <혈의 누>, 전집1, 58-59쪽.
16) <혈의 누>, 전집1, 67쪽.

이가 일본인에게 당하는 수난의 극한지점이며 저항감의 절정을 이루는 지점이다. '섧고 원통한 맺힌 마음'이란 말이 그것을 잘 대변해 준다. 이것은 실로 옥년이의 자주의식의 시작이며 일본과의 결별을 뜻하는 의미심장한 장면인 것이다.

바로 그 순간에 구완서가 나타나는 것은 작가의 그와 같은 의도를 뒷받침해 주는 것이 된다. 즉, 옥년이 죽음이라는 마지막 선택을 극복하기는 하였으나 당장 어디로 가야할지 나아갈 전망이 보이지 않는 바로 그 암흑의 순간에 나타난 구완서는, 우리 민족이 나아갈 방향을 제시하기 위해 형상화된 인물이다. 다시 말해서 구완서라는 인물은 작가의 내면 깊숙이 잠재해 있는 민족적 자아와 긴밀하게 결합되어 있는 인물이다.

그런데 옥년이에게 주어진 이 암흑의 순간은 당시 우리나라의 역사적 현실을 연상시키는 역할도 하고 있다. 무슨 말인가 하면, 옥년이가 처해 있는 그 암흑의 상황이 청일전쟁으로부터 1905년 '한일보호조약'이 체결되는 상황과 매우 닮은꼴이라는 점이다. 옥년이 일본의 침략으로 인하여 부모를 여의고 고아가 된 것이며, 일본인이 옥년이의 새로운 보호자가 되는 것이며. 옥년이가 미처 성인으로 성장하기도 전에 겨우 소학교를 졸업하자마자 자신을 먹여 살리라고 빚 독촉을 하는 채무자처럼 몰아부치는 양상이 그대로 1905년 한일보호조약을 둘러싼 우리나라의 역사적 현실을 연상시키는 것이다. 청일전쟁과 1905년 '보호조약'을 체결한 것이야말로 일본이 우리나라를 기만하였던 역사적 사건이었다. 그 지경에 이르렀을 때 우리나라는 당장 어떻게 대처해 나가야 할지 전망이 보이지 않는 암흑과도 같은 상황이었다. 청국도 더 이상 우리나라가 기댈만한 힘을 갖지 못하였음을 청일전쟁에서 보았고, 일본은 우리나라를 자신의 식민지로 삼으려 한다는 사실이 확인된 순간, 우리나라는 세계 각국들로부터 고립무원의 상태에 빠져 있었음은 주지의 일이다.

구완서가 근대학문을 배우러 가는데 있어서 가까운 일본에서 배우려

하지 않고 굳이 인종도 다르고 언어와 문자가 전혀 통하지 않는 멀고
먼 미국의 땅으로 유학을 선택하는 이유도 바로 이와 같은 역사의식의
결과일 것이다. 이러한 인식 때문에 구완서의 말 속에는 '하루 바삐 공부
하여'라는 표현이 자주 반복되어 나타난다. 이것은 우리나라가 일본인들
로부터 나라를 보존하려면 '하루 바삐' 근대화가 되어야 한다는 강박관
념의 드러남이며, 우리나라를 식민지로 삼으려는 일본 제국주의에 대한
위기의식의 표현이다. 일본세력을 가까이에서 지켜보면서 그들의 침략
적 야욕을 꿰뚫어 보고 있던 이인직으로서는 우리나라가 일본으로부터
독립국을 유지하려면 하루 빨리 근대화하는 길만이 근대 일본을 따라잡
을 수 있다고 믿었기 때문일 것이다.

  일본에 대한 이와 같은 위기의식은 일본에 대한 맞섬의 의지로 발전한
다. 그것은 구완서와 옥년이가 미국에 도착해서 학교를 찾아가는 길을
몰라 쩔쩔매고 있을 때 청나라 개혁당의 우두머리였던 강유위의 인도를
받는다는 사실에서 드러난다.[17]

>   그렇듯 곤란하던 차에 (중략) 그때 마침 어떠한 청인이 햇빛에 윤이
>   질질 흐르는 비단옷을 입고 (중략) 청인이 다시 서생을 향하여 필담으로
>   대강 사정을 듣고 명함 한 장을 내더니 어떤 청인에게 부탁하는 말 몇
>   마디를 써서 주는데 그 명함을 본즉 청국 개혁당에 유명한 강유위라.
>   그 명함을 전할 곳은 일어도 잘하는 청년인데 다년 상항에 있던 사람이
>   라. 그 사람의 주선으로 서생과 옥년이가 미국 화성돈에 가서 청인 학도

---

17) 청국 개혁당 강유위는 어떤 사람인가. 그는 중국 변법자강파의 우두머리로서 1889년
   부터 상소를 올려 변법 자강사상을 주장하고 중국에 개혁의 바람을 불러일으킨 장본
   인이다. 그의 변법자강사상은 그의 제자 양계초의『음빙실문집』을 통해 우리나라의
   장지연, 박은식, 신채호 등에게 커다란 영향을 주었다. 강유위는 청일전쟁이 끝난
   1896년에 무술정변(戊戌政變)을 일으켰다가 100여 일만에 실패하고 향항(香港)으로
   탈출하여 런던, 캐나다 등지로 다니면서 보황당(保皇黨)을 조직하고, 이후 4-5년간
   구미를 왕래하며 화교와 당무를 발전시킨 인물이다. - 신춘자,『개회기 소설연구』,
   인문당,1980, 44쪽 참조.

들과 같이 학교에 들어가서 공부를 하고 있더라.[18)

　미국에는 청인 개화지식인 뿐만 아니라 다수의 청인 노동자들도 이미 새로운 삶의 터전을 닦고 있음을 사실적으로 형상화하였다. 여기서 우리의 주인공들이 미국의 화성돈에 가서 청인 학도들과 같이 학교에서 공부한다는 것은 우리나라의 근대적 지식인들이 청국의 개화파와 동지적 관계임을 시사하는 것이며, 그것은 곧 일본 제국주의자들의 독주를 견재하겠다는 의미를 담고 있는 것이다. 작가의 이와 같은 태도는 구완서의 언어를 통해 구체적으로 드러난다.

　구씨의 목적은 공부를 힘써 하여 귀국한 뒤에 우리나라를 독일국과 같이 연방도를 삼되 일본과 만주를 한 데 합하여 문명한 강국을 만들고자 하는 (비사맥)같은 마음이요 옥년이는 공부를 힘써 하여 귀국한 뒤에 우리나라의 부인의 지식을 넓혀서 남자에게 압제받지 말고 남자와 동등한 권리를 찾게 하며 또 부인도 나라에 유익한 백성이 되고 사회상에 명예있는 사람이 되도록 교육할 마음이라.[19)

> 우리가 이 같은 문명한 세상에 나서 나라에 유익하고 사회에 명예있는 큰 사업을 하자는 목적으로 만리 타국에 와서 쇠공이를 갈아 바늘 만드는 성역을 가지고 공부하여 남과 같은 학문과 남과 같은 지식이 나날이 달라가는 이 때에 장가를 들어서 색계상에 정신을 허비하면 유지한 대장부가 아니라[20)

　예문의 구완서가 우리나라를 독일국과 같은 문명한 강국을 만들기 위해 일본과 만주를 한 데 합하여 연방도를 삼겠다는 것에 대하여 이것을

---

18) <혈의 누>, 전집1, 69-70쪽.
19) <혈의 누>, 전진2, 87-88쪽.
20) <혈의 누>, 전집2, 75쪽.

일본의 대륙침략의 논리로 보느냐 아니면 개화기 당시 우리나라의 선각 지식인들이 주장하였던, 서양세력을 막고 동양 삼국의 공존공영을 위한 대동합방의 논리로 보느냐, 하는 것은 관점에 따라 작품 해석에 큰 차이를 가져올 수 있다. 이런 경우에 이인직의 친일적 생애라는 문학 외적인 정보에 중점을 두게되면 구완서가 독일을 강대국으로 이끌었던 비스마르크를 흠모하여 자신도 우리나라를 그와 같은 강대국으로 만들어 보겠다고 토로한 순수한 그의 열정이 불순한 친일개화사상으로 변질되어질 수 있다. 그러나 순수하게 그의 꿈을 젊은이의 호연지기로 받아들인다면 구완서의 그것은 구한말 애국계몽운동가들의 사상과 거의 차이가 없다.21) 즉 박은식, 신채호와 같은 이들도 비스마르크와 같은 강력한 지도력을 발휘할 인재의 출현을 열렬히 바라지 않았던가.22) 결과적으로는 그것이 일본제국주의자들의 침략적 책략의 하나인 동양 삼국 공영론에 귀결되고 말았다고 하더라도, 애초의 순수한 동기는 한·중·일 삼국의 세력균형을 바탕으로 한 대동합방과 공존공영의 논리였음을 감안하면, 구완서야말로 우리나라의 민족주의자들이 요청해 마지않았던 이상적인 인물 즉 구국의 영웅적 인물의 형상화라고 볼 수 있을 것이다.

3) 이상과 현실

① 최씨부인과 까마귀

<혈의 누>의 앞부분이 청일전쟁으로 인한 일본군의 평양 입성과 가족을 찾아 헤매는 최씨부인의 모습을 그렸다면, 마지막 부분은 그로부터 10년이 지난 이후의 평양과 최씨부인의 모습을 그리고 있다. 청일전쟁으로부터 10년 이후라 하면 이 소설이 씌어지고 있던 1906년의 현재를 뜻한다.

---

21) 신춘자, 같은 책, 47-48쪽 참조.
22) 이상경, 「이인직 소설의 근대성 연구」,『민족문학과 근대성』(민족문학사 연구소 엮음), 문학과 지성사, 1995, 152-153쪽 참조.

이 소설에서 최씨부인의 존재가 어떤 의미에서는 주인공 김옥년 보다 훨씬 더 의미심장한 작가의 의도를 드러내기 위하여 창조된 것처럼 보인다. 왜냐하면 이 마지막 부분은 소설의 전체 분량에 비해 아주 작은 분량임에도 불구하고 전체의 삼분의 일 분량에 해당되는 소설의 앞부분과 긴밀하게 상응하는 내포적인 언어들로 가득 차 있기 때문이다. 즉 마지막 부분에서 최씨부인은 일본의 존재를 상기시키는 중요한 역할을 맡고 있다.

무엇보다도 주목되는 것은 최씨부인의 주변에는 일본이라는 존재가 그림자처럼 따라다닌다는 점이다. 이 소설의 첫머리에는 침략자 일본이 물리적인 배경이나 대상으로서 형상화되었다고 한다면, 이 마지막 부분에는 일본이 최씨부인의 의식 속에서 그 존재를 드러내고 있는 것이 특징적이다. 이것은 최춘애라고 하는 인물이 일본의 침략상을 드러내기 위해서 창조된 것임을 단적으로 보여주는 것이라 할 수 있다. 사실은 이 소설의 모든 인물들이 궁극적으로는 우리나라를 자신들의 식민지로 만들려는 일본의 야욕을 경계하기 위해서 창조되었다고 보는 것이 더 정확한 표현일지도 모른다. 그만큼 일본세력은 이 소설의 단순한 배경적 존재가 아니라 능동적으로 작중인물들에게 영향력을 행사하는 행위자로 그려져 있다.

그런데 이 행위자로서의 일본세력은 표면적인 형상의 모습보다는 작중인물들의 의식을 통하여 더 극명하게 자신의 존재를 드러낸다는 점이 이 소설의 특성 중에 독특한 점이다. 그 대표적인 예를 소설의 마지막 부분에 있는 최씨부인과 '까마귀'의 연상작용에서 찾을 수 있다. 이것은 이 소설의 전체적인 이데올로기를 응축하여 놓은 상징적인 언어로 얽혀질 수 있으며, 작가의 의도적인 장치인 것으로 이해된다. 그 상징적인 언어는 다음의 예문에서 찾아볼 수 있다.

① 세상이 고르지 못하여 조선 평양성 북문 안에 게딱지 같이 낮은 집에서 삼십 전부터 남편 없고 자녀 간에 혈육이 없고 재물 없이 지내는

부인이 있으되 십년 풍상에 남보다 많은 것 한 가지가 있으니 그 많은 것은 근심이라. 그 부인이 남편이 죽고 없느냐 할 지경이면 죽지도 아니한 터이라(~) 딸 하나를 두고 아들 겸 딸 겸하여 금옥같이 귀애하다가 일곱 살 되던 해에 잃었더라. 눈앞에 참적을 보았느냐 물을진대 그 부인은 말없이 눈물만 흘리더라. 눈앞에 보이는 데서 죽었으면 한이나 없으련마는 어디서 죽었는지 알지도 못하니 그것이 한이러라.

② 마침 까마귀 한 마리가 지붕 위에 내려앉더니 까막까막 깍깍 짓는 소리가 흉칙하게 들리거늘 부인이 감았던 눈을 떠서 장팔어미를 보며 하는 말이

여보게, 저 까마귀 소리 좀 들어보게, 또 무슨 흉한 일이 생기려나봐. 까마귀는 영물이라는데 무슨 일이 또 있을는지 모르겠네. 팔자 기박한 여편네가 오래 살았다가 험한 일을 더 보지 말고 오늘이라도 죽었으면 좋겠네. 요사이는 미국서 편지도 아니 오니 웬일인고.

기운없는 목소리로 시름없이 탄식하는 모양은 아무가 보던지 좋은 마음은 아닐 터인데 늙고 청승스러운 장팔어미가 부인의 그 모양을 보고 부인이 죽으면 따라 죽을듯한 마음도 있고 까마귀를 쳐 죽이고 싶은 마음도 생겨서 마당으로 펄펄 뛰어 내려가서 지붕 위를 쳐다보면서 까마귀에게 헛 팔매질을 하며 욕을 한다.

슈여-, 이 경칠놈의 까마귀. 포수들은 다 어디로 간누. 소금장사, 네어미.

조선 풍속에 까마귀 보고 하는 욕은 장팔어미가 모르는 것 없이 주워섬기며 소리를 버럭버럭 지르니 그 까마귀가 펄쩍 날아 공중에 높이 뜨더니 깍깍 짖으며 모란봉에로 향하거늘 부인의 눈은 까마귀를 따라서 모란봉에로 가고 노파의 욕하는 소리는 까마귀 소리를 따라간다.

③ 우자 쓴 벙거지 쓰고 감장 홀태바지 저고리 입고 가죽 주머니 메고 문 밖에 와서 안 중문을 기웃기웃 하며 '편지 받아 들여가오' '편지 받아 들여가오' 두 세 번 소리하는 것은 우편군사라. 장팔의 어미가 까마귀에게 열이 잔뜩 났던 차에 어떠한 사람인지 무슨 말인지 자세히 듣지도 아니 하고 질부둥거리 깨어지는 소리 같은 목소리로 우편군사에게 까닭없는 화풀이를 한다. 웬 사람이 남의 집 안 마당을 함부로 드려다 보아[23]

---

23) <혈의 누>, 전집1, 89-91쪽.

> 평시절 같으면 이웃 사람도 오락가락 하고 방물장사 떡장사도 들락날락 할 터인데 그때는 평양 성중에 살던 사람들이 이번 불소리에 다 달아나고 있는 것은 일본군사 뿐이라. 그 군사들이 까마귀 떼 다니듯 하며 이집 저집 함부로 들어간다.[24]

인용에서 '까마귀'는 단순한 자연물로서만 이해되지 않는다. 그 보다는 이 소설의 앞부분에서 일본군을 비유하였던 그 '까마귀 떼'와 상응하는 것으로, 다분히 일본군을 연상시키는 작용을 하고 있다. 소설의 앞에서 김관일이가 외국세력을 '범 같고 곰 같은 타국사람들'이라고 하여 청국과 아라사의 세력을 상징적으로 표현한 바 있고, 서술자는 청의 군사를 '호랑이'라고 표현했었다. 서술자는 또 일본 군사들에 대하여 '까마귀 떼'로 비유하였었다. 그런데 소설의 마지막에 자연물로서의 까마귀 한 마리가 한(恨)이 많고 시름 많은 최씨부인의 지붕 위에 와서 짖는다. 우리나라 풍속에 까치가 짖으면 기쁜 소식을 듣고 까마귀가 짖으면 나쁜 소식을 듣는다고 믿어왔다. 그 믿음대로 최씨부인은 까마귀가 짖는 소리를 불길한 것으로 받아들인다. 문제는 바로 여기에 있다. 왜 최씨부인의 지붕 위에는 까치가 아닌 까마귀가 짖었던 것일까, 그리고 최씨부인은 왜 그 소리를 불길하게 받아들이는 것일까. '또 무슨 흉한 일'이란 무엇에 대한 예감인가.

이것은 청일전쟁의 가장 큰 피해자였던 최씨부인이 전쟁에 대한 후유증의 반응일 수도 있지만 그것은 또 미래에 대한 막연한 불안감의 표현일 수 있다. 까마귀가 짖고, 그 소리를 불길하게 받아들이는 그 시점이 1906년의 평양이라 할 때, '또 무슨 흉한 일이 생기려나봐', '오래 살았다가 험한 일을 더 보지 말고'라고 말하는 최씨부인의 불길한 예감이 예사롭지 않게 들린다. 왜냐하면 그것은 일본의 우리나라에 대한 침략 행위가 완전

IV. 텍스트의 미학적 이데올로기　169

히 종식된 상태가 아니라 진행중임을 암시하기 때문이다. 우리나라는 그 때 1905년의 보호조약이 체결된 이후였으므로 이미 반(半)식민지의 상태에 놓여 있었다. 따라서 최씨부인의 그러한 반응은 1896년의 청일전쟁이나 1905년의 보호조약 그 다음에 올 일본의 침략행위에 대한 불안감이다.

작가 이인직이 볼 때 당시 우리나라의 정세는, 청일전쟁을 시작으로 일본의 본격적인 침략이 구체화되었고 그것이 1905년 보호조약으로 이어졌음을 볼 때, 일제는 기어코 우리나라를 병합하고야 말 것 같은 불길한 예감을 감지하고 있었던 듯하다. 그런 뜻에서 최씨부인의 불안감은 미구에 닥쳐 올 일본제국주의자들의 우리나라 '병합'이나 더 가깝게는 '정미7조약'과 같은 침략행위에 대한 위기의식의 표현으로 볼 수 있다. 이와 같은 위기의식은 <혈의 누>의 여러 인물들의 언어 속에서 종종 발견된다.25)

따라서 이 까마귀를 통한 최씨부인의 불길한 예감이나 충성스러운 장팔어미의 까마귀에 대한 욕지거리는 작가가 이제까지 은폐하여 왔던 일본의 침략에 대한 경계심과 위기의식, 그리고 적대감의 상징적인 표현으로 읽혀질 수 있다.

이러한 연상작용과 관련되는 또 한 가지는 일본군사의 모습을 연상시

---

25) -김관일-

　　땅도 조선땅이요, 사람도 조선사람이라. 고래 싸움에 새우등 터지듯이 우리나라 사람들이 남의 나라 싸움에 이렇게 참혹한 일을 당하는가. (중략) 오냐, 죽은 사람은 하릴없다. 살아있는 사람들이나 이후에 이러한 일을 또 당하지 아니 하게 하는 것이 제일이라. 제 정신 제가 차려서 우리나라도 남의 나라와 같이 밝은 세상되고 강한 나라되어 - <혈의 누>, 전집1, 14-15쪽.

　　-구완서-

　　너는 청일전쟁을 너 혼자만 당한 듯이 알고 있나보다마는 우리나라 사람이 누가 당하지 아니 한 일이냐. 제 곳에 아니 나고 제 눈에 못 보았다고 태평성세로 아는 사람들은 밥벌레라. 사람이 밥벌레가 되어 세상을 모르고 지내면 몇 해 후에는 우리나라에서 청일전쟁 같은 난리를 또 당할 것이라. 하루 바삐 공부하여- <혈의 누>, 전집1, 67쪽.

키는 우편군사의 등장이다. 장팔어미가 쳐 죽이고 싶은 마음으로 까마귀
에 대고 '포수들'과 '소금장사'를 들먹이며 욕지거리를 채 마치기도 전에
일본군사를 연상시키는 '검정색 홀태바지 저고리' 차림의 우편군사가
나타난다. 주목되는 것은 소설의 앞부분에서는 '그 군사들이 까마귀 떼
다니듯 하며 이 집 저 집 함부로 들어간다' 라고 서술되었던 데 반하여,
이 마지막 부분에서는 '웬 사람이 남의 집 안 마당을 함부로 들여다보아'
라고 장팔어미의 질그릇 깨어지는 목소리로 화풀이를 한다는 사실이다.
10년전 그 때는 전쟁중이었으니 일본군사들이 떼 지어 다녔으나, 1906년
그 때는 반(半)식민지 상태의 평상시였으니 검정색 홀태바지의 우편군사
가 등장한 것이다. 이 검정색 복장을 한 우편군사의 등장은 1906년의
그 시기에 우리나라가 일본의 영향권 안에 놓여있음을 암시해 준다. 그런
의미에서 장팔어미의 욕지거리 속에는 그녀가 까마귀에 대고 했던 것과
마찬가지로 침략자 일본에 대한 민족적 감정의 표현도 함께 함축하고
있는 것으로 읽을 수 있다.

　② 이루어질 수 없는 구완서의 꿈
　그런데 이 '까마귀'나 '우편군사'의 등장 뒤에는 예외없이 작가의 이와
같은 의도를 은폐하기 위한 미묘한 은폐의 수법이 발견된다. 그것은 이
'까마귀'가 우리나라 풍속의 통념과는 달리 최씨부인에게 나쁜 소식이
아닌 기쁜 소식을 전해주기 때문이다. 이 '우편군사'의 역할도 마찬가지
이다. 최씨부인이 죽었다고 믿었던 딸의 편지를 받게 되는 때에 하필이면
왜 까마귀가 짖었던 것일까. 이것은 물론 근대주의자인 이인직이 우리
풍속의 통념이 미신이라는 것을 인식시키려는 의도일 수도 있겠으나,
앞에서 살펴본 것처럼 일본에 대한 민족적 감정의 노출을 은폐시키는
역할도 겸하고 있다.
　그리고 또 다른 의미로는 침략자 일본이 우리나라를 이미 장악하고

있는 데 대한 좌절감의 표현일 수 있다. 구체적으로 말하자면 김관일이나 구완서, 김옥년이 미국이라는 '만리 타국에 와서 쇠공이를 갈아 바늘 만드는 성력을 가지고 공부하'²⁶⁾는 목적은 우리나라를 부강한 근대국가를 만들어 주변 강대국들과 당당히 맞서기 위한 것이었다. 그러나 그들은 작가 이인직이나 우리 민족의 이상을 실현하고자 하는 관념의 표상일 뿐, 우리의 현실은 최씨부인을 통해 본 것처럼 일본의 영향권 아래서 속수무책의 상황에 놓여 있는 실정이었다. 이러한 사정을 모르는 구완서는 미국에서 자신의 포부를, 우리나라가 주체가 되어 일본과 만주를 합하여 연방국을 삼는 것이라고 말했을 때 서술자가 냉소적인 반응을 나타냈던 것과 이 마지막 장면을 연결하여 생각해 볼 때 같은 맥락으로 이해할 수 있다. 즉 그것은 우리의 이상과 현실간의 괴리에 대한 절망감의 또 다른 반응이며 표현이라 할 수 있다.

따라서 이 소설의 이데올로기는 우리 민족의 염원인 자주독립과 자주 근대화의 꿈은 단지 이루어질 수 없는 희망사항일 뿐, 우리 민족의 현주소는 나라가 일제의 반식민지가 되어버린 역사적 토대 위에 살고 있다는 사실을 객관적으로 보여주는 것이었다.

2. 反봉건의식

신소설을 포함한 우리나라의 근대문학사상 이인직의 신소설만큼 강력한 반 봉건의식을 보여주는 작품도 드물 것 같다. 더 나아가 이인직의 신소설은 우리나라의 봉건체제를 증오하고 비판적으로 형상화하는데 심혈을 기울인 것으로 드러난다. 이처럼 이인직이 자신의 문학창작을 봉건체제에 대한 비판정신으로 점철하였던 데에는 그럴만한 이유가 충분히

---

26) <혈의 누>, 전집1, 75쪽.

있었기 때문이다. 그것은 무엇보다도 먼저 본래의 순수하고 이상적인 봉건체제의 정신이 해이해지고 부패해 있었던 점이며, 그로 인해 우리나라 백성들의 생활이 도탄에 들었기 때문일 것이다. 그리고 무엇보다 더 큰 이유는 이러한 봉건 지배층의 타락과 무능함이 나라를 외세에게 빼앗기게 된 원인이라고 보는 그의 역사인식에서 찾을 수 있겠다. 작가의 이와 같은 역사인식은 필연적으로 근대적 정치개혁 의지로 귀결되는 것이었다. 이것이야말로 그의 문학창작의 동기인 동시에 작품의 주요한 이데올로기라 할 수 있다.

이인직의 소설에서 가장 핵심적인 비판 대상은 부패한 봉건 관리와 양반이다. 그리고 봉건관리들의 탐학과 양반의 그늘에서 이 땅의 백성들이 얼마나 많은 수난을 당하며 한맺힌 삶을 살아왔던가, 게다가 봉건제도는 양반 가부장을 중심으로 하는 체제이기 때문에 여성들의 마음속에 얼마나 큰 한(恨)을 심어주었던가, 이러한 봉건체제를 근본적으로 개혁하는 길은 오로지 정치개혁 뿐이다, 이것이 이인직의 신소설에서 객관적으로 드러나는 이데올로기의 대략적인 요지이다. 이제 이러한 작가의 의도가 작품 속에서 객관적으로 드러나는 양상을 살펴보기로 한다.

1) 봉건 지배층의 모순과 백성의 수난

① 봉건 지배층의 구조적 모순

신소설 <은세계>가 출간되었던 1908년은 우리나라가 일본 제국주의의 식민지라는 수렁에 한 발짝 더 가까이 빠져들어 간 시기였다. 당시 우리나라의 이러한 역사적 정치적 환경은 이 소설의 창작 주체로 하여금 다중적인 의미들을 생산하게 만드는 중요한 요인으로 작용한다. 그것은 이 소설에 형상화되어 있는 봉건관리들의 타락상이 단순한 지방 관리들의 부패구조를 폭로하는 단계를 넘어 당시 우리나라의 복잡한 정치적 모순과 대응되는 것으로 읽혀지는 데서 확연하게 드러난다. 특히 이 소설에서 봉건관리들의 부패한 먹이사슬 구조를 적나라하게 폭로하는 것은 백성들을 도탄에 빠뜨리고 나라를 망해먹은 무능한 봉건지배층에 대한 비판인 동시에, 새로운 정치적 변화에 대한 창작 주체의 복잡한 심경을 드러내는 것이라 할 수 있다.

예로부터 우리나라에는 "민심(民心)은 천심(天心)"이라는 말이 있어왔다. 이 소설의 창작 주체는 바로 이와 같은 백성의 정서가 담겨진 민요나 동요를 자신의 언어 속에 효과적으로 수용하여 봉건관리들의 부패한 먹이사슬 구조를 구체적으로 폭로한다. 이것은 창작 주체의 개인적인 이데올로기를 객관화시키는데 효과적인 미학의 한 방식이라 할 수 있다.

내려왔네 내려왔네 불가사리가 내려왔네
무엇하러 내려왔나 쇠잡아 먹으러 내려왔네[27]

감사가 내려와서 강원도 돈을 싹싹 핥아먹으러 드는고로 그 동요가 생겼다 하는지라. 이 때 동요는 고사하고 진남문 밖에 익명서가 한 달에 몇 번씩 걸려도 감사는 모르는 체 하고 저 할 일만 한다. 그 하는 일은 무슨 일인고. 긁어서 바치는 일이라.[28]

만일 백성을 위하여 청백리 노릇만 하고 상전에게 바치는 것이 없을 지경이면 가지고 있는 인꼭지를 몇 일 쥐어보지 못하고 떨어지는 터이오, 또 전정이 막혀서 다시 벼슬이라고 얻어하여 볼 수가 없는 터이라. 그런 고로 그 상전 섬기기가 어렵다 하는 것이라. (중략) 세도 재상도 상전이오, 별입시도 상전이오, 긴한 내시도 상전이오, 그 외에도 상전 낱이나 있는 데 그 중에도 믿을만한 상전 하나이 있다.
상전부모라 하니 어머니 어머니 불렀으면 좋으련마는 원수의 나이 어머니라기는 남부끄러울만한 터인 고로 누님 누님 하는 여상전이라. 그

---

27) <은세계>, 전집3, 118쪽.
28) <은세계>, 전집3, 119쪽.

상전의 힘으로 감사도 얻어 하고 그 상전의 힘을 믿고 백성의 돈을 불안 당질 하는데 그 불안당 밑에 졸개 도적은 졸람성이 따르듯 하였더라.[29]

예문에서 주목하여야 할 것은 봉건관리들의 부패 구조가 순전히 창작 주체에 의한 허구가 아니라는 사실이다. 그것은 어디까지나 당대의 타락한 봉건관리들의 부패구조를 사실적으로 드러내고 있기 때문이다. 이에 대한 역사적 사실은 황 현의 『매천야록』이 생생하게 증언하고 있다. 그의 기록에 의하면 당시의 매관매직의 책임은 전적으로 우리나라의 황실에 있음을 알 수 있다. 이와 관련된 황 현의 기록을 한 두 가지만 인용하면 다음과 같다.

이 때 벼슬을 파는 일이 너무 많아서 갑오경장 이전보다도 훨씬 더했다. 아무리 종친이나 친한 사이라 하더라도 감히 은택을 구걸할 수가 없었다. 관찰사는 십만이나 이십 만이었고, 일등 수령은 아무리 적어도 오만 냥 아래로 내려가지 않았다. 관직에 부임해도 빚을 갚을 길이 없어서, 마침내 공금을 끌어다 쓰게 된다. 약은 무리들은 그 공금을 사사롭게 많이 바쳐서 더 높은 자리를 얻어간다. 아전이나 서리들도 그를 본받아 또한 공금을 끌어다가 많은 땅과 재산을 마련하며, 또는 벼슬을 얻을 계획을 꾸미기도 하였다.

관리들이 범하는 것은 모두 공금이므로, 국고(國庫)는 자연히 새어 나갔다. 그러나 임금은 국고가(자기의 것이 아닌) 공물이므로, 가득 차 있건 텅 비었건 신경 쓰지 않았다. 벼슬을 팔아서 만든 돈은 사전(私錢)이므로, 그것이 없어지는 것만 걱정했다. 관리들이 공금을 속이는 것을 알지 못했다. 서상욱은 민영환의 외삼촌인데, 영환이 오래 전부터 임금에게 아뢰어 "군수자리 하나를 주십사"고 원했다. 그랬더니 임금이 "그대 외삼촌이 아직도 군수를 못했는가?" 하였다. 얼마 뒤에 또 아뢰었더니 임금이 고개를 끄덕이며 "내가 잠시 잊었었군. 곧 글을 내리겠소" 하였다. 곧 광양군수

에 임명하자 집으로 돌아와 기쁜 얼굴로 "오늘 주상께서 외삼촌을 군수로 임명했습니다. 천은(天恩)이 감격스럽습니다"하였더니 그 어머니가 웃으면서 말하였다.

"네가 이처럼 어리석고 무디면서도 척리(戚里)라고 할 수 있겠느냐. 주상께서 예전에 벼슬 한 자리라도 베풀며 너만을 두텁게 사랑하신 적이 있었느냐? 내가 이미 오만 민(緡)을 바쳤다"[30]

중전이 무당의 말을 따르고 그를 진령군(眞靈君)으로 봉했다. 무당은 아무 때나 대궐에 나아가 양전(兩殿)을 뵈었으며, 남복으로 단장하기도 하였다. 양전이 그를 가리키며 우스갯소리로 "군(君)이 되니 믿음직하다" 하면서 셀 수 없이 많은 금은보화를 상으로 주었다.

화와 복이 그의 말 한마디에 달렸으니, 수령 방백들이 자주 그의 손에서 나왔다. 그래서 부끄러운 줄 모르는 대신들이 그에게 다투어 아부하였다. 자매로 부르기도 했고, 수양아들이 되기를 원하기도 했다.[31]

(12월에)청나라 공사 서수붕(徐壽朋)이 귀국하고 참찬관 허태신(許台身)이 서리 공사로 집무했다. 수붕이 처음 임금을 뵈면서 '조선의 기수(氣數)가 왕성하고 풍속이 아름답다'고 말하였다. 임금이 이상하게 생각하여 물었더니 그가 대답하기를,

"본국은 벼슬을 팔아먹은 지가 십년도 되지 않았는데 천하가 크게 어지러워져 종묘사직이 몇 번이나 뒤집혔습니다. 그런데 귀국은 벼슬을 팔아먹은 지가 삼십년이나 되었는데도 보좌가 아직 걱정 없으시니, 기수가 왕성치 못하고 풍속이 아름답지 못했더라면 능히 지금까지 이를 수가 있었겠습니까"

하였다. 임금이 크게 웃으며 부끄러움을 알지 못하자, 수붕이 나가면서 다른 사람에게 "슬프구나, 한국 백성이여" 하였다.[32]

황 현은 또 일본이 청일전쟁을 일으키면서 우리나라의 정부에 5강16조

---

30) 황 현, 『매천야록』(허경진 역), 한양출판, 1995, 281-282쪽.
31) 황 현, 같은 책, 94-95쪽.
32) 황 현, 같은 책, 277쪽.

(五綱十六條)를 보내어 나라의 기강을 개혁하라고 권했을 때 이미 다음과 같은 말로 나라의 운명을 개탄하였다. 즉 그가 "이러한 조문들을 보면 진심으로 우리나라를 위해서 내놓은 것이라고만 볼 수는 없지만, 우리의 증세에 따라 처방해준 약이 아니라고 말하는 것도 옳지는 않다. 우리가 힘써 행했다면 어찌 오늘과 같은 화가 있었겠는가? 옛말에도 '나라는 반드시 제 손으로 망하게 된 뒤에라야 남이 망하게 한다' 했는데 아 슬프다"라고 탄식하는[33]데서 당시 우리나라의 문제점이 어디에 있었던가를 충분히 짐작할 수 있다.

따라서 이 소설에서 폭로하고 있는 봉건 관리들의 부패구조는 우리나라의 패망의 원인이 어디에 있는가에 대한 역사적 성찰을 겸하고 있는 것으로 볼 수 있다. 즉 백성을 돌보지는 않고 통치자들 개개인이 재물을 모으는 데에만 정신이 흠뻑 빠져 있었으니, 나라 밖의 세계정세가 어떻게 바뀌어가고 있는지, 우리나라가 어떻게 변모하여야 세계적 적자생존의 구조 속에서 살아남을 수 있을 것인지에 대한 대책은 꿈에도 생각지 않고 있었던 것이다.

이러한 문제는 일찍이 김옥균, 박영효 등과 같은 애국개화인사들이 고종에게 숱하게 아뢰고 통촉하기를 목숨을 걸고 주장하였으나 그들에게 돌아온 것은 역적의 죄명뿐이었다. 신소설 <은세계>에서 봉건지배층에 대한 증오의 표현은 바로 이와 같은 역사의 책임을 묻는 것이라 할 수 있다. 따지고 보면 신소설 <은세계>의 주된 이데올로기의 핵심도 바로 여기에 있다고 할 수 있다. 이점은 다음에서 보게 될 작중인물들의 현실대응과 행동 양상에서 더욱 명백하게 확인할 수 있다.

② 백성의 저항과 좌절

앞에서 살펴본 바와 같이, 사실상 이 나라 황실을 등에 업은 봉건권력

---

33) 황 현, 같은 책, 191쪽.

세력을 제외한 이 땅의 모든 백성들은 나라가 잘못 돌아가고 있음을 분명
하게 감지하고 있었음을 알 수 있다. 그러한 사실을 역사적으로 증명하고
있는 것이 바로 동학농민전쟁과 개화당의 갑신정변이다. 이인직의 신소
설 <은세계>에는 이러한 이데올로기를 전반부에서 집중적으로 구현하
고 있어 주목된다. 작중인물 최병도가 의식이 깨어있는 백성을 대변한다
면 정감사는 부패한 봉건지배층을 대변하는 타도되어야 할 대상이다.
<은세계>의 전반부는 이 두 매개체의 대결을 중심으로 구성되어 있다.
이 소설이 문학사적으로 긍정적인 평가를 받는 부분도 바로 이 봉건지배
층과의 대결 구도로 되어있는 전반부에 있다.[34]

그러면 먼저 동학농민전쟁의 사상과 관계되는 장면부터 살펴보기로 한다.

> "요새 세상에 양반도 돈만 있으면 저렇게 잡혀가니 우리 같은 상놈들이
> 야 논마지기나 있으면 편히 먹고 살 수 있나."
> "이런 놈의 세상은 얼른 망하기나 하였으면 우리 같은 만만한 백성만
> 죽지 말고 원이나 감사이나 하여 내려오는 서울 양반까지 다 같이 죽는
> 꼴 좀 보게"[35]
> (김)이애, 이 동네 백성들 들어 보아라. 나는 오늘 민요 장두로 나서서
> 원주감영 장차 몇 놈을 때려죽일 터이니 너희들이 내 말을 들을 터이냐
> 경금 백성들이 신이 나서 대답을 하는데 마당이 와글와글 한다.
> (백성)네-. 소인들이 내일 감영에 다 잡혀가서 죽더라도 서방님 분부
> 한 마디만 있으면 무슨 일이든지 하라시는대로 거행하겠습니다.
> (김)응, 민요를 꾸미는 놈이 살 생각을 하여서는 못쓰는 법이라, 누구든
> 지 죽기를 겁내는 사람이 있거든 여기 있지 말고 나가고 나와 같이 강원
> 도 감영에 잡혀가서 죽을 작정하는 사람만 나서서 몽둥이 하나씩 가지고
> 장차들을 막 패 죽여라.
> 그 소리 뚝 떨어지며 동네 백성들이 몽둥이는 들었던지 아니 들었던지

---

34) 최원식, 「<은세계> 연구」,『민족문학의 논리』, 창작과 비평, 1982, 64쪽.
35) <은세계>, 전집3, 105쪽.

아우성 소리를 지르며 장차에게로 달려드는데 장차의 목숨은 당장 뭇
발길질에 떨어질 모양이다.36)

　　나는 돈냥이나 있다고 이름 듣는 사람이라. 이 감사가 갈려 가더라도
또 감사가 내려오고 내가 타도에 가서 살더라도 그 도에도 감사가 있는
터이라. 돈푼이나 있는 백성은 죄가 있든지 없든지 다 망하는 이 세상에
내가 가면 어디로 가며 피하면 어느 때까지 피하겠나, 응. 뺏으면 뺏기고
죽이면 죽고 당하는 대로 앉아 당하지. 말이 났으니 말이지 백성이 이렇
게 살 수 없이 된 나라가 아니 망할 수가 있나. 응. 말을 하자 하면 하루
이틀, 한 달 두 달에 다 못 할 일이라.37)

　예문에서 공통적으로 드러나는 것은 백성이 살 수 없이 된 나라, 이
지경에 이른 나라가 망하지 않을 수 없다는 논리이다. 이것은 봉건 지배
층에 대한 백성들의 정서가 어느 정도 인가를 여실하게 보여주는 대목이
다. 바로 이러한 백성들의 정서가 1894년의 동학농민전쟁의 역량으로
작용하였던 것임에 틀림이 없다. 그러나 이 소설에서는 이렇듯 부패한
지방관리와 백성들 간의 '집단적 갈등'38)이 갑오농민전쟁의 절정으로까
지 형상화되지 못하고 어디까지나 작가 이인직의 이데올로기를 구현하
는 데 중요한 하나의 보조적 역할에 그치고 말았다. 그것은 주인공 최병
도가 그들의 반란을 막았기 때문이었다. 바로 이 지점이 동네 백성들과
최병도가 이데올로기적으로 분리되는 지점이다.
　만약 이 소설에서 김정수를 장두(將頭)로 하여 동학농민전쟁의 사상을
본격적으로 전개시킬 경우 그것은 필연적으로 반봉건뿐만 아니라 반외
세의 사상으로까지 확대되지 않을 수 없게 된다. 한편 최병도의 경우,
1908년 현재의 역사적 상황에 적응해야 하는 작가 이인직의 이데올로기

---

36) <은세계>, 전집3, 107-108쪽.
37) <은세계>, 전집3, 110쪽.
38) 최원식, 「은세계 연구」, 같은 책, 53쪽.

와 직접적으로 연결되어 있기 때문에 반외세의 사상으로까지 사건이 발전하는 것을 막지 않을 수 없었던 것이다. 마치 1894년 우리나라의 농민군들이 정부군과 일본군에 의해 패배하였던 것처럼 이 소설에서도 일본세력을 의식한 창작 주체에 의하여 저지당한 것이다. 따라서 이 소설에서는 동학농민전쟁의 사상에서 반봉건 사상만이 수용되어 있는 셈이다.

그렇다면 이 소설의 이데올로기를 구현하는데 있어서 개화당 김옥균의 사상은 어떤 의도에서 수용되고 있는가? 말할 것도 없이 개화사상은 반봉건 사상이 요구하는 필수 조건에 해당된다. 그러나 이 소설에서 수용되어 있는 김옥균의 개화사상과 최병도의 역할은 보다 더 의미심장한 메시지를 담고 있는 것으로 읽혀진다.

소설에서 강릉 사람 최병도가 서울의 김옥균을 찾아가게 된 이유는 밝히지 않았으나, 김옥균과의 만남은 최병도의 운명을 바꾸어 놓는다. 즉 최병도는 개화당 김옥균을 만남으로써 '천하 형세'와 '우리나라 정치 득실'을 알게 되었을 뿐만 아니라 갑신년 10월의 혁명이 실패한 이후 사실상 이 땅에 개화당의 사상을 잇는 상징적인 존재로 형상화되었다고 할 수 있다. 강릉바닥에서 재사로 유명하던 최병도가 재물에 인색한 부농으로 변신하게 된 이유도 김옥균의 개화사상을 실천하려는 데 있는 것으로 그려져 있다. 그것이 곧 문명한 나라에 가서 공부하여 도탄에 든 백성을 건지고 나라를 붙드는 일이라 하였다. 앞에서 민란을 주도하려다 최병도에게 저지당했던 김정수도 최병도를 통하여 의식화된 인물이다.

김정수의 자는 치일이니 최병도의 지기하던 친구라, 내 몸을 가볍게 여기고 나라를 소중하게 아는 사람인데 김씨가 천성이 그렇던 사람이 아니라 최씨에게 천하형세를 자세히 들어 안 이후로 어지러운 꿈 깨듯이 완고의 마음을 버리고 세상을 자세히 살펴보는 사람이오, 최씨는 김옥균의 고준담론을 얻어들은 후에 크게 깨달은 일이 있어서 나라를 붙들고 백성을 살릴 생각이 도저하나, 일개 강릉 김서방이라. 지체가 좋지 못하

면 사람축에 들지 못하는 조선사람 되어 아무리 경천위지하는 재주가
있기로 어찌할 수 없는고로 고향에 돌아가서 재물 모으기를 시작하였는
데, 그 재물을 모을 만치 모은 후에 유지한 사람 몇이던지 데리고 외국에
가서 공부도 시키고 최씨는 김옥균과 같이 우리나라 정치개혁 하기를
경영하려 하던 최병도라.[39]

예문을 보면 '지체가 좋지 못하면 사람 축에 들지 못하는 조선사람
되어 아무리 경천위지 하는 재주가 있기로 어찌할 수 없는' 나라로 인식
하는 데서 조선 말기의 봉건체제에 대한 최병도·김정수의 불만을 읽을
수 있을 뿐더러 이들과 같은 젊은 애국지사들을 봉건정부가 수용하지
못하였던 데서 나라가 부패할 수밖에 없었음을 보여주는 대목이기도 하
다. 또한 이것은 천하 형세를 알고 '우리나라 정치 득실'에 대하여 고심하
였던 개화파의 순수한 애국적 열정이 고스란히 담겨져 있다. 작가 이인직
이 이 소설에서 최병도를 통하여 드러내고자 한 의도가 바로 여기에 있다
고 할 수 있다.

무슨 말인가 하면, 최병도의 애국적인 개화사상은 18세기 후반의 연암
박지원으로부터 그의 손자 박규수, 그리고 김옥균으로 이어져 내려 온
자연발생적이고 자주적인 개화사상의 계승이었다. 성급했지만 그것의
실천적 사건이 바로 1884년 10월의 갑신혁명이다. 그 사건이 우리 민족의
자연발생적인 개화의 불꽃이었다면, 최병도가 꿈을 키우고 있는 개화의
꿈은 개화당 김옥균이 심어놓은 개화의 불씨에 해당된다. 다시 말하자면
최병도는 김옥균의 개화사상을 꽃 피울 마지막 희망이었던 셈이다. 그러
나 그 불씨마저 봉건 지배층의 학정에 의해 이 땅에서 사라지게 되는
것은 무엇을 의미하는가?

---

39) <은세계>, 전집3, 179-180.

　　순사도께서 이 백성들을 수족같이 아르시고 동생같이 여기시고 어린
자식같이 사랑하시면 이 백성들이 무궁한 행복을 누리고 이 나라가 태산
과 반석같이 편안할 터이오나, 만일 그렇지 아니 하여 백성이 도탄에
들을 지경이면 천하의 백성 잘 다스리는 문명한 나라에서 인종을 구한다
는 옳은 소리를 창시하여 그 나라를 뺏는 법이니 (중략) 우리나라도 백성
에게 포학한 정사를 행할 지경이면 나라가 망하는 것은 순사도는 못 보시
더라도 순사도 자제는 볼 터이올시다.40)

　예문에서 '천하의 백성 잘 다스리는 문명한 나라에서 인종을 구한다는
옳은 소리를 창시'하였다는 말은 일본세력을 의식한 작가 이인직의 정치
적 의도에서 표현된 것이지만 이 말을 진화론적 시각에서 해석한다면
현재의 '천하형세'가 세계 열강들의 제국주의 시대임을 지적한 것이라
할 수 있다.

　그렇다면 최병도의 죽음은 무엇을 의미하는가? 우리 민족의 자연발생
적인 자주적 근대화의 꿈이 좌절되고 만 것이 된다. 그것도 이 나라의
부패한 봉건지배층에 의해서 순수한 애국적 열정으로 이 나라를 붙들겠
다던 젊은이가 죽임을 당한 것이다. 최병도가 죽음에 앞서 강원감사에게
부패한 이 나라가 망하고야 말 것이라고 성토하는 것은 1908년의 현재적
상황을 초래한 요인이 어디에 있는가에 대한 작가의 물음이며 답변이라
할 것이다. 그리고 이와 같은 최병도의 사건이 의미하는 것은 김옥균이야
말로 우리나라의 자주적 근대화의 희망이었으며 그의 죽음은 곧 그것의
좌절이었음을 강조하는 것으로 이해된다. 이렇게 볼 수 있는 근거는 다음
의 옥순 남매간의 대화에서 발견된다.

---

40) <은세계>,동문사, 1908, 59쪽, 본 예문은 아세아 문화사에서 편찬한 영인본에는
　　누락된 부분으로 이상경 교수의 논문 「이인직 소설의 근대성 연구」에 게재된 예문
　　을 재인용하였음.

(옥순) 이애, 옥남아, 세계 각국에 개혁 같은 큰 일이 없고 개혁같이
어려운 일은 없는 것이라. 우리나라에서 수십 년 내로 개혁에 착수하던
사람들이 나라에 충성을 극진히 다 하였으나, 우리나라 백성은 역적으로
알고 적국 백성은 반대하고 원수같이 미워한 고로 개혁당의 시조되는
김옥균같은 충신도 자객의 암살을 면치 못 하였고 그 후에 허다한 개혁당
들도 낱낱이 역적 이름을 듣고 성공치 못 하였는데 지금 이렇게 큰 개혁
이 되었으니 네 생각에 앞 일이 어찌 될 듯 하냐[41]

물론 위의 예문은 1907년 이후의 나라 사정에 따라 준비론적 이데올로
기로 넘어가기 위한 발언이기는 하지만, 역으로 읽혀지는 것은 현재적
상황의 근대개혁이 외세에 의한 타율적인 것인 반면 '김옥균 같은 충신'
이 의미하는 것은 자주적 근대화의 꿈이 좌절되었던 사실을 되새기는
것으로 이해된다. 작가의 의도가 그렇다고 할 때 이 소설에서 최병도가
봉건정부와 지배층에 대하여 저주에 가까운 증오의 감정을 드러내었던
것은 또 무엇에 대한 분노의 표출인지 묻지 않을 수 없다.

본고에서 볼 때 이 소설의 언어는 다성적인 의도를 드러내고 있기 때문
에 단순히 언 표면에 드러나는 표현만으로는 이 소설의 다양한 의도를
모두 이해하였다고는 볼 수 없다. 즉 언 표면으로 표현된 언어들은 대체
로 일본세력의 눈을 의식하고 있는데 반하여 그 문맥에서 느껴지는 어조
에서 오히려 더 솔직한 작가의 표정을 드러내는 것으로 보인다. 그 대표
적인 것의 하나가 바로 최병도의 언어에서 느껴지는 분노의 어조이다.
그는 왜 분노하였는가. 그는 왜 증오하였는가. 그의 분노가 강하면 강할
수록 그것은 1908년의 현재적 상황에 대한 분노처럼 느껴진다. 즉 우리나
라의 자주적 근대화의 가능한 최대치에 해당하는 김옥균, 최병도와 같은
인물을 부패한 봉건정부가 스스로 제거해 버림으로써 1905년 ~1907년
과 같은 현재적 상황을 초래한 봉건지배층과 봉건정부에 대한 울분의

---

41) <은세계>, 전집3, 211쪽.

표현이 그의 어조 속에서 뿜어져 나온 것으로 읽혀지는 것이다.

③ 백성의 타협적 대응과 좌절

앞에서 이조 말 봉건관리들의 가렴주구에 저항하였던 <은세계>의 최병도는 목숨을 걸고 부패한 봉건지배층에 맞서는 문제적 인물로 형상화된 경우이다. 그런데 최병도와는 정반대의 삶의 방식을 보여주는 인물이 바로 <귀의 성>(1906)의 강동지이다.<은세계>의 최병도가 부패한 나라를 개혁하겠다는 원대한 포부를 품고 타락한 봉건관리와의 타협을 거부하다가 목숨을 잃었다면, <귀의 성>의 강동지는 주어진 환경 속에서 봉건관리와 타협하며 끝까지 살아남으려는 잡초처럼 질긴 생명력을 보여주는 인물이다.

어느 시대에나 백성들 대부분은 사회가 타락하였으면 타락한 대로, 지배층이 부패하였으면 부패한 대로 이리저리 부대끼며 살아나갈 수밖에 없는 것이 일반적인 백성들의 운명이지만, <은세계>에서와 같이 지배층의 가렴주구가 극에 달하게 될 때 백성들은 최후의 수단인 민란을 일으킨다. 그런데 강동지의 경우, 최병도와는 대조적으로 봉건지배층의 가렴주구에 시달릴 대로 시달리면서도 어떻게든 살아남으려고 발버둥치는 모습으로 형상화된 경우라 할 수 있다.

그러나 강동지도 최병도 못지않게 그 시대의 크나큰 희생자이며 비극적인 인물이다. 하기는 이인직의 신소설에 등장하는 인물들 중에 봉건지배층을 제외하고 희생자가 아닌 인물이 어디 한 명이나 있었던가? 그만큼 작가는 그 시대를 비극적인 것으로 형상화하고 있는 것이다.

앞에서 살펴보았던 최병도가 그랬던 것처럼 <귀의 성>의 강동지도 처음부터 불우했던 사람은 아니었다. 그도 이전에는 남부럽지 않게 재물을 가지고 있었으나 봉건지배층에게 다 빼앗기고 소설의 현재에는 자신의 무남독녀 길순이를 서울양반 김승지의 첩으로 내어주고 팔자 좀 고쳐

볼까 하고 은근히 기대하는 처지로 전락한 인물이다. 그가 이렇듯 자신의
무남독녀를 첩으로 내어주게 된 까닭은 오직 '양반과 돈' 때문이었다.

> 강동지가 성품은 강하고 힘이 장사이라. 하늘에서 떨어지는 벼락도
> 무섭지 아니 하고 삼학산에서 내려오는 범도 무섭지 아니 하나, 겁나는
> 것은 양반과 돈이라. 양반과 돈을 무서워하면 피하여 달아나는 것이 아니
> 라 어린아이 젖꼭지 따르듯 따른다. 따르는 모양은 한 가지나 따르는
> 마음은 두 가지라.
> 양반은 보면 대포를 놓아서 무찔러 죽여 씨를 없애고 싶은 마음이 있으
> 면서 거죽으로 따르고, 돈은 보면 어미 애비보다 반갑고 계집 자식보다
> 귀애하는 마음이 있어서 속으로 따른다.[42]

'양반과 돈'에 대한 강동지의 양면적인 태도는 어쩌면 그 시대의 백성
들 대부분이 갖고있는 공통적인 정서일 수 있다. 그런 점에서 강동지는
그 시대 백성들의 또 다른 대변자라 할 수 있다. 그의 봉건지배층에 대한
원한이 얼마나 컸으면 '씨를 없애고 싶은 마음'이라 표현하였겠는가. 강
동지의 이와 같은 마음은 <은세계>의 최병도가 죽을 때 보여준 정서와
같은 맥락으로 읽을 수 있다.

흥미로운 것은 그러한 마음을 품고서도 강동지가 자신의 딸을 양반에
게 첩으로 내어준다는 사실이다. 바로 이러한 강동지의 삶의 태도가 <은
세계>의 최병도가 보여준 그것과 대조되는 점이다. 즉, 최병도가 처음부
터 한 치의 양보도 않고 자신의 정치적 신념을 강원감사에게 보여준 데
반하여, 강동지는 자신의 모든 재물을 빼앗기고도 모자라 춘천군수 김승
지가 그의 딸을 요구하자 그것마저 거역하지 못하였던 것이다. 이 두
사람의 대조적인 반응을 살펴보자.

---

42) <귀의 성>, 전집1, 126-127쪽.

그렇게 따르는 돈을 이전 시절에 남부럽지 아니 하게 가졌더니, 춘천 부사인지 군수인지 쉽게 말하려면 인피 벗기는 불안당들이 번갈아 내려 오는데, 이 놈이 가면 살겠다. 싶으나 오는 놈 마다 그 놈이 그 놈이다. 강동지의 돈은 양반의 창자 속으로 다 들어가고 강동지는 피천대푼 없이 외상술이나 먹고 집에 들어와서 화풀이로 세월을 보내더니, 서울 양반 김승지가 춘천군수로 내려와서 지방 정치에는 눈이 컴컴하나 어여쁜 계 집 있다는 소문에는 귀가 썩 밝은 사람이라. 솔개동네 강동지의 딸이 어여쁘다는 말을 듣고 강동지를 불러서(중략) 김승지가 길순이를 첩으로 달라 하니, 강동지의 마음에는 이제 큰 수 났다하고 그 딸을 바쳤는데[43]

이것은 정치적 신념과 함께 죽음을 선택하느냐 아니면 부정과 타협하면 서 살아남느냐의 차이이다. 강동지는 부패한 봉건치하에서도 살아남기 위 하여 후자의 삶을 선택한 것이다. 그러나 부패한 지배계급과의 타협은 필연 적으로 타락한 삶의 방식일 수밖에 없는 일이었다. 그는 춘천군수 김승지라 는 봉건지배계급에 결탁함으로써 과거에 자신이 당하였던 것처럼 가렴주 구에 시달리고 있던 동네 백성들에게 또 하나의 수탈자로 변신하고 있다.

김승지 영감이 춘천군수로 있을 때에 최펄떡에게 빛 받은 것은 생억지 의 돈을 받았지, 어디 그러한 것이 당연히 받을 것인가. 그나 그 뿐인가. 청질은 적게 하여먹었나.(중략) 우리가 백척간두에, 꼭 죽을 지경에 김승 지 영감이 춘천군수로 내려와서 우리 길순이를 첩으로 달라하니 참 용꿈 꾸었지.
내가 전에는 풍언 하나만 보아도 설설 기었더니, 춘천군수 사위 본 후에는 내가 읍내로 들어가면 동지님 동지님 하고 어디를 가든지 육회접 시 술잔이 떠날 때가 없었네. 그 영감이 비서승으로 갈려 들어가지 말고 춘천군수로 몇 해만 더 있었더라면 우리가 수 날 뻔하였네. (중략) 잠자코 가만히만 있게. 그 양반 덕에 우리가 또 수날 때 있으니.

---

43) <귀의 성>, 전집1, 127쪽.

최병도나 강동지가 똑같이 봉건지배층의 가렴주구에 시달리며 지배계급에 대하여 증오의 감정을 품고 있었음에도 불구하고 그러한 현실에 대응하는 방식에는 이렇듯 상반되는 태도를 보여주고 있다는 사실에서 두 인물의 역사의식의 차이를 읽을 수 있다. 이 두 인물의 삶의 방식을 보면 문득 중국 초나라의 위대한 시인 굴원(屈原)의 <漁父詞>(어부사)가 생각난다. <은세계>의 최병도를 <어부사>속에 나오는 굴원에 비유한다면 <귀의 성>의 강동지는 어부에 비교될 수 있다. 즉 굴원이 당시의 혼탁한 정치판에서 홀로 맑고 깨어있음으로써 추방을 당하였던 데 반하여 어부의 노래에 '창랑의 물이 맑으면 내 갓끈을 씻고 창랑의 물이 흐리면 내 발을 씻으리라'[44]는 내용이 그것이다. 물론 이러한 인물들이 선택한 삶의 방식에 있어서 그들의 철학적 깊이나 지향하는 바가 각자마다 서로 다르겠으나, 특히 강동지가 보여주는 현실 대응방식에는 그 유사성이 두드러져 한번 떠올려 보았다. 그 어부나 강동지가 보여주는 삶의 방식은 보편적인 피지배자들의 모습을 대변하는 것으로 볼 수 있다.

그러나 부패한 지배계급에 결탁하여 개인의 영달을 꿈꾸었던 범속한 강동지도 결국에는 좌절하고 만다. 국가와 민족을 위하여 근대개혁을 지향하던 최병도 뿐만 아니라, 혼탁한 세상과 타협하며 끝까지 살아남으려던 강동지마저 좌절할 수밖에 없는 것은 무엇 때문인가. 그것이 바로 봉건 말기의 제도적 모순에 있음을 보여주는 것이다. 즉 봉건지배계급에게 재물을 모두 빼앗긴 것도 모자라, 마지막 희망이던 무남독녀 길순이마저 잃게 되었던 것은 봉건 말기의 당대 사회가 봉건지배층을 제외하고는 더 이상 어느 누구도 살 수 없이 된 세상임을 드러낸다.

그런데 흥미로운건 복수를 감행하는 강동지의 태도이다. 그의 분노나 복수심은 자신을 가난뱅이로 내몰았던 봉건지배층이나 불합리한 제도적 모순에 대한 대응이 아니라 딸을 살해한 노복이나 양반 김승지 부인에

---

44) 굴 원, 「어부사」, 『고문진보』, 을유문화사, 1983, 176쪽.

대한 개인적인 복수에 그치고 말았다. 그 뿐만 아니라, 그는 딸을 죽인 원수를 갚는데 드는 비용을 마련하기 위하여 자신의 딸을 바쳤던 양반 김승지와 또 다시 타협하는 인물이다.

> 김승지를 원망한 말은 조금도 없고, 강동지 제가 두 가지 후회 나는 일을 말하였는데 한 가지는 그 딸을 남의 시앗 될 곳으로 보낸 것이오, 한 가지는 그 딸을 데리고 서울 왔을 때에 김승지의 부인이 그렇게 투기 하는 것을 보면서 그 딸을 춘천으로 도로 데리고 가지 아니 한 일이라.[45]

그러니까 강동지의 경우, 자신에게 일어났던 모든 일들을 철저하게 자신의 탓으로만 돌리며 사건을 마무리하고 있다. 소설의 앞부분에서 강동지가 보여주었던 양반에 대한 증오심은 어디로 가버렸는지, 자신의 딸을 지켜주지 못한 양반 김승지에게 침모와 잘 살라는 축복의 말까지 남기고 있다. 이것이 바로 강동지가 보여주는 의식의 한계지점이며 그의 안목이 개인의 차원에 머무는 까닭이다.

이렇듯 부패한 세상과 타협하며 잡초처럼 끝까지 살아남으려던 강동 지였지만 그 역시도 최병도의 경우와 같은 비장한 최후는 아니더라도 조상 대대로 살아오던 이 조선의 땅을 떠나야만 하는 것이었다. 결국 이 소설이 말하고자 하는 객관적인 의미는, 잡초처럼 끈질기게 살아남고 자 발버둥쳐도 이 땅에는 봉건지배층을 제외한 그 누구도 발붙이고 살수 없이 된 나라가 되었음을 제시한 것으로 드러난다. 따라서 당시의 그 혼탁한 세상 속에서 더불어 같이 혼탁한 방식으로 타협하며 살아남으려 던 강동지 마저 이 땅을 떠날 수밖에 없는 비극적인 백성의 운명을 그렸 다고 할 수 있다.

---

45) <귀의 성>, 전집1, 384쪽.

2) 신분제도의 모순과 백성의 수난

① 양반제도의 모순

이인직의 소설에서 양반제도에 대한 비판의식이 가장 잘 드러나는 것은 <혈의 누>의 막동이를 통해서이다. 앞에서 살펴 본 <귀의 성>의 강동지에게서도 처음에는 양반에 대한 강한 적대감을 찾아 볼 수 있었으나 점차 소설의 주제가 양반제도에 대한 전반적인 비판적 측면을 벗어나 전통적인 여성의 한(恨)쪽으로 귀결되는 바람에 그 제도적 모순을 제대로 지적하지 못하고 말았다. 그러나 <귀의 성>에서 형상화된 김승지라는 인물은 이조 말의 신분제도와 가치관의 혼란기에 나타나는 무능하고 우유부단한 양반의 특성이 효과적으로 잘 형상화된 경우라 할 수 있다.

한편, 여기에서 살펴 볼 <혈의 누>의 막동이라는 인물은 양반제도의 모순을 근본적으로 제시할 수 있는 당돌한 성격과 예리한 통찰력을 보여주고 있으나, 그것이 문학적인 서사 양식으로 형상화되지 못하고 요약적인 발언으로 전달됨으로써 <귀의 성>의 강동지와 마찬가지로 그 제도적 모순을 철저하게 제시하지는 못하였다. 하지만 신소설 <혈의 누>에서 그것이 차지하는 비율이 지극히 적은 데에도 불구하고 일개 최주사의 하인인 막동이가 보여주는 역사인식은 그 어떤 인물보다도 날카롭고 정확했다는 점에서 결코 소홀히 넘어갈 수 없는 대목이라고 생각된다.

막동아, 너 같은 무식한 놈더러 쓸데없는 말 같지마는 이후에는 자손 보존하고 싶은 생각 있거든 나라를 위하여라. 우리나라가 강하였다면 이 난리가 아니 났을 것이다.(생략)

(막동)나라는 양반님네가 다 망하여 놓으셨지요. 상놈들은 양반이 죽이면 죽었고 때리면 맞았고 재물이 있으면 양반에게 빼앗겼고, 계집이 어여쁘면 양반에게 빼앗겼으니, 소인 같은 상놈들은 제 재물 제 계집 제 목숨 하나를 위할 수가 없이 양반에게 매였으니 나라 위할 힘이 있습니까. 입 한 번을 잘못 놀려도 죽일 놈이니 살릴 놈이니, 오금을 끊어라 귀양을

보내라 하는 양반님 서슬에 상놈이 무슨 사람값에 갔습니까. 난리가 나도
양반의 탓이올시다. 일청전쟁도 민영춘이란 양반이 청인을 불러 왔답디
다. 나리께서 난리 때문에 따님 아씨도 돌아가시고 손녀 아기도 죽었으니
그 원통한 귀신들이 민영춘이란 양반을 잡아갈 것이올시다.[46]

안으로 썩은 왕조를 뒤엎고 밖으로 외세로부터 민족의 독립을 지키려
고 온 겨레를 궐기시킨 녹두장군과 그를 따라 신세계를 갈망하며 용전하
던 농민들의 혁명운동은 일군의 총구 앞에 좌절되었다.[47]

조선의 국왕이 반란 진압을 위해 청에 원조를 요청하자 청은 소수의
병력을 보냈다. 중국의 종주권 주장을 승인하지 않는 일본은 이에 1885년
의 李-이토오(伊藤)협약에 근거하여 대군을 조선에 보내었다.[48]

예문에서 막동이를 통하여 이야기하는 내용은 이인직이 창작한 신소
설의 모든 주제를 끌어모아 놓은 듯이 강렬한 인상을 준다. 특히 '나라는
다 양반이 망하여 놓았다'는 막동이의 답변은 정곡을 찌르는 말이다.
앞에서 막동이가 지적하고 있는 '양반들이 하는 일'을 열거해 보자. 첫째,
평민이나 하층민들이 땀 흘려 모아놓은 재물을 빼앗는 일이다. <귀의
성>의 강동지나 <은세계>의 최병도는 이러한 양반들에 의한 구체적인
피해자였다. 둘째, 평민·하층민의 어여쁜 계집을 빼앗는 일이다. 그것의
구체적인 형상화가 <귀의 성>의 김승지와 춘천집의 이야기이다. 셋째,
하층민을 하나의 인격체가 아니라 가축처럼 취급하여 마음대로 때리고
죽인다는 점이다. 이러한 모습은 <치악산>에서 홍참의 집 노복들의 말
을 통하여 확인된다.
마지막으로 막동이가 지적한 양반들이 하는 일 중에 가장 주목되는

---

46) <혈의 누>, 전집1, 29쪽.
47) 『한국문화사신론』 (중앙학술연구원 편), 중앙대학교 출판국, 1981, 234쪽.
48) 페어뱅크·라이샤워·크레이그 공저, 같은 책, 442쪽.

대목이 '난리가 나도 양반의 탓이올시다'라는 내용이다. 양반 지배층이 이처럼 백성들을 괴롭히다가 백성들이 더 이상 견디지 못하고 민란을 일으키자 근본 문제를 해결하려는 노력보다는 손쉽게 외세의 힘을 빌어 분노한 백성들을 진압하려 하였던 것이 명백한 역사적 사실인 이상, 예문에서 막동이가 일본군을 생략하고 청인만을 언급하였다고 해서 그의 지적이 잘못되었다고 볼 수는 없다. 양반 지배계층의 그와 같은 문제 해결 방식이 결과적으로 일본군에게 우리나라 침략의 계기를 제공하였기 때문이다. 그러므로 막동이의 언어 속에 창작 주체의 정치적 의도나 혹은 행여나 일본세력의 간섭이 은밀히 상관되어 있다손 치더라도, 양반 지배층에 대한 막동이의 지적은 엄연한 객관적 진실을 담고 있다고 말할 수 있다.

따라서 막동이와 같은 신분의 관점에서 본다면 최주사가 말하는 '나라를 위하여라' 라는 주문은 공허할 수밖에 없다. 제 재물, 제 계집을 빼앗기고 제 목숨조차도 양반의 손에 달려있는 세상에 누구를 위하여 그러한 나라를 위하라는 말인가. 막동이의 이 발언은 조선이 망하게 된 모든 책임이 양반 지배층에게 있음을 지적한 것으로 이인직의 모든 소설의 이데올로기를 응축해 놓은 것이라고 볼 수 있다.

이렇듯 이인직의 소설에서 공통적으로 드러나는 양반 지배층에 대한 적대감에 대하여 혹자는, 작가가 양반에 대한 개인적인 원한이라도 있는 것처럼 이해할 수도 있겠지만, 개인적인 원한 관계가 없다고 하더라도 양반 지배계층의 그와 같은 잘못에 의하여 나라가 외세의 침략을 당하게 된 마당에 일반적인 국민의 입장에서 보더라도 충분히 작가의 그것과 다름없는 증오나 저주의 감정이 나타날 수 있는 상황이었다고 본다. 그런 의미에서 본다면 이인직의 모든 신소설에서 전반적으로 나타나고 있는 양반 지배층에 대한 적대감이나 증오의 정서는 순수하게 애국적인 것으로 이해될 수 있다고 본다. 여기서 우리가 1907년 이후부터 시작된 작가

의 본격적인 친일행각을 지나치게 의식하여 작품에서 미학적으로 형상
화되어진 문학적 진실을 왜곡하여 읽을 필요는 없다고 보기 때문이다.

② 축첩제도와 여성의 수난

앞의 막동이가 지적한 사실에서 드러나듯이 봉건제도란 한 마디로 말
해서 양반을 위한 제도임을 알 수 있다. 축첩제도 또한 양반을 위한 것으
로 양반이 마음대로 여성를 유린할 수 있는 제도적 장치이다. 신소설
<귀의 성>은 바로 이러한 문제에 접근함으로써 봉건제도의 모순을 더
욱 심화시키고 있다.

축첩제도의 가장 직접적인 피해자는 첩실이 아니라 양반의 조강지처
이다. 첩은 어떤 의미에서는 양반의 조강지처에 대한 가해자일 수 있다.
게다가 그는 또 신분 상승이라는 이점을 누릴 수 있다. 그런 의미에서
<귀의 성>에서 보여주는 두 여성인물의 대조적인 행동 양식은 일정한
진실성을 드러낸다. 즉 강길순이 별다른 저항 없이 첩으로 가는 것과,
반대로 김승지 부인이 보여주는 태도가 그것이다. 특히 김승지 부인이
보여주는 투기하는 모습은 억압되어 있던 양반 부인들의 내면을 표출한
것으로 읽을 수 있다. 그것은 여성의 내면에 잠재되어 있던 근대의식의
자발적 모습인 동시에 축첩제도라는 인습에 대한 저항의 의지이다.[49]

그런데 흥미로운 것은 정작 작가는 작품에서 이러한 조강지처의 저항
하는 모습을 부정적으로 그리고 있다는 점이다. 이에 반하여 첩으로 들어
온 춘천집은 요조숙녀의 모습과 함께 자신의 운명에 순응하는 전통적인
여성의 모습이다.

> 내가 왔다는 말을 들으면 영감이 오죽 반가와 할까. 춘천 군수로 있을
> 때에 하루 한 시만 나를 못 보면 실성한 사람 같더니 그동안에 날 보고

---

49) 윤명구, 「이인직과 그의 소설」,『개화기소설의 이해』, 인하대 출판부, 1986, 102쪽.

싶어 어찌 살았누. 영감은 날더러 올라오라고 노자 보낸 지가 오래였을
터이지만 필경 우리 아버지가 돈을 다 쓰시고 나를 속인 것이야. (생략)
어찌 되었든 이제는 서울로 올라 왔으니 아무 걱정 없지. 집도 크고 좋아
라. 나 있을 방은 어덴구.

　　그렇게 생각하며 교군 속에 앉졌는데, 안 대청에서 웬 여편네 목소리가
나기 시작하더니 아이종, 어른 종, 행낭것들이 안 마당으로 모여드는데
춘천 읍내 장꾼 모여들 듯 한다. 여편네 목소리지마는 무당년의 소리같이
씩씩하고 시원한데 폭포수 쏟아놓듯 거침없이 나오는 말이라. 마루청이
쪼개지도록 발을 구르더니 명창 광대가 화루도 상성 지르듯이 금단아,
사랑에 가서 영감 여쭈어라. 영감이 밤낮으로 기다리시던 춘천집이 왔습
니다 라고 여쭈어라. 요 박살을 하여 놓을 년. 왜 나가지 아니 하고 알진알
진 하느냐(생략)[50]

예문에서도 드러나듯이 두 여성인물의 성격은 그 신분과 뒤바뀌어 묘
사되고 있다. 첩실인 춘천집은 곱고 다소곳한 여성으로 묘사되고 양반의
조강지처는 '무당년'이나 '명창광대'와 같은 천한 이미지로 격하시켜 묘
사한다. 오늘의 시점에서 김승지 부인을 본다면 양반의 규중에 깊숙이
갇혀서 속절없이 세월을 보낼 인물이 아니다. 집안의 하인들을 거느리고
호령하는 서슬로 보아서 능히 사회에 나아가 국가와 민족을 위해 큰 일을
해낼 수 있는 여장부의 모습을 보여주고 있다. 예문에 묘사되어 있는
성격만 보아도 김승지 부인은 시대를 잘못 타고난 비극적인 인물임을
알 수 있다. 이렇듯 여걸의 성품을 타고난 김승지 부인이 가만히 앉아서
남편의 첩실을 순순히 받아들일 리가 없다. 따라서 시대를 잘못 타고난
그녀의 운명은 이미 비극적일 수밖에 없는 것이다.

　　그럼에도 불구하고 이 소설은 왜 김승지 부인을 악녀로 묘사하였던
것일까. 어이없게도 그 해답은 그녀가 양반의 신분이라는 점에 있다. 그
때문에 이 소설의 구조상으로 나타나는 축첩제도의 직접적인 희생자는

---

50) <귀의 성>, 전집1, 129-130쪽.

양반의 조강지처가 아니라 첩실인 춘천집이 되도록 짜여져 있는 것이다. 춘천집은 조강지처의 투기에 희생당함으로써 양반의 조강지처가 가해자가 되어 희생자는 평민 또는 천민이라는 사실을 강조하려는 의도를 드러낸다. 이것은 말할 것도 없이 양반을 비판하기 위함이다. 즉 일반백성들이 봉건지배층에게 수난을 당하고 있었다면, 여성들의 세계에서는 평민 또는 천민의 여성이 양반여성에게 희생당하는 모습을 강조하려는 의도였다고 볼 수 있다.

따라서 강동지가 양반지배층의 희생자라면 그의 딸 길순이는 양반 김승지 부인의 희생자로 형상화되었다고 볼 수 있다. 이와 같은 계급적 갈등 구도는 강동지가 딸의 복수를 하기위해 김승지 부인을 살해하는 장면에서 잘 나타난다.

> 이년. 네가 시앗을 없애고 너 혼자 얼마나 호강을 하려고 그런 흉악한 일을 하였더냐. 내가 내 딸을 데리고 서울로 왔을 때에 네가 극성을 어떻게 부렸느냐. 이년, (생략) 네가 걸핏하면 양반이니 염소반이니 하며 너는 고소대 같이 높은 사람이 되고 내 딸은 상년이라고, 그 년 그년 그까진 년, 남의 첩년, 강동지의 딸년, 죽일 년 살릴 년 하며 너 혼자 세상에 다시없는 깨끗한 양반의 여편네인 체 하던 년이 그렇게 쉽게 몸을 허락한단 말이냐. (생략) 이년, 너같이 망한 년이 안방구석에 갇혀 들어앉아 있지 아니 하였으면 어떠한 잡년이 되었을런지 모를 것이다.[51]

강동지가 토죄하는 내용에는 신분제도에 대한 원한이 담겨져 있다. '네가 걸핏하면 양반이니 염소반이니 하며 너는 고소대 같이 높은 사람이 되고 내 딸은 상년이라고 (생략) 죽일년 살릴 년 하며' 고고한 체 하는 양반 부인에 대한 원한이 그것이다. 이것은 양반이라는 신분에 대한 부정이며 모든 인간이 평등한 인격체임을 드러내려는 것이다. 그러므로 <귀

---

51) <귀의 성>하, 전집1, 379-380쪽.

의 성>에서 벌어지는 일련의 갈등관계는 축첩제도를 비판하기 위해서
라기 보다는 부패한 양반 지배층의 무능함과 그에 대한 비판의식을 드러
내기 위한 장치였다고 볼 수 있다. 다시 말해서 그것은 양반에 의한 평민
의 수난과 양반에 대한 원한이며 복수였던 셈이다.

주목되는 것은 이렇듯 원한과 복수의 대상이며 악녀의 탈을 쓴 김승지
부인의 객관적으로 드러나는 맡은 바 역할이다. 평민의 딸 길순이가 양반
부인으로부터 수난을 당하는 신분(양반)제도의 희생자였다면, 김승지의
부인은 축첩제도의 직접적인 희생자였다. 길순이의 경우, 비록 자신의
주체적인 의사는 아닐지라도 강동지가 딸을 첩실로 주는 것은 신분상승
과 경제적인 계산에 의한 것이었다면, 김승지 부인의 입장에서는 명백히
축첩제도의 희생자임이 드러난다.

　　(부인)이애 점순아 나는 그만 죽고 싶은 마음만 나니 어찌하면 좋단
말이냐.
　　(점순)(생략) 에그머니, 그 원수의 춘천 마마님 하나 때문에 온 집안이
이렇게 난가가 될줄 누가 알았을까.
　　(부인) 아니꼽다 그까진 년을 마마님이니 별상님이니, 내 앞에서는 그
런 소리 말어라. 너나 그 년이나 상년은 마찬가지지. (생략)52)
　　(부인) 오냐, 좋을 도리가 있다면 맡기다 뿐이겠느냐. 나는 족박을 차더
라도 시앗만 없이 살았으면 좋겠다.
　　(점순) 그런들 재물 없이야 어찌 삽니까.
　　(부인) 재물이 다 무엇이란 말이냐. 나는 재물도 성가시다. 영감께서
돈만 없어 보아라. 어떤 빌어먹을 년이 영감께 오겠느냐. 영감이 인물이
남보다 잘 나셨느냐, 말을 남보다 잘 하시느냐. (생략)53)

　　(점순) 마님께서는 이때까지 고생을 모르고 지내신 고로 그런 말씀을

---

52) <귀의 성>상, 전집1, 187쪽.
53) <귀의 성>상, 전집1, 188쪽.

하시지, 사람이 재물없이 어떻게 삽니까.

(부인) 그런 말 마라. 세상에 고생치고 시앗 두고 근심하는 고생같은 고생이 또 어디 있겠느냐. 나는 시앗만 없으면 돈 한 푼 없더라도 아무 근심 없겠다. 내 손으로 바느질품을 팔아먹더라도 영감과 나와 단 두 식구야 어떻게 못살겠느냐. 내가 자식이 있느냐, 어디 마음 붙일 데가 있느냐, 영감 하나 뿐이지…….

(점순) 그럴 터이면 마님께서 돈을 많이 쓰시면 춘천 마마님과 침모를 죽일 도리가 있습니다.[54]

우리나라 속담에 남편이 시앗을 두면 돌부처도 돌아앉는다는 말이 있다. 집안의 하인들을 호령할 때는 여장부로 보이던 김승지 부인이 시앗한 사람 때문에 죽고 싶어하는 모습에서는 연약한 아녀자의 모습을 드러낸다. 족박을 차더라도 시앗만 없으면 좋겠다는 말은 모든 조강지처들의 마음일 터이다. 더구나 슬하에 자녀도 없는 김승지 부인으로서는 남편 하나 믿고 살아가는 처지에서 시앗에게 빼앗기는 심정은 동정과 연민을 불러일으킨다. 바로 이런 절박한 심정이 재물을 노리는 점순이의 유혹에 쉽게 넘어간 것이다.

그러나 운명은 김승지 부인의 편도, 시앗의 편도 들어주지 않았다. 여기서 말하는 '운명'이란 당연히 작가의 의도를 뜻한다. 김승지의 부인이 남편의 축첩을 끝까지 거부하여 춘천집을 죽이고 마침내 자기 자신마저 강동지의 손에 의해 비극적인 최후를 마침으로써, 그녀 또한 축첩제도의 희생자가 되고 축첩제도의 비판이라는 소설의 또 다른 소주제를 완성시키고 있다.

그렇다면 작가는 왜 서술자로 하여금 김승지의 부인을 부정적인 시각으로 묘사하도록 만들었으며, 강동지로 하여금 '잡년'이라고 매도하도록 만들었을까. 이 소설에서 김승지 부인이나 춘천집이 같은 양반제도의

---

54) <귀의 성>상, 전집1, 189쪽.

희생자이면서도 평민의 딸 춘천집을 요조숙녀로 묘사하는가 하면 김승지의 부인은 부정적인 성격으로 대비시키려는 의도는 무엇인가. 평민의 딸 춘천집은 김승지의 첩실로 들어가는 것에 대하여 거부하는 흔적도 나타나지 않는다. 그런 의미에서 양반의 축첩에 반대하는 인물은 오로지 양반의 조강지처인 김승지의 부인뿐이었다. 다시 말하자면 김승지의 부인을 제외한 모든 인물들이 타락한 세속의 흐름에 따라 유유히 흘러가는 데 반하여 그 직접적인 피해자인 김승지의 부인만이 본능적으로 피해의식을 드러냈다고 볼 수 있다. 그러므로 신소설 <귀의 성>에서 표출되고 있는 축첩제도에 대한 비판의식은 소설의 전체적인 분위기에서 압도적으로 드러나는 '양반 지배층'에 대한 증오 속에 포괄적으로 통합된다고 할 수 있다.

여기에서 특히 김승지의 부인이 주목되는 것은 양반의 조강지처 스스로가 그 부당함에 항거하다 희생당했다는 점에서 특별한 시대적, 사회적, 문학적인 가치를 지니는 인물로 평가될 수 있다. 왜냐하면 그는 자신을 '양반 신분'이라는 이유로 '평민'의 딸 길순이를 대비시켜 '무당년' '명창 광대' '잡년'과 같은 천한 이미지를 고의적으로 부과한 창작 주체의 적대감에도 불구하고, 축첩제도의 진정한 피해자는 첩실인 춘천집이 아니라 조강지처인 자신이라는 사실을 '칠거지악'이라는 사회적, 제도적 굴레를 스스로 깨뜨리고 적극적으로 감정을 표출시킴으로써, 봉건 양반의 시대가 여성들에게는 반·상을 떠나서 똑같이 수난을 당하는 시대였음을 폭로하는 역할을 수행하였기 때문이다.

3) 기타

① 신·구사상의 갈등

신소설 <치악산>(1908)에는 어떤 하나의 특정한 이데올로기 보다는 개화기의 사회나 가정에서 일어날 수 있는 잡다한 양상들을 근대적 시각

에서 비판적으로 묘사하고 있는 것이 특징이다.55) 특히 <치악산>에서
다루어지고 있는 신·구사상의 갈등은 1894년의 갑오개혁을 전후하여
일어나는 홍참의와 이판서의 가정사를 통하여 갑오개혁 이후 세상의 판
도가 어떻게 달라지고 있는가를 잘 보여주는 경우라 하겠다.

원주에 사는 홍참의는 1894년의 갑오개혁 이후에도 여전히 구사상을
버리지 못하는 완고의 양반이다. 그렇게 완고한 성격의 소유자인 홍참의
가 양반의 지체가 자신보다 못하였던 이판서와 자녀들의 정혼을 하였던
것은 일종의 권력과의 타협이었다. 그것은 이판서가 자신보다 지체가
높은 홍참의에게 당당하게 정혼하자고 제안할 수 있었던 배경과 맞아떨
어진다. 그것이 바로 갑오개혁 이전의 지방 관리들이 누렸던 막강한 권력
덕택이었다.

> 백돌이가 나이 사오 세 되었을 때는 원주가 감영도로 있던 옛 세상인데
> 그때 강원 감사는 이판서라. 감사가 단구역말 홍참의 집에 나갔다가 홍참
> 의 아들 백돌이를 보고 어찌 그리 귀하게 보았던지 당장에 주인 홍참의더
> 러 하는 말이 내가 저 만한 딸이 있으니 저 아이와 혼인을 정하자 하거늘,
> 홍참의는 이판서 보다 지체가 낮건마는 이판서의 감사 바람에 사돈 되는
> 것을 좋게 여겨서 입이 떡 벌어져서 대답하고 정한 혼인이라.
> 그 후 십년 만에 혼인을 지냈는데 그 때는 갑오경장 이후라 개화를
> 좋아하던 이판서는 풀기가 점점 더 생기고 완고로 패를 차던 홍참의는
> 먼지가 더욱 폴삭폴삭 나는데, 두 사돈끼리 뜻이 맞지 아니 하나 십년
> 전부터 면약한 일이라 선 떡 받듯이 마지못하여 지낸 혼인이라.56)

갑오개혁 이전의 구시대에 강원 감사의 그 막강한 권력에 대하여는
신소설 <귀의 성>과 <은세계>를 통하여 익히 보아 온 터이다. <치악

---

55) 본 논문에서 다루는 <치악산>은 1908년 이인직의 이름으로 간행되었던 소설로
　　<치악산>상권만을 연구대상으로 하였음 - 필자.
56) <치악산>상, 전집2, 42쪽.

산>의 홍참의 역시 양반의 지체가 이판서 보다 낮다고는 하나, 당장에 막강한 힘을 쥐고 있는 강원 감사에게 강동지나 최병도처럼 자신의 재물을 빼앗기지 않고 온전하게 지키려면 그와 사돈을 맺는 것이 어쩌면 행운이었을지도 모른다.

그러나 갑오개혁이 이루어지자 세상이 바뀌었다. 이판서는 막강했던 구시대의 벼슬을 누렸음에도 불구하고 시대의 변화를 빠르게 받아들인 명석한 두뇌의 소유자로 보인다.

시대가 완전히 바뀌었음을 판단한 이판서는 사위 홍철식(백돌)을 일본으로 유학 보내고, 여전히 구학문에 집착하는 홍참의는 아들을 유학 보낸 이판서에 대한 갈등이 심화된다. 이제 이 두 사람은 세상을 보는 눈이 하늘과 땅처럼 멀어져 있다. 1908년에 출판된 신소설 <치악산>의 신·구사상의 갈등은 이렇게 시작되었다.

> (홍)왜 이가가 홍가의 집을 망하여 준다더냐. 백돌이가 돈 한 푼 없는 것이 제 장인이 돈을 대어주지 아니 하였으면 제가 어찌 간단 말이냐. 가령 철없는 아이들이 일본 가고싶다 하였기로 소위 사돈은 나이 살 먹은 것이 철없는 아이들을 꾸짖을 일이지… 가서 꾸짖지는 아니 할지언정 돈을 주어서 가도록 하니, 아비 있는 자식을 사돈이 제 마음대로 그 못된 곳으로 보낸단 말이냐. 개화한 사람은 그따위 버릇을 한단 말이냐.(생략)57)
>
> 고두쇠가 홍참의 야단치던 몇 갑절을 보태서 말을 하였는데 이판서는 그 말이 귀에 들어가는지 아니 들어갔는지 한편으로 고두쇠 말을 들으면서 한편으로 방에 있는 사람을 대하여 무슨 말을 한다.
>
> (이) 이 사람, 자네 아우가 몇 살이 되었나.
>
> ( ) ……
>
> (이) 어서 외국이나 보내서 공부나 시키게.
>
> ( ) ……

---

57) <치악산>상, 전집2, 44쪽.

(이) 자네 어르신네가 아니 보내시거든 몰래 도망이라도 시키지. 완고
의 늙은이는 다 어서 죽어야 나라가 되지 쓸데없이 오래 살아서 젊은
사람에게까지 해가 적지 아니 하여……(생략) 꼭 자네 어르신을 두고 한
말은 아닐세. 나부터 완고이니 우리 같이 나이 많은 사람은 하루 바삐
없어야 나라가 아니 망하느니.58)

홍참의가 볼 때 개화파 이판서가 자신의 아들을 망쳐놓는 사람으로
인식하는데 반하여, 이판서가 볼 때는 완고의 늙은이들이 어서 다 죽어야
나라가 아니 망한다고 생각한다. 이렇게 우리나라의 갑오개혁의 배후에
는 같은 민족으로서 사상적 분열이 심화되고 있었음을 보여준다. 수구파
홍참의나 개화파 이판서가 보여주는 이와 같은 사상과 태도는 모두 다
이 나라의 안녕과 발전을 위하며 선택한 최선의 대응 방식이었겠지만
예문에서 보여주는 홍참의의 사고방식은 일본과 근대에 대한 닫혀진 의
식을 드러내는 반면 이판서의 그것은 보다 더 능동적이고 미래 지향적인
의식을 드러내고 있는 것을 볼 수 있다.

만약에 그 당시의 우리 민족이 친청이니 반일이니 또는 반청이니 친일
이니 하는 따위의 외세에 대한 흑백론적인 대의명분이나 사상 때문에
민족 내부에서 서로 반목하여 분열할 것이 아니라 범 세계사적 안목을
가지고 모두가 한 마음으로 나라 안팎의 제 문제들에 대처하였더라면
보다 지혜롭게 새 시대를 열어 갈 수 있지 않았을까 하는 아쉬움을 주는
대목이기도 하다.

또한 홍참의는 개화를 따르는 아들에게 완고의 학문을 강요하다가 아
들마저 가출하게 만들었다. 충과 효를 목숨처럼 생각하는 양반의 아들이
부모의 뜻을 거역한다는 것은 완고의 시대에는 있을 수 없는 일이다.
따라서 이것은 완고의 시대가 기울었음을 단적으로 보여주는 장면이다.

---

58) <치악산>상, 전집2, 55-56쪽.

이 소설에서 완고의 홍참의는 결국 시대에 동참하지 못하고 구사상적 생활방식을 고집하다가 그의 가문과 함께 스스로 패망하는 결말에 이른다. 그것은 그가 특별히 잘못을 저질러서가 아니라 순전히 시대적 흐름을 따라가지 못하였던 데에 그 원인이 있었다. 한편, 이판서는 추상같던 봉건제도하의 벼슬자리에 연연하지 않고 새 시대에 맞추어 미래를 준비하는 현실주의적 면모를 보여주는 인물이다. 그는 또 작가의 사상을 대변하여 구사상적 생활방식에 젖어있는 홍참의 가문에게 딸의 몸종 검홍이를 도와 귀신놀음을 시킴으로써 완고의 홍참의 가문을 완패시키는 역할도 하고 있다. 홍참의가 특별한 이유도 없이 이처럼 맥없이 패망하는 것은 이 소설의 작가 이인직이 당시 우리나라의 조속한 개화와 근대적 발전을 가로막고 있는 완고의 양반에 대한 적대감의 표현이라 할 수 있다. 이 소설의 결말은 바로 이러한 작가의 적대감이 그대로 나타나는 부분이다.

> 홍참의 집 안방 지붕 위의 기왓장을 활짝 벗겨놓고 그 기왓장을 이상하게 늘어놓았는데 망할 망자로 늘어놓은지라. 그 날로 온 동네가 짜짜글하고 떠드는 말이 홍참의 댁은 망한다는 소리뿐이라.[59]

홍참의 집안이 망한다는 것은 완고의 양반에 대한 작중인물 이판서나 작가가 바라는 바이다. 그 때문에 작가는 갑오개혁 이후의 새 시대에 적응하지 못하고 도태되어가는 구시대의 양반 가정에 우리나라의 전통적인 무속신앙을 끌어들여 홍참의 집안이 망하게 되는 요인이 사상의 전근대성에 있음을 드러낸다.

> 중중첩첩하고 외외 암암하여 웅장하기는 대단히 웅장한 산이다. 그 산이 금강산 줄기를 내린 산이나 용두사미라. 금강산은 문명한 산이요

---

59) <치악산>상, 전집2, 185쪽.

치악산은 야만의 산이라고 이름 지을 만 한 터이더라.[60]
    시골구석에 무식한 사람들이 귀신을 어찌 몹시 믿던지 고두쇠란 놈은 홍참의 며느리 죽은 귀신에게 죽은 줄로만 알고 온 동네가 수군거리나, 고두쇠 죽기는 귀신에게 죽은 것이 아니라 장사패의 손에 맞아 죽었는데, 그날 밤에 단구역말 앞들에서 울던 것은 검홍이오 정월 초하룻날 밤부터 홍참의 집에서 도깨비장난같이 하던 것은 장사패이라.[61]

예문에서 작가는 '치악산'을 '야만의 산' 이라고 규정짓는다. 이 소설의 제목이 <치악산>이다. 따라서 신소설 <치악산>은 개화주의자이며 근대지상주의자인 작가 이인직이 우리 민족의 전근대적 사상과 관습을 부정적인 시각으로 형상화함으로써 우리나라가 구사상의 양반이나 전근대적 관습이라는 자체 내의 한계성으로 인하여 스스로 도태되어 갈 수 밖에 없다는 것을 드러내고자 하였던 것이다. 이러한 의도 때문에 우리 민족의 역사와 더불어 오랜 세월 동안 함께 하여온 전통신앙의 한 가지인 무속신앙을 야만의 극치로 묘사하는 것이다.

홍참의 집에서 고두쇠 죽은 후로는 날마다 무당만 불러들여서 점치고 굿하기로 세월을 보내는데 사서삼경을 평생에 읽고 세상에 유식한 사람은 나 하나 뿐이어니 여기던 홍참의도 며느리가 죽어 원귀가 된 줄만 알고 (중략) 무당들은 제가 들은 소문대로 영절스럽게 하는 말이 건넌방 아씨가 원귀가 되었다고 원풀이를 하느니 살풀이를 하느니 귀신을 쫓느니 귀신을 잡아 가두느니 하며 굿만 시키고 돈만 빼앗아 가는데 (중략) 홍참의 부인과 옥단이는 꿈을 꾸어도 이씨부인의 귀신만 보이니 굿은 암만 하더라도 그 몹쓸 귀신 때문에 아무 때든지 집이 망하려니 여기고 있으면서 노주가 마주 앉아서 귀신 없앨 공론만 한다.[62]

---

60) <치악산>상, 전집2, 3쪽.
61) <치악산>상, 전집2, 193-194쪽.
62) <치악산>상, 전집2, 194-195쪽.

이와 같은 결말은 결국 1894년의 갑오개혁 이후 새 시대에 적응하지 못하는 구사상의 양반 가정이 우리 민족의 전통적 무속신앙과 함께 스스로 도태되어 파멸하고 만다는 의미를 담고 있다. 그러나 실제로 홍참의 집안을 망하여 놓는 것은 무속신앙을 따르는 홍참의 부인이나 무속인들만이 아니다. 무속신앙을 따르는 완고의 홍참의 가족을 역으로 이용하여 딸의 복수를 하겠다는 개화양반 이판서의 계략이 더 큰 원인이다. 그러므로 사실상 이판서와 홍참의 간의 신·구사상의 갈등은 이판서가 그 사위를 일본으로 유학을 보내고 완고의 홍참의 가정에 딸의 복수를 감행함으로써 홍참의 가정은 개화파 양반 이판서에 의해 도태되고, 시대는 바야흐로 개화양반 이판서의 시대가 도래하였음을 보여주는 것이다.

② 계모와 전근대적 고부갈등

계모와 전실 자녀간의 갈등이나 고부간의 갈등 문제는 옛날이나 지금이나 변함없이 우리의 삶에서 흔하게 일어날 수 있는 소재이다. 이러한 종류의 갈등에는 특별한 이유가 있어서 일어나는 것이 아니라 계모와 전실의 소생이라는 것, 시어머니와 며느리라는 사실 그 자체가 갈등을 일으키는 요소가 된다. 더구나 신소설 <치악산>의 경우에는 계모와 전실 소생 간의 문제와 고부간의 문제가 한 데 얽혀 있어 보다 심화된 경우라 할 수 있다. 뿐만 아니라 설상가상으로 부모와 자식간에 신·구사상의 갈등까지 놓여있고, 친정과 시댁 간에 신·구사상의 갈등이 얽혀 있어 홍철식의 부부와 같이 당하는 입장에서는 참으로 가혹할 만큼 견디기 힘든 환경이 되고 있다. 따라서 이러한 환경은 마땅히 부정되어야 할 대상이 되는 것이다.

우선 홍참의의 재취부인인 김씨부인이 늘어놓는 어이없는 넋두리는 그것 자체가 며느리인 이씨부인에게는 혹독한 시집살이가 되고 있다. 그것은 또 시집살이를 하는 며느리의 몸종에게도 혹독한 시련이 되는 것이다.

　팔자가 오죽 사나운 년이 남의 후취 댁이 되었겠느냐. 남순아 너도 진작
돼지거라. 너도 오죽 팔자가 사나와서 남의 후실의 딸이 되었겠느냐. 네가
복을 많이 타고났을 것 같으면 남의 전실 마누라의 며느리 종님이 되었을
터이다. 너의 아버지께서는 그렇게 의좋은 초취 댁 죽을 때에 왜 따라서
돌아가시지 아니 하였다더냐. 그래, 역성을 하더라도 분수가 있지. 초취
댁 며느리 종년까지 역성을 들고 나 같은 년은 전실 며느리에게 소리 없는
총을 맞아 죽어도 아는 체 하여 줄 사람도 없을 터이로구나.[63)
　나는 우리 남순이를 시집보낼 때에 계모 시어머니 있는 전실댁 며느리
될 곳으로 시집을 보내겠소. 남의 전실댁 며느리만 되면 계모 시어머니더
러 욕을 하기로 관계가 있소, 시어미더러 돼지라고 악담을 하기로 관계가
있소[64)

　김씨부인의 넋두리 속에는 남의 후취 댁이라는 콤플렉스가 강하게 작
용하고 있다. 그것이 전실 소생의 며느리에게 역작용을 하는 것으로 나타
난다. 게다가 김씨부인은 개화인에 대한 적대감마저 강하게 품고있어
그것이 눈엣가시처럼 미워하는 전실 자식과 그 며느리를 괴롭힐 수 있는
또 하나의 편리한 무기가 되고 있다.

　(김) 에그 영감은 별 말씀을 다 하시구려. 집이 망하기는 왜 망해요.
개화한 아들 있겠다. 개화한 며느리 있겠다. 집이 잘 되지 망할 리가 있소.
나는 벌써 개화한 며느리 덕을 많이 보았소. 욕을 아니 먹었을까 악담을
아니 들었을까. 개화한 며느리가 아니면 무슨 인기에 시어미더러 욕하고
악담하겠소.[65)

---

63) <치악산>상, 전집2, 14쪽.
64) <치악산>상, 전집2, 19쪽.
65) <치악산>상, 전집2, 34쪽.

　(김) 영감께서 그런 일을 당해 싸외다. 자식 장가를 들이거든 무엇을
보고 배울 것 있는 집으로 보냈으면 그런 일이 날 리가 있소. 그러나
철없는 백돌이는 책망할 것도 없소. 사돈집에서 그런 일이 있단 말이오.
남의 외아들을 꾀어서 대강이를 깎아서 일본으로 들여보내는 그 심사가
무슨 심사란 말이오. 영감은 아무리 시골 사르시고 이판서는 아무리 세력
좋은 재상이기로 명색이 사돈이면 그런 법이 있소.[66]

　예문을 보면 김씨부인이 전실 아들과 며느리에 대한 콤플렉스가 한두
가지가 아님을 알 수 있다. 며느리의 친정이 서울이라는 데서 느끼는
콤플렉스, 시대가 변하여 개화파 인사들이 세력을 쥐게 된 데 대한 콤플
렉스, 자신의 출생 신분이 춘천의 보잘 것 없는 김생원의 딸이라는 데서
오는 콤플렉스 등등의 복잡한 내면을 드러내고 있다.

　한편, 며느리인 이씨부인은 이러한 계모 시어머니와는 다른 대조적인
모습으로 묘사되어 있다. 즉 이씨부인은 시어머니가 열등감을 가질 수밖
에 없는 열등한 조건이나 환경들과 반대의 조건 속에 놓여있기 때문에
그녀가 일부러 자신의 입장을 드러내지 않더라도 그녀의 앞에 있는 사람
으로 하여금 열등감을 느끼도록 만드는 것이다. 이것이 이씨부인으로서
는 또 다른 불행의 원인이 되었다고 할 수 있다.

　(부인) 이애, 검홍아, 세상에 이런 년의 팔자가 있단 말이냐. 내가 이
방구석에서 숨도 크게 못 쉬고 들어앉았는데 무슨 죄가 있어서 마님이
저렇게 나를 미워하시는지 모르겠다. (생략) 서방님께서 일본 가시기는
무슨 까닭이라더냐. 서방님 말씀에는 나라를 위하여 공부할 생각으로
가노라 하셨으나 서방님이 계모어머니에게 설움을 조금만 덜 받으실 지
경이면 당초에 집 떠날 생각이 날 리가 만무하였을 터이다. 이 댁 마님께
서는 그 전실 소생 아드님 한 분 있는 것을 원수같이 여겨서 아드님의
그림자만 보아도 미워하고[67]

---

66) <치악산>상, 전집2, 45-46쪽.

이처럼 우리나라의 뿌리 깊은 고부간의 갈등이나 계모와 전실 자녀간의 갈등은 그 원인을 어디에서 찾아야 할 것인가를 이 소설은 묻고 있다. 그 대답은 간단하다. 바로 근대적 사고와 전근대적 사고의 차이이다. 우리나라의 전통적인 가족 관계는 철저하게 종적인 관계였다. 즉 명령하는 자와 그 명령을 받드는 자의 관계이다. 그것은 근대적 평등관계의 정반대 되는 개념이다. 이때 계모 시어머니인 김씨부인이 자신의 명령에 복종해야 할 며느리에게 열등감을 느끼게 될 때 바로 앞에서 보았던 바와 같이 스스로 자신의 처지를 넋두리로써 드러내며 그것을 당하는 며느리의 입장에서는 맵고도 쓴 시련이요 고통이 되는 것이다. 만약 이러한 관계를 수평적 관계, 즉 평등관계로 인식하는 사회였다면 상대방의 다양한 입장이나 지위를 있는 그대로 존중하면서 각자 자신의 추구하는 바의 행복을 누릴 수 있었을 것이다. 오늘날의 현대인들이 누리는 바의 그것처럼 말이다. 요컨대 작가는 1908년 그 때에 이미 이러한 뿌리 깊이 이어져 오던 고부갈등과 전실 소생과 계모간의 갈등의 문제를 비극적으로 제시함으로써 여성의 전통적인 恨의 한 부분을 제시하였고 그 관계의 부당성을 객관적인 언어로 제시하였다고 할 수 있다.

3. 준비론적 근대지향 의식

이제까지 살펴 본 이인직 소설의 그 모든 反침략, 反봉건의 사상들은 궁극적으로 우리나라를 부강한 근대적 국가로 새롭게 건설하자는 이데올로기로 수렴된다고 할 수 있다.

그런데 이인직의 신소설이 지향하는 근대주의는 당시의 세계사적 흐름인 동시에 우리 민족이 시급히 타개해 나가야 할 당면한 역사적 과제들

---

67) <치악산>상, 전집2, 48-49쪽.

과도 복잡하게 얽혀 있어서 그것의 진실을 규명한다는 것은 한 가지의 안목으로 단정 지을 수 없는 지난한 작업이 될 수도 있다. 왜냐하면 이인직 소설의 근대지향 의식은 우리가 앞에서 이미 살펴 본 바와 같이 창작 주체의 모호한 다성적 서술 전략을 통해서 드러나기 때문에 그만큼 작품에 대한 연구자들의 이해도 다양하게 나타날 수 있는 여지를 적지 않게 드러내고 있기 때문이다.

이러한 특성 때문에 작가의 궁극적인 창작 목적이 '필연적인 망국론'[68]이나 친일적인 근대주의를 펼치기 위한 것이었다고 볼 수 있는 소지가 있는 것도 사실이다. 그러나 문제는 이 소설이 그러한 역사인식을 드러내고 있다 해서 단순하게 '탐관오리로 인한 필연적인 망국의 길'을 핵심주제라고 보는 것도 지나친 속단일 수 있다는 점이다. 왜냐하면 당시의 우리나라가 처해 있는 역사적 현실이 망국의 처지에 직면한 것이 움직일 수 없는 사실이고, 그 원인이 우리나라 봉건정부와 관리들의 무능과 부패에 기인하고 있는 것도 사실이기 때문이다. 또 그렇게 약화되어 있던 우리나라를 결정적으로 패망시킨 제국주의자 일본세력에 대하여 그 책임을 소설의 언 표면에 드러내지 않았다고 해서 작가의 창작 의도를 일면적으로 '반역사적, 반민족적' 인 것으로만 매도할 수는 없다. 왜냐하면 이인직의 신소설에는 언어의 복잡한 문맥과 작품의 다양한 문학적 장치 속에서 다중적인 목소리를 들려주고 있기 때문이다.

그러므로 이인직 소설의 궁극적인 지향성은 이와 같은 다중적인 서술 전략을 통하여 드러나기 때문에 그 다양한 미학적 요소들과 언어의 복잡한 문맥들을 총체적으로 분석함으로써 그것의 내재적 진실을 규명할 수 있다고 보는 것이다.

이와 같은 이인직 소설의 다성적 문맥들 속에는 먼저 이 나라의 불행한 현실과 민족적 아픔을 비극적으로 인식하고 있는 것이 드러난다. 그러나

---

68) 김영민, 「신소설 <은세계> 연구」, 매지 논총 제7집, 1990.2, 16-19쪽.

이러한 비극적 역사 인식은 허무주의적인 좌절이나 체념을 위한 것이 아니라 당시의 세계사적 흐름인 진화론적인 진보사상으로 무장함으로써 근대 국가 건설에 대한 신념과 역사 발전에 대한 낙관적 전망을 드러낸다. 그것이 바로 다름 아닌 준비론적 근대지향 의식이다.

여기서 특히 주목되는 것은 우리 민족의 당면한 현실 문제를 타개해 나아가고자 모색하는 과정에서 드러나는 창작 주체의 지극히 합리주의적이고 실용주의적인 현실 대응 태도이다. 그는 우리나라 애국계몽기의 많은 민족주의자들과 지식인들의 대응 방식이었던 민족적 대의명분이나 당위론에 집착하지 않고 우리나라와 민족에게 주어진 현 상태에서 그 모순을 타개하는데 실현 가능한 최선의 방안을 모색하는 태도를 보여주는 것이다. 이와 같은 지향의식과 그 이데올로기적 특성들을 구체적인 작품을 통하여 살펴보기로 한다.

1) 비극적 역사인식

이인직의 신소설에는 우리나라와 민족이 처한 역사적 현실에 대하여 대단히 비통해 하는 정서가 지배적이다 . 이러한 정서가 개화기의 다른 신소설 작가들의 작품에 비하여 유독 이인직의 작품들에서 두드러지는 이유가 무엇인지 살펴볼 필요가 있다. 특히 주목되는 것은 그것이 우리나라와 세계의 정세를 성찰하는 역사인식에서 두드러진다는 점이다. 이 문제와 관련하여 한 연구자가 다음과 같은 질문을 던진 바 있다. 즉 '이런 비극적 세계인식이 왜 하필 친일로 이어지는가.'[69] 이에 대한 논의를 시작하기 전에 먼저 작가 이인직 자신의 말을 들어 보기로 하자.

---

69) 김명인, 「<귀의 성>과 한 친일개화파의 세계인식」, 『한국학 연구』제9집, 인하대학교 한국학연구소, 1998.3. 59쪽.

팔베게를 하고서 사십 성상(四十星霜)동안 참으로 잘 잤다. 곁에서 잠
꼬대를 하는 자는 우리 이천만 동포다. 바다 건너에 와 보니 [70]

오늘에 있어서의 세계의 대세(大勢)를 성찰하면, 완연히 대몽(大夢)이
교착(交錯)함과 같다. 우리 한국(韓國)은 아무런 사기(邪氣)도 없는 천진
(天眞)의 몽(夢)이며, 지나(支那)는 새벽녘의 잔몽(殘夢)이다. 러시아인들
은 여순(旅順) 및 만주(滿洲)에 욕화(慾火)의 몽(夢)이 있고 (생략) 영국인
(英人)의 몽(夢)은 향항(香港) 및 해삼위에 따르고, 독일인(獨人)의 몽(夢)
은 교주만(膠州灣)에, 불란서(佛人)의 몽(夢)은 안남(安南)에 각각 일개(一
個)의 괴경(怪影)을 그리고 있다.

(생략) 이로써 그 꿈을 분석(分析)해 보면 그것이 또한 어떤 마형귀태(魔
形鬼態)를 끄집어낼 것인가[71]

~今에 人類社會가 發達하여 環宇의 生靈이 數十億에 至를 뿐 아니라
또한 其文運은 進化가 郁郁하도다.
目을 擧하여 世界狀態를 眄하다가 首를 俯하야 國民社會를 思하건대
忽然이 悲感을 不禁하노라. ~我國民社會가 進化하면 我子爾孫이 其利益
을 均沾하려니와 若夫社會가 腐敗하고 人種이 滅絕에 至하면 ~[72]

봉건 조선의 일개 서생이었던 이인직이 나이 사십이 다 되어 일본으로
건너가 문명개화에 대하여 각성하는 모습이 역력히 드러나는 육성 고백이
다. 예문의 내용들을 보면, 그가 비록 일본의 세계인식과 시각을 매개로
하여 각성하게 된 것은 사실이지만, 그의 말 속에는 우리나라의 미래에
대한 위기감이 진하게 배어 있다. '아아 어제는 제국의회(帝國議會)가 여기

---

70) 이인직, 「입사설」(入社說), 《미야꼬 신문》, 1901.11.29. 다지리 히로유끼 역, 『문학
    사상』7, 1999, 50쪽.
71) 이인직, 「몽중방어」(夢中放語), 《미야꼬 신문》, 1901.12.18 다지리 히로유끼 역,
    앞의 책,52-53 쪽.
72) 이인직, 《만세보》 창간호, 1906. 6. 17. (다지리 히로유끼, 앞의 논문(석사), 20쪽)
    재인용.

에서 열렸고, 삼백(三百)의 군자(君子)가 각각 경륜의 몽(夢)을 그렸다. 이로
써 그 꿈을 분석해 보면 그것이 또한 어떤 마형귀태(魔形鬼態)를 끄집어낸
것인가' 라는 말이 그러한 그의 내심을 그대로 반영하고 있는 것이다.

그의 눈에 비친 세계의 대세(大勢)는 식민지의 쟁탈을 위한 대몽(大夢)
을 그리고 있는데 우리나라의 동포들은 '천진의 꿈'만 꾸고 있었다. 어디
그 뿐인가. 세계의 인류사회가 유유(郁郁)하게 진화하고 있는데 우리의
국민사회는 봉건 지배계급의 부패와 학정으로 백성이 살 수 없는 세상이
되어가고 있었던 것이다. 바로 이것이 우리나라 개화기의 선각자의 한
사람이었던 작가 이인직이 우리의 역사 현실에 대하여 비감(悲感)하지
않을 수 없었던 까닭이었다고 할 수 있다.

위의 예문에서 드러나는 이와 같은 비감한 정서는 이인직으로 하여금
우리나라와 국민사회에 진보의 필요성을 주창하게 만드는 중요한 요인
이 되고 있으며 또한 이것은 우리나라 최초의 신소설을 창작하는데 중요
한 동기부여가 되었다고 할 수 있다.

우리나라의 현실에 대한 이인직의 비감한 정서가 가장 심도있게 드러나
는 작품은 <혈의 누>(1906)이다. 외세의 침략을 당하여 엎드러지고 곱드러
지는 우리 백성들의 모습이나 김관일의 부인이 일본 헌병들에게 붙잡혀
가는 장면의 묘사는 그 어떤 웅변가의 말보다도 우리나라의 비극적 현실을
실감나게 보여주고 있음을 우리는 이미 앞의 장에서 보아 온 터이다.

이러한 문학적 형상화는 외세의 침략에 대한 비판이나 고발을 서술자
나 직중인물의 직접적인 말로써 표현되어진 것 이상으로 창작 주체의
내적 진실을 담고 있다. 겉으로 드러나는 서술자의 언어는 침략자 일본세
력의 눈을 의식하여 끊임없이 역동적인 언어의 다중성을 드러내는데 반
하여 작중현실의 세계는 외세의 침략상을 적나라하게 파헤쳐 객관적으
로 보여주고 있는 것이다.

보초병이 부인을 잡아서 앞세우고 가는데 서로 말은 못하고 벙어리가
소를 몰고 가듯 한다. 계엄 중 총소리라 평양성 근처에 있던 헌병이 낱낱
이 모여들어서 총 놓은 군사와 부인을 데리러 헌병부로 향하여 가니(생
략) 밤은 깊어 사람의 자취도 없고 사면에서 닭은 홰를 치며 울고 개는
여늬집 평대문 구녁으로 주둥이만 내어 놓고 짖는다. 닭소리 개소리에
부인의 발이 땅에 떨어지지 못하여 걸음을 멈추고 섰는데 오장이 녹는
듯 하고 눈물이 앞을 가린다. 개는 영물이라 밤사람을 알아보고 반가워
뛰어 나오다가 헌병이 칼을 빼어 개를 치려하니 개가 쫓겨 들어가며 짖으
나 사람도 말을 통하지 못하거든 더구나 짐승이야……

　(생략) 개야 이리 나오너라. 나는 어디로 잡혀가는지 내 발로 걸어가나
내 마음으로 걸어가는 것은 아니다.

　헌병이 소리를 질러 가기를 재촉하니 부인이 하릴없이 헌병부로 잡혀
가는데 개는 멍멍 짖으며 따라오니 그 개 짖고 나오던 집은 부인의 집일
러라. 그날은 평양성에서 싸움 결말나던 날이오, 성중에 사람이 진저리내
던 청인이 그림자도 없이 다 쫓겨 나가던 날이오, 철환은 공중에서 우박
쏟아지듯 하고 (생략) 일병이 장마통에 검은 구름 떠 들어오듯 성내 성외
에 빈틈없이 들어와 백이던 날이라.73)

　우리 민족과 나라의 비극적인 현실을 이 보다 더 적나라하게 보여줄
수 있을까 싶을 만큼 생생하게 묘사하고 있다. 그날은 '일병이 장마통에
검은 구름 떠 들어오듯 성내 성외에 빈틈없이 들어와 백이던 날이라'고
서술자는 말한다. 이 일병에게 붙잡혀 가는 최씨부인은 '나는 어디로
잡혀가는지 내 발로 걸어가나 내 마음으로 걸어가는 것은 아니다', '오장
이 녹는 듯하고 눈물이 앞을 가린다'고 묘사한다. 뿐만 아니라 나이 어린
옥년이가 일본의 대판에서 양어머니의 집을 뛰쳐나와 바닷물을 바라보
며 흘리는 눈물을 서술자는 또 어떻게 서술하고 있는가. 옥년이는 자신이
대판의 바닷물에 빠져 죽더라도 대동강에서 썩고 싶다고 말한다. 그 순간

---

73) <혈의 누>, 전집1, 9-11쪽.

옥년이의 마음을 서술자는 '섧고 원통한 맺힌 마음'이라고 표현한다.[74]

이 소설의 제목이 <혈의 누>라고 할 때 그 제목을 단순히 당시 일본에서 유행하던 제목을 흉내 낸 것이라고만 볼 수는 없다.[75] 모방이라 하더라도 그 제목이 의미하는 것이 우리나라와 민족이 처해있는 역사적 현실을 상징적으로 대변해주는 단어로 보이기 때문이다. 작품에 제시되어 있는 역사적 상황과 일본군에게 끌려가는 최씨부인의 눈물 그리고 일본인 양어머니 집을 뛰쳐나와 죽기를 결심하는 옥년이의 눈물이 '피눈물'이 아니고 무엇이겠는가. 무엇이 이들에게 피눈물을 흘리도록 하였는가. 이 인물들의 가해자는 과연 누구란 말인가.

이 소설에는 누구도 그 가해자를 표면에 드러내고 지적하지는 않았다. 다만 그 대상과 역사적 상황을 사실적으로 보여주고 있을 뿐이다. 서술상으로는 범 같은 청군이 우리 민족을 짓밟았다고 비판하고 있으나 실제로 형상화된 것은 일본군의 침략으로부터 평양 백성이 피눈물을 흘리고 있는 것이다. 적어도 <혈의 누>만큼은 적지 않은 그 친일적 발언에도 불구하고 외세의 침략에 대한 분명한 각성과 분노의 감정을 일깨우는 역할을 하는 것도 사실이다.

한편, 외세의 침략에 대하여 우리나라가 강하지 못한 탓이라고 각성하는 김관일의 역사인식 역시 타당하다. 그 책임이 부패한 봉건지배층에 있다고 보았기 때문이다. 김관일의 경우, 여성인물 최씨부인이나 김옥년이 보여준 '피눈물'이 아니라 역사에 대한 반성과 분노의 감정을 보여준다. 김관일의 이러한 역사인식은 일찍이 작가가 일본 유학생활에서 알게 된 사회진화론적 사고에서 기인한다고 할 수 있다. 앞의 예문에서 본바와 같이 세계의 수십억에 이르는 인류사회에 '進化가 郁郁'한데 우리나라의 국민사회가 그렇지 못한 것이 봉건지배계급에게 책임이 있다고

---

74) <혈의 누>, 전집1, 58-59쪽.
75) 이재수, 「신소설문학 고」, 『한국소설연구』, 선명문화사, 1973, 454-461쪽.

보는 것은 타당한 지적이다. 이러한 역사인식이 결국 김관일로 하여금 문명한 나라에 가서 공부하겠다는 결심을 낳는다.

김관일의 역사인식은 <은세계>의 최병도에게 와서 심화된다. <혈의 누>의 김관일이 미국으로 유학을 떠나는 데 비하여 <은세계>의 최병도 는 부패한 봉건지배층과 직접 대결을 감행하는 인물이다. 그의 봉건지배 층에 대한 분노심은 증오를 넘어 차리리 저주에 가깝다.

> 나는 돈냥이나 있다고 이름 듣는 사람이라 이 감사가 갈려 가더라도 또 감사가 내려오고 내가 타도에 가서 살더라도 그 도에도 감사가 있는 터이라(생략) 피하면 어느 때까지 피하겠나 응, 빼앗으면 빼앗기고 죽이 면 죽고 당하는 대로 앉아 당하지, 말이 났으니 말이지 백성이 이렇게 살 수 없이 된 나라가 아니 망할 수가 있나 응 , 말을 하자면 하루 이틀 한 달 두 달에 다 못할 일이라.[76]
>
> 순사도께서 어진 정사로 백성을 다스리지 아니 하시고 옳은 법으로 죄인을 다스리지 아니 하시면 강원도 백성들이 누구를 믿고 살겠습니까. 백성이 살 수가 없이 되면 나라가 부지할 수가 없을 터이오니(생략) 백성 이 도탄에 들을 지경이면 천하의 백성 잘 다스리는 문명한 나라에서 인종 을 구한다는 옳은 소리를 창시하여 그 나라를 뺏는 법이니(생략)우리나라 도 백성에게 포악한 정사를 행할 지경이면 나라가 망하는 것은 순사도는 못 보시더라도 순사도 자제는 볼 터이올시다.[77]

백성이 살 수 없이 된 이 나라는 망할 수밖에 없다는 이 말은 봉건지배 층에 대한 비판인 동시에 침략자 일본제국주의자들을 의식한 이중적인 발언이다. 이것이야말로 '필연적인 망국론'이라는 주제를 이끌어내는 대 목이 아닐 수 없다.

그렇다면 여기서 한 가지 의문점이 생긴다. 이인직의 작품들에서 구

---

76) <은세계>, 전집 3, 110쪽.
77) 《은세계》, 전집 3, 144쪽. (이상경, 같은 논문 ,164쪽) 재인용.

정치인에 대한 불신과 증오심이 두드러지는 이유가 고작 조선의 패망이 필연이었다는 것을 강조하기 위한 것이었을까. 우리나라의 현실을 비극적으로 본다는 것과 봉건지배계급에 대한 불신과 증오심의 근원은 하나이다. 그것은 김옥균 사상과 최병도 그리고 이인직의 사상이 하나의 긴밀한 상관관계를 맺고 있는 데서 찾을 수 있다.

<은세계>에서 최병도가 우리나라와 세계의 정세에 눈을 뜨게 된 것은 개화당의 김옥균을 만나면서부터 이다. 김옥균이 혁명에 실패하고 일본으로 떠나자 최병도는 스스로 재물을 모아서 김옥균의 뜻을 잇겠다는 포부를 갖고 있는 인물이다. 말하자면 김옥균을 대표로 하는 갑신년의 개화당이 우리 민족 내부에서 촉발되었던 근대적 정치개혁의 '불꽃'이었다면 최병도는 그 이념을 가까운 미래에 다시금 꽃피우겠다고 생각하는 '불씨'에 해당된다.

그런데 그 10년 후 김옥균은 우리 민족의 손에 의해 암살당하였고 그의 시신은 다시금 이 나라의 구식형법에 의해 능지처참을 당하는 지경에 이르렀다. 이제 그의 숭배자인 최병도 마저 우리나라의 봉건관리의 손에 죽음을 당한다는 것은 우리 민족의 자발적인 근대화의 '불씨'가 꺼져버리는 것을 의미한다. 그 결과 우리나라는 1894년의 청일전쟁과 1905년 이후의 반식민지 상황을 초래하게 되었던 것이다. 바로 이것이 유독 이인직의 작품들에서 구 정치인에 대한 불신과 증오심이 두드러지게 나타나게 된 중요한 이유였다고 생각된다. 이러한 심증을 확인시켜 주는 것은 <은세계>의 후반부에 나오는 다음과 같은 내용이다.

세계의 풍운은 날로 변하는 때라. 더구나 우리나라에서는 세상이 어찌 되어 가는지 모르고 괴상 극악한 짓만 하다가 세계 풍운이 변하는 서슬에 정신이 번쩍번쩍 나는 판이라. 일로전쟁 이후로 옥남이가 신문만 정신 들여 날마다 보는데 신문을 볼 때마다 속만 터진다. 어찌하여 그렇게 속이 터지는고. 옥남의 마음에 우리나라 일은 놀부의 박 타듯이 박은 타는 대로 경만 치게 된 판이로고 생각한다.[78]

그러나 우리나라 일은 깊은 잠 어지러운 꿈과 같아 불러도 아니 깨이고 몽둥이로 때려도 아니 깨이는 터이라 .어느 때든지 하늘이 뒤집히도록 천변이 나고 벼락불이 뚝뚝 떨어지기 전에는 저 꿈 깨기가 어려우리라 싶은 것도 옥남의 생각이라.

서력 일천 구백 칠년은 우리나라 개국 오백 십륙 년이라. 그 해 여름이 되었는데 하늘에서는 불빛이 뚝뚝 떨어진다.[79]

그 신문의 기재한 제목은 '한국대개혁'이라 하였는데 태황제 폐하 전위하시던 일이라. 옥순이가 그 신문을 다 본 후에 옥남이와 옥순이가 다시 의론이 부산하다.

(옥순) 애, 옥남아 세계 각국에 개혁 같은 큰 일이 없고 개혁같이 어려운 일은 없는 것이다. 우리나라에서 수십 년 내로 개혁에 착수하던 사람들이 나라에 충성을 극진히 다 하였으나, 우리나라 백성은 역적으로 알고, 적국 백성은 반대하고 원수같이 미워한 고로 개혁당의 시조되는 김옥균 같은 충신도 자객의 암살을 면치 못하였고 그 후에 허다한 개혁당들도 낱낱이 역적 이름을 들고 성공치 못하였는데. 지금 이렇게 큰 개혁이 되었으니 네 생각에 앞 일이 어찌 될 듯 하나 .

옥남이가 한참 동안을 말없이 가만히 앉아 있다가 우연 탄식이라.

(옥남) 지금이라도 개혁만 잘 되면 몇 십 년 후에 회복될 도리가 있지요.(생략)[80]

이인직을 대변하는 '옥남이 같은 신학문 있는 사람의 마음에는'[81] 세계의 풍운은 날로 변해가고 있는데 우리나라의 정치 권력자들은 가렴주구에만 정신이 팔려있었다고 생각하면 구 정치인에 대한 불신과 증오심을

---

78) <은세계>, 전집 3, 203쪽.
79) <은세계>, 전집 3, 206쪽.
80) <은세계>, 전집 3, 211쪽.
81) <은세계>, 전집 3, 203-204쪽.

갖지 않을 수 없는 일이다. 우리나라의 그러한 사정을 옥남이가 볼 때 '우리나라 일은 어지러운 꿈과 같아 불러도 아니 깨이고 몽둥이로 때려도 아니 깨이는' 천진의 꿈속에 있는 것이었다. 이렇게 세상 모르고 지내다가 당한 것이 1894년의 청일전쟁과 1905년 이후의 일련의 사건들이었다. 1907년의 고종황제 전위사건은 우리나라의 정치 권력이 일본제국주의자들의 수중에 들어갔음을 의미한다.

여기서 우리는 세계사적 안목에서 당시 우리나라의 일을 바라보고 있는 옥남이의 내면의 소리에 주목해 볼 필요가 있다고 생각한다. 그 때를 옥남이는 '하늘이 뒤집히도록 천변이 나고 벼락불이 뚝뚝 떨어지는'날로 표현하고 있다. 우리나라의 김옥균과 같은 젊은 선각자들은 그 애국적 충성심에도 불구하고 역적으로 몰려 능지처참을 당하였고, 그들이 목숨을 걸고 추구하였던 자주적 근대개혁의 꿈은 비극적으로 막을 내렸던 역사적 사실이나, 일본제국주의자들의 손에 의해 강제로 정치개혁이 이루어지게 된 우리의 현실을 생각해 볼 때 옥남이가 혹은 최병도가 구 정치인에 대하여 분노와 증오심을 보이는 것은 당연하다고 하겠다. 더구나 침략자 일본세력에게 드러내 놓고 분노의 감정을 표출할 수 없었던 당시(1905년 이후)의 이인직의 입장에서는 그 분노의 감정을 표출할 수 있는 유일한 대상이 바로 구 정치인이었다고 볼 수 있다.

이처럼 일본제국주의자들의 침략행위에 대하여 그 분노의 감정을 겉으로 드러내지 못할 때 이인직의 문학은 우리나라의 역사 현실을 비극적인 어조로 묘사 또는 형상화하는 것으로써 그것을 대신하고 있었던 것이다. 이것은 우리의 반(半)식민지적 현실을 강하게 거부할 수 있는 국내·외적 환경이 되지 못함으로 해서 나타나는 정서라 할 수 있다. 이 때문에 그것은 우리의 비극적인 현실은 우리의 운명으로 받아들일 수밖에 없는 심리적 과정으로 읽혀진다.

　　대체 그 박씨가 어느 바람에 불어온 것인고(생략) 주인이 그 박씨를
　　주워다가 심었는데 (생략) 그 박이 박복한 박이라. (생략)한 통을 타면
　　초상상제가 나오고 또 한 통을 타면 장비가 나오고 또 한 통을 타면 상전
　　이 나오니 나머지 박은 겁이 나서 감히 탈 생의를 못하나, 기왕에 열려서
　　굳은 박이라 놀부가 타지 아니 하더라도 제가 저절로 터지더라도 박 속에
　　든 물건은 다 나오고 말 모양이라.82)

　주인이 그 박씨를 주어다 심었는데 '그 박이 박복한 박이라'고 한 것은
운명론적인 역사인식을 드러낸 것이라 할 수 있다. 게다가 기왕에 열려서
굳은 박이라 놀부가 타지 않더라도 '제가 저절로 터지더라도 박 속에
든 물건은 다 나오고 말 모양이라'고 하는 것은 1905년 이후부터 한·일
간에 일어난 일련의 사건들을 두고 비유한 것임을 알 수 있다. 이것은
이인직이 조선이라는 봉건사회를 떠나 문명한 일본에 가서 세계의 대세
(大勢)와 세계의 근대문명을 목격하면서 우리나라가 주변의 강대국들로
부터 독립을 유지한다는 것이 당시로서는 불가능하다는 것을 인식하였
기 때문이다. 그리고 그것은 이인직이 청일전쟁과 노일전쟁을 통해서
일본의 힘을 직접 경험함으로써 우리나라의 역사 현실에 대한 비극적
정서와 분노의 정서가 복잡하게 교착된 내적 언어로 읽혀진다.
　그러므로 이처럼 복합적인 정서가 함축되어 있는 운명론적인 역사인
식에 대하여 성급하게 그것을 친일이라든가 필연적인 망국론이라는 단
선적인 이데올로기로 규정하기에는 그 속에 또 다른 내적 진실의 의미가
함축되어 있다고 이해된다. 다음에서 고찰하게 될 진화론적 세계인식은
여기서 살펴보았던 운명론적인 혹은 비극적인 역사인식의 내적 진실을
설명하는 데에도 유익한 작업이 될 수 있으리라고 본다.

---

82) <은세계>, 전집 3, 204쪽.

2) 진화론적 세계인식

진화론은 19세기에 서구에서 성행하였던 변동이론으로 그 이론의 핵심적 개념이 '진보'이다.[83] 이 이론은 우리나라의 개화기 당시 세계적으로 식민지 쟁탈전을 벌이고 있었던 서구 열강들의 침략이념이자, 열강들의 충격으로부터 이제 막 각성하기 시작한 동아시아 봉건국가들의 지식인들에게 진보의 개념을 일깨워준 사상이기도 하다. 생존경쟁과 적자생존의 세계, 이러한 세계에서 도태되지 않고 살아남는 길은 '문명개화'를 통한 '부국강병'의 길 밖에 없다. 이것이 바로 '진보'의 길이다. 이러한 진화론적 이론과 사상은 우리나라 개화기의 지식인들에게도 커다란 충격과 반향을 불러 일으켰다.[84]

신소설의 창시자인 작가 이인직의 경우에도 예외는 아니었다. 그의 신소설 <혈의 누>(1906)에서 추구하고 있는 '문명개화'와 '부국강병'의 주제는 일찍이 독립신문에서 역설하였던 진보의 이념과 크게 다르지 않다.[85] 그런데 문제는 우리나라가 자주적으로 문명개화를 열어 나가는 과정에서 일본제국주의자들이 우리나라의 역사에 끼어듦으로써 국권수

---

83) 이 이론은 20세기에 와서 근대화이론의 발전에 직접적인 영향을 주었다. 진화론은 주지하는 바와 같이 찰스 다윈의 『種의 起源』에서 발전하여 헉슬리와 심프슨 등과 같은 많은 사회학자들에게 영향을 주었다. 인류학자인 몰간은, 초기의 사회는 '야만(野蠻)'의 상태, 다음 단계는 '미개(未開)'의 상태, 최종 단계는 '문명(文明)'의 상태로 변한다고 보았다.-이장현 외 공저, 『사회학의 이해』, 법문사, 1987, 356-358쪽 참조.

84) 한홍수, 『한국 근대 민족주의 연구, 연세대학교 출판부, 1977. 신일철, 『신채호의 역사사상 연구』, 고려대학교 출판부, 1981. 이광린, 『한국 개화사상 연구』, 일조각, 1981.

   김도형, 「한말 계몽운동의 정치론 연구」, 『한국사연구』54, 1984.

85) 가령 독립신문에서 민부국강의 자강독립을 성취하기 위한 급선무는 문호개방을 통하여 구미의 근대 문명과 신학문을 수용하는 일이라는 주장이나, 국권자립 뿐만 아니라 나아가서 우리나라를 세계의 상등 국으로 올라서게 하자는 주장이 그것이다. 이것이 당시 우리나라 지식인들이 지향하는 개명진보의 목적이었다. -독립신문, 제1권 제37호(1896. 6.30), 제38호 (1896. 7. 2), 제81호(1896.10.10), 제2권 제100호(1897. 8.24), 제125호(1897.10.21), 제3권 제8호(1898. 1,20), 제55호 (1898. 5.10) 논설참조.

호와 자주적인 문명개화라는 막중한 과제의 수행을 가로막았다는 점이
다. 바로 이러한 역사적 지점에서 이인직의 신소설이 지향하는 '문명개
화'의 이념에 주목할 필요가 있는 것이다. 왜냐하면 이러한 역사적 지점
에서 우리나라의 다른 개화 지식인들은 국권수호를 위한 투쟁의 방향으
로 나아갔거나 혹은 자주적인 문명개화의 방향을 모색하는 일종의 휴지
기에 놓여있었던 데 반하여 이인직의 신소설이 지향하는 바는 당초부터
우리나라 지식인들이 추구해 마지않았던 '문명개화'와 '부국강병'이라
는 주제를 일관되게 밀로 나아가는 양상을 보여주고 있기 때문이다. 즉
이인직의 신소설이 지향하는 바에 의하면 우리나라가 자주적으로 진보
하든 아니면 외세에 의존하여 진보하든 간에 '진보'가 급선무이고 지상
과제임을 역설하고 있기 때문이다. 참으로 단순 명료한 역사인식이 아닐
수 없다.

그러면 그는 무슨 연유로 역사를 이와 같이 인식하게 된 것일까. 그것은
그가 서구문명의 동양침식 과정에서 동아시아의 여러 봉건국가들이 보여
주었던 대응태도와 그 결과에서 나타났던 나라마다 판이하게 달라진 국
가의 운명을 지켜보면서 그 나름의 치밀한 성찰의 결과였던 것으로 밝혀
진다. 이인직에게 그와 같은 역사적 성찰의 대상은 바로 우리나라와 가장
가까운 거리에 있는 청국과 일본이었다. 청국의 변법파 강유위나, 우리나
라의 변법파 개화당이 지향했던 개혁운동은 완강한 보수파의 반대와 온
건, 급진적 개화파 간의 분열로 인하여 비극적인 실패로 끝나고 말았다.
이러한 한·청 두 나라의 경우와는 반대로 일본의 경우는 전혀 다르게
대응하였고 그 결과는 전 세계를 경악케 할 만큼 놀라운 것이었다.[86]

---

86) 청일전쟁 당시의 세계 관찰자들은 청군이 어렵게나마 승리하리라고 보았다. 그러
　　나 전쟁의 결과는 전 세계를 경악하게 만들었다, 그 결과 중국과 일본에 대한 국제
　　관계의 세력균형이 완전히 뒤바뀌게 되었던 것이다. 즉 친청 쪽이었던 한 열강국(영
　　국)은 중국의 엉터리없는 무능에 실망하여 일본의 능력을 찬탄하게 되었던 것이
　　그것의 한 예라 할 수 있다.

일찍이 청국은 1,2차 아편전쟁(1840, 1857)과 중·불전쟁(1884)을 치르며 완강히 서양세계에 저항하고 있을 동안, 일본의 정치가와 지식인들은 완강한 보수파의 반대와 충돌에도 불구하고 과단성있게 근대 개혁주의자들의 진보사상을 수용하여, 쇠퇴해진 도쿠가와 봉건 정부를 무너뜨리고 명치유신을 단행(1868)하였다. 그 결과가 어떻게 되었는지는 청일전쟁(1894)과 노일전쟁(1904)의 결과에서 분명하게 드러난다. 일개 섬나라 일본이 유구한 역사와 전통을 자랑하는 거대한 대륙 중국과 러시아를 침공하여 압도적으로 승리할 수 있었던 것은 바로 '진보'의 위력이었다.

이와 같은 세계사적 환경 속에서 볼 때 그때 막 세계사의 움직임에 관하여 눈을 뜨기 시작한 이인직으로서는 이 위대한 진보에 대하여 동경하는 것은 어쩌면 당연한 일이었는지도 모른다. 그리고 이러한 관점에서 본다면 당시의 이인직이 진보지상주의자가 될 수밖에 없었던 요인을 단순히 일본인에 대한 개인적인 인간관계나 일신상의 출세 욕구에서 찾는다면 그것은 자칫 편협한 속단이 될 수도 있다. 그 보다는 오히려 이와 같은 가공할 진보의 위력에 의하여 국가간의 서열이 완전히 뒤바뀌는 놀라운 세계의 역사가 이인직으로 하여금 '진보' 없이는 국가 보존도 불가능한 시대가 왔음을 스스로 인식하도록 가르쳤다고 보는 것이 더 진실에 가까운지도 모른다.

그러므로 이인직의 신소설에서 드러나는 문명개화에 대한 지향성은 막연한 이상향과는 분명히 다른 의미로 보아야 한다고 생각된다. 왜냐하면 이인직의 소설에는 그것의 실현 가능성에 대한 강한 신념뿐만 아니라 그것의 구체적인 실현을 위한 조급증이 드러나기 때문이다. 그 때문에 이인직의 신소설에는 이를 위한 급선무가 바로 '신학문의 고취' (<혈의 누>)와 '근대적 정치개혁'(<은세계>)으로 구체화 된다.

페어뱅크, 라이샤워, 크레이그 공저, 『동양 문화사』(전해종·민두기 역), 을유문화사, 1987(초판 : 1969) 444쪽 참조.

우리나라 최초의 신소설 <혈의 누>(1906)에는 우리나라가 문명한 부국강병의 국가가 되기 위해서는 무엇보다도 먼저 문명한 나라에 가서 신문명과 신학문을 배우는 문제가 시급하다는 것을 "하루 바삐"라는 말을 반복적으로 표출함으로써 그것을 드러낸다.

> (서생) 오냐. 학비는 염려 말아라. 우리들이 나라의 백성이 되었다가 공부도 못하고 야만을 면치 못하면 살아서 쓸데 있느냐. 너는 일청전쟁을 너 혼자 당한 듯이 알고 있나보다 마는 우리나라 사람이 누가 당하지 아니 한 일이냐. (생략) 사람이 밥벌레가 되어 세상을 모르고 지내면 몇 해 후에는 우리나라에서 일청전쟁 같은 난리를 또 당할 것이다. 하루 바삐 공부하여 우리나라의 부인 교육은 네가 맡아 문명 길을 열어 주어라[87].

> (정) 설자야, 네가 옥년이를 말도 가르치고 언문도 잘 가르쳐 주어라. 말을 알아듣거든 하루 바삐 학교에 보내겠다.[88]
> 구씨의 목적은 공부를 힘써 하여 귀국한 뒤에 우리나라를 독일국 같이 연방도를 삼되 일본과 만주를 한 데 합하여 문명한 강국을 만들고자 하는 비사맥 같은 마음이오, 옥년이는 공부를 힘써 하여 귀국한 뒤에 우리나라 부인의 지식을 넓혀서 남자에게 압제 받지 말고 남자와 동등권리를 찾게 하며[89]

이와 같은 신학문에 대한 조급증은 우리나라가 주변 강대국들로부터 침략의 위기를 느끼면 느낄수록 그 모든 원인이 우리나라가 일찍부터 '진보'하지 못하였기 때문이라는 인식에 도달하게 된다. 뿐만 아니라 구완서가 신학문을 '힘써' 하는 목적을 말하는 대목에서는 열강들의 침략

---

87) <혈의 누>, 전집1, 67쪽.
88) <혈의 누>, 전집1, 42쪽.
89) <혈의 누>, 전집1, 87-88쪽.

주의에 대한 동경과 갈망이 담겨져 있다.[90]

구완서를 통한 작가 이인직의 '진보'에 대한 동경은 다음과 같은 묘사에서도 드러난다.

사오층 되는 높은 집은 구름 속 하늘 밑에 닿은 듯한데[91]
여인숙 하인이 삼층집 제일 높은 방으로 인도하고 내려가니[92]
미국 화성돈에 어떠한 호텔에서는 옥년의 부녀와 구씨가 솥발같이 늘어앉아서 그렇듯 회회낙락 한데 세상이 고르지 못하여 조선 평양성 북문 안에 게딱지 같이 낮은 집에서 삼십 전부터 남편조차 없고 자녀 간에 혈육 없고-[93]

옥순이와 옥남이가 부산에 이르러서 경부철도를 타고 서울로 향하여 오는데 먼 산을 바라보고 소리 없는 눈물이 비 오듯 한다. 토피 벗은 저 산에 사태가 길길이 난 것을 보면 저 산의 토피를 누구들이 저렇게

---

90) 신학문에 대한 조급증은 일찍이 일본의 근대개혁운동의 이론가이자 명치유신의 정신적 지도자였던 후쿠자와 유키치(福澤諭吉)의 글에서도 나타난다. 후쿠자와는 일찍이 미·일 수호통상조약 1년후인 1860년 일본의 사절단 파견 때 동행하여 만 1년간 미국에 체류하면서 미국의 근대산업 발달과 근대적 사회제도에 큰 충격을 받았다. 그 1년 후(1862) 또 다시 1년간 유럽 순방길에 오르면서 한 중국인 상인이 영국군에게 말 한마디 못하고 쫓겨나는 광경을 목격하고 '국력의 차이'를 통감한다. 이로부터 후쿠자와는 구미 열강에 대한 위기의식과 함께 '동양수호'의 필연성을 제창하게 된다. 그 결과 그가 내린 결론이 바로 '부국강병'이었다. 이를 위한 첫 단계로 그는 일본의 '대개혁'단행과 각국의 제도를 배워야 한다는 것인데, 무엇보다도 당장에 시급한 것이 '인재 육성'에 혼신의 힘을 기울여야 한다고 보았던 것이다. 이에 대한 그의 의지는 조급증으로 나타나는데 그것이 곧 그의 글에서 몇 번이나 반복적으로 사용되는 '하루라도 빨리'라는 말이었다. 후쿠자와가 '부국강병' '문명개화'를 주창하는 글을 썼던 시기는 일본의 양이세력이 주도하는 사회로서 외국의 서적이나 유럽제도·문물을 논하는 자를 '매국노'라고 비판하던 시기였다 - 가와무라 신지 저, 『후쿠자와 유키치』(이혁재 역), 다락원, 2002, 129, 133, 149쪽 참조.
91) <혈의 누>, 전집 1, 68쪽.
92) <혈의 누>, 전집 1, 66쪽.
93) <혈의 누>, 전집 1, 89쪽.

몹시 벗겨 먹었누 하며 옛일 생각도 나고 , 저 산이 언제나 수목이 울창하
게 되고 하며 앞일 생각도 한다. 산 밑 들 가운데 길가에 게딱지 같이
납작한 집을 보면 저것도 사람 사는 집인가 싶은 마음이 난다. 옥순의
남매가 어렸을 때에 그런 것을 보고 자라났지마는 처음 보는 것 같이
기막히는 마음뿐이다.[94]

근대문명의 바람을 쐰 작가 이인직이나 소설속의 옥남이 남매의 눈에
는, 지상으로부터 높이 솟은 건물은 '문명'한 것으로, 게딱지같이 낮은
집은 '미개'한 것으로 인식된다. 이들이 우리나라의 낙후된 사회를 하루
빨리 근대화하여야 할 대상으로 보는 것은 오히려 자연스런 현상이며
순수한 애국적 감정의 표현일 수 있다. 왜냐하면 우물 안의 개구리처럼
내 나라 내 고장의 안에서만 살고 있을 동안에는 미처 깨달을 수 없었던
내 나라, 나 자신의 객관적인 모습을 문명한 나라에 가서 폭넓은 바깥
세계를 경험하고 돌아왔을 때에는 확연히 인식할 수 있기 때문이다. 신학
문을 배우자는 이유도 바로 이와 같은 근대적 인식능력의 계발에 있다고
할 수 있다.

다음의 예문은 바로 이러한 진화론적 시각을 극단적인 언어로 보여주
는 예라 할 수 있다.

구완서와 옥년이가 나이 어려서 외국에 간 사람들이라 조선사람이 이
렇게 야만되고 이렇게 용렬한 줄을 모르고(생략)제 나라 형편 모르고 외
국에 유학한 소년학생 의기에서 나오는 마음이라[95]

인용에서 '야만되고' '용렬한' 사람은 우리나라의 수구파 인사들에 대
한 작가의 진화론적 표현이다. 즉 서술자가 말하는 이러한 용어는 우리나

라의 봉건정부가 김옥균과 같은 변법파 개화당에게 가하였던 처사를 비추어 본다면 전혀 이해가 안 되는 것도 아니다. 일찍이 문호개방과 제도개혁을 역설하고 이를 구현하려던 김옥균은 역적의 이름으로 우리나라와 중국 정부의 공동 음모에 의해 암살당했고, 그것도 모자라서 '모반대역 죄인' 이라는 팻말과 함께 그의 시체는 우리나라의 양화진에서 또 한번 능지처참을 당하여 서울을 비롯한 여러 지역에 전시되었다.[96)]

그 지향하는 바가 순수한 애국적인 충성심에서 발동하였던 똑같은 변법주의자라 할지라도 정부와 사회가 진지하게 그의 주장을 수용하여 국가의 대개혁을 단행하였던 일본의 경우, 후쿠자와 유키치는 명치유신의 숨은 정신적 지도자로 추앙받았던 데 반하여 우리나라의 개화당이나 김옥균 등과 같은 이들은 봉건정부에 의해 감금당하거나 대역죄인으로 몰려 비극적인 생애를 마감해야 했다.

이처럼 일찍이 문명개화의 필요성을 역설하였던 젊은 선각자들에게 행한 우리나라 봉건정부의 처사는 천하의 대세에 역행하는 것이었다. 그 결과 자주적으로 근대개혁을 단행할 수 있었던 시간을 낭비해버리고 외세의 간섭에 의해 치욕적인 고종의 퇴위와 타율적인 근대개혁을 단행하여야 하는 지경에 이르렀던 것이다. 따라서 구완서가 신학문을 힘써하여 우리나라를 부강한 문명국을 만들고 주변 국가들을 병합할 수 있는 제국주의적 야심까지 품는 것을 보고 냉소하는 서술자의 목소리에는 우리나라의 역사 현실에 절망하는 작가의 진실이 담겨져 있다.

따라서 예문에서와 같은 서술자의 표현은 우리나라의 수구파 정치인들에 대한 강도 높은 비판의 목소리로 읽혀질 수 있다. 신소설 <은세계>에는 작가의 이러한 생각을 구체적 언어로 표출하고 있다.

그 신문에 기재한 제목은 한국 대개혁이라 하였는데 태황제 폐하 전위하시던 일이라. 옥순이가 그 신문을 다 본 후에 옥남이와 옥순이가 다시

---

96) 민태원 저,『김옥균 전기, 을유문고10, 1982,(초판 (1969), 16-18, 132 -134쪽 참조.

의논이 부산하다 (생략)

우리나라에서 수십 년 내로 개혁에 착수하던 사람들이 나라에 충성을 극진히 다 하였으나 우리나라 백성은 역적으로 알고, 적국 백성은 반대하고 원수같이 미워한 고로, 개혁당의 시조되는 김옥균 같은 충신도 자객의 암살을 면치 못하였고 그 후에 허다한 개혁당들도 낱낱이 역적 이름을 듣고 성공치 못하였는데 지금 이렇게 큰 개혁이 되었으니 네 생각에 앞일이 어찌 될 듯 하냐[97]

(옥남) 지금이라도 개혁만 잘 되면 몇 십 년 후에 회복될 도리가 있지요. 내가 이때까지 누님께 듣기 좋은 말만하고 조금도 걱정되는 일은 말하지 아니 하였더니 오늘 처음으로 내 마음에 있는 말을 다 하리다.

만일 우리나라가 칠십년 전에 개혁이 되어서 진보를 잘 하였더면 우리나라도 세계 일등 강국이 되어 해삼위에 아라사 사람이 저러한 근거지를 잡기 전에 우리나라가 먼저 착수하였을 것이오, 만일 오십년 전에 개혁이 되었더면 해삼위는 아라사 사람에게 양도하였으나 청국 만주는 우리나라 세력 범위 안에 들었을 것이오, 만일 삼십년 전에 개혁이 되었으면 우리나라 육·해군의 확장이 아직 일본만 못하나 또한 중등 강국은 되었을지라. 남으로 일본과 동맹국이 되고 북으로 아라사 세력이 벋어나오는 것을 틀어막고 서으로 청국의 내버리는 유리(遺利)를 취하여 장차 대륙에 전진의 길을 열어서 불과 기년에 또한 일등 강국을 기약하였을 것이오, 만일 이십년 전에 개혁이 되었으면 이십년 동안에 나라 힘이 크게 떨치지는 못하였더라도 인민의 교육정도와 생활의 길이 크게 열려서 국가의 독립하는 힘이 유여하였을 것이오, 만일 십년 전에 개혁이 되었을 지경이면 오호 만의(嗚呼晩矣)라. 나라 일 하기가 대단히 어려운 때이라. 비록 남의 힘을 빌지 아니 하고 내 힘으로 개혁을 하였더라도 백공천창(百孔千創)의 꿰매지 못할 일이 여러 가지라. 그러나 개혁한지 십년만 되었더라도 족히 국가를 보존할 기초가 생겼을 터이라. 그러한즉 우리나라의 (중략) 정치개혁을 아니 하고 도리어 나라 망할 짓만 하였으니 그런 원통한 일이 있소.

지금 우리나라 형편이 어떠하냐 할진대 말 한마디로 그 형편을 자세히

---

97) <은세계>, 전집3, 210-211쪽.

　　말하기 어려운지라. 가령 한 사람의 집으로 비유할진대 세간은 다 판이
나고 자식들은 다 난봉이라 누가 보든지 그 집은 꼭 망하게만 된 집이라.
비록 새 규모를 정하고 치산을 잘 할 도리를 하더라도 어느 세월에 남의
빚을 다 청장하고 어느 세월에 그 난봉된 자식들을 잘 가르쳐서[98]

　예문에서 옥남이가 보여주는 정치적 안목은 단순히 현실타협을 위한
변명으로만 읽혀지지는 않는다. 이것은 현실타협을 위한 변명이기 이전
에 우리나라가 처해진 역사 현실에 대한 객관적 분석인 동시에 뼈아픈
자기반성이라 할 수 있다. 예문에서 "한국 대개혁" 이라고 표현한 고종의
퇴위사건과 '정미 7조약'이 강제로 이루어진 뒤인 1908년의 역사적 상황
에서 볼 때, 옥남이가 통찰하고 있는 역사분석은 탁월한 경륜가(經綸家)
적 안목을 보여 주는 것이라 할만 하다.

　이와 같은 정치적 안목은 조선이라는 나라 안에서는 결코 객관적으로
드러날 수 없는 범 세계사적 역사 현실 안에 기초하고 있다고 할 수 있다.
이것은 물론 이인직이 일본에서 정치학을 공부하면서 습득한 것이었음
에 틀림이 없겠으나, 그렇다고 해서 예문에서 옥남이가 보여주는 역사분
석을 전적으로 일본제국주의자들의 입장에서만 역사를 이해하였다고 보
기는 어렵다. 그 보다는 오히려 나이 사십이 다 되어 일본에 유학 간
이인직 자신의 독자적인 역사분석의 표현으로 읽혀진다.

　문제는 이인직의 소설이 지향하고 있는 진화론적 근대주의와 우리나
라가 직면해 있는 역사적 모순의 관계에 있다. 가령, 똑같은 진화론적
입장에서 부국강병을 추구하였더라도 우리나라의 김옥균이나 중국의 강
유위, 그리고 일본의 후쿠자와 유키치의 경우에는, 그들이 진보의 필요성
을 주장하였을 때의 각 나라의 사정은 독립국가로서 존재하고 있을 때였
다. 그러므로 그들의 '문명개화'에의 지향성은 '부국강병'이라는 순수한

---

98) <은세계>, 전집3, 211-213쪽.

애국적인 의지로 받아들여질 수 있었다. 그러나 이인직의 경우, 우리나라의 사정은 이미 일본제국주의자들의 정치권력이 깊숙이 간여하고 있는 때였다.

이 때문에 이인직 소설의 지향성은 자칫 현실타협을 위한 변명으로밖에 들리지 않았던 것이다. 하지만 그렇다고 하더라도 이인직의 소설이 지향하는 '진보'에 대한 신념과 집착이 단순히 현실타협을 궁극적인 목적지로 생각하였다고 볼 수는 없다. 다만, 이인직이 볼 때 당시 우리나라의 형편으로는 당장의 국권회복은 불가능하다고 판단하였음을 알 수 있다. 그 때문에 그는 우리가 할 수 있는 최선의 길은 '하루 바삐' 진보하는 것 이외의 다른 길은 없다고 보았던 것이다. 이것이 바로 선(先) '진보', 후 '국권회복'이라는 준비론을 지향하게 된 이유라 할 수 있다.

이인직의 소설에 나타나는 이와 같은 진화론적 역사인식의 특징은 대체로 다음과 같은 세 가지로 나누어 볼 수 있다. 먼저, 약육강식과 적자생존의 논리에 따른 제국주의자들의 침략의 논리에 대하여 그것의 부당함이나 저항의식 보다는 오히려 진보에 대한 동경과 남보다 먼저 진보하지 못한 데 대한 자기반성의 태도를 보여준다는 점이다. 이와 같은 태도는 외세의 침략에 대한 비판의 화살을 상대에게 돌리지 않고 우리 자신에게 들이댐으로써 패배의 원인이 모두 우리에게 있다고 보는 약점을 노출하고 있다.

이러한 역사 인식은 우리를 패배하게 만들었던 그 '진보'에 대한 강한 지향성과 신념 그리고 조급증으로 나타난다는 점이다. 즉 '진보'만이 우리가 살아남을 수 있는 유일한 길이며, 우리 민족의 미래가 오로지 '진보'에 달려있다고 확신하는 것이 그것이다.[99]

---

99) 이 '진보'에 대한 강한 집착과 조급증은 중국이나 일본의 변법주의자들에게서도 동일하게 나타났던 양상이다. 즉 중국의 강유위는 자신의 글에서 ' 중국은 이제 진보하든가 아니면 망하든가 할 것' 이라고 말했던 사실과, 일본의 후쿠자와 유키치는 일찍이 미국(1860~1년간)과 유럽(1862~1년간) 순방의 결과 내린 결론이 곧 '부국

이것은 우리 민족이 결사 항전으로 맞선다 하더라도 현실적으로 우리의 역사를 되돌리기에는 때가 너무 늦었음을 인식하였기 때문이다. 이것이 이인직의 소설에서 비극과 분노의 언어로 형상화 하게 된 까닭이었다고 분석된다. 그리고 이러한 현실 판단은 이인직이 우리나라의 안팎에서 활동하면서 분석한 결과 얻어진 냉철한 이성적 판단이었다고 여겨진다.

이것은 당시 국권회복과 민족의 자존을 위해 맹렬하게 분투하고 있었던 다른 많은 민족주의자들과 대조적인 대응 방식이었다. 본 논문에서는 이와 같은 당시의 지식인과 민족주의자들이 보여준 다양한 현실 대응 방식에 대하여 단선적으로 옳고 그름을 평가하는 작업은 지향하고자 한다. 왜냐하면 그 시대에는 누구나 그 나름의 한계를 가지고 자신의 길을 선택하였기 때문이다. 오늘날의 객관적 차원에서 볼 때는 오히려 이인직의 역사인식과 판단이 당대의 모순을 해결하기 위한 최선의 방안이었다고 생각된다. 선(先)진보, 후(後)국권회복이라는 준비론적 근대지향 의식이었다.

3. 준비론적 근대의식

이인직 소설의 진화론적 세계인식이 궁극적으로 지향하는 바에 대하여 고찰하는 데는 보다 더 세심한 분석이 요구된다. 왜냐하면 그의 소설에서 보여주는 현실타협의 논리가 단순하게 반민족적 내지는 매판적인 것으로만 매도할 수는 없는, 일정한 진실성을 내포하고 있기 때문이다.

강병'이었다. 이를 위해 가장 시급한 것이 인재 육성이라고 보고 그 자신 인재육성에 혼신의 힘을 기울였던 장본인이다. 중국의 강유위나 우리나라의 김옥균, 이인직이 보여주는 '진보'에 대한 강한 집념은 바로 일본의 명치유신을 이끌어냈던 후쿠자와 유키치의 성공적인 사례에서 얻어진 것이라 할 수 있다. 페어뱅크·라이샤워·크레이그 공저, 앞의 책, 452쪽 참조. 가와무라 신지 저, 앞의 책, 107-133쪽 참조.

그 보다는 오히려 우리나라와 민족이 처해있는 역사 현실에 대한 진지한 통찰과 냉철한 이성적 판단에서 나오는 노련한 '경세가적' 안목을[100] 보여주는 것으로 읽혀지기 때문이다. 그러므로 여기에서는 이인직의 소설이 지향하는 친일적인 측면과 동시에 그에 못지않게 진지하게 논의되고 있는 준비론적 민족의식의 측면에도 주목하고자 한다.

이인직의 소설에 대한 지금까지의 연구들에서 적지 않은 논문들이, 이인직 소설이 지니고 있는 친일의 논리에 관심이 편중되어 있어서 그 논리 속에 내포되어 있는 준비론적인 민족의식과 역사적 진실성을 간과하여 왔거나 혹은 고의적으로 그러한 측면을 무시하는 경향이 없지 않았다. 물론 그렇게 된 데에는 이인직의 소설에서 특징적으로 나타나는 미학적 또는 이데올로기적인 이중성에서 기인한다는 점을 본 논문에서 주목하여 왔다. 그러나 당시의 우리나라가 직면해 있던 역사적 상황을 엄밀히 따져 본다면, 이인직의 소설에서 보여주는 친일의 논리가 단순하게 일본 제국주의자들의 입장만을 대변하기 위한 것이 아니라는 것을 발견할 수 있다.

다시 말해서 이인직의 소설에서 두드러지게 나타나는 친일의 논리가 당시 우리나라의 역사적 상황이 일본의 침략행위에 대하여 저항하였다면 국권 회복의 가능성이 충분히 있었음에도 불구하고 이완용을 위시한 친일개화파가 개인들의 명예욕이나 권력욕에 눈이 어두워 친일의 길로 들어섰다거나 친일의 논리를 폈다고는 생각되지 않기 때문이다. 오히려 그 보다는, 봉건적 선비의 지조나 민족적 자존심이라는 대의명분을 앞세워 당장 실현 불가능한 국권회복의 투쟁보다는 국가와 민족이 직면하게 된 식민지적 현실을 사실로 인정하고 현실적으로 무엇을 하는 것이 국가와 민족에게 최대의 이익을 가져올 것인가를 생각하는 냉철한 계산이 내포되어 있는 것을 볼 수 있다.

---

100) 이상경, 「이인직 소설의 근대성 연구」, 같은 책, 153쪽.

이와 같은 통찰력이 두드러지게 나타나는 작품이 <은세계>이다. 그것
은 옥남이가 의병들에게 둘러싸여 연설하는 장면에서 특징적으로 드러
나는데, 이때 그가 보여주는 역사인식과 현실 대응태도는 미국에서 유학
하고 돌아온 근대적 지식인의 면모가 유감없이 나타나 있다.

옥남이가 천연히 나서더니 일장연설을 한다.
여보시오 우리 동포 들어 보시오. 나는 동포를 위하여 공변되게 하는
말이니 여러분이 평심서기하고 자세히 들으시오. 의병도 우리나라 백성
이요 나도 우리나라 백성이라. 피차에 나라 위하고 싶은 마음은 일반이나
지식이 다르면 하는 일이 다른 법이라. 이제 여러분 동포께서 의병을
일으켜서 죽기를 헤아리지 아니하고 하시는 일이 나라에 이롭고자 하여
하시는 일이요 나라에 해를 끼치려는 일이오. 말씀 좀 하여 주시오.
내가 동포를 위하여 그 자세히 말하면 여러분의 마음과 같지 못한 일이
있어서 나를 죽이실 터이나, 그러나 내가 그 이해를 알면서 말을 아니
하면 여러분 동포가 화를 면치 못할 뿐 아니라 국가에 큰 해를 끼칠 터이
니, 차라리 내 한 몸이 죽을 지라도 여러분 동호가 목전의 화를 면하고
국가진보에 큰 방해가 없도록 충고하는 일이 옳은 터이라. (생략)
여러분 동포가 의리를 잘못 잡고 생각이 그릇 들어서 요순 같은 황제
폐하 칙령을 거스리고 흉기를 가지고 산야로 출몰하며 인민의 재산을
강탈하다가, 수비대 일병 사오십 명만 만나면 수십명 의병이 더 당하지
못하고 패하여 달아나거나 그렇지 않으면 사망 무수하니, 동포의 하는
일은 국민의 생명만 없애고 국가 행정상에 해만 끼치는 일이라. 무엇을
취하여 이런 일을 하시오.
또 동포의 마음에 국권을 잃은 것을 분하게 여긴다 하니, 진실로 분한
마음이 있을진대 먼저 국권 잃은 근본을 살펴보고 장차 국권이 회복될 일을
하는 것이 옳은 일이라. 우리나라 수십 년 내 학정을 생각하면 이 백성의
생명이 이만치 남은 것이 뜻밖이오, 이 나라가 멸망의 화를 면한 것이 그런
다행한 일이 없소. (생략) 세상에 학정같이 무서운 것이 없습디다. (생략)
그러한 정치에 나라가 어찌 부지하며 백성이 어찌 부지하겠소. 그렇게
결단된 나라를 황제 폐하께서 등극하시면서 덕을 헤아리시고 힘을 헤아리

서서 나라 힘에 미쳐 갈만한 일은 일신개혁 하시니 중앙정부에는 매관매작하던 악습이 없어지고 지방에는 잔학생령 하던 관리가 낱낱이 면관이 되니 융희 원년 이후로 황제 폐하께서 백성에게 학정하신 일이 무엇이오.
　여보 동포들 들어 보시오. 우리나라 국권을 회복할 생각이 있거든 황제 폐하 통치하에서 부지런히 벌어먹고 자식이나 잘 가르쳐서 국민의 지식이 진보될 도리만 하시오. 지금 우리나라에 국리민복(國利民福) 될 일은 그만할 일이 다시없소.
　나는 오늘 개혁하신 황제 폐하의 만세나 부르고 국민 동포의 만세나 부르고 죽겠소.[101]

예문에서 알 수 있듯이 당시 우리 민족이 처해 있는 역사적 현실에 대하여 인식하거나 대응하는 방식에 있어서 의병들과 해외유학을 마치고 돌아온 근대적 지식인들 간에 그 인식의 차이가 얼마나 큰가를 알 수 있다.

안타까운 것은 우리나라가 외세와의 관계에 있어서 일찍이 '강화도조약(1876)'이래 1907년 '정미 7조약'에 이르도록 개화와 반개화라는 기나긴 갈등의 시간을 낭비한 끝에, 일본에게 반(半) 식민지적 상황으로까지 내몰리게 되었는데, 그러한 상황 하에서도 여전히 민족내부의 정신적 합일을 이루지 못하고 서로 반목하고 있었다는 사실이다. 이른바 의병들이 주장하는 반외세의 정신과 국권회복이라는 대의명분은 진실로 고결한 것이지만 예문에서 옥남이가 지적하고 있는 바와 같이, 그러한 투쟁과 운동이 실효성을 거두기에는 현실적으로 때가 너무 늦었음을 인정할 줄 아는 것도 필요하다고 본다. 보는 각도에 따라서는, 현실적으로 실현 불가능한 대의명분 보다 옥남이의 그것이 훨씬 더 진보한 이성적 판단으로 이해될 수 있다.

역사 현실에 대한 이와 같은 통찰력은 엄밀히 말해서 친일의식과는

---

101) <은세계>, 전집3, 221-224쪽.

별개의 문제이다. 이것은 우리 민족의 비장하고 위대했던 역사적 사건이 이를 이미 증명하고 있지 않은가.[102] 그러므로 예문에서 옥남이가 지적하고 있는 것처럼, 우리 국민이 목숨을 걸고 전국에서 의병을 일으켰지만 그 결과는 가공할 근대무기를 가진 일본군에게 대패하였고 , 그 이후에도 번번이 "수비대 일병 사오십 명만 만나면 "패하여 달아나거나 목숨만 잃을 뿐 국권회복의 꿈은 불가능한 시점에 와 있었던 것이 객관적 사실이라 할 수 있다. 그런 의미에서 "국민의 생명만 없애고 국가 진보에 방해가 될 뿐"이라는 옥남이의 말은 '현실적으로 무엇이 실리적인지를 민첩하게 파악한' 합리적 지식인의 면모가 드러나는 대목이다.[103]

따라서 패배라는 결말이 뻔히 보이는데도 민족적 자존심과 울분의 감정 때문에 같은 일을 반복한다는 것은, 옥남이와 같은 근대적 지식인의 시각에서는 볼 때는 별로 현명한 처사라고 볼 수는 없었을 것이다. 그보다는 오히려 "국권을 잃은 것을" 진실로 분하게 여긴다면 "먼저 국권 잃은 근본을 살펴보고 장차 국권이 회복될 일을 하는 것이 옳은 일" 이며 이성적인 행동이라고 할 수 있다.

여기서 우리는 옥남이의 이러한 논리를 과연 이성적 판단을 가정한 친일의 논리에 불과한 것이라고 볼 것인가, 아니면 진정으로 애국적이고 민족주의적인 성찰에서 이끌어낸 최선의 방안인가를 한번 짚어 보아야 할 것 같다. 사실, 순전한 친일의 논리라고 보기에는 옥남이의 연설이

---

102) 1894년 10월의 동학농민운동은 그 혁명의 성공을 눈앞에 두고 외세의 개입에 의해 자주적 근대국가의 꿈이 좌절되고 말았던 역사적 대사건이었다. 바로 그 좌절의 결정적인 요인은 맨 손의 농민군과 소수이지만 가공할 근대무기를 가진 일본군과의 대결이었다. 이로써 "동학농민운동을 에워싼 국제 정세는 농민들의 숱한 유혈 (流血)에도 불구하고 그들의 목적을 좌절시켰을 뿐만 아니라, 아이러니컬하게도 궁지에 빠진 일본 정부를 구출해냈으며, 청일전쟁을 촉발시켰거니와 개전의 도화 선이 된 것은 이른바 내정개혁 문제였다."-『한국문화사신론』, 중앙학술연구원 편, 중앙대학교 출판국, 1981, 234-235쪽 참조.
103) 김윤식, 같은 논문, 30쪽.

우리 민족의 문제점을 너무나 예리하게 지적하고 있는 것을 인정하지 않을 수 없다. 오히려 문제는 다른 데 있다. 그것은 옥남이가 제안하고 있는 준비론적 근대지향을 일본제국주의자들도 바라고 있었다는 점이다. 바로 이것이 옥남이의 근대지향의 논리를 이중적인 것으로 만드는 요인이라고 할 수 있다.

당대의 시점에서 우리 민족이 나아가야 할 최선의 방안이 준비론적 근대지향이라 할 때, 그것이 일본제국주의자들이 바라는 바와 일치한다는 것은 무엇을 의미하는가. 그것은 일본의 우리나라 내정간섭을 현실적으로 인정하는 것이다. 사실상 일본의 우리나라 내정간섭이 명백히 부당한 것이었음에도 불구하고 당시의 국제 정세는 우리나라의 독립보다는 일본제국주의자들의 손을 들어주었기 때문에, 우리로서는 후(後) 국권회복, 선(先)진보의 방안을 지향하지 않을 수 없었던 것을 뜻한다. 이로써 신소설 작가 이인직의 '준비론적 근대지향의식의 논리'가 성립되는 셈이다.

마지막으로 우리가 주목해야 할 것은, 이인직 소설의 '준비론'이 과연 어디까지가 민족주의적인 것이고 어디서부터가 친일적인 것인지 그 경계가 모호하다는 점이다. <은세계>에서 옥남이가 주장하는 '준비론의 논리'가 일정한 객관적 타당성을 인정받을 수 있는 것이었다면, <치악산>에서 홍철식이가 드러내는 '근대의식의 논리'에는 명백히 민족적 명분을 벗어난, 사뭇 그 사상이 의심스러운 양상을 드러내고 있기 때문이다. 따라서 '준비론의 의식' 속에는 불가피하게 '친일의식' 이 내재해 있음을 뜻한다.

이와 같은 의심쩍은 점은 이미 <은세계>의 옥남이에게서 나타났었다. 즉, "수십 년 내 학정을 생각하면", "이 나라가 멸망의 화를 면한 것이 그런 다행한 일이 없소" 라든가, "국권을 회복할 생각이 있거든 황제 폐하 통치하에서 부지런히 벌어먹고 자식이나 잘 가르쳐서 국민의 지식이 회복될 도리만 하시오" 라고 하는 어조가 그것이다.

그러나 옥남이의 이러한 말에는 역사와 현실을 판단하는 근대적 지식인의 세계사적 안목과 이성적 현실주의자의 논리가 일정한 설득력을 내포한 것이었다면, <치악산>의 홍철식이가 보여주는 근대지향 의식에서는 철저한 '식민주의자의 관료'104)의식으로 변모되어 있는 것을 볼 수 있다.

내가 외국에 가서 공부를 하더라도(생략)부모도 없고 동생도 없고 아내도 없고 미실미가한 단독일신 같이 마음을 먹고(생략)몇 해가 되던지 편지 한 장 아니 부칠 터이니 그리 알고 마누라도 내게 편지 부칠 생각을 마오. 옛적에 오기란 사람은 노나라에 가서 증자의 가르침을 받아서 공부를 하다가 그 모친이 죽어도 문상도 아니 하고 공부만 하니 증자가 오기를 끊으셨고, 그 후에 노나라에서 벼슬 할 때에 노나라에서 제나라를 치고자 하여 오기로 장수를 삼고 싶으나 오기의 아내는 제나라 여편네라 노나라 사람이 오기를 의심하니 오기가 그 아내를 죽이고 장수되기를 구하여 제나라를 쳐서 크게 공을 이루었으니, 어진 도덕으로 말 할진대 오기를 옳다할 수 없으나 나는 오기를 배울지언정 증자를 배울 마음이 없소.

우리나라 사람들이 제 몸과 제 부모, 제 처자 제 집 제 재물만 중히 여기고 제 나라는 망하든지 흥하든지 모르는 사람들이라 제 손으로 제 발등 찍듯이 우리나라 사람이 우리나라를 망하여 놓고 분하니 절통하니 남에게 천대 받기가 싫으니 먹고 살 도리가 없나니 하면서 저물도록 하는 것은 나라 망할 짓만 하니 그렇게 미련한 일이 있소. 나는 하늘같이 중한 부모의 은혜를 저버리고 바다같이 깊이 정든 아내를 잊고 만리 타국에 가서 공부하려 하는 것은 나라를 위하는 생각에서 나온 마음이요105)

우선 홍철식이가 인용하는 '오기의 고사' 에는 두 가지 의도가 드러난다. 즉, 공부하는 동안 가족과 일체 연락을 끊고 공부만 하겠다는 굳은

---

104) 김윤식, 위의 책, 41쪽.
105) <치악산>, 전집2, 26-27쪽.

각오가 그 하나이고, 다른 하나는 오기가 노나라에 가서 공부하려는 목적이 노나라에서 벼슬을 하는 것에 있음을 밝히는 것이다. 이것은 홍철식이가 일본의 식민체제하의 관리노릇을 지향하고 있음을 드러낸다. 그런데 이러한 목적의식이 "나라를 위하는 생각에서 나온 마음" 이라면, '오기'가 자신의 아내를 죽이면서까지 노나라에 충성을 바쳤던, 바로 그 '오기'를 홍철식이 배우겠다는 말은 누구에게 들으라고 하는 맹세인지 사뭇 의심스럽다. 바로 여기에 이인직의 준비론이 갖는 이중성이 도사리고 있는 것이다.

홍철식의 이와 같은 현실대응 태도는 식민체제를 인정하지 않고 체제의 아웃사이더로서 살기 보다는 적극적으로 식민체제의 국가 행정직에 우리 민족이 많이 참여하는 것이 오히려 국가 진보에 이익이 된다는 믿음을 보여 준 것이다. 이것이 이인직 소설이 지향하는 준비론의 친일적 측면이라 하겠다.

이인직이 친일적인 또는 준비론적인 근대주의자가 될 수밖에 없었던 것은 이인직 개인의 '민첩한' 성향에도 한 원인이 있겠으나, 그 보다는 우리나라의 당대적 현실조건으로는 국권회복이 불가능했던 역사적 상황에 근본적인 원인이 있었다고 본다. 이것은 그의 소설에서 작가가 처해있는 개인적인 환경, 즉 일본세력과 우리 민족과의 사이에서 자신이 지향하는 진보와 민족으로서의 아픔이 끊임없이 상호 갈등하고 있는 데서 잘 나타나고 있다.

그런 의미에서 보면, 신소설 작가 이인직 자신도 우리 민족의 한 사람으로서 역사의 희생자에 다름 아니다. 생각해 보면, 이인직인들 우리나라가 자주적인 문명개화를 통해 부국강병을 이루는 것을 왜 바라지 않았겠는가. <은세계>에서 옥남이와 의병들이 동일하게 국가와 민족을 위해 하는 일이지만 서로 역사를 이해하고 판단하는 방법이 다름으로 인하여 상반된 지향성을 보여주고 있는 것도 같은 맥락에서 이해할 수 있다.

즉 이인직의 소설은 그 나름의 역사에 대한 진지한 고뇌와 민족적 아픔을 담고 있으며 그 결과 '당대적 현실 조건 속에서 가장 실리적이고'[106] 실현가능한 최선의 방안으로서 준비론을 지향점으로 제시한 것으로 파악된다.

우리 민족이 나아갈 방향으로서 '준비론'의 주장은 일찍이 이인직의 소설에서 객관적 언어로 구현된 이래, 멀리로는 1910년 - 20년대에 우리나라 애국지사들에 의해서 '실력양성론' 또는 '준비론'의 지향성이 표면화되었다. 이러한 실력양성론의 주장은 친일주의자 이완용과 일본 제국주의자들에 의해서도 주장되었다.[107] 이것은 이인직의 준비론이 민족주의와 친일의 양면성을 지니는 것임을 말해주는 단적인 증거인 동시에 우리 민족이 다른 선택의 여지가 없었기 때문에 선택한 것이었음을 증명한다. 그리고 이것은, 이인직 소설의 지향성이 우리 민족의 누구보다도 먼저 역사 현실을 냉철하게 파악하였던 데서 나온 이성적 판단이었음을 증명하는 것이다.[108]

4. 객관적 언어의 특징

<혈의 누>의 이데올로기는 일제의 조선 침략상을 생생한 미학적 언어로 증명하고 있다는 데 있다. 일제가 우리 국가와 민족을 어떻게 유린하고 마침내 1905년 이후와 같은 반 식민지로 전락시켰는가를 서술자나

---

106) 김윤식, 같은 책, 30쪽.
107) 한점돌, 『한국근대소설의 정신사적 이해』, 국학자료원, 1993. 70-78쪽.
108) 1910년 - 20년대에 신채호, 안창호, 양기탁 등과 같은 애국지사들도 개화기의 우리 나라가 독립을 유지할 수 없었던 이유가 실력(문명)이 없었기 때문임을 인식하게 되었다. 이들은 나라가 독립을 유지하려면 힘이 있어야 하며, 그 힘은 곧 문명에서 나온다는 것을 '뼈저리게 느꼈'다. 그 결과 독립은 곧 실력이요, 그것은 곧 문명개화로 인식되기에 이르렀다. - 한점돌, 같은 책, 73-77쪽 참조.

작중인물의 직접적인 말보다 문학적 형상화를 통해 적나라하게 고발하고 있는 것이다. 즉 조선이 일제의 식민지가 되는 최초의 역사적인 과정이 담겨져 있는 셈이다. 한편 서술자의 언어는 이러한 미학적 의도를 일제로부터 은폐하기 위해 끊임없이 일제라는 '타자'를 변호하는 태도를 드러낸다. 이렇게 하여 이 소설의 이데올로기는 단일한 것이 아니라 다중성을 드러낸다. 하지만 이 정치적인 서술자의 언어만을 걷어내고 보면, 작중의 세계와 인물들은 일제의 만행에 유린당하고 있는 우리 민족의 적나라한 모습이 드러난다. 요컨대 이 소설의 이데올로기는 일제가 우리나라를 식민지로 삼기 위해 침략한 현장을 고발하고, 그것이 우리나라와 민족이 처해있는 현실적 토대임을 객관적 언어로 각인시키는 데 있었다.

동시에 그것은 우리 민족의 현재적 상황에 대한 비감과 허무의식도 포함하고 있다. 김관일과 구완서의 꿈이 아무리 장대하다 한들 이룰 수 없는 꿈일 뿐이었다. 그것을 소설의 마지막 장면에서 상징적 언어로 보여주었듯이, 이 땅은 이미 일제가 전쟁이라는 폭력으로써 장악해버린 뒤였기 때문이다. 이 소설에서 역사의 현장을 비극적으로 보는 것은 왜 우리 민족은 일제로부터 침략을 당하게 될 때까지 진작 진보하지 못하였는가, 라는 진화론적 세계인식과 민족주의적 본능의 표출이었다고 본다.

이 진화론적 세계인식과 민족주의적 본능은 이 땅에 비극적인 상황을 초래한 봉건지배층에게 비판의 화살을 돌린다. 특히 하층민을 대변하는 막동이의 냉담한 반응은 시사하는 바가 크다고 하겠다. 그는 조선의 패망을 양반의 패망으로 인식하고 있었다. 이것은 이 나라에 새로운 근대국가의 체제가 요구되는 시점임을 암시하는 동시에 그것의 전망이 일제의 식민지 점령으로 막혀있는 민족의 역사적 모순을 상징적으로 보여주는 것이었다.

<혈의 누>로부터 신소설의 창작이 시작된 이인직의 모든 소설은 반식민지적 상황에 놓여진 우리의 현실을 지속적으로 응시한다. 그것은

봉건지배층에 대한 강한 부정을 나타내는 데서 드러난다. 왜 조선이 일본에게 패망했는가. 그것은 진보하지 못하였기 때문이다. 국제 정세는 사회진화론이라는 사상이 인간을 지배하고, 그 진보와 근대문명을 앞세워 아시아를 식민지로 삼으려는 열강들의 치열한 쟁탈전이 벌어지고 있는 때에, 조선의 양반들은 세상 밖의 일은 까마득히 모른 채 구습에 안주하여 자연도태 되어가고 있었기 때문이었다.[109]

사실상 이인직의 모든 소설에 나타나는 핵심적인 이데올로기는 바로 이와 같은 양반지배층을 부정하는 데 있었다고 할 수 있다. <귀의 성>에서 강동지의 가정이 패가하고, <은세계>에서 최병도의 가정이 패가하는 것은 모두 양반지배층의 가렴주구와 학정 때문이었다. <치악산>의 이판서는 시대의 변화를 받아들임으로써 세력을 얻는데 반하여 완고의 홍참의는 시대의 변화를 거부함으로써 스스로 도태되어가는 인물이다. 요컨대 이인직의 소설에서 봉건지배층이 하는 일이란 백성의 재물과 어여쁜 딸을 빼앗고, 마침내 외세를 이 땅에 불러들여 패망을 자초하는 일이었다. 이것이 이인직의 소설이 내세우는 봉건지배층을 증오하는 이유였다.

따라서 조선은 백성이 살 수 없는 나라였다. <귀의 성>에서 평민 강동지는 조선땅을 떠나고, <은세계>에서 백성들은 '이런 놈의 세상은 얼른 망하기나 하였으면 좋겠'다고 저주한다. 한 가정에 첩실과 조강지처가 죽어나가도 양반 가부장은 건재하다 - <귀의 성>. 무죄한 백성은 봉건관

---

109) 「우리나라 사람들이 제 몸만 위하고 제 욕심만 채우려고 남은 죽든지 살든지 나라가 망하든지 흥하든지 제 벼슬만 잘하여 제 살만 찌우면 제일로 아는 사람들이라. 평안도 백성은 염라대왕이 둘이라. 하나는 황천에 있고 하나는 평양 선화당에 앉아 있는 감사이라」- <혈의 누>, 전집1, 14쪽 - 이와 거의 동일한 내용이 <혈의 누>에서 구완서가 두 차례, 김관일이 한 차례, <치악산>에서 홍철식이가 한 차례, 이렇게 반복하여 나라를 망해먹은 양반지배층을 비판한다. - <혈의 누>, 전집1, 14, 67, 74쪽. <치악산>, 전집2, 27쪽. - <은세 계>는 이것을 형상적 언어로 구체화한 작품이다.

리의 손에 죽어나간다. - <은세계>. 노비나 하층민은 양반의 손에 목숨
을 내어놓고 산다. 이것은 부패한 양반의 나라에 대한 부정이다. 말하자
면 양반은 민중의 적이나 다름없는 존재였다. 이것이 바로 새로운 근대국
가 체제가 요청되는 이유이다. 동시에 이것 은 이인직 소설의 민족주의와
친일의식의 경계지점이기도 하다.

그것을 문학적으로 구체화한 것이 <은세계>이다. 이 작품의 텍스트
내적 세계에 일제가 표면에 드러나지는 않지만 조선이 패망한 자리에는
일제가 있었다. 이러한 현실적 토대 위에서 우리의 역사가 요구하는 근대
문명과 정치개혁은 과연 어떻게 이루어질 수 있을 것인가. 이 진퇴양난의
상황에서 <은세계>의 이데올로기는 식민지적 현실을 '진보'를 위한 토
대로 삼자는 것이었다. 이 부분에 대하여 민족 주체성의 관점에서 말한다
면 자주독립의 포기이며 일제에의 투항을 의미한다. 말하자면 이것은
'개화파와 민중과의 연합'110)이 아니라 유감스럽게도 민족의식과 식민주
의의 '변증법적 연합'111)이었다고 할 수 있다.

작가 이인직이 볼 때, 1905년 이후의 역사적 조건하에서 우리 민족에게
가장 시급한 것은 당대로서는 현실적으로 실현 불가능한 국권회복운동
이 아니라 먼저 '진보'하는 것이었다. 이것은 섬나라 일본이 청국과 러시
아와 같은 대륙의 국가들과 싸워서 승리할 수 있었던 것은 가공할 만한
근대적 무기와 함께 동아시아에서 가장 먼저 개명진보 하였기 때문이라
는 역사인식 때문이었다. 이러한 역사적 사실이 이인직으로 하여금 '진

---

110) 「만약에 개화운동과 농민군이 연합하고 서로 힘을 결속할 수 있었더라면 구한말의
　　　역사는 크게 달라졌을는지도 모른다.」- 송건호, 「개항과 민족운동의 전개」,『한국민
　　　족주의의 탐구』, 한길사, 1977. 95쪽.
111) 「식민사회란 (생략) 한편에서는 식민지적 약탈구조를 정당화하기 위한 이데올로기
　　　적 상부구조가 하부구조를 통제하고, 다른 한편에서는 식민체제를 청산하기 위한
　　　저항적 민족주의의 이념이 식민지적 상부구조에 대항하 면서 아울러 토대적 현실
　　　에도 작용하는 이중성을 드러내고 있던 왜곡된 사회였기 때문이다.」- 한점돌, 같은
　　　책, 50쪽.

보'의 숭배자로 만들었다고 할 수 있다. 이 진보에 대한 숭배는 당시 세계적으로 유행하였던 진화론적인 사상으로부터 발전되어 온 것으로, 서구 열강은 물론 일본 제국주의자들의 침략행위를 정당화시키는 논리로부터 나온 것이었다. 그것의 핵심은 강한 힘에 대한 동경이었다.[112] 이러한 생존경쟁의 세계에서는 가장 강하고 환경적응을 잘 할 수 있는 자만이 살아남는다는 것인데,[113]이를 위한 최선의 방책은 '진화' 즉 '진보'하는 것뿐이라는 인식이었다.

이인직의 신소설은 바로 이와 같은 진화론적 사상의 토대 위에서 세계를 인식하였기 때문에[114] 일제의 침략을 당하는 입장에서도 그 책임을 일제에게 묻는 것이 아니라 우리가 강하지 못한 탓으로 인식하였고, 우리가 먼저 진보하지 못한 탓으로 인식하였다. 봉건지배층을 맹렬히 비판하고 증오하였던 이유도 그들이 우리의 자주적 진보를 가로막았던 데 있었다. 이와 같은 진화론적 역사인식이 선(先)진보, 후(後)독립을 지향하는 토대가 되었다. 이것은 어디까지나 역사적 토대를 근거로 하여 각성되었기 때문에 이인직 소설의 준비론은 작가의 친일적인 인간관계나 출세를 위한 편협한 관념에서라기보다는, '진보'에 대한 확신과 국제정세에 대한 통찰의 결과에서 얻어진, 근대 합리주의적인 판단에서 얻어진 결과라고 판단된다.[115]

---

112) 진화이론은 생존경쟁과 적자생존을 자연의 법칙으로 받아들이기 때문에, 인구와 종족이 늘어남에 따라 생존을 위해 경쟁하여야 하며 또 파괴당해야 하는 것도 당연한 것으로 이해하게 된다. 이것이 바로 자연도태와 적자생존의 원리이다. - 다아윈, 『종의 기원』(박동현 역), 동서문화사, 1978. 93쪽.

113) 이장현 외, 『사회학의 이해』, 법문사, 1987, 357 쪽.

114) 社會와 社會的生活結果의 上에 進化論을 應用하여 社會的團體로서 攻空의 對象을 삼는 것은 重要한 바니 (중략) 一團體의 諸成員이 各히 自衛함을 隋하여 一團體와 一團體가 競爭이 有하느니라. 蓋職能은 內部의 暌離와 外部의 攻擊에 대하여 臣民을 保護하는 바라. 此와 如히 一切의 社會的制度는 善惡의 各種人을 一社會的團體에 結合한 것인데 其團體는 相適한 競爭者와 競爭하는 一團位라」- 이인직, 《소년한반도》 에 실린 논설 <사회학(속)>에서 - 다지리 히로유끼, 같은 논문, 20쪽, 재인용.

이와 같은 이인직 소설의 '준비론'은, 목숨을 바쳐서라도 우리나라를 끝까지 붙들려는 애국투사들의 치열한 민족정신이나 가치관과는 분명히 다른 것이었지만, 개인적인 이해관계 때문에 식민지적 현실과 타협하자는 것은 아니었다고 본다.[116)]또 이와 같은 결단을 내리기까지에는 국제정세와 역사 현실에 대한 진지한 성찰과 민족적 분노와 아픔을 토로하였으며, 그러한 역사적 토대 위에서 실현 가능한 최선의 방책이 준비론이었다고 판단된다. 이것은, 우리 민족의 누구보다도 먼저 국제정세와 역사 현실을 냉철하게 통찰한 데서 나온 이성적 판단이었다고 본다.

---

115) 일제가 우리나라를 점령해 있었던 그 왜곡된 현실에서는 우리 민족이 어떻게 처신하고 대응하는 것이 국가와 민족을 위한 최선의 방책이었는지에 대한 정답은 사실상 없었다고 보아야 한다. 당시의 봉건지식인이나 민중들, 그리고 의병들과 애국계몽운동가들, 민족주의자들, 친일개화파들, 그 누구에 대해서도 옳다 그르다는 이분법적 가치평가는 오히려 우리 역사와 민족의 진실을 왜곡할 소지가 많다. 왜냐하면, 그들은 또 그들 나름대로의 대의명분과 가치관에 따라, 그리고 이인직과 같은 근대적 지식인들은 또 그들 나름대로의 합리주의 내지 실용주의적 세계인식에 따라, 진지하게 우리 민족이 처한 현실에 대하여 고뇌하고 분노하면서 저마다의 양심과 신념을 가지고 최선의 방책으로 대처하였던 사실을 있는 그대로의 진실로 바라보자는 것이 본 논문의 기본 관점이다.

116) 「만일 십 년 전에 개혁이 되었을 지경이면 오호 만의(嗚呼 晩矣)라. 나라 일하기가 대단히 어려운 때이라. 비록 남의 힘을 빌지 아니하고 내 힘으로 개혁을 하였더라도 백공천창(百孔千創)의 꿰매지 못할 일이 여러 가지라. 그러나 개혁한 지 십년만 되었더라도 족히 국가를 보존할 기초가 생겼을 터이라. 그러한즉 우리나라의 개혁만이 (중략) 정치개혁은 아니하고 도리어 나라 망할 짓만 하였으니 그런 원통한 일이 있소.
지금 우리나라 형편이 어떠하냐 할진대 말 한 마디로 그 형편을 자세히 말하기 어려운지라. 가령 한 사람의 집으로 비유할진대 세간은 다 판이 나고 자식들은 다 난봉이라. 누가 보던지 그 집은 꼭 망하게만 된 집이라. 비록 새 규모를 정하고 치산을 잘 할 도리를 하더라도 어느 세월에 남의 빚을 다 청장(淸帳)하고 어느 세월에 그 난봉된 자식들을 잘 가르쳐서 (중략) 지각이 들어서 집안에 유익자식이 되도록 하기가 썩 어려울지라. 우리나라의 지금 형편이 이러한 터이라」 - <은세계>, 전집 3, 212-213쪽.

Ⅴ. 창작주체의 내적 울림
-단성적 언어-

단성적 언어란, 작중의 인물이나 서술자의 언어가 내적으로 대립하는 타자와의 역동적인 상호작용이 없이, 단일한 의식이나 이데올로기를 드러내는 화법 즉 독백적 화법을 말한다. 이때 독백적 화법이란, 우리가 흔히 희곡에서 사용하는 독백의 의미와는 구별되는 개념이다. 여기서 사용하는 독백의 개념은 발화자의 의식상에서 일어나는 상황인데, 가령 대화적 언어를 수행하는 순간의 의식의 주체는 자신의 이데올로기와 대립하는 또 다른 의식의 주체인 타자를 의식하는 데 반하여 독백적 언어를 수행하는 의식의 주체는 그것에 대립하는 타자를 전혀 의식하지 않는다는 것이다. 다시 말해서 내적 타자를 향한 의식이 닫혀있는 상태에서 자신의 이야기만을 일방적으로 전달하는 것을 일컫는 개념이다.[1]

이인직의 신소설에 있어서 단성적인 언어는 작중인물들의 언어에서 두드러지게 나타나는 양상이다. 이것은 텍스트 내적 세계와 텍스트 외적 대상에 대한 서술자의 이중적인 서술태도에서 기인한다. 서술자가 텍스트의 서사 내용을 전달하는 대상인 독자에 대하여는 민주적인 태도인데 반하여 자신의 서술의 대상인 작중인물에 대하여는 지극히 권위적이고 독재적인 태도를 취하기 때문이다. 이러한 서술태도 때문에 작중인물들의 의식은 서술자의 절대적 관점에 의해 통제되고 이들의 자율성은 권위

---

[1] "전통적인 문체학이 이해하고 있듯이, 직접적인 말은 대상만을 향하고 있음으로 해서, 대상 자체의 저항(말이 구명하지 않은 대상의 말해지지 않은 무궁무진성)에만 관여하며, 대상에 이르는 과정에서 낯선 말의 본질적이고 다양한 반작용에 관계하지 않는다. 아무도 이 말을 어지럽히거나 의심하지 않는다." ─ 미하일 M. 바흐찐,『바흐찐의 소설미학』(이득재 역), 열린책들, 1988. 116-117쪽.

적인 서술자의 금지와 검열에 의해 존재할 여지가 없다. 그러므로 작중인
물들의 언어에서 대화적인 요소는 내적인 대화 양식이 아닌 외연적인
대화의 양식으로 나타난다. 다시 말하자면 작중인물들의 언어는 서술자
의 언어와 대등한 관계가 아니라 서술자의 언어에 종속되어 있는 단성적
인 언어라 할 수 있다.

이와 같은 단성적 언어에서는 작중인물들의 의식이 독자에게는 물론
창작의 주체인 서술자를 향해서도 폐쇄적으로 나타난다. 왜냐하면 그들
은 자신들의 언어에 있어서 의식의 주체가 되지 못하기 때문이다. 엄밀히
말하면 작중인물들의 언어는 창작 주체의 의식을 대변하는 수동적인 역
할에 불과하다. 작중인물들과 서술자의 관계는 표면적으로는 독립적인
대상으로 그려져 있지만 실제로 이들 간의 심미적 거리는 병합되어 있다
고 할 수 있다. 따라서 이인직의 소설에 있어서 작중인물은 창작 주체의
'객관화된 성격'이며[2) 그 '인식의 객체'에 불과하다.[3)

그런데 작중인물의 언어가 이와 같은 단성적인 언어 양식으로 나타날
경우에 발생하는 문제점은 그들의 언어는 창작 주체의 단일한 이데올로
기만을 전달할 수밖에 없다는 점이다. 그렇게 되면 그들의 언어는 자연히
정적이고 단조로운 평면적 성격에서 벗어날 수 없게 된다. 이인직의 소설
에서 이와 같은 작중인물들의 언어는 역동적인 서술자의 그것과는 정확
히 상반되는 개념이다. 근대 소설의 미학에서 이와 같은 평면적인 성격은
상당한 약점이 될 수 있다. 그럼에도 불구하고 이인직의 신소설에서 작중
인물들의 언어가 생생한 생명력을 지니고 있는 것은 그 단성적인 언어에
생명력을 불어넣는 또 다른 미학적 요소가 작용하고 있기 때문이다. 그것
이 바로 이 장에서 고찰하게 될, '억양' 혹은 '어조'라고 불리는 미학적
요소이다.

---

2) 김욱동, 『대화적 상상력-바흐친의 문학이론』, 문학과 지성사, 1994, 174쪽.
3) 위의 책, 168쪽.

'어조'(억양)의 미학은 주로 시문학의 장르에서 다루어지는 것이 일반적이었다. 그런데 흥미롭게도 이인직의 신소설에서 그것이 특징적으로 나타난다는 점이다. 이것은 무엇을 의미하는가. 그것은 창작 주체의 복잡한 내적 진실과 밀접한 관련이 있는 것으로 보인다. 즉 그것은 작중인물의 단일한 이데올로기적 언어만으로는 창작 주체의 복잡한 내적 진실을 드러내기에 불충분하였음을 의미한다. 왜냐하면, 이인직의 신소설에서 사용되고 있는 정서적 미학의 장치는 단순히 작중인물들의 단성적 언어에 생명력을 불어넣는 역할만 하는 게 아니라 그 이상의 내적인 이데올로기를 드러내고 있기 때문이다. 여기서 내적인 이데올로기라 함은 말할 것도 없이 다중적인 의미를 뜻한다. 이인직의 신소설에 나타나는 이러한 특징은 크게 세 가지의 정서적 측면으로 나타난다.

지금부터 논의하고자 하는 것은 바로 이러한 '어조'의 미학이 텍스트의 이데올로기에 기여하는 측면과 그 발화(의식) 주체와의 관계 양상이다.

1. 恨의 언어

일반적으로 恨의 정서는 우리 민족의 전통적인 것으로 이해되고 있으며, 특히 그것은 남성 중심 사회인 조선왕조 오백년 동안 우리나라 여성들에게 뿌리 깊게 심어준 부정적인 한 측면을 이루고 있다. 그러나 그것이 소설이라는 언어로 재창조되는 경우에는 여성의 복잡한 심리를 표출하는 데 다양한 미학적 장치로 사용되고 있어 긍정적으로 기여하는 측면도 없지 않다. 이인직의 신소설에 나타나는 恨의 언어 역시 우리나라의 이와 같은 역사적·문학적 전통으로부터 크게 벗어나지 않는다. 이인직의 신소설에서 恨의 정서는 특히 여성인물들의 단성적 언어에서 중요한 이데올로기적인 구실을 하고 있다는 점에서 결코 가볍게 넘어갈 수 없는 중요한 부분이다.

일반적으로 한의 발생과 그 원인은 다양한 환경과 심리상태에서 출발하지만 이인직의 소설에서 발견되는 恨의 발생은 强者에 의한 약자의 억압받은 심층심리의 상태에서 비롯된다. 예컨대 <혈의 누>에서 외세의 막강한 무력 침략으로부터 한의 어조가 표출되었다면, <은세계>에서는 우리나라의 봉건관리들의 학정으로부터, 그리고 <귀의 성>과 <치악산>에서는 봉건 가족제도의 모순에서 한의 정서가 비롯되고 있다. 이러한 정서는 주로 여성인물들에게서 특징적으로 나타난다.

1) <혈의 누> … 침략전쟁과 민족의 수난

우리나라의 신소설에 있어서 <혈의 누>만큼 외세의 침략상을 여실하게 보여주는 작품도 드물 것이다. 1906년(7월 22일-10월 10일 50회 연재) 《만세보》에 발표된 이 소설에는 첫 장면부터 외세의 침략으로 인한 전쟁과 우리 민족의 가정이 이산되는 장면으로 시작하고 있는 것은 독자에게 전달하려는 창작 주체의 의도를 드러내는 것이라고 생각된다. 서사 내적 작중인물과 창작 주체가 심미적으로는 서로 병합되어 있는 관계이지만 표면적으로는 독립된 관계를 보여주는 객관적인 그 장면 묘사는 어떠한 직접적인 웅변의 말보다도 외세의 침략에 대한 역사인식과 위기의식을 독자에게 강하게 부각시키기에 충분하다.

무엇보다도 우리가 이 소설에서 주목하여야 할 것은 우리 민족에게 恨을 안겨주는 핵심적인 행위자는 다름 아닌 일본군이라는 사실이다. 이 소설에서 청일전쟁이라는 이름으로 전장을 묘사하고 있지만, 작중인물의 가슴에 恨을 심어주는 직접적인 대상은 청국군사가 아니라 일본군으로 묘사되어 있기 때문이다. 그것을 명백히 보여주는 것이 바로 이 소설의 중요한 사건의 발단을 암시하는 '그날'이다.

그 날은 평양성에서 싸움 결말나던 날이오, 성중에 사람이 진저리내던
청인이 그림자도 없이 다 쫓겨 나가던 날이오, 철환은 공중에서 우박
쏟아지듯 하고 총소리는 평양성 근처가 다 두드러 빠지고 사람 하나도
아니 남을 듯 하던 날이오, 평양사람이 일병 들어온다는 소문을 듣고
일병은 어떠한지 임진 난리에 평양싸움 이야기하며 별 공론이 다 나고
별 염려 다 하던 그 일병이 장마통에 검은 구름 떠들어오듯 성내 성외에
빈틈없이 들어와 백이던 날이라.4)

여기서 '그 날'이 의미하는 것은 무엇인가. 바로 일본군이 청인군사를
몰아내고 이 땅을 점령한 날이다. 다시 말하면 恨의 언어가 시작되는
것은 일본군이 이 땅에 발을 들여놓는 순간부터이다. 그 대표적인 인물이
우리 민족을 대변하는 최씨 부인이다. 이 소설에서 최씨 부인과 일본군과
의 관계는 참으로 기구한 악연이다. 그런 의미에서 이 소설의 제목이
암시하는 <혈의 누>의 여주인공은 김옥년 한 사람이 아니라 김옥년의
모친인 최씨 부인도 포함된다고 본다. 왜냐하면 최씨 부인이 주인공으로
등장하는 이 소설의 도입부는 전체 분량의 3분의 1을 차지할 뿐만 아니라
소설의 마지막을 장식하는 것도 최씨 부인이기 때문이다. 뿐만 아니라
그녀를 통해 드러나는 이데올로기가 옥년을 통해 드러나는 것보다 훨씬
무겁고 심각하다.

특히 최씨 부인이 일본 군사들에게 노예처럼, 전쟁포로 취급을 받으며
헌병부로 끌려가는 대목에서 그녀의 한의 정서가 극도에 달한다.

㉠ 보초병이 부인을 잡아서 앞세우고 가는데 서로 말은 못하고 벙어리
가 소를 몰고 가는 듯 한다. 계엄 중 총소리라 평양성 근처에 있던 헌병이
낱낱이 모여들어서 총 놓은 군사와 부인을 데리고 헌병부로 향하여 가니
그 부인은 어딘지 모르고 가나 성도 보이고 문도 보이는데 정신을 차려본

---

4) <혈의 누>, 전집1, 11쪽.

즉 평양성 북문이라. 밤은 깊어 사람의 자취도 없고 사면에서 닭은 홰를
치며 울고 개는 여념집 평대문 구녁으로 주둥이만 내어 놓고 짓는다.
　ⓛ 닭소리 개소리에 부인의 발이 땅에 떨어지지 못하여 걸음을 멈추고
섰는데 오장이 녹는 듯하고 눈물이 앞을 가린다. 개는 영물이라 밤 사람
을 알아보고 반가와 뛰어 나오다가 헌병이 칼을 빼어 개를 치려하니 개가
쫓겨 들어가며 짖으나 사람도 말을 통하지 못하거든 더구나 짐승이
야…… (중략)
　ⓒ 개야 이리 나오너라. 나는 어디로 잡혀가는지 내 발로 걸어가나
내 마음으로 가는 것은 아니다. 헌병이 소리를 질러가기를 재촉하니 부인
이 하릴없이 헌병부로 잡혀 가는데, 개는 멍멍 짖으며 따라오니 그 개
짖고 나오던 집은 부인의 집일러라.
　ⓔ 그 날은 평양성에서 싸움 결말나던 날이오, (중략) 그 일병이 장마통에
검은 구름 떠 들어 오듯 성내 성외에 빈틈없이 들어와 백이던 날이라.[5]

　예문에서 일본군은 최씨 부인을 마치 자신들의 포로인양 험하게 다루
는 모습으로 묘사되고 있다. 침략전쟁의 승리자 일본군은 한 밤중에 조선
의, 남자도 아닌 여염집 부인을 헌병부로 붙들어 가는데, 그런 상황에
놓여 있는 우리 민족의 정서가 예문에서 보는 바와 같이 생생하게 묘사되
어 있다. ㉠에서는 일본군이 최씨 부인을 '벙어리가 소를 몰고 가는 듯'
끌고 가는데, 이에 대응하는 평양성 내의 가축들의 반응이 예사롭지가
않다. 이와 같은 가축들의 반응 묘사는 현장감 있는 미학적 장치로서의
의미뿐만 아니라 외세에 저항하는 민족적 정서를 상징적으로 나타내는
데 효과적인 것으로 보인다.
　㉠에서의 이러한 가축들의 반응이 ㉡에서 최씨 부인의 정서와 교감하
면서 ㉠의 정서가 최씨 부인의 눈물과 함께 심화되고 있는 것이 ㉡과
㉢의 묘사이다. 이 예문에서는 최씨 부인과 일본군이 명백하게 대립적인
관계임을 드러내고 있다. 뿐만 아니라, 일본군은 최씨 부인에게 총으로

---

5) <혈의 누>, 전집1, 9-11쪽.

위협하고 최씨 부인의 집 개 한테는 칼을 빼어 위협하는 무서운 존재로
묘사되어 있는 것이다. 이와 같은 탁월한 형상화는 단순한 미학적 차원에
서 뿐만 아니라, 청일전쟁에서 일본군이 승리함으로써 우리 민족이 벌써
부터 일본군의 수중에서 압제 받고 수난을 당하는 역사적 상황에 처해
있음을 드러내는 것이다. 바로 이와 같은 창작 주체의 이데올로기적 진실
에 주목할 필요가 있다고 본다.

　일본군이 청일전쟁에서 승리했다는 사실이 우리 민족에게 무엇을 의
미하는가를 창작 주체는 서술자의 직접적인 말이 아닌, 최씨 부인과 일본
군과의 관계 양상을 통하여, 그리고 최씨 부인의 한(恨)의 어조를 통하여
이데올로기화함으로써 ㉣의 '그날'의 의미를 독자에게 효과적으로 부각
시키고 있다고 하겠다.

　2) 〈은세계〉 … 지방관리의 가렴주구와 백성의 원정

　〈은세계〉에서의 恨의 정서는 최병도의 아내이자 최옥순·옥남의 어
머니인 본평부인에게서 두드러지게 나타난다. 〈혈의 누〉에서 최씨 부
인에게 한의 정서를 심어준 원인 제공자가 외세의 침략전쟁이었다면,
〈은세계〉에서의 그것은 우리나라의 부패한 봉건 관리들의 학정에서
비롯되고 있다. 〈은세계〉의 본평부인은 이인직의 신소설 중 타락한 지
방관리의 학정으로 인하여 희생당하는 가장 대표적인 인물이라 할 수
있다. 평생을 힘들여 농사지어 검소하게 살면서 모아 놓은 전 재산을
빼앗으려는 강원감사와 대항하다가 남편이 맞아죽자 그 원통함이 사무
쳐 실성하게 되는, 비극의 정점에 서 있는 인물이 바로 본평 부인이기
때문이다.

　그녀의 남편 최병도의 경우에는 자신의 정치적 신념에 의해 죽음을
불사하고 지방관리의 부당한 처사에 대항하다가 죽음을 선택한 문제적
개인으로서 이에 대한 논의는 별도의 장에서 하여야 할 일이다. 하지만

본평부인이야말로 당시의 부패한 지방관리의 학정 앞에서 빼앗으면 빼앗기고 죽이면 죽음을 당해야 하는, 누구에게 하소연 할 곳도 없는 당대의 선량한 평민 계층의 비극적인 삶의 모습을 생생하게 보여주는 인물이라 할 수 있다.

　임금을 대신하여 백성을 잘 보살피라고 내려보낸 지방관리가 백성의 재물을 지켜주는 것이 아니라 오히려 빼앗는 일에 혈안이 되어있는 세상이다. 세상이 이러할 때 백성은 누구에게 하소연할 수 있겠는가. 백성의 안녕을 책임져야 할 봉건 정부의 관리가 모두 부패하여 오히려 도둑이 되었으니 백성들은 의지할 곳이 없다는 것이다.

　애고, 이 몹슬 도적놈아. 내 재물 있는대로 가져가고 우리 남편만 살려다고. 네가 남의 재물을 그렇게 잘 뺏어먹고 천년이나 만년이나 살 것 같이 극성을 부리지만 너도 초로같은 인생이라. 꿈결같은 이 세상을 다 지내고 죽는 날은 몹슬 귀신되어 지옥으로 들어가서 저 죄를 다 받느라면 만겁천겁을 지내더라도 네 죄는 남을 것이오 네 고생은 못 다할 것이니, 우리 내외는 원귀되어 지옥맡은 옥사장이나 되겠다.
　애고애고, 이 서러운 사정을 누구더러 하며, 이 원정을 어데 가서 하나. 형조에 가서 원정을 하더라도 쓸 데 없는 세상이오 격중을 하더라도 나만 속는 세상이라. 이 원수를 어찌하면 갚는단 말이냐. 옥순아 옥순아 나와 같이 죽어서 하나님께 원정이나 가자.6)

　최병도의 부인 본평 댁은 부패한 봉건 관리의 학정에 남편을 잃자 그 원한이 사무쳐 마침내 실성하고 만다. 그녀는 자신의 서러운 사정을 하소연할 곳도 없는 타락한 봉건 사회 속에서 강원감사를 원망하며 속으로 恨을 품고 새 세상이 오기만을 학수고대하는, 백성들의 심리를 대변하는 인물이라 할 수 있다. 이렇듯 국가의 기반이 되는 백성들을 도탄에 빠뜨

---

6) <은세계>, 전집3, 147-148쪽.

리고 자신들의 영달만을 추구하는 세력 있는 양반 관리들의 세상이 영원히 지속되기를 바라는 백성은 이 세상 어느 나라에도 없을 것이다. 이처럼 부패한 정치로 인하여 恨을 품고 살아가는 이러한 백성들의 모습은 비단 신소설 <은세계>의 세계에서만 존재하는 것이 아니라 당시 우리나라 백성들의 실제의 모습임을 다음의 예문에서 알 수 있다.

운현이 십년 동안 정권을 잡으면서 안팎으로 위력이 강해져 (중략) 무서운 천둥이나 끓는 물 같아서 관리와 백성들이 무서워했으며, 언제나 관청의 법률을 두려워하였다. 아침 저녁으로 헛소문이 마구 생겨나서 시골사람이 서울에 오면 붙잡아 죽인다고 하니, 깊은 산골이나 먼 바닷가의 백성들이 원망하고 탄식하면서 살고 싶은 마음이 없어졌다. (그러다가 운현이 정권을 내어놓게 되자) 서로 기뻐하며 축하하였다. 어떤 사람은 말하길 '운현이 정권을 내어놓지 않았더라면 나라가 망해버려 오늘 같은 날도 없었을 것이다' 하였다. 그러나 민씨들이 정권을 잡고 나서 백성들이 그 착취를 견딜 수 없게 되자, 자주 탄식하면서 도리어 운현이 정치하던 시절을 그리워하였다.[7]

예문을 보면 <은세계>의 창작 주체가 자신의 언어 속에 타락한 봉건 정치에 대한 당대 사회 구성원들의 정서와 언어를 수용하고 있음을 알 수 있다. 그러나 그것의 수용은 어디까지나 수용 주체의 의도에 따라 지향하는 바를 바꿀 수 있음은 물론이다. 그것은 다음의 예문에서 보는 바와 같이 당장 본평댁의 언어 속에서 변질되어 나타나는 것을 볼 수 있다.

본평부인이 무슨 정신에 김씨의 부인을 알아보던지 비죽비죽 울며, 여보 희오골댁, 이런 절통한 일이 있소. 댁 서방님이 우리 집에 오셔서 영문 장차를 다 때려죽이려 드는 것을 내가 발바닥으로 뛰어가서 말렸더

---

7) 황 현, 『매천야록』(허경진역), 한양출판, 1995, 66쪽.

니 영문 장차놈들이 그 공를 모르고 옥순 아버지를 잡아다가 죽였소 그
려. 내가 옥황상제께 원정을 하였오. 옥황상제께서 그 원정을 보시더니
제 소원을 풀어주마 십디다. 염라대왕을 부르시더니 정감사를 잡아다가
(중략) 죄지은 사람들을 다 살펴서 벌을 주겠다 하십디다. 희오골댁, 내
말을 자세히 들어 두시오. 몇 해만 되면 세상에 변이 자꾸 날 터이오.
두구 보오, 내 말이 맞나 아니 맞나……옥순 아버지가 대관령에서 운명
할 때에 하던 말이 낱낱이 맞을 터이오.[8]

봉건 지방관리의 학정 때문에 원한을 품은 실성한 본평 부인의 목소리
이지만 봉건 지배체제의 몰락을 예언하는 것은 예사롭지가 않다. '몇
해만 되면' 세상이 바뀌게 될 것이라는 확신은 평범한 백성들의 목소리가
발설할 수 있는 내용이 아니기 때문이다. 이러한 내용의 확신은 막연히
새로운 세상이 오기를 기대하는 일반 백성들의 언어와는 확연히 구별되
는 대목이다. 그것은 이 소설이 창작되던 1908년 당시의 국내·외의 정세
를 바라보는 작가의 목소리인 것이며 그의 미래 전망의 표현이라 할 수
있다.

바로 여기에서 일반 백성들의 목소리와 이 소설의 창작 주체의 목소리
가 구별된다. 즉 본평 부인이 보여주는 현실인식은 백성을 못살게 하는
세상은 망해야 한다는 단순한 논리일 것이다. 사실상 본평 부인이 대변하
는 당대 우리나라의 일반 백성들에게 있어서 나라가 어떻게 정치개혁을
하든, 일본이라는 외국세력에 의해 근대화가 되든, 그러한 문제는 전혀
관심 밖의 일이었을 것이다. 왜냐하면 일반 백성들에게 있어 유일한 관심
은 정치적인 문제가 아니라 오직 누구의 간섭도 받지 않고, 배불리 먹고
평화로운 가정을 꾸리고 살아가는 데 있는 것이기 때문이다. 이것이 본래
의 백성들의 모습이었을 것이다. 그런데 이 소설에서는, 예문에서 보는
바와 같이, 실성한 본평 부인이 옥황상제께 원정을 하고, 옥황상제가 부

---

8) <은세계>, 전집3, 174-175쪽.

패한 관리들에게 벌을 주겠다는 것이 바로 우리나라 봉건 정부의 몰락을 예언하는 것이다.

이것은 작가 이인직의 목소리이다. 이와 동일한 역사인식은 이 소설에서 여러 인물의 목소리를 빌어 발화되고 있는 데서도 나타난다. 예문의 본평 부인뿐만 아니라 최병도와 그의 아들 옥남이를 통해서도 이와 유사한 시각을 보여주고 있는 것이 그것이다. 예문의 본평 부인의 말은 순수한 당대 백성들의 정서와 그 위에 우리나라가 망하게 된 원인이 부패한 봉건 정부에 있다고 보는 창작 주체의 의식이 침투하면서 본평 부인의 언어가 변질되고 있음을 보여주는 것이다. 말하자면 작중인물인 본평 부인의 언어는 창작 주체의 통제에 의하여 순수한 자신의 의식을 박탈당하고 창작주체의 이데올로기를 전달하는 수동적인 인물로 전락하고 있음을 드러내는 것이다.

3) 〈귀의 성〉 …… 가부장제도 하의 여성의 비극

신소설 〈귀의 성〉에는 주인공이 한 두 명이 아니라 다섯 명이나 된다. 일단 우리가 신소설 〈귀의 성〉을 떠올리게 되면 가장 먼저 생각나는 작중인물은 독자들의 인상에 따라 각각 다르게 떠올리게 될 것이다. 일찍이 김동인이 지적하였듯이, 〈귀의 성〉에는 양반 지방관리인 김승지를 중심으로 한 그의 첩실 춘천집과 그를 몹시 투기하는 김승지의 정실부인, 그리고 자신의 딸을 양반 관리 김승지의 첩실로 들여놓고 덕 좀 보자고 벼르는 강동지, 여기에 노비 점순이가 투기하는 김승지 부인에 가세하여 사건을 흥미롭게 이끌어 가는 주인공들이다. 이 소설의 서사적 세계는 기존의 소설들 보다 특별히 새로울 것은 없다고 하겠으나 각각의 인물들의 개성적인 성격이 생생하게 살아 움직이는 생명력을 획득하고 있다는 점에서 근대 리얼리즘적 형상미가 돋보이는 작품이라 할 수 있다.

그런데 정작 〈귀의 성〉이라는 제목이 시사하는 주제와 관련시켜 볼

때 가장 중요하게 여겨지는 여주인공 강길순의 성격이 이 다섯 명의 주인
공들 중에서 성격이 가장 나약하게 그려져 있어 흥미롭다. 그녀는 전통적
인 여성상 즉 운명론적이고 순응적인 청순가련형의 대표적인 성격을 부
여받고 있다. 길순은 아버지가 자신을 김승지의 첩실로 들여보내는데
대하여 아무 저항 없이 순응하였고, 더구나 축첩제도라는 것에 대하여는
그것이 좋은 것인지 나쁜 것인지에 대한 판단능력 조차 없어 보이는,
철저하게 그 사회 관습에 길들여진 인물로 보인다.

　　길순이의 성격이 그러하다 보니 그녀에게서 나타나는 恨이라는 것도
따지고 보면 축첩제도의 희생자라는 의미마저 약화될 소지가 많다. 그녀
의 관심은 오직 김승지와 김승지의 정실부인과 자신과의 관계에만 한정
되어 있기 때문이다. 다시 말해서 길순이의 恨은 첩실이라는 신분에서
오는 것이 아니라 첩실로서 평탄하게 살아갈 수 없는 정실부인의 투기심
때문에 발생하고 있다.

　　영감이 내게 무정하여 그러한 것도 아니요, 마누라 투기에 겁내서 그러
　　한 것이라. (중략) 어찌 만났던지 만난 것은 연분이요 이별은 팔자이라.
　　연분이 부족하고 팔자가 기박하여 이 지경 되었으니 하릴없는 일이로
　　다.[9]

　　오냐, 한이 있어 죽는 년이 또 무슨 한탄하겠느냐. 이 설움 저 설움,
　　이 생각 저 생각, 다 잊어버리고 갈 곳으로 가는 것이 제일이라.[10]

　　죽기 싫은 마음은 사람마다 있는 것이라. 낸들 죽기가 좋아서 죽으려는
　　것은 아니라. 김승지 영감에게 정을 두고, 먹은 마음대로 될 수가 없는
　　고로 한을 이기지 못하여 죽으려한 것이다.[11]

---

9) <귀의 성>, 전집 1, 148-149쪽.
10) <귀의 성>, 전집 1, 152쪽.
11) <귀의 성>, 전집 1, 158쪽.

예문에서 보면, 길순이는 만약에 김승지의 정실부인이 투기만 하지 않았다면 아무 불만 없이 거북이라는 서출 아들을 슬하에 두고 행복해 하면서 평생을 살아갈 인물이다. 그녀는 이 소설에서 처첩제도에 의한 희생양이라기보다는 일개 양반 정실부인의 투기심의 희생물에 지나지 않는다. 춘천집은 처음에는 정실부인의 투기에 한이 맺혀 스스로 목숨을 끊으려 하였고, 나중에는 정실부인과 점순이의 흉계에 넘어가 죽음을 당하고 만다. 이렇게 강길순의 죽음 하나를 놓고 보면 이 소설의 주제의 식은 사회적인 의미를 획득하기 어렵다. 그야말로 전통적인 가정소설의 범주에서 한 발짝도 진전하지 못하고 있는 것이다.

정작 이 소설의 주제를 사회적인 의미로 확대시키는 작중인물은 따로 있었다. 그것이 바로 김승지의 정실부인이다. 그녀야 말로 축첩제도의 희생자의 역할을 담당하고 있는 것으로 드러난다. 말하자면 춘천집의 존재가 문제 제기의 역할이라 한다면 김승지의 정실부인은 축첩제도에 대한 부당함을 몸으로 항거하는 본체에 해당하는 인물인 것이다.[12) 당대 사회가 축첩제도를 인정하는 환경에서 살아가는 그녀로서는 <혈의 누> 에서 최씨 부인이 놓여있는 환경이나 <은세계>에서 본평 부인이 놓여 있는 환경과 전혀 다를 바 없는 닫혀진 세계에 놓여 있는 것이다. 자신의 억울한 입장을 어디에 가서 하소연할 곳도 없다. 이때 그녀가 할 수 있는 유일한 방법은 춘천집을 없애버리는 것이거나 자신의 죽음을 선택하는 것이었는지도 모른다. 여기에 춘천집을 없애버리고 싶어하는 그녀의 욕 망과 재물을 얻고자 하는 점순이의 욕망이 야합한다.

(부인) 이애, 점순아. 나는 그만 죽고 싶은 마음만 나니 어찌하면 좋단 말이냐.(중략)
(점순) 마님 소원을 풀어드릴 터이니 마님께서 춘천마마의 일을 쇤네에

---

12) 윤명구, 「이인직과 그의 소설」, 『개화기 소설의 이해』, 인하대 출판부, 1986, 102쪽.

게 맡기시겠습니까.

(부인) 오냐, 좋을 도리가 있으면 맡기다 뿐이겠느냐. 나는 쪽박을 차더라도 시앗만 없이 살았으면 좋겠다.

(점순) 그런들 재물 없이야 어찌 삽니까.(중략)

마님께서는 이 때까지 고생을 모르고 지내신 고로 그런 말씀을 하시지, 사람이 재물없이 어떻게 삽니까.

(부인) 그런 말마라. 세상에 고생치고 시앗 두고 근심하는 고생같은 고생이 또 어디에 있겠느냐. 나는 시앗만 없으면 돈 한 푼 없더라도 아무 근심 없겠다. 내손으로 바느질품을 팔아 먹더라도(생략)[13]

김승지의 부인이 토로하는 말이 진실로 살아있는 인간의 목소리로 읽혀진다. 그것은 기품이 있는 양반의 부인이기 이전에 인간 본연의 내면의 목소리이자 여성으로서의 한(恨)이 담겨진 언어인 것이다. 사실, 같은 여성으로서 내면적인 고통으로 치더라도 "영감이 내게 무정하여 그러한 것도 아니요, 마누라 투기에 겁내서 그러한 것이라"고 생각하는 춘천집의 마음고생보다는, 어딘가에 작은집을 따로 얻어두고 들락거리는 남편을 지켜보아야 하는 정실부인의 마음고생이 더 클 수 있다. 옛말에 시앗을 보면 돌부처도 돌아앉는다는 말도 있는 것처럼 김승지 부인의 이와 같은 반응은 진실을 담고 있다는 점에서 생명력을 지닌다고 볼 수 있다.

그럼에도 불구하고 이 소설에서는 왜 김승지의 부인을 악녀로 묘사하고 있는 것일까. 요컨대 이 소설의 작가는 그녀의 편이 아니었던 것이다. 그것은 창작 주체를 대변하는 서술자가 김승지 부인에 대하여 다음과 같이 묘사하고 있는 데서 명백히 드러난다.

안 대청에서 웬 여편네 목소리가 나기 시작하더니 (중략) 여편네 목소리라 하지마는 무당년의 소리같이 씩씩하고 시원한데, 폭포수 쏟아놓듯

---

13) <귀의 성>, 전집1, 187-189쪽.

거침없이 나오는 말이라. 마루청이 쪼개지도록 발을 구르더니, 명창광대
가 화루도 상성 지르듯이14)

　이애, 춘천집 어서 들어오라 하여라. 춘천집은 이 안방에 두고, 침모는
저 건넌방에 두고, 나는 부엌에 내려가서 밥이나 지으마.15)

　서술자는 양반의 정실부인을 가리켜 '여편네'라는 표현을 쓴다든가.
'무당 년의 소리같이', '명창광대가 화루도 상성 지르듯이' 라는 말로
비유함으로써 양반 부인에 대한 적대감을 나타낸다. 서술자의 이와 같은
적대적인 감정 표현은 이인직의 신소설에서 보기 드문 현상이어서 주목
할 필요가 있다. 이 소설에서 서술자는 춘천집을 정절이 곧은 여성으로
그리는 반면 김승지 부인에게는 정절심이 없는 여성으로 격하시킴으로
써 양반의 정실부인을 욕되게 묘사하고 있는 것을 볼 수 있다.

　그렇다면 이 소설의 서술자는 왜 첩실을 두둔하고 양반의 정실부인을
천박하게 격하시켜 그리고 있는 걸까. 사실 그가 마음만 먹으면 축첩제도
의 모순을 고발하는 사회소설을 그리기에는 오히려 조강지처인 김승지
부인의 입장에서 여성의 한(恨)을 극대화시킬 수도 있었을 터인데 오히려
김승지 부인을 악녀로 만든 데는 뭔가 양반의 정실부인에 특별한 의도가
작용하고 있음을 알 수 있다. 그것은 이 소설의 더 큰 주제와 관련되는
것이다. 즉, 김승지의 부인이 양반의 신분이라는 점과 춘천집이 평민의
딸이라는 점을 대비시켜 신분적 갈등으로 확대시킴으로써, 이 두 여성인
물의 관계를 단순한 처첩간의 갈등을 넘어 신분제도의 불합리성을 부각
시키려는 의도가 드러나는 것이다.

　이와 같은 의도는 인간의 평등사상을 바탕에 둔 것으로, 평민인 춘천집
이 요조숙녀의 모습으로 그 품성이 부여되었던 반면 양반인 김승지 부인
은 천박한 품성으로 형상화되어진 데서 단적으로 드러난다. 그뿐만 아니

---

14) <귀의 성>, 전집1, 129-130쪽.
15) <귀의 성>, 전집1, 134쪽.

라 작가는 김승지 부인이 노비 점순이에게 첩실에 대한 조강지처의 마음 고생을 토로하는 장면에서 조차도 이 두 여성인물 간의 신분적 차별성을 부각시키고 있다. 평민인 강동지가 딸의 복수를 감행한 후 죽어있는 김승지 부인에게 대고 토죄하는 장면에서도 끈질기게 신분제도에 대한 한 맺힌 말로써 김승지 부인의 천박한 성품을 강조하고, 그녀를 모욕함으로 써, 신분제도의 허구성을 비판하고 있는 것이다.

(부인) 이애 점순아, 나는 그만 죽고만 싶은 마음만 나니 어찌 하면 좋단 말이냐.

(점순) (생략) 에그머니, 그 원수의 춘천마마님 하나 때문에 온 집안이 이렇게 난가 될 줄 누가 알았을까.

(부인) 아니꼽다. 그까진 년을 마마님이니 별상님이니, 내 앞에서는 그 런 소리 말어라. 너나 그 년이나 상년은 마찬가지지. 이후에는 마마님이 라고 말고 춘천집이라고 하든지 강동지 딸년이라고 하든지 그렇게 말하 여라.16)

강동지가 칼을 턱 놓고 한숨을 휘 - 쉬더니 김승지 부인의 목을 흘겨보 며 토죄를 한다.

이년, 네가 시앗을 없애고 너 혼자 얼마나 호강을 하려고 그런 흉악한 일을 하였더냐. 내가 내 딸을 데리고 서울로 왔을 때에 네가 극성을 어떻 게 부렸느냐. 이년, 개잡년아. 네가 숙부인, 숙부인인지 쑥부인인지 뺑때 부인이라도 너 같은 잡년은 없겠다. 이년, 이 망한 년. 네가 걸핏하면 양반이니 염소반이니 하며, 너는 고소대 같이 높은 사람이 되고 내 딸은 상년이라고 그 년 그 년, 그 까진 년, 남의 첩년, 강동지의 딸년, 죽일 년 살릴 년 하며, 너 혼자 세상에 다시 없는 깨끗한 양반의 여편네인 체 하던 년이 그렇게 쉽게 몸을 허락한단 말이냐. (생략)

하더니 칼을 다시 집어 들고 죽어 자빠진 송장을 후려치고 돌쳐나가니 그날은 사월 열이레 날이라.17)

---

16) <귀의 성>, 전집 1, 187쪽.
17) <귀의 성>, 전집 1, 378-380쪽.

그리고 또 한 가지, 이와 같은 정실부인에 대한 감정적 태도는, 양반의 정실부인에 대한 창작 주체의 개인적인 한의 감정이 얼마간 개입하였을 가능성도 생각해 볼 수 있다. 왜냐하면 앞의 Ⅱ장 '기초적 고찰'에서 필자가 처음으로 밝혔던 바와 같이, 작가 이인직은 양반 가문의 자손이지만 당시로서는 양반의 대우를 제대로 못 받던 서출의 후손이었기 때문이다. 즉 1862년에 출생한 이인직이 성장하는 동안 양반의 정실부인으로부터 서얼이나 첩실을 대하는 실제 상황들을 몸소 겪으면서 그의 몸속에 깊숙이 새겨져 있었던 사무침의 감정들이 이와 같은 작중인물들의 설정에 적지 않게 작용하였는지도 모른다.

이러한 서술자의 정서가 이 소설의 작중인물들과 서술 주체의 관계를 독립적인 것으로 만들지 못하고 단성적 담론으로 만드는데 결정적인 역할을 하였다고 볼 수 있다. 이 때문에 김승지의 부인은 역설적이게도 생생한 개성적 성격을 부여받았지만 그녀의 의식은 창작 주체나 독자를 향하여 주체적으로 열려있지 못하고 있는 점은 춘천집의 경우와 마찬가지이다. 그러나 무엇보다도 흥미로운 것은, 이러한 서술자의 절대적인 서술 태도에도 불구하고 축첩제도의 모순이라는 이 소설의 소(小)주제를 완성시키는 역할은 춘천집이 아니라 양반 김승지의 정실부인이라는 사실이다. 춘천집의 죽음은 축첩제도의 희생자임에 틀림이 없으나 소극적인 역할에 그치고 있다면, 김승지 부인이야말로 축첩제도의 부당함을 적극적으로 항거하다가 춘천집을 죽임으로써 첩실의 한을 부각시키는 동시에, 그녀 자신도 강동지에게 죽임을 당함으로써 축첩제도에 의한 조강지처의 한을 완성시키고 있다.

사실상 이 두 여성인물에게 한을 심어준 근본 원인은 축첩제도에 있었고, 이 두 여성이 죽음을 당함으로써 축첩제도의 모순을 극대화할 수 있었다고 본다. 그리고 덧붙여서 이 소설의 총체적인 큰 주제를 말한다면, 평민 강동지의 집안이 무능한 양반 지배층에게 어떻게 유린당하고 파멸되어가는지를, 즉 지방 관리들에게 전 재산을 빼앗기고 마지막으로 어여쁜 딸마저 빼앗기고 이 땅을 떠나야 하는 과정을 통해, 양반이 지배하는 이 나라가 평민 백성이 살수 없는 세상이라는 메시지를 담고 있는 것이다.

4) 〈치악산〉 - 전근대적 가정 비극

<치악산>(1908)에서 나타나는 恨의 어조는 시어머니 김씨 부인과 며느리 이씨 부인에게서 드러난다. <귀의 성>(1906)에서 한의 어조가 축첩 제도의 모순에서 빚어지는 것이었다면, 이 소설에서 한의 어조는 전통적인 고부간의 갈등에서 나타난다. 축첩제도의 모순이나 고부간의 갈등은 우리나라의 전통적인 여성들의 恨의 온상이라 할 수 있다. 게다가 이 소설의 경우 시어머니인 김씨 부인과 며느리인 이씨 부인에게는 또 하나의 갈등의 원인이 첨가된 상태여서 그 갈등이 더욱 심각해진다. 즉, 시어머니인 김씨 부인에 있어서는 자신이 후취부인이라는 의식을 恨으로 안고 살아가는 인물이어서 가족들에게 자신의 존재를 확인하는 행동양식이 유별나다.

이러한 김씨 부인에게 그 자격지심을 가장 자극하는 인물이 며느리 이씨 부인이다. 왜냐하면 이씨 부인이야말로 당대 한창 세력을 얻고 있는 개화파 이판서의 딸인데다가 무엇보다도 이씨 부인은 홍참의 전실 자식인 홍철식의 조강지처이기 때문이다. 그러므로 김씨 부인으로서는 이씨 부인이라는 존재가 자신의 집안에 살고 있다는 자체만으로도 자신의 한의 정서를 자극할 수밖에 없는 것이다. 따라서 김씨 부인의 이러한 감정은 <귀의 성>에서 보았던 김승지의 정실부인이 첩실에 대하여 갖는 한(恨)의 정서 못지않는 것일 수도 있다.

하지만 엄밀히 말해서 김승지 부인의 경우와 다른 것이, 김씨 부인의 경우는 그러한 환경을 만든 것이 누구의 잘못 때문이 아니다. 오늘날

같으면 김씨 부인이 후취댁으로 들어간 것은 순전히 자신의 선택에서
만들어진 환경일 테지만 당시로서는 김씨 부인의 말처럼 자신의 운명으
로 볼 수밖에 없는지도 모르겠다. 사정이 이러하다 보니, 홍참의 전실
자식의 조강지처로 당당한 위치에 있는 이씨 부인에게 하루도 편한 날을
주지 않고 자기 자신과 며느리와 가족 모두에게 들볶는다.

> 별안간에 안방에서 소리소리 지르면서 야단이 난다.
> 이애, 서울 재상의 딸은 시어미도 모르고 시누이도 모른다더냐. 그런
> 변이 어데 있단 말이냐. 이애, 네 오라비인가 무엇인가 그 빙충맞은 놈은
> 재상집 사위가 되어 부모 동생에게 욕을 먹이면서 그것을 아내라고 집에
> 둔단 말이냐.(중략)
> 오장육부가 남과 같이 있는 자식 같으면 그런 아내는 당장에 교군을
> 거꾸로 태워서 쫓아 보내고 사당에 고하고 다시 장가를 들겠다.(생략)[18]

> (김)이애, 만만한 년은 며느리에게 욕을 먹고 며느리 종년에게 악담을
> 들어도 하소연할 곳도 없구나. 오냐, 그만 두어라. 우리 모녀 다 없어지면
> 홍씨 댁이 잘될 터이다. 팔자가 오죽 사나운 년이 남의 후취댁이 되었겠
> 느냐. 남순아, 너도 진작 뒤어지거라. 너도 여복 팔자가 사나와서 남의
> 후실의 딸이 되었겠느냐. 네가 복을 많이 타고났을 것 같으면 남의 전실
> 마누라의 며느리 종님이 되었을 터이다. 너의 아버지께서는 그렇게 의좋
> 은 초취댁 죽을 때에 왜 따라서 돌아가시지 아니하였다더냐. 그래, 역성
> 을 하더라도 분수가 있지. 초취댁 며느리 종년까지 역성을 들고 나같은
> 년은 전실 며느리에게 소리 없는 총을 맞아 죽어도 아는 체 하여줄 사람
> 도 없을 터이로구나.(중략)
> 하더니 남순이를 쾅쾅 두드리며 독살풀이를 하니.[19]

한편, 이씨 부인으로서는 시집살이가 여간 매운 것이 아니다. 이씨 부

---

18) <치악산>, 전집2, 10쪽.
19) <치악산>, 전집2, 13-14쪽.

인이야말로 초취댁 며느리라는 이유만으로 아무 죄 없이 지옥같은 나날을 남편 하나 바라보며 살아간다. 그리고 남편 홍철식이 유학을 떠난 사이 시어머니의 계략으로 마침내 시댁에서 쫓겨나고 죽음을 선택한다. 이 두 여성인물을 통하여 드러나는 주제의식은 전통적인 가족제도의 모순을 개선하여 근대적인 가족 개념을 정립하자는 것으로 이해할 수 있다. 즉 전실부인이니 후취부인이니 하는 사회적 편견이 여성의 한을 심어준다는 것과, 고부간의 갈등을 일으키는 원인이 전통적인 대가족 제도에 있음을 일깨우는 것이 그것이다.

<치악산>에서 이 두 여성인물이 보여주는 행동 양식은 <귀의 성>에서 춘천집과 김승지 부인의 그것과 유사하다. 춘천집이 그랬던 것처럼 이씨 부인은 희생당하는 입장이고, 김승지 부인이 그랬던 것처럼 김씨 부인이 능동적인 가해자이다. 그리고 <귀의 성>에서와 마찬가지로 이 소설에서도 이 두 여성인물들이 다같이 봉건사회의 전통적인 관습의 희생자라고 볼 수 있다.

이상으로 이인직의 신소설에 나타나는 여성인물들의 恨의 어조를 살펴보았다. 이 여성인물들의 恨의 어조를 살펴보면서 느꼈던 것은 당시 우리나라 여성들의 전통적인 恨의 정서를 생생하게 살아 숨쉬는 언어로 재현하고 있는 창작 주체의 탁월한 언어 감각이었다. 그러한 특징이 두드러지는 것은 역설적이게도 서술자가 부정적으로 묘사하고 있는 인물에게서 나타나고 있다.

창작 주체가 이처럼 여성인물들의 한의 정서를 살아있는 목소리로 재현할 수 있었던 것은 평소에 작가가 당대의 여성들의 한의 정서를 자신의 주변에서 직접적으로 접해본 경험이 많이 있었던 데 기인한다고 할 수 있다. 이러한 점은 작가의 성장과정과 가정의 배경에서 많은 영향을 받았을 것으로 보인다. 즉 작가 이인직은 친부모님 사이에서 난 두 명의 누이와 함께 자랐고, 양부모님 사이에 두 명의 누이를 두었으니, 일찍이 부모를 잃은 이인직과 그 형제 남매들로서는 서로의 형제애가 남달랐을 것으로 짐작이 된다.

아무튼 이들 여성인물들은 자신들이 놓여있는 부정적인 현실의 상황으로부터 벗어나거나 그러한 환경을 개선할 능력이 없음으로 해서 발생하는 한을 정서로써 토로하였다. 그러나 이들의 의식은 창작 주체로부터 일방적으로 주어진 것으로 자신의 주체적인 자율성을 부여받지 못하였기 때문에, 창작 주체에게 종속된 단성적인 언어로만 표현되고 말았다.

2. 분노의 언어

이인직의 소설에서 恨의 정서가 여성인물들의 단성적인 목소리로 표현되었다면, 분노의 정서는 주로 남성인물들의 단성적인 목소리로 표출되어 있다. 그런데 <혈의 누>에서는 여주인공 김옥년의 목소리에서도 분노의 정서를 찾아볼 수 있어 이인직의 소설에서 한의 어조나 분노의 어조가 단순히 여성이나 남성이라는 성격적인 차별을 위한 미학적 장치가 아니라는 사실에 주목할 필요가 있다. 특히 분노의 어조는 恨의 어조와 달리 대상에 대한 공격적인 의도를 강하게 드러내고 있다는 점에서 창작 주체의 중요한 서술전략을 내포한다고 볼 수 있다.

여성인물들의 한의 어조는 작중인물 개개인의 체념적인 목소리에 담겨있기 때문에 더 이상의 발전적인 행동 양상을 보여주지 못하였던 데 비하여 분노의 어조는 작중인물들이 그 분노의 감정을 행동의 차원으로까지 발전시킨다는 점에서 恨의 정서와는 다른, 보다 적극적인 창작 주체의 의지를 드러내는 것으로 읽을 수 있다. 그러면 창작 주체는 이들 작중인물들의 목소리를 통하여 무엇에 대하여 분노하고 있는가. 그리고 어떠한 방식으로 분노의 감정을 드러내고 있는가. 먼저 <혈의 누>의 김옥년에게서 나타나는 분노의 면모부터 살펴보도록 하자.

1) 〈혈의 누〉 … 민족적 자아 각성

〈혈의 누〉에서 옥년이가 보여주는 행동 양식은 언뜻 보면 의타적이고 나약한 인물로 비쳐지지만, 자세히 그녀의 언어를 살펴보면 세상모르는 철부지 아이의 의식이 아니라는 사실을 발견하게 된다. 겉으로 드러나는 옥년이의 행적은, 일본 군의관의 양녀가 되어 그 양모의 도움으로 신식 학교에 다니고, 일본인 양부모에게 아버지 어머니라 부르는 등, 우리나라와 일본에 대한 역사의식이란 전혀 없는 인물로 비쳐지며, 신소설에서 옥년이 만큼 의타적이고 무 의지적이고 과거 지향적인 인물도 드물 것 같다. 그러한 옥년이의 태도를 한 마디로 표현한다면 '자주성의 결여'라고 말할 수 있을 것이다. 나이 일곱 살에 고아가 되어 일본 군사를 통해 일본과 맺어졌으니, 부모를 잃게 된 동기나 올바른 역사 인식을 보여줄 수 없는 것도 당연할지도 모른다.

그러나 옥년이의 의식은 나이 어린 철부지의 것이 아니다. 창작 주체의 의식과 통합되어 있기 때문에 역사에 대한 인식도 뚜렷한 민족적 시각을 보여주는 것을 읽을 수 있다.

> 남은 제 집 찾아 가건마는 나는 뉘 집으로 가는 길인고.(중략) 딸을 삼거든 딸 노릇하고 종을 삼거든 종노릇하고 고생을 시키거든 고생을 참을 것이오, 공부를 시키거든 일시라도 놀지 않고 공부만 하여볼까.[20]
> 인력거야 천천히 가고지고. 이 길 다가면 남의 집에 들어가서 밥도 얻어먹고 옷도 얻어 입고 마음도 불편하고 몸도 불편할 터이로구나.[21]
> 옥년의 마음에는 정상 부인이 시집가는 곳에 부인을 따라가고 싶으나 부인은 데리고 가지 아니할 말을 하니 옥년이는 새로이 평양성 밖 모란봉

---

20) 〈혈의 누〉, 전집1, 38쪽.
21) 〈혈의 누〉, 전집1, 40쪽.

아래서 부모를 잃고 발을 구르며 울던 때 마음이 별안간에 다시 난다.[22]

나이 일곱 살에 딸을 삼으면 딸 노릇하고, 종을 삼으면 종노릇 하겠다는 것이나, 고생을 시키면 고생을 참으면서 공부시키면 열심히 공부만 하겠다는 굳은 결심은 단순히 의타적이라거나 무의지적인 의식의 소산이라고 보기는 어렵다. 게다가 남의 집, 즉 일본인의 집에 들어가 살게 되면 마음도 몸도 불편하게 된다는 것을 미리 예측할 수 있는 성숙한 의식을 드러내 보인다.

어디 그 뿐인가. 정상 부인이 옥년이를 버리고 딴 데로 시집을 가겠다고 하자 옥년이는 평양성에서 부모 잃었을 때의 절망감을 되새긴다. 그동안 옥년이는 자신을 구해준 정상 군의관과 그 부인을 친부모처럼 의지하며 행복하게 살아왔으나, 정상 부인이 옥년이를 버리고 개가하겠다는 말을 듣는 순간 옥년이는 그동안 정상 부인과 자신을 한 가족이라고 믿고 살았던 환상에서 깨어나게 되는 것이다. 이것은 곧 그동안 옥년이가 잊고 지냈던 과거와 현재에 대한 역사적 진실을 돌이켜 보는 계기가 되었던 것이다.

옥년이가 정상 부인으로부터 구박 받게 된 것은 일본인의 존재와 우리 민족간의 정체성에 대하여 각성하는 계기가 되고 있다. 나이 어린 옥년이가 정상 부모에게서 사랑을 받으며 잊고 지내왔던 자신의 정체성을 되찾게 되는 계기가 바로 정상 부인의 재가 문제와 연결되어 있기 때문이다. 이로써 옥년이라는 인물은 조선의 딸로 다시 태어나게 되고 조선인의 자존심을 되찾게 되는 것이다.

(부인) 이제는 공부 다 하였으니 어미를 먹여 살려라. 공부를 네가 한 듯 하냐. 내가 시키지 아니 하였으면 공부가 다 무엇이냐. 네가 조선서

---

22) <혈의 누>, 전집1, 47쪽.

자랐으면 곧 공부하는 구경도 못 하였을 것이다. 네 운수 좋으려고 일청
전쟁이 난 것이다. 네 운수는 좋았으나 내 운수만 글렀다. 너 하나 공부시
키려고 허구한 세월의 이 고생을 다 하고 있다.

부인이 적색의 말을 퍼부어 내니 옥년이가 고개를 숙이고 가만히 생각
한 즉 겨우 소학교 졸업한 계집아이가 제 힘으로는 정상 부인을 공양할
수도 없고 정상 부인의 힘을 또 입으면서 공부하기도 싫고(생략)23)

옥년이가 그 물을 바라보고 하는 말이 오냐 반갑다. 오던 길로 도로
가는구나. 일청정쟁이 일어났을 때에 그 전쟁은 우리 집에서 혼자 당한
듯이 내 부모는 죽은 곳도 모르고 내 몸에는 총에 맞아 죽게 된 것을
정상군의 손에 목숨이 도로 살아나서 (중략) 오기는 물 우에 길로 왔거니
와 가기는 물속 길로 가리로다.

내 몸이 저 물에 빠지거든 이 물에서 썩지 말고 물결 바람결에 몸이
둥둥 떠서 신호 마관 지나가서 대마도 앞으로, 조선 해협 바라보며 살같
이 빨리 가서 진남포로 들어가서 (중략) 이 몸이 썩더라도 대동강에서
썩고 지고. 물아 부탁하자. 나는 너를 쫓아간다. (중략) 옥년이가 정신이
아득하여 폭 고꾸라졌다. 섧고 원통한 맺힌 마음에 기색을 하였다가24)

옥년이가 정상 부인의 힘을 또 입으면서 공부하기 싫다는 것은 자존심
의 표현이다. 그때 그녀가 자존심을 지키기 위한 유일한 방법은 죽음
밖에 없었다. 이때 옥년이가 자살을 선택하는 것에 대하여 단순히 나약한
행동으로만 볼 수는 없다. 옥년이가 자살하기 위하여 바닷가에 서는 순간
청일전쟁의 의미를 깨닫기 시작한다. 즉, '일청전쟁이 일어났을 때에 그
전쟁은 우리 집에서 혼자 당한 듯이' 라는 말로 전쟁의 역사적 의미를
암시한다. 그리고 나서 옥년이는, 드디어 '분노' 한다. 정상군의 손에 살
아나서 물위의 길로 일본에 왔지만, 물 속 길로 돌아갈 것을 스스로 선택
함으로써 주체적인 의지의 인물로 변환되는 것이다.

---

23) <혈의 누>, 전집1, 51쪽.
24) <혈의 누>, 전집1, 58-59쪽.

'내 몸이 저 물에 빠지거든 이 물에서 썩지 말고(중략) 대동강에서 썩고 지고'라는 말은 옥년이의 민족적 분노의 감정을 가장 효과적으로 표출한 대목이다. 이것은 옥년이가 일본인에 대한 개인적인 관계를 떠나 청일전쟁을 통해 일본과 평양(조선)이라는 민족적인 의식으로 나아가고 있음을 드러내는 것으로 이해할 수 있기 때문이다. 이 순간을 기점으로 하여 옥년이의 행동은 일본인 양어머니로부터 자립의 길로 나아가게 된다. 옥년이가 구완서를 만나게 되는 것도 그녀가 일본인의 도움으로부터 독립하여 자신의 길을 찾아 나섰을 때였다.

옥년이를 통하여 표출된 분노의 감정은 나약했던 옥년이를 강하게 일으켜 세웠고, 개인의 무의지에서 개인의 주체성으로, 역사적 인식에서 민족적 정체성을 발견하게 되는 중요한 구실을 하고 있음을 볼 수 있었다.

다른 한편으로, 옥년이가 내 몸을 낳은 사람은 평양 아버지 어머니요, 내 몸을 살려서 기른 사람은 정상 아버지와 대판 어머니라면서, 내 팔자 기박하여 부모 잃고, 내 운수불길하여 정상 아버지가 전쟁 중에 돌아가셨다며 그 은혜를 갚기 위해 죽겠다고 한 말은25) 앞의 예문에서 보여주는 옥년이의 섧고 원통한 감정과는 별개의 것으로, 일본인에 대한 옥년이의 이중성을 드러내는 목소리라 할 수 있다. 이것은 옥년이의 의식이 창작 주체로부터 독립되어 있지 못하고, 우리 민족과 우리나라에 들어와 있는 일본세력을 동시에 내포 독자로 의식하고 있는 창작 주체의 의식과 통합되어 있는 데서 그 원인을 찾을 수 있을 것이다. 창작 주체의 이와 같은 이중적인 태도는 창작 주체를 대변하는 서술자의 서술태도에 있음을 앞 장에서 이미 자세하게 고찰한 바 있다.

<혈의 누>에서 분노의 목소리를 보여주는 또 한 사람이 바로 막동이다. 막동이는 김관일의 장인 최주사의 하인이지만, 단순한 무식꾼 이상의 의식을 지닌 인물로 등장한다. 그의 언어에는 신분제도에 대한 분노의

---

25) <혈의 누>, 전집1, 57-58쪽.

감정과 나라를 망하게 만들어 놓은 양반들에 대한 분노의 감정이 진하게 배어있다. 막동이의 내면에 쌓여있던 이와 같은 분노의 감정들이 입 밖으로 분출하게 된 것은 청일전쟁으로 인하여 딸자식을 잃어버린 최주사의 탄식에서 비롯된다.

> 막동아, 너 같은 무식한 놈더러 쓸데없는 말 같지마는 이후에는 자손 보존하고 싶은 생각 있거든 나라를 위하여라. 우리나라가 강하였다면 이 난리가 아니 났을 것이다. 세상 고생 다 시키고 길러낸 내 딸자식 나이 젊고 무병하건마는 난리에 죽었구나(중략)
> (막동) 나라는 양반님네가 다 망하여 놓으셨지요. 상놈들은 양반이 죽이면 죽었고 때리면 맞았고, 재물이 있으면 양반에게 빼앗겼고, 계집이 어여쁘면 양반에게 빼앗겼으니 소인 같은 상놈들은 제 재물, 제 계집, 제 목숨 하나를 위할 수가 없이 양반에게 매였으니 나라위할 힘이 있습니까.(중략) 양반님 서슬에 상놈이 무슨 사람값에 갔습니까. 난리가 나도 양반의 탓이올시다. 일청전쟁도 민영춘이란 양반이 청인을 불러 왔답디다.(생략)[26]

최주사와 막동이의 대화에는 우리나라가 망하게 된 근본적인 원인이 어디에 있는가에 대한 역사적 성찰이 담겨져 있다. 최주사가 우리나라의 현재와 상황에 대하여 말을 꺼내자, 막동이는 현재의 상황을 초래한 원인이 어디에서부터 시작되고 있는가를 날카롭게 짚어내고 있는 것이다. 그의 날카로운 언어 속에는 신분제도의 모순에 대한 한(恨)의 정서도 들어있으나, 그보다는 이 나라를 망해놓은 봉건 지배층에 대한 분노의 정서가 더 강하게 배어있다. 특히 청국에 의지하여 권력을 유지하려던 민씨 세력에 대한 가시 돋친 언어에서 전쟁의 책임을 묻고 있는 분노의 목소리가 느껴진다.

---

26) <혈의 누>, 전집1, 28-29쪽.

여기서 청군만을 언급하고 일본이라는 침략세력을 언 표면에 떠올리지 않았다고 해서 창작 주체의 편협한 친일적 감정까지 운운할 필요는 없다고 본다. 그것은 이 소설에서 '일청전쟁'이 가리키는 대상이 청군이 아니라 일본군의 활약상이기 때문이다. 그러니까 청일전쟁을 야기한 것은 민씨 세력이 청인 군사를 불러들인 데서 발단이 되었다는 막동이의 지적은 정곡을 찌르는 말이다. 막동이의 이 같은 분노의 언어는 단순히 신분제도의 모순에 대한 분노의 차원을 넘어서 나라를 망해놓은 데 대한 분노의 감정이 크게 작용하고 있는 것이다.

이와 같이 <혈의 누>에는 청일전쟁으로 인한 외세의 침략과 우리나라의 위기 상황이 집중적으로 취급되면서 작중인물들의 주변적인 역할에서도 소홀함이 없이 역사적 상황에 대한 문제점들이 거론되고 있음을 볼 수 있다. 따라서 <혈의 누>에 나타나는 분노의 정서는 말할 것도 없이 외세의 침략에 대한 민족적 분노의 감정을 나타낸 것이라고 이해할 수 있겠다.

2) <은세계> … 백성들의 저항

신소설 <은세계>에서 나타나는 분노의 언어는 최병도와 그의 친구 김정수, 그리고 강원도 백성들의 목소리를 통하여 표현된다. 특히 이 소설에서 묘사되는 분노의 정서는 단순한 분노가 아니라 저주에 가까운 것이었다. 이들이 저주에 가깝도록 분노하는 대상은 봉건 지방관리를 대표하는 정감사와 중앙의 봉건 지배계층을 포함하고 있다. 체념의 성격이 강한 한(恨)의 언어와는 달리 분노의 언어에는 대상에 대한 저항이나 공격의 성격이 강하기 때문에, 분노의 목소리를 갖고 있는 작중인물들에게는 필연적으로 대상에 대한 공격적인 행동양식으로 발전할 수 있다. 그 대표적인 인물이 최병도이다.

최병도는 봉건 지배층의 수탈 아래 존재의 위기 상황에 내몰리고 있던 조선 후기의 평민 상층을 대표하는 인물로, 조선 후기 봉건주의의 모순에 항거하는 문제적 개인에 해당한다. 그런데 텍스트 내적 세계에서 최병도라는 인물이 당대의 지배계층에게 항거하는 능동적인 의식과 행동을 취할 수 있는 것은 그의 의식이 창작 주체의 통제나 굴레로부터 독립되어 있기 때문이 아니라 그의 의식이나 행동 양식 속에 창작 주체의 의식이 침투하고 있기 때문이다. 다시 말해서 그의 언어나 행동 양식은 어디까지나 창작 주체가 허용하는 범위내에서 움직이기 때문에 단성적인 언어가 되는 것이다. 왜냐하면 그에 대한 허용과 통제 속에서 창작 주체의 의도가 드러나게 될 것이기 때문이다.

그리고 최병도가 분노하고 항거하는 대상이 정감사라고 하는 한 지방 관리를 대상으로 하는 것이 아니라 총체적으로 부패해버린 봉건 지배체제 전체를 대상으로 하는 것이기 때문에 문제적 개인인 최병도의 패배는 예정되어 있는 것이나 다름없다. 바로 이 점이 최병도를 문제적 인물로 만드는 것이다.

(김) 자네가 아니 피할 까닭이 무엇인가

(최) (중략) 자네 같이 논마지기 없이 가난으로 패호한 사람을 감영에서 무엇을 얻어먹겠다고 두고두고 찾겠나. 나는 돈냥이나 있다고 이름 듣는 사람이라. 이 감사가 갈려 가더라도 또 감사가 내려오고, 내가 타도에 가서 살더라도 그 도에도 감사가 있는 터이라 돈푼이나 있는 백성은 죄가 있든지 없든지 다 망하는 세상에 내가 가면 어디로 가며 피하면 어느 때까지 피하겠나. 응. 뺏으면 빼앗기고 죽이면 죽고 당하는 대로 앉아서 당하지[27]

상전이라 하면 강원감사가 (중략) 그 상전에게 등을 대고 만만한 사람을 죽여내는 판이라. (중략) 만일 백성을 위하여 청백리 노릇만 하고 상전에게

---

27) <은세계>, 전집3, 110쪽.

바치는 것이 없을 지경이면 가지고 있는 인쪽지를 몇일 쥐어 보지도 못하
고 떨어지는 터이라. 그런고로 그 상전 섬기기가 어렵다 하는 것이라.
　쉬운 것이 무엇인고. 우물 고수 첫 수로 백성의 피를 긁어 바치기만
잘 하면 고만이라(중략) 세도 재상도 상전이오, 별입시도 상전이오, 긴한
내시도 상전이오 (생략)[28]

　위의 예문에서 보는 바와 같이 봉건 지배체제의 구조적 모순에 대한
최병도의 시각이나 서술자의 시각은 동일하다. 즉 최병도나 서술자는 당
대 봉건 관리들의 학정이 중앙의 지배구조가 부패하여 있음에서 비롯된
다는 사실을 지적하고 있는 것이다. 이와 같은 시각은 조선의 봉건 지배체
제의 개혁이 불가피하다는 것을 강조하기 위함이다. 즉 구조적으로 썩어
있는 정치체제는 개혁만이 그 모순을 바로 잡을 수 있다는 논리이다.
　최병도에게 이러한 시각을 열어준 정신적 지주는 다름 아닌 갑신정변
(1884)의 주역인 김옥균이다. 그러므로 최병도의 의식은 개화당 김옥균의
사상을 계승한 것으로, 적어도 우리나라의 부패한 봉건체제를 개혁하려
는 의도는 순수하게 민족적 각성의 발로임을 말해주는 것이다. 따라서
이 점에서 만큼은 당대의 평민 상층을 대변하는 작중인물 최병도나 이
소설의 창작 주체인 작가 이인직에게 있어서 동일한 합일점에 서 있음을
의미한다.
　그러나 김옥균의 시대만 하더라도 우리나라는 엄연한 독립국가로서
독자적인 근대화의 추진이 가능했던 시대였다. 그런데 불행하게도 이인
직의 시대 즉, 이 소설이 씌어지던 1908년 당대의 역사 환경은 우리나라
가 이미 일본에 의하여 정미 7조약이라는 치욕적인 조약이 이루어지고
식민지적 상황에 훨씬 더 가까이 내몰린 시기였다. 그러므로 1884년의
김옥균의 사상과 1908년의 최병도가 대변하는 이인직의 사상을 동일한
선상에서 비교한다는 것은 공평하지 못하다. 오히려 여기서 문제 삼아야

---

28) <은세계>, 전집3, 31-32쪽.

할 것은, 최병도의 분노와 저주의 말을 쏟아내는 의도가 무엇인가 하는
점이다. 죽음을 눈앞에 두고 쏟아내는 최병도의 언어는 분노와 증오의
감정을 넘어 저주의 말에 가깝다.

> 순사도께서 어진 정사로 백성을 다스리지 아니 하시고 옳은 법으로
> 죄인을 다스리지 아니 하시면 강원도 백성들이 누구를 믿고 살겠습니까.
> 백성이 살 수가 없이 되면 나라가 부지할 수가 없을 터이오니(중략)
> 　순사도께서 이 백성들을 수족같이 아시고 동생같이 여기시고 어린 자
> 식같이 사랑하시면 이 백성들이 무궁한 행복을 누리고 이 나라가 태산과
> 반석같이 편안할 터이오나, 만일 그렇지 아니 하여 백성이 도탄에 들을
> 지경이면 천하의 백성 잘 다스리는 문명한 나라에서 인종을 구한다는
> 옳은 소리를 창시하여 그 나라를 뺏는 법이니 (중략) 우리나라도 백성에
> 게 포악한 정사를 행할 지경이면 나라가 망하는 것은 순사도는 못 보시더
> 라도 순사도 자제는 볼 터이올시다.[29]

우리나라가 포악한 봉건정치 관리들 때문에 망하게 되리라는 말은 비
단 최병도의 말 뿐만 아니라 그의 친구인 김정수나 경금동네 백성들의
입을 통하여, 그리고 최병도의 아내인 본평부인의 말에 반복하여 나타나
는 말이어서 독자로 하여금 그 의도를 되새겨 보게 만든다.

나라가 망한다는 말과 관련하여 일반적으로 우리가 최병도의 언어에
서 가장 먼저 관심을 갖게 되는 것은 다음과 같은 그의 친일적인 발언일
것이다. '백성이 도탄에 들을 지경이면 천하의 백성 잘 다스리는 문명한
나라에서 인종을 구한다는 옳은 소리를 창시하여 그 나라를 빼앗는 법'이
라는 말이다. 이 말은 언뜻 보면 '천하의 백성 잘 다스리는 문명한 나라',
'인종을 구한다는 옳은 소리를 창시'하였다는 말에서 일본의 침략 행위

---

29) <은세계>, 58-59쪽 ; 이상경, 이인직 소설의 근대성 연구」,『민족문학과 근대성』,
　　문학과 지성사, 1995, 164쪽 재인용.

를 옹호하는 의미로 해석되기 쉽지만, 분명한 것은 그 말의 마지막에서 '그 나라를 빼앗는 법', '나라가 망하는 것'이라는 말에서는 단순하게 침략자를 옹호하는 의미와는 그 억양이 다르다는 점을 간과해서는 안된다. '나라가 망하는 것은 순사도는 못 보시더라도 순사도 자제는 볼 터이올시다.'라는 표현도 마찬가지이다.

다시 말해서 최병도가 분노의 감정을 드러내는 데는 단순히 부패한 봉건체제에 대한 저주의 의미만을 갖는 것이 아니라, 우리나라의 봉건 관리들이 세계정세에 빠르게 대처하지 못하여 나라를 빼앗기게 된 데 대한 분노의 감정이 함축되어 있다는 사실이다. 그것은 나라를 빼앗긴 데 대한 분노의 감정을 역설적인 언어로써 극단적으로 표현한 것이라 할 수 있다. 이와 같은 해석은 최병도의 죽음과 그 후에 그의 자녀들에 의해서 회상되는 김옥균의 죽음의 의미를 되새기는 데서 명확하게 밝혀 질 수 있다.

신소설 <은세계>에서 최병도라는 인물의 성격은 우리나라의 봉건 정치제도의 모순과 한계를 깨닫고 세계적 추세인 근대화와 근대적 국가 체제로 개혁하려는 포부를 가진 우리 민족의 주체적 역량을 대표하는 인물이라 할 수 있다. 그는 실제로 김옥균과 더불어 우리 역사상 실존했던 인물이었을 가능성도 크다.[30] 이렇게 우리 민족의 내부에서 자발적으로 각성하여 나라의 큰 힘으로 성장하여가고 있던 최병도와 같은 주체적 역량들이 우리나라의 부패한 봉건정치 관리들에 의하여 생매장 당함으로써 1905년 -1907년과 같은 국가적·정치적 취약성을 드러내고야 말았다. 창작 주체의 의도는 바로 이와 같은 역사 인식에서 최병도의 목소리를 통한 분노의 감정과 최병도의 죽음을 마련하였던 게 아닌가 여겨진다.

이러한 생각을 뒷받침해 주는 것이 이 소설의 뒷부분에서 최병도의

---

30) 최원식, 「은세계 연구」, 같은 책, 45쪽.

자녀인 옥순·옥남 남매가 나누는 대화 내용이다.

(옥순) 이애, 옥남아. 세계 각국에 개혁 같은 큰 일이 없고 개혁 같이 어려운 일이 없는 것이라. 우리나라에서 수십 년 내로 개혁에 착수하던 사람들이 나라에 충성을 극진히 다 하였으나 우리나라 백성은 역적으로 알고 적국 백성은 반대하고 원수 같이 미워한 고로, 개혁당의 시조되는 김옥균 같은 충신도 자객의 암살을 면치 못하였고, 그 후에 허다한 개혁당들도 낱낱이 역적 이름을 듣고 성공치 못하였는데[31]

그러나 우리나라 일은 깊은 잠 어지러운 꿈만 같아서 불러도 아니 깨이고 몽둥이로 때려도 아니 깨이는 터이라. 어느 때든지 하늘이 뒤집히도록 천변이 나고 벼락불이 뚝뚝 떨어지기 전에는 저 꿈 깨기가 어려우리라 싶은 것도 옥남의 생각이라.[32]

옥순이의 말은 우리나라 개화기의 주체적 역량들이 누구에 의해 어떻게 희생되었던가를 상기시킨다. 나라의 앞날을 내다보고 개혁을 도모했던 그들은 우리 민족으로부터 '역적'으로 몰리거나 암살을 당해야만 하였다. 그러므로 옥순이의 이 말에는 철저하게 개화기 당대의 역사적 사실을 염두에 두고 하는 말이기 때문에 과장되거나 왜곡된 표현을 찾아 볼 수 없다. 이렇듯 우리나라는 격변기의 세계정세에 어두웠던 봉건 지배자들의 반대운동으로 인하여 우리 민족의 주체적 근대 개혁의 꿈을 이루지 못함으로써 1908년 현재와 같은 일을 당하게 되었다고 보는 시각은 역사를 옳게 파악한 것으로 보인다. 예문에서 옥남이가 '어느 때든지' 하늘에서 벼락불이 떨어지기 전에는 꿈 깨기가 어렵다는 말은 이러한 봉건 지배자들의 상태를 정확하게 표현하고 있는 것이다.

---

31) <은세계>, 전집 3, 211쪽.
32) <은세계>, 전집 3, 206쪽.

만일 갑신정변 때(1884년) 김옥균과 그의 개혁당들이 역적으로 몰리지 않고 고종이 그들을 보호하여 주면서 그들의 개혁의지를 긍정적으로 추진하였다면 우리나라의 역사는 지금과는 다르게 전개되었을 것이다. 옥남의 다음과 같은 말에서 창작 주체의 그와 같은 역사 인식을 읽을 수 있다.

> 만일 이십 년 전에 개혁이 되었으면 이십 년 동안에 나라의 힘이 크게 떨치지는 못하더라도 인민의 교육 정도와 생활의 길이 크게 열려서 국가의 독립하는 힘이 유여하였을 것이오, 만일 십년 전에 개혁이 되었을 지경이면 오호 만의(嗚呼晩矣)라. 나라 일 하기가 대단히 어려운 때이라. 비록 남의 힘을 빌지 아니 하고 내 힘으로 개혁을 하였더라도 백공천창(百孔千創)의 꿰매지 못할 일이 여러 가지라. 그러나 개혁한 지 십 년만 되었더라도 족히 국가를 보존할 기초가 생겼을 터이라. 그러한즉 우리나라의 개혁만 하여도 이러하거늘, 정치 개혁은 아니 하고 도리어 나라 망할 짓만 하였으니 그런 원통한 일이 있소.[33]

따라서 신소설 <은세계>에서 최병도의 분노의 언어는 1908년과 같은 역사를 초래한 봉건지배층에게 보내는 분노의 감정이었던 것이며, 최병도의 죽음은 우리 민족의 자주적 근대개혁의 패배를 의미한다. 그래서 일본에 의해 근대 개혁이 이루어지고 있던 당대 우리나라의 현실을 빗대어 "천하의 백성 잘 다스리는 문명한 나라에서" "나라를 빼앗는 법이니", 나라가 망하는 것을 순사도 자제는 볼 것이라는 말로 대신하고 있는 것이다.

그리고 <은세계>라는 제목 자체가 암시하는 것도 예사롭게 느껴지지 않는다. 왜냐하면 이것을 최병도의 죽음과 연결시켜 보면, 우리나라가 망했다는 것을 상징적으로 나타내고 있는 듯하기 때문이다. 즉, 한 개인이 죽으면 흰 상복을 입듯이 이 나라가 망하자 온 누리에 흰 눈이 덮여

---

33) <은세계>, 전집 3, 212-213쪽.

조상(弔喪)하고 있는 것을 연상시키기 때문이다. 이 소설 속에서 눈은 최병도가 잡혀가던 날에 폭설이 내리는 것으로 형상화되어 있다.

3) 〈귀의 성〉… 증오와 타협의 역설

신소설의 작중인물들 속에서 〈귀의 성〉의 강동지 만큼 양반에 대한 강한 증오심을 보여주는 인물도 드물 것 같다. 강동지라는 인물이 놓여있는 환경은 〈은세계〉의 최병도와 흡사하다. 예컨대 이 두 사람은 남부럽지 않을 만큼의 재산을 소유하고 있던 부유한 평민계층이라는 점과, 지방관리라는 직책을 가진 자들에게 재산을 빼앗기지 않을 수 없는 사회적 환경에 살고 있다는 점이 그러하다. 하지만 이 두 사람이 그러한 환경에 대처하는 행동양식은 매우 대조적이어서 비교가 된다. 〈은세계〉의 최병도가 죽음을 각오하고 부패한 지방관리에게 저항하였던 데 비하여 〈귀의 성〉의 강동지는 춘천지방으로 번갈아 내려오는 지방 관리들에게 이리 빼앗기고 저리 빼앗기면서도 자신이 놓여있는 환경에 순응적인 태도로 일관해 왔다. 그리고는 이제 더 이상 빼앗길 만한 재산이 남아있질 않자, 하나 밖에 없는 무남독녀 길순이 마저 지방관리에게 빼앗길 처지에 놓이게 되었다. 이때 주목되는 것은 강동지의 반응이다. 춘천 군수 김승지가 딸을 첩으로 달라고 하자 화를 내거나 걱정하는 것이 아니라 '이제 큰 수났다'고 생각하는 것이 강동지의 반응이다. 바로 이 점이 문제적 개인 최병도와 다른 점이다. 최병도가 그 시대에 깨어있는 소수의 선각자들 계열에 든다면 강동지는 그야말로 다수의 백성들이 그러하듯이 주어진 환경에 인내하며 끝까지 살아남기 위해 발버둥치는 민초의 한 전형으로 볼 수 있다.

예전에는 강동지가 부유한 평민층에 속하였지만 지금의 강동지는 봉건 지방관리들의 손에 의해 뿌리 뽑힌 민초로 전락한 상태이다. 이러한 상황에서 강동지는 자신의 하나 밖에 없는 핏줄인 길순이를 '돈 덩어리로' 생각하며 그 딸을 김승지에게 바쳤던 것이다. 자신의 핏줄이나 가족을 '돈'으로 환산하는 인물에는 1930년대 김유정의 소설에서 자주 볼 수 있는데, <귀의 성>의 강동지야말로 그러한 인물의 최초의 모델이라 할 수 있다.

> 우리가 백척간두에, 꼭 죽을 지경에 김승지 영감이 춘천 군수로 내려와서 우리 길순이를 첩으로 달라 하니, 참 용꿈 꾸었지. 내가 전에는 풍언 하나만 보아도 설설 기었더니 춘천 군수 사위 본 후에는, 내가 읍내를 들어가면 동지님 동지님 하고 (중략) 잠자코 가만히 있게. 그 양반 덕에 우리가 또 수 날 때 있으니.[34]

그러나 강동지는 당대의 일반적인 민초의 전형일 수만은 없다. 왜냐하면 그는 양반 지배층에 대한 끊임없는 선망과 그들과의 관계를 통하여 신분 상승을 꿈꾸고 있을 뿐만 아니라 양반에 대한 그의 이중적인 욕망이 그가 단순한 민초가 아닌 또 다른 어떤 존재임을 보여주는 것이다.

> 강동지가 성품은 강하고 힘은 장사이라. 하늘에서 떨어지는 벼락도 무섭지 아니 하고 삼학산에서 내려오는 범도 무섭지 아니 하나, 겁나는 것은 양반과 돈이라. 양반과 돈을 무서워하면 피하여 달아나는 것이 아니라 어린 아이 젖꼭지 따르듯 따른다.
> 따르는 모양은 한 가지나 따르는 마음은 두 가지라. 양반은 보면 대포로 놓아서 무찔러 죽여 씨를 없애고 싶은 마음이 있으면서 거죽으로 따르고, 돈은 보면 어미 애비보다 반갑고, 계집 자식보다 귀애하는 마음이 있어서 속으로 따른다.
> 그렇게 따르는 돈을 이전 시절에 남부럽지 아니 하게 가졌더니, 춘천 부사인지 군수인지, 쉽게 말하려면 인피 벗기는 불안당들이 번갈아 내려오는데, 이 놈이 가면 살겠다 싶으나 오는 놈마다 그 놈이 그 놈이라.

---

34) <귀의 성>, 전집 1, 114 - 115쪽.

양반을 보면 대포를 놓아 죽여 씨를 없애고 싶어 하면서도 한편으로는
그 양반의 덕을 보려고 겉으로 따르는 강동지의 이중적인 욕망의 구조는,
어쩌면 작가 이인직의 일본에 대한 이중적인 욕망의 구조를 닮아있을지
도 모른다. 아무튼 강동지는 자신이 그토록 바라던 신분 상승이나 행복의
욕구는 계획대로 이루어지지 않았다. 그의 불행은 애초에 예견되는 것이
었다. 도대체 씨를 없애고 싶은 양반에게 자신의 무남독녀 길순이를 주는
것 자체가 그것을 충분히 예견하게 만든다.

그러나 흥미로운 것은 강동지가 딸의 복수를 감행하는 대상이 양반이
아니라 김승지의 부인이라는 점이다. 대포를 놓아 씨를 없애고 싶었던
양반은 살고 어째서 가엾은 그의 아내가 죽어야만 했는가. 따지고 보면
김승지의 부인도 양반 가부장제도가 낳은 축첩제도의 희생자였을 뿐이
다. 그러므로 강동지의 김승지 부인에 대한 복수 행위는 오히려 창작
주체의 양반에 대한 적대감을 약화시키는 것이다. 다시 말해서 이것은
강동지 자신을 뿌리 뽑힌 민초로 전락시킨 양반에 대한 복수는 아닌 것이
다. 단지 딸의 죽음에 대한 개인적인 복수일 뿐 역사적으로나 사회적으로
의미 있는 행위로 보기는 어렵다. 이것은 강동지가 김승지 부인에게 복수
하고 난 뒤 죽어있는 김승지 부인에 대고 혼자 토죄하는 대목에서도 그
의미가 분명하게 드러난다.

---

35) <귀의 성>, 전집 1, 126 - 127쪽.

극성을 어떻게 부렸느냐. 이 년 이 개 잡년아. 네가 숙부인, 숙부인인지 쑥 부인인지 뺑때 부인이라도 너 같은 잡년은 없겠다. 이년, 이 망한 년. 네가 걸핏하면 양반이니 염소반이니 하며 너는 고소대 같이 높은 사람이 되고 내 딸은 상년이라고, 그 년 그년 그까진 년, 남의 첩년, 강동지의 딸년, 죽일 년 살릴 년하며, 너 혼자 세상에 다시없는 깨끗한 양반의 여편 네인체 하던 년이 그렇게 쉽게 몸을 허락한단 말이냐. 이 년 네 마음이 얼음같이 깨끗하고 칼날같이 독할 지경이면 남의 칼을 무서워하며 네 목숨을 아낀단 말이냐.36)

　　길순이는 정절부인이 되려나, 왜 다른 데로 시집을 아니 가고 김춘천인 지 김승지인지 그 망한 놈만 바라보고 있어.37)
　　또 사람의 행실은 반상으로 의논할 것이 아니요, 사족의 부녀라도 제 마음 부정한 사람도 있을 것이오, 불상년이라도 제 마음 정열한 사람도 많을 터이니, 나는 아무리 시골구석에 사는 상년이라도 두세 번 시집가기 는 싫소.38)

　그러니까 이 소설에서 강동지가 양반에 대하여 씨를 없애고 싶어 하는 분노의 감정과 실제로 그의 복수 행위의 주요한 동기와는 거리가 있다. 단지 여성의 정절의식에는 반·상을 따질 것이 아니라는 의미로 강동지 의 분노의 의미가 축소되어 있는 것을 볼 수 있다. 바로 이러한 주제를 전달하기 위하여 서술자는 김승지 부인의 성격을 '명창광대' 같고 '왜가 리 소리'를 내지르고 '무당년의 소리' 같은 씩씩한 목소리의 인물로 창조 하는 반면, 평민인 강동지의 딸 길순이는 수절을 고집하는 정숙한 인물로 묘사한다. 이러한 성격 창조는 역설적이게도 김승지 부인은 아직 축첩제 도에 대하여 겉으로 드러내 놓고 비판은 못 하지만 '첩'을 거부함으로써 근대적인 면모를 보여주는 반면, 춘천집은 강동지의 뜻을 팔자로 받아들

---

36) <귀의 성>, 전집 1, 379 - 380쪽.
37) <귀의 성>, 전집 1, 115 - 116쪽.
38) <귀의 성>, 전집 1, 124쪽.

이며 주어진 현실에 안주하는 전근대적인 면모를 드러낸다.

결국 강동지의 양반에 대한 증오심은 <은세계>의 최병도와는 달리 양반에 의해 신분상승을 꿈꾸는 이중성으로 인하여 제 기능을 발휘하지 못하고 말았다. 오히려 양반 김승지와 결탁하여, 축첩제도의 또 다른 희생자인 양반의 정실부인을 살해하는 개인적인 행위로 끝나고 말았다. 이것은 이 소설이 창작되던 당시 아직도 세력이 강했던 봉건 양반계층에 대한 창작 주체의 이중적인 태도와 관계가 있을 것으로 이해된다. 이 때문에 이 소설은 만만한 여성인물들만 희생을 당하고 주제의식 또한 강동지의 분노의 의도와는 달리 약화되었다고 할 수 있다.

4) <치악산> … 개화양반과 수구양반의 대결

신소설 <치악산>에서 분노의 언어는 개화파 양반 이판서와 수구파 양반 홍참의 간에 나타난다. 그것은 갑오경장 이전에 사돈의 인연을 맺은 후로 개화파가 된 이판서가 지향하는 세계와 수구파 홍참의가 지향하는 세계는 서로 타협이 불가능할 정도로 극과 극의 대립을 이루는 관계로 발전하면서 시작된다. 당대 사회의 갈등구조를 두 사돈간의 갈등구조로 축소시켜 놓은 이러한 관계는 당대 사회의 갈등하는 두 이데올로기의 집단을 상징한다고 볼 수 있다.

그런데 이 두 인물의 언어는 서로 지향하는 이데올로기가 상반된다는 점은 이해되지만 자신들이 고집하는 개화나 수구에 대한 타당한 이유를 제시하지는 못하였다. 홍참의의 경우 수구를 고집하는 이유가 있을 것이고 이판서의 경우 이 나라의 젊은이들이 하루 빨리 신학문을 배워야하는 설득할 만한 이유가 있을 것이다. 그런데 이 소설에는 이러한 측면은 전혀 고려되지 않고 인물들 간에 이유 없는 분노의 감정만 노출되어 있는 것을 볼 수 있다. 이 점은 이 소설의 언어가 이인직의 다른 신소설에서보다 생명력이 떨어지는 중요한 이유가 되기도 한다.

이렇게 된 데는 무엇보다도 작중인물들의 의식에 생명력을 불어넣어야 할 서술자 또는 창작 주체가 소설의 창작에 대한 의욕이 상실된 데 있다고 볼 수 있다. 이인직의 소설에서 창작 주체의 의식이 작중인물의 의식과 밀착되어 있을수록 작중인물들의 언어에 역동적인 생명력을 느낄 수 있었던 데 비하여, <치악산>의 경우에는 특별한 역사의식이나 사회 또는 가정사에 대한 뜨거운 열정을 품고 있는 인물이 거의 없는 것이 그 좋은 예라 할 수 있다.

흥미로운 것은 이 두 개의 상반된 이데올로기 집단이 상대를 비난하는 분노의 시각이다. 즉, 완고(頑固)의 홍참의는 자신의 아들이 일본으로 유학을 간 것을 자신의 집안이 망한 것이라고 이해하는 것이나, 개화 양반 이판서가 완고의 늙은이는 하루 바삐 죽고 없어져야 나라가 망하지 않을 거라는 주장이 그것이다.

> (홍) 우애 리가가 홍가의 집을 망하여 준다더냐. 백돌이가 돈 한 푼 없는 것이 제 장인이 돈을 대어주지 아니 하였으면 제가 어찌 간단 말이냐. 가령 철없는 아이들이 일본 가고 싶다고 하였기로 소위 사돈은 나잇 살 먹은 것이 (중략) 가서 꾸짖지는 아니 할망정 돈을 주어서 가도록 하니, 아비 있는 자식을 사돈이 제 마음대로 그 못된 곳으로 보낸단 말이냐. 개화한 사람은 그 따위 버릇을 한단 말이냐.[39]
> 고두쇠가 홍참의 야단치던 몇 갑절 보태서 말을 하였는데 이판서는 그 말이 귀에 들어가는지 아니 들어가는지 한편으로 고두쇠 말을 들으면서 한편으로 방에 있는 사람을 대하여 무슨 말을 한다.
> (리) 이 사람, 자네 아우가 몇 살 되었나.
> 「‥‥‥‥」
> (리) 어서 외국에 보내서 공부나 시키게.
> 「‥‥‥‥」
> (리) 자네 어르신네가 아니 보내시거든 몰래 도망이라도 시키지. 완고

---

39) <치악산>상, 전집 2, 44쪽.

의 늙은이는 다 어서 죽어야 나라가 되지 쓸데없이 오래 살아서 젊은
사람에게 해가 적지 아니하여…… 어, 내가 실체하였네. (중략) 똑 자네
어르신네를 두고 한 말이 아닐세. 나부터 완고이니 우리같이 나이 많은
사람은 하루 바삐 죽고 없어야 나라가 아니 망하느니……[40]

완고의 홍참의는 자신의 아들이 외국에 유학을 간 것이 집안 망하는
일이라고 분개한다. 그러나 그것이 왜 집안을 망하는 일인가에 대한 설득
할 만한 이유가 생략되어 있기 때문에 이야기 자체가 맥이 빠져있다.
일본이 왜 '그 못된 곳'인지에 대한 아무런 설명이 없다. 개화 양반 이판
서의 언어 또한 마찬가지이다. 젊은 사람들을 왜 외국에 보내서 공부를
시켜야 하는지에 대한 어떤 이유도 제시하지 않았다. 하지만 완고의 늙은
이는 왜 모두 죽어야만 하는지에 대하여는 분명한 입장을 표명하였다.
즉 나라가 망하지 않으려면 완고의 늙은이는 모두 죽어야 한다는 것이다.
그러면 홍참의는 왜 일본이 '못된 곳'인지에 대하여 설명하지 못하였는
가. 이것은 표면적인 발화의 주체는 홍참의이지만 이 발화의 진짜 주인이
따로 있기 때문이다. 지독한 완고의 가부장인 홍참의가 자신의 집안사람
들만 있는 자리에서 일본세력을 의식하거나 그 세력에 압도될 리가 없다.
그러므로 이 발화의 진짜 주체는 자신의 담론을 듣거나 읽고 있을 다양한
이데올로기 집단들의 청자(독자)들을 의식하면서 담론을 조직하는 서술
자(내포작가)임을 알 수 있다. 이것은 수구파의 일본국에 대한 반(反)외세
사상과 1908년 당시 우리나라의 정치에 막강한 실력을 행사하고 있던
일본 또는 친일세력이 발화 주체의 의식 내부에 침투하여 내적인 대화적
관계가 일어나고 있었음을 의미한다. 이때 발화의 주체는 자신의 발화를
주시하고 있는 일본세력에 압도되어 일본에 대한 적대적인 발언은 배제
하고 다만 '그 못된 곳'으로만 표현하였다고 볼 수 있다. 따라서 이 소설

---

40) <치악산>상, 전집 2, 55-56쪽.

에서 홍참의로 대표되는 수구파의 존재는 타파되어야 할 대상으로서 상
징적으로만 나타날 뿐 진정한 의미의 수구파의 이데올로기는 언어화 될
수 없는 환경임을 알 수 있다. 이러한 양상은 개화 양반 이판서의 발언에
서도 나타난다.

완고의 홍참의는 일본을 겨우 '그 못된 곳' 정도로만 표현하였던 데
비하여 이판서의 경우 '완고의 늙은이는 다 어서 죽어야 나라가 되지'
라고 말하는 그의 태도는 얼마나 당당한가. '자네 어르신네가 아니 보내
시거든 몰래 도망이라도 시키지'라고 말하는 이판서의 말은 선동적이기
까지 하다. 하지만 이판서 역시 왜 우리나라의 젊은이들을 외국으로 유학
보내어 공부를 시켜야 하는지, 왜 완고의 늙은이들이 모두 죽어야 나라가
아니 망하는지에 대한 설명을 하지 못한다. 이 경우에도 역시, 발화 주체
의 의식 속에 침투한 능동적인 타자인 일본세력에 압도됨으로써, 일본을
하루 바삐 배우고 받아들여 자주적 문명국을 건설하자는 내용이 생략되
었다고 볼 수 있다.

우리는 일찍이 <혈의 누>에서 김관일과 구완서가 하루 바삐 미국에서
신학문, 신문명을 배워 우리나라로 돌아와서 문명한 독립국을 건설하자
며, 신학문을 배워야 하는 이유를 얼마나 설득력 있게 주장하였던가를
기억하고 있다. 그러나 1908년에 창작된 <치악산>에서는 그와 같은 열
정이나 설득력이 보이지 않는다. 오직 완고의 늙은이들 때문에 나라가
망했다고 비판만 하는 이판서나, 개화하면 자신의 집안이 망할 것처럼
생각하는 홍참의나, 상호간에 타협이 불가능한 텍스트 내적 상황이 불운
했던 당대 우리 민족의 역사적 현실을 담고 있는 것으로 이해된다. 서로
뜻을 합쳐도 독립국가를 유지할 수 있을까 말까 하는 상황에서 우리나라
의 양반 관리들이 개화파와 수구파로 분열하여 서로를 비방만 하고 있었
으니, 이 인물들을 통하여 나타나는 분노의 정서는 누구에게도 생산적이
지 못하고 소모적인 것임이 드러난다.

이것은 당시 우리나라의 사정이 앞으로 진보하지도 못하고 뒤로 되돌아갈 수도 없는 답답한 분위기를 생생하게 전달하고 있는 것이다.

3. 신념의 언어

이인직의 신소설에는 주어진 환경에 휩쓸리지 않고 현실을 비판적으로 직시하며 그 개선 방안에 대한 의지와 신념을 지닌 작중인물들이 등장한다. 이러한 인물들은 개화기 당시 깨어있는 선각자들의 범주에 드는 인물이거나 혹은 새로운 시대를 대비하는 개화지식인의 범주에 드는 유형에 속한다고 볼 수 있다.

이인직의 신소설에서 이러한 의지와 신념을 갖고 있는 인물들은 거의 모두가 남성 인물들이며 젊은이들이라는 공통점을 갖고 있다. 그리고 또 하나의 공통점은 이들의 의지와 신념이 관념으로만 존재할 뿐 현실적으로 실현 가능성을 보여주지는 못하였다는 점을 들 수 있다. 이것은 개화기 당시의 역사적 상황, 즉 미래에 대한 예측을 불허하는 우리나라의 현실의 상황이 그러한 소설의 창작에 영향을 미쳤을 것으로 판단된다. 다시 말해서 이러한 인물들이 제 아무리 미래에 대하여 신념을 갖고 있다고 하더라도 당대의 역사적 토대가 그것을 뒷받침해 주지 않을 때 그것은 관념으로만 끝날 수밖에 없는 것이다.

주목되는 것은 당대의 현실이 다양한 시대정신과 가치관의 혼란 속에서 국가의 나아갈 방향이 혼선을 빚고 있을 때, 이들은 실용주의적인 역사의식과 비판적 이성으로 우리 나라가 나아갈 방향을 현실적으로 실현 불가능한 막연한 대의명분을 고집하기보다는 현실적으로 실현 가능한 대안을 모색하고 있었다는 점이다. 바로 이 점이 이인직 소설의 특징이며 특히 신념의 언어를 나타내는 작중인물들의 특징이라 할 수 있다.

그리고 이인직 소설의 모든 인물들이 그러하듯이, 이 신념의 언어를 나타
내는 작중인물들의 경우도 예외 없이 창작 주체의 의식과 통합되어 있어
서, 독자에게 열린 의식으로 직접 자신의 언어를 교환하기 보다는 창작
주체의 통제 속에서 창작 주체의 단일한 이데올로기만을 드러내는 특성
을 보여주고 있다.

그러면 다음에서 각 작품에 나타나는 그러한 언어들의 구체적인 양상
을 살펴보기로 한다.

1) 〈혈의 누〉 … 민족적 근대화의 의지

평소에 '평양에서 돈 잘 쓰기로 이름 있던' 김관일은 우리나라가 청일
전쟁을 겪으면서 한 개인의 영달과 자기 가정의 행복만을 추구하던 일개
시민의 차원을 뛰어 넘어, 국가와 민족이 처해 있는 역사적 현실을 직시
하고 우리가 나아갈 방향을 모색하는 최초의 인물이다. 그는 청일전쟁이
우리 국가와 민족에게 어떤 의미가 있는 것인지를 파악하고 있으며, 우리
나라가 그러한 비극적 참상을 또 당하지 않으려면 부강한 나라를 만들어
야 한다고 생각한다. 이를 위해서 가장 시급한 것이 신학문을 배워야
한다는 각성을 하게 되었다.

그러니까 이 소설에서의 청일전쟁은 김관일이라고 하는 한 평범한 소
시민을 국가와 민족을 위하여 유지한 사업을 하도록 만드는 기폭제의
역할을 하고 있는 셈이다. 청일전쟁의 참상을 겪으면서 김관일이의 잠들
어 있던 의식이 깨어나게 되고 그는 소아적(小我的) 존재에서 대아적(大
我的) 존재로 의식의 전환이 일어나고 있는 것이다.

이와 같이, 이 소설에서 청일전쟁이라는 외세의 존재에 대해서 가장
주체적이고 자주적인 반응을 보여주는 인물이 바로 김관일이다.

　　엎들어지고 곱들어져서 봄바람에 떨어진 꽃과 같이 간 곳마다 발에
　밟히고 눈에 걸리는 피난군들은 나라의 운수런가 제 팔자 기박하여 평양

백성이 되었던가. 땅은 조선 땅이오 사람도 조선 사람이라. 고래 싸움에 새우등 터지듯이 우리나라 사람들이 남의 나라 싸움에 이렇게 참혹한 일을 당하는가. 우리 마누라는 (중략) 내 딸은 일곱 살 된 어린 아이라. 어디서 밟혀 죽었는가. 슬프다. 저러한 송장들은 피가 시내 되어 대동강에 흘러들어 여울목 치는 소리 무심히 듣지 말지어다. 평양 백성의 원통하고 설운소리가 아닌가. 무죄히 죄를 받는 것도 우리나라 사람이오, 무죄히 목숨을 지키지 못하는 것도 우리나라 사람이라.[41]

남의 나라 싸움에 희생을 당하는 것은 무죄한 우리나라 백성임을 깨달은 김관일은 '피가 시내 되어 대동강에 흘러들어 여물목 치는 소리 무심히 듣지 말지어다' 라는 말로 그 의미를 곱씹어 보고 있다. 우리가 왜 남의 나라 싸움에 참혹한 일을 당해야만 했는가. 김관일은 이에 답변을 '다 우리나라가 강하지 못한 탓이라' 고 생각한다. 이것은 '우리나라' 라고 하는 국가적 위상에 대하여 냉정하게 반성하고 있음을 보여주는 것이다. 이러한 반성은 필연적으로 우리나라의 운명을 책임지고 있는 정부 관계자에 대하여 책임을 물을 수밖에 없다. 즉, 우리나라의 정부 관리들은 남의 나라 사람들이 와서 '싸움을 하느니 지랄을 하느니'하기까지 무엇을 하고 있었단 말인가, 라는 비판의 화살이 그것이다.

우리나라 사람이 제 몸만 위하고 제 욕심만 채우려 하고, 남은 죽든지 살든지 나라가 망하든지 흥하든지 제 벼슬만 잘하여 제 살만 찌우면 제일로 아는 사람들이라. 평안도 백성은 염라대왕이 둘이라. 하나는 황천에 있고 하나는 평양 선화당에 앉아있는 감사이다.(중략) 평양 선화당에 있는 감사는 몸 성하고 재물 있는 사람은 낱낱이 잡아가니(중략) 고사를 잘 지내면 탈이 없고 못 지내면 온 집안에 동토가 나서 다 죽을 지경이라. 제 손으로 벌어놓은 제 재물을 마음 놓고 먹지 못하고 천생 타고난 제 목숨을 남에게 매어놓고 있는 우리나라 백성들을 불쌍하다 하겠거든, 더

---

41) <혈의 누>, 전집 1, 13-14쪽.

구나 남의 나라 사람이 와서 싸움을 하느니 지랄을 하느니 그러한 서슬에 우리는 패가하고 사람 죽어나는 것이 다 우리나라가 강하지 못한 탓이라.

오냐, 죽은 사람은 하릴없다. 살아있는 사람들이나 이후에 이러한 일을 또 당하지 아니하게 하는 것이 제일이라. 제 정신 제가 차려서 우리나라도 남의 나라와 같이 밝은 세상 되고 강한 나라 되어 백성 된 우리들이 목숨도 보존하고 재물도 보존하고 각 도 선화당과 각 고을 동헌 우에 아귀 귀신같은 산 염라대왕과 산 터주도 못 오게 하고, 범 같고 곰 같은 타국 사람들이 우리나라에 와서 감히 싸움할 생각도 아니 하도록 한 후이라야 사람도 사람인 듯싶고 살아도 산 듯 싶고, 재물 있어도 제 재물인 듯 하리로다.[42]

김관일의 눈에 비친 우리나라의 정치 관리들은 나라를 부강하게 만드는 데는 관심이 없고, 백성들의 재물만 탐내는 탐관오리들뿐이다. 거기에 남의 나라 사람들이 와서 싸움까지 벌이니 불쌍한 것은 우리나라 백성들뿐이라는 해석이다. 이에 김관일은 스스로 제 정신을 차리고 이후에 또 이러한 일, 즉 봉건 관리들의 탐학이나 외세의 침략을 당하지 않기 위해서는 우리나라도 남의 나라와 같이 문명한 국가로 전환하여야 한다고 각성하는 것이다.

이처럼 김관일의 각성에서 보여주는 것은 우리나라의 봉건국가 체제에 대한 부정과 문명한 자주적 근대국가를 건설하자는 혁명적 포부라고 말할 수 있다. 김관일은 또 우리나라의 현실에 대한 이와 같은 역사 인식을 비판으로만 끝내지 않고 자신의 주장을 즉시 그리고 몸소 실천으로 옮김으로써, 미국으로 근대적 문명과 신학문을 배우러 떠나고 있다.

그러나 김관일의 이와 같은 신념은 작품의 후반으로 가면 그 열정은 간 데 없고 딸의 결혼에 대한 관심으로 변질된다. 이것은 창작 주체인 서술자의 정치적 열정이 작품 초반에는 김관일의 의식에 통합되었다가

---

42) <혈의 누>, 전집 1, 14-15쪽.

소설의 후반에는 구완서의 의식에로 옮겨가면서 나타나는 현상으로 이해된다. 말하자면 이것은 소설의 전반부에 김관일의 역할이 후반부에 가서 구완서라는 인물에게로 전이되었음을 의미한다.

구완서의 등장은 이 소설의 여주인공 김옥년이 일본인 양어머니로부터 모진 시련을 겪다가 그 집을 뛰쳐나와 갈 곳 없는 막다른 골목에 서있을 때 옥년을 미국이라고 하는 보다 더 진보한 국가로 인도하기 위함이다. 말하자면, 아는 사람이라고는 아무도 없는 일본이라는 타국에서 나이 어린 소녀 옥년이 앞일을 예측할 수 없는 절망의 극점에 서 있을 때 횃불과도 같이 나타난 인물이 구완서이다.

구완서가 맡은 역할은 소설의 전반부에서 김관일이가 못 다한 이야기를 마저 하는 것이었다. 즉 전반부에서 김관일이 이 땅에서 벌어진 청일전쟁을 겪으면서 우리나라가 역사적으로 처해있는 입장을 각성하는 데서 자주적 근대화의 필요성을 주장하게 되었다면, 후반부에서 구완서는 앞으로 우리나라를 어떠한 근대 국가로 만들어야 할 것인가를, 또 그렇게 하기 위하여 어떠한 일부터 시작해야 할 것인가를 구체적으로 제시하고 있는 점이 그러하다.

> 너는 청일전쟁을 너 혼자만 당한 듯이 알고 있나보다마는 우리나라 사람이 누가 당하지 아니한 일이냐. 제 곳에 아니 나고 제 곳에 못 보았다고 태평성세로 아는 사람들은 밥벌레라. 사람이 밥벌레가 되어 세상을 모르고 지내면 몇 해 후에는 우리나라에서 청일전쟁과 같은 난리를 또 당할 것이다. 하루 바삐 공부하여[43)

> 구씨의 목적은 공부를 힘써 하여 귀국한 뒤에 우리나라를 독일국 같이 연방도를 삼되 일본과 만주를 한 데 합하여 문명한 강국을 만들고자 하는 (비사맥)같은 마음이오.[44]

---

43) <혈의 누>, 전집 1, 67쪽.

예문에서 보는 바와 같이 구완서의 말에는 전반부에서 김관일이 보여주었던 현실인식과 맥을 같이 하고 있음을 알 수 있다. 즉 청일전쟁을 당하고서도 '세상을 모르고 지내면' 밥 벌레나 다름없는 것이며, '몇 해 후에는 우리나라에서 청일전쟁과 같은 난리를 또 당할 것'이라며 신학문 공부를 재촉하는 구완서의 말이나, '이후에 이러한 일을 또 당하지 아니하게 하는 것이 제일이라. 제 정신을 차려서 우리나라도 남의 나라와 같이 밝은 세상 되고 강한 나라 되어' 라고 각성하는 김관일의 말이 그것이다.

그런 의미에서 전반부의 김관일과 후반부의 구완서는 서로 이름은 다르지만 동일한 의식과 목소리를 소유한 동일한 인물로 볼 수 있다. 왜냐하면 전반부에서 그처럼 강렬한 애국의 각성과 실천의지를 보여주었던 김관일의 성격이 정작 미국에 와서는 그의 장래의 포부나 학문적 성장의 모습이 자취를 감추고 그러한 양상은 구완서에게서 집중적으로 나타나고 있기 때문이다.

그러면 왜 창작 주체는 이처럼 하나의 의식을 두 개의 인물에게 나누어 놓았을까. 만약에 이 소설에서 하나의 인물이 김관일과 같은, 청일전쟁을 겪으면서 외세에 대한 위기의식을 자각하고 국가와 민족의 자존과 자강의 필요성을 주장하며 미국으로 휴학을 가서, 구완서와 같은 '쇠공이를 갈아 바늘을 만드는 성역을 가지고 공부하여 '귀국한 뒤에 우리나라를 독일국 같이 연방도를 삼되 일본과 만주를 한 데 합하여 문명한 강국을' 만드는 것이 목적이라고 주장하였다면 이것은 명백히 청일전쟁의 승리자인 일본에 대한 위기의식의 표출인 동시에 일본에 대한 도전을 의미하게 된다. 따라서 이러한 의도를 완곡하게 하는 것이 바로 두 개의 인물을 통하여 그 역할을 나누어 놓는 것이었다고 생각된다.

이러한 역할을 하는 또 하나가 바로 구완서와 김옥년을 통한 자유연애

---

44) <혈의 누>, 전집 1, 87-88쪽.

사상이다. 사실상 이 두 젊은 남녀의 목적은 하루 바삐 문명한 학문을
열심히 배워서 조국에 돌아가 우리나라를 부강한 문명국가로 만드는 데
있었지, 서로에 대한 연애의 감정은 구완서나 김옥년 어느 편에서도 전혀
찾아볼 수 없다. 그만큼 창작 주체의 의식을 사로잡고 있는 것은 젊은
남녀의 연애 감정이 아니라 하루 바삐 우리나라를 주변의 강대국들과
맞먹는 문명국가로 만들어야 한다는 자강의식으로 가득 차 있었음을 보
여주는 것이다.

이 소설에서 동양 삼국의 공영의식이 나타나는 또 하나는 청국의 변법
자강파에 대한 동지적 태도에서도 찾아볼 수 있다. 이 소설의 전반부에서
봉건전제 지배계층을 수호해 주는 청국군사에게는 강한 적대감을 보여
주었던 데 반하여 후반부에서 청국 개혁당에 대하여는 '미국 화성돈에
가서 청인 학도들과 같이 학교에 들어가서 공부를 하고 있더라'에서 보는
바와 같이, 창작 주체는 동양 삼국의 균등한 세력을 통해서 일본의 침략
적 야욕을 경계하려는 의도를 보여주고 있다. 다시 말해서 이것은 청국
개화파와 동지적 관계를 가짐으로써 일본 제국주의를 견제할 수 있기를
바라는 의도로 이해된다.

이와 같은 창작 주체의 의도는 그가 신소설 <혈의 누>를 창작할 당시
청일전쟁의 승리자인 일본세력을 얼마나 강력한 타자로 의식하고 있었
던가를 보여주는 대목이다.

한편, 구완서가 자신의 장래 목적을 말하는 대목에서 우리나라를 독일
국 같이 연방도를 삼겠다는 그의 연방론을 어떻게 해석해야 하느냐는
문제가 제기 될 수 있다. 즉 일본과 만주를 한 데 합한 문명한 강국을
만들고자 하는 그의 말을 일본의 대륙침략을 위장한 논리를 옹호하는
친일의 논리로 보느냐 하는 문제가 그것이다.

이러한 문제는 연구자들의 관점에 따라 작품 해석에도 큰 차이를 가져올
수 있다. 바로 이러한 문제에 직면할 때 가장 흔하게 작용될 수 있는 것이

작가의 친일적인 생애이다. 조선의 유지한 청년 구완서가 독일을 강대국으로 이끌었던 비스마르크를 흠모하여 자신도 우리나라를 강대국으로 만들어 보겠다는 포부를 보여주지만 작가의 친일적 생애라는 문학 외적인 조건 때문에 그것은 불순한 친일 개화사상으로 해석되는 경향이 적지 않다.

그렇지만 이 대목에서 문학 외적인 조건은 잠시 접어두고 순수하게 구완서의 이야기에 귀 기울여 보면, 구완서의 그것은 구한말 애국계몽운동가들의 사상과 큰 차이가 없음을 발견하게 된다.[45] 실제로 박은식, 신채호 등과 같은 이들은 비스마르크 같은 강한 지도력을 발휘할 인재의 출현을 열망하였던 사실은 주지하는 바이다.[46] 결과적으로는 그것이 일본 제국주의의 침략적 책략의 하나로 역이용 되어 동양 삼국 공영론에 귀결되고 말았지만, 애초의 순수한 동기는 한·중·일 삼국의 세력 균형을 바탕으로 한 대동합방과 공존공영의 논리였음을 감안한다면, 구완서야 말로 신채호, 박은식 등 우리나라의 민족주의자들이 요청해 마지않았던 구국의 영웅적 인물의 형상화에 가깝다고 볼 수 있다.

만약에 이러한 논리가 타당하다면 이 소설의 주제는 우리 민족에게 청일전쟁이 의미하는 자강의식의 각성과 일본의 침략 행위에 대한 대응으로서의 대처방안을 독자들에게 환기시키고 함께 공감하려는 의도로 읽을 수 있다. 그러나 작가는 이러한 의도를 당시의 우리나라 언론을 검열하고 있던 일본인들에게 은폐하기 위해 다중적인 목소리의 서술자를 통하여 그 의도를 부정하거나 세부적으로는 일본을 옹호하는 이중적인 목소리를 창안하고 있음을 볼 수 있다.

2) <은세계> … 준비론

<혈의 누>에서 김관일과 구완서가 자주의식에 입각해 우리나라를

---

45) 신춘자, 앞의 책, 47-48쪽 참조.
46) 이상경, 「이인직 소설의 근대성 연구」, 앞의 책, 152-153쪽 참조.

부강한 근대 국가로 만들겠다는 신념을 가지고 있었던데 비하여 <은세계>의 최옥남은 현실 타협적인 근대 국가의 지향성을 드러내고 있다는 점에서 작중인물들의 신념의 언어에도 차이가 있음을 보여준다. 이들이 동일하게 근대 국가를 지향하고 있음에도 이와 같은 신념의 차이가 나게 된 까닭은 어디에 있는가. 그것은 무엇보다도 먼저 우리나라가 처해 있는 역사적 상황이 변화되어 있었던 데 있다고 할 수 있다. 즉, <혈의 누>가 창작, 발표되던 1906년과 <은세계>가 창작, 발표되던 1908년의 우리나라의 역사적 환경은 외세와의 관계 면에서 커다란 변화가 일어나고 있었음은 주지하는 바이다. 말하자면 1908년의 우리나라는 이미 제국주의 일본이라는 늪에 깊숙이 빠져있어 헤쳐 나오기가 무척 어려운 처지에 놓여있었다. 이러한 상황에서 옥남이가 선택하였던 것이 바로 현실 타협적인 근대성의 추구였다.

이인직의 거의 모든 인물들이 그러하듯이, 이 소설의 옥남이 역시 창작 주체의 의식과 통합되어 있기 때문에 그의 신념의 언어는 곧 바로 창작 주체의 의지를 대변하는 것으로 이해할 수 있다. 특히 1908년에 창작된 <은세계>의 옥남에게는 창작 주체의 역사인식과 그 지향성이 구체적인 언어로 제시되어 있어, 결과적으로 옥남이의 언어는 어떤 인물의 말보다도 강한 신념의 어조를 띠고 있다.

옥남이가 볼 때 개화기의 우리나라에서 벌어지는 일들은 '놀부'가 박을 타는 것처럼 경만 치는 것으로 보인다. 당시 옥남이는 국내에 있었던 게 아니라 미국에 머물러 있었기 때문에 누구보다도 세계정세와 국내의 사정을 객관적으로 바라볼 수 있는 위치에 있었다. 바로 이러한 위치에서 개화기의 우리나라에서 일어나는 상황들을 옥남이는 다음과 같이 상징적이고 비유적인 언어로 표현하고 있다.

옥남의 마음에 우리나라의 일은 놀부의 박 타듯이 박은 타는대로 경만 치게 된 판이로고 생각한다. 박을 타는 것 같다 하는 말은 왠 말인고. 옛날 놀부의 마음이 동포 형제는 다 빌어먹게 되더라도 남의 것을 빼앗아서 내 재물만 삼으면 좋을 줄로 알던 사람이라. 일평생에 악한 기운이 둘둘 뭉쳐서 바람 풍자 세 가지 쓰인 박씨 하나이 되었더라. (중략) 옥남이 같은 신학문 있는 사람의 마음에는 그 바람 풍자가 북풍이 아니면 서풍이오, 서풍이 아니면 남풍이라. 대체에는 바람에 경을 치던지 큰 바람이 불고 말리라 싶은 생각이나, 그러나 바람 불기 전에는 어느 바람이 불런지 모르는 것이오, 박을 타기 전에는 무엇이 나올지 모르는 터이라.

대체 그 박씨가 어느 바람에 불려 온 것인고. 한식 동풍에 어류가 비꼈는데 왕사 당년에 날아드는 제비들이 공량에 높이 낮아 남남(喃喃)히 지저귀고 강남소식을 전하면서 박씨를 떨어뜨린다. 주인이 그 박씨를 주어다가 심었는데 조물이 거름을 어찌 잘 하였던지 넝쿨마다 마디지고 꽃이 피고 꽃마다 열매 맺어 낱낱이 잘 굳으니, 그 박이 박복한 박이라. (중략) 한 통을 타면 초상상제가 나오고, 또 한 통을 타면 장비가 나오고, 또 한 통을 타면 상전이 나오니, 나머지 박은 겁이 나서 감히 탈 생의를 못하나 기왕에 열려서 굳은 박이라 놀부가 타지 아니 하더라도 제가 저절로 터지더라도 박 속에 든 물건은 다 나오고야 말 모양이라.[47]

예문에서 주목되는 것은 '대체 그 박씨가 어느 바람에 불려온 것인고' 라는 물음에 대한 답변이다. 그 바람이란 ' 북풍이 아니면 서풍이오, 서풍이 아니면 남풍이라' 하였는데, 옥남이는 그 박씨가 어느 바람에서 불려온 것인가 라고 묻고 있는 것이다. 그리고 제비들은 '남남(喃喃)히 지저귀고 강남소식을 전하면서 박씨를 떨어뜨린' 것이다. 다시 볼 것도 없이 일본으로부터 불려온 박씨였던 것이다. 그것을 옥남이는 '그 박이 박복한 박이라' 고 말한다. 그 박이 박복한 이유는 그 뒤에 오는 상징과 비유가 뒤섞인 말들이 설명을 대신하고 있다. 즉, 한 통을 타면 '초상상제'가 나오고, 또 한 통을 타면 '장비'가, 또 한 통을 타면 '상전'이 나오니 '박복

---

47) <은세계>, 전집 3, 203-204쪽.

한 박'이 아닐 수 없다. 이렇게 시작된 놀부의 박 타기는, 이제는 더 이상 박을 타지 않더라도 '기왕에 열려서 굳은 박이라', 우리나라의 정부 관리들의 의사와는 상관없이 '제가 저절로 터지더라도 박 속에 든 물건' 즉 더 큰 상전들이 '다 나오고야 말 모양이라'는 말로 우리나라의 불길한 미래를 예측하고 있다.

그런데 옥남이는 우리나라의 이러한 불행한 결과를 초래한 장본인이 바로 우리나라 백성들에게 학정이나 하고 살았던 봉건 정치 관리들이라고 강조한다. 즉 우리나라의 정치가 잘못 되었던 데에 그 원인이 있다고 보는 것이다. 이러한 시각은 당연히 '정치 개혁'의 주장으로 이어질 수밖에 없다. 또 이러한 시각은 1907년의 고종 황제 폐위와 일제에 의한 부분적인 정치개혁을 긍정하는 태도로 나타난다. 그 뿐만 아니라 근대적 정치 개혁을 통하여 미래의 근대 강국을 이룰 수 있다는 강한 신념을 보여주고 있다.· 말하자면 그는 반드시 '정치 개혁'을 하여야만 근대 강국을 이룰 수 있다는 신념을 갖고 있다.

옥남이가 한참 동안을 앉아 울다가 주먹으로 테이블 바닥이 쪼개지도록 내리치더니 (중략) 기운을 내려서 천연히 말한다. 여보 누님. (중략) 우리나라에는 세도재상이니 별입시니 땅 별입시니 무엇이니 무엇이니 하는 사람들이 성인 같으신 임군의 총명을 옹폐하고 국권을 농락하여, 나라는 망하던지 흥하던지 제 욕심만 채우고 제 살만 찌려고 백성을 다 죽여내는 통에 우리 아버지가 그렇게 몹시 돌아가시고 우리 어머니도 그 일을 인연하여 그런 몹쓸 병환이 들으셨으니, 그 원인을 생각하면 나라의 정치가 그른 곡절이라. (중략) 이천만 인민이 도탄에 들어서 나라는 쌓아놓은 달걀같이 위태하고 인종은 봄바람에 눈 녹듯 스러져 없어지는 때라. 이 나라를 붙들고 이 백성을 살리려 하면 정치를 개혁하는 데 있는 것이니, 우리는 아무쪼록 공부를 많이 하고 지식을 넓혀서 아무 때든지 개혁당이 되어서 나라의 사업을 하는 것이 부모에게 효성하는 것이오.48)

과 기회를 놓쳤기 때문에 오늘날과 같은 외세의 침략을 받게 되었다고 보는 것이다. 그러므로 옥남이가 일본에 의하여 강제적으로 단행한 1907년의 개혁을 긍정하는 데에도 옥남이 나름의 신념이 있다. 즉 '지금이라도 개혁만 잘 되면 몇 십 년 후에 회복될 도리가 있지요' 라는 말이 그것이다. 이 말은 일본 제국주의자들에 의한 우리나라의 근대적 정치개혁을 긍정하는 말인 동시에, 우리나라의 제도와 국민의 의식이 먼저 근대화되어진 그 다음에 독립을 도모하자는 준비론적 세계관을 드러내는 것으로 볼 수 있다.

이것은 옥남이가 볼 때 이미 우리나라가 독립을 보존하기에는 때가 너무 늦었음을 인식하였기 때문이다. 만일 '삼십 년 전'에 개혁이 되었다면 중등 강국은 되었을 것이고, 만일 '이십 년 전'에 개혁이 되었으면 국가의 독립하는 힘이 유여하였을 것이고, 만일 '십 년 전'에 개혁이 되었으면 너무 늦었기는 하였겠지만 '족히 국가를 보존할 기초가 생겼을 터이라' 고 탄식한다. 옥남이가 우리나라의 봉건정치 관리들을 비판하는 이유도 바로 여기에 있었던 것이다. '그러한즉 (생략) 정치개혁은 아니하고 도리어 나라 망할 짓만 하였으니 그런 원통한 일이 있'는가 라고 탄식하는 것이다. 이와 같은 역사 인식에서 그는 일제와 타협하는 태도를 취하게 된 것임을 밝히고 있다.

옥남이의 이와 같은 역사 인식을 단순하게 매국적인 한 친일 인사의 자기변명으로만 매도할 수 있을까. 그렇다고 해서 옥남이의 이와 같은 태도를 무조건 옳다는 말은 아니다. 다만 그 때의 우리나라가 놓여있는 역사적 환경 속에서 신학문을 배우고 근대 문명과 세계정세에 눈을 뜬 한 사람의 지식인으로서 옥남이가 선택한 최선의 한 방향이 그것이었음을, 어떤 편견이나 선입견을 배제하고 생각해 볼 때 그 나름의 설득력이 전혀 없지도 않다는 것을 지적해 두고 싶을 뿐이다.

어떤 의미에서는, 그 때의 상황과 실현 가능성을 고려하지 않고 오직 민족적 대의명분에 입각한 자주독립과 자주적 근대 국가를 고집하는 인사들의 주장이 더 공허하게 들릴 수도 있다. 아무리 그 명분이 정당하다 할지라도 현실적으로 실현 가능성이 거의 없다면 그러한 주장이 현실적으로 국가와 민족 앞에 얼마나 큰 성과를 거둘 수 있었겠는가. 그러한 주장은 당위와 주장으로서만 가치가 있을 뿐 실제적인 국가의 독립과 근대적 개혁을 실현할 수 있는 힘을 갖지 못한, 우리 민족의 자존심으로서의 구호였을 뿐이다.

　그렇다고 하여 여기서 민족적 대의명분과 옥남이와 같은 현실 타협적인 태도를 비교하려는 것은 아니다. 다만, 위기에 직면하여 각자 나름대로의 역사 인식과 국가와 민족이 나아갈 방향을 모색하는 다양한 시대정신들 속에 포함되는, 진지한 고민 끝에 결정한 한 지식인의 선택으로 그의 주장을 이해하고 싶은 것이다. 왜냐하면 그 다양한 가치관과 시대정신들을 어느 것은 옳고 어느 것은 잘못 되었다고 쉽게 평가할 수 없는 것은, 이미 우리나라의 상황이 일부 지식인들이나 정치 관리들의 선택에 의해서 우리나라의 독립이나 식민지화가 결정될 수 있었던 상황이 아니었기 때문이다. 그 결정은 주지하다시피 외부(세계정세)로부터 강요된 것이었으므로 우리나라의 일부 지식인이나 정치 관리들에게, 즉 우리 민족에게 '친일분자'라는 이름으로 비판의 화살을 돌리는 것 자체가 모순이라고 생각한다.

　그렇다면 옥남이는 과연 역사와 민족 앞에 떳떳한 존재인가. 그가 선택한 현실 타협의 길은 개화기의 우리 민족이 선택할 수 있는 가장 편안하고 손쉬운 선택이었다는 점에서 부끄러운 것이다. 그 부끄러움을 극복하기 위해서라도 옥남이는 미래에 대한 독립의 꿈을 포기할 수 없었다. 이것이야말로 그가 현실 타협의 길을 선택한 데 대한 자기변명인 동시에 그의 삶에 희망을 불어넣는 힘이며 그의 신념이 될 수 있다. 그렇기 때문에 그의 입장은 친일과 애국의 경계선상에 놓여있다고 말할 수 있다.

옥남이가 말한 대로 '지금이라도 개혁만 잘되면 몇 십 년 후에 회복될 도리가 있지요'라는 말속에는 국가 진보에 대한 그의 집착과 미래에 대한 낙관적인 세계관이 내재되어 있다. 바로 이것이 그의 준비론적 근대 지향의 요체였던 것이다.

3) <치악산> ··· 현실 타협적 근대지향

<은세계>에서 보여준 최옥남의 준비론적 근대 지향의식을 극단적인 형태로 드러내는 인물이 바로 <치악산>의 홍백돌이다. 좀 더 정확하게 표현하자면 홍백돌이야말로 적극적인 현실타협의 의식을 지닌 인물이다. 그의 표면적인 주의 주장은 애국을 표방하지만 그의 진심은 식민지적 국가의 체제하에서 충성을 다짐하는 기회주의자적인 의식을 보여주고 있다. 하지만 그렇다고 해서 <혈의 누>의 구완서나 <은세계>의 최옥남과 같은, 역사적 현실에 대한 각성이나 비판의식이 전혀 없는 것은 아니다.

그의 언어에서 드러나는 역사인식은 다음의 두 가지로 이해될 수 있다. 즉 지향적인 것으로는 식민지적 현실에 대한 타협적인 태도이며 다른 하나의 비판적인 것으로는 그러한 역사 현실에 직면한 우리 민족들이 대책 없이 부정만 하려드는 태도에 대한 비판의식이 그것이다. 홍백돌은 우리나라의 국민들이 외세의 지배를 받게 된 데 대하여 분노하거나 거부하는 반응을 나타내자 오히려 우리 국민들을 향하여 신랄하게 비판하는 인물이다.

홍백돌의 이와 같은 비판의식과 분노심에는 앞에서 살펴 본 <혈의 누>의 김관일, 구완서나 <은세계>의 최옥남이가 보여준 역사인식과 동일한 시각에서 기인한다. 다만 그에게서 나타나는 신념의 언어는 대한민국 국민으로서의 신념이 아니라 식민지 국가의 국민으로서의 신념으로 변질되어 있는 것이다. 즉, 일본 제국주의자들이 주도하는 우리나라의 근대화를 그대로 인정하고 이에 적극적으로 참여하겠다는 의지를 드러 냄으로써 <은세계>의 옥남이가 시사하였던 실천의지가 홍백돌에게서 구체적으로 언어화되었다고 볼 수 있다.

그러한 언어는 다음의 예문에서 보는 바와 같이 중국의 '오기'의 고사 를 빌어 적나라하게 드러낸다.

> 옛적에 오기란 사람은 로 나라에 가서 (증자)의 가르침을 받아서 공부 를 하다가 그 모친이 죽어도 문상도 아니 하고 공부만 하니 (증자)가 오기 를 끊으셨고, 그 후에 로 나라에 벼슬할 때에 로 나라에서 제나라를 치고 자 하여 (오기)를 장수로 삼고 싶으나 (오기)의 아내는 제나라 여편네라 로 나라 사람이 (오기)를 의심하니 (오기)가 그 아내를 죽이고 장수되기를 구하여 제나라를 쳐서 크게 공을 이루었으니, 어진 도덕으로 말할진대 (오기)를 옳다 할 수 없으나, 나는 (오기)를 배울지언정 (증자)는 배울 마음 이 없소.
>
> 우리나라 사람들이 제 몸과 제 부모, 제 처자 제 집, 제 재물만 중히 여기고 제 나라는 망하든지 흥하든지 모르는 사람들이라. 제 손으로 제 발등 찍듯이 우리나라 사람이 우리나라를 망하여 놓고 분하니 절통하니, 남에게 천대 받기 싫으니, 먹고 살 도리가 없느니, 하면서 저물도록 하는 것은 나라 망할 짓만 하니, 그렇게 미련한 일이 있소.
>
> 나는 하늘같이 중한 부모의 은혜를 저버리고 바다같이 깊이 정든 아내 를 잊고 만리 타국에 가서 공부하려 하는 것은 나라를 위하는 생각에서 나온 마음이오.[50]

예문에서 보면 백돌이는 명백하게 일본의 존재를 의식하면서 말을 하 고 있다. 그는 중국의 '오기'라는 사람의 고사를 인용하면서 자신의 현실 타협적 의지를 드러내고 있는 것이다. 그는 어진 도덕으로 말할진대 '오

---

50) <치악산>상, 전집 2, 26-27쪽.

기'를 옳다 할 수 없음을 알고 있으면서도 자신은 옳지 못한 그 '오기'의 태도를 배우겠다고 당당하게 밝히고 있는 것이다. 이것은, 그가 자신의 말을 듣고 있는 청자를 우리 민족이 아닌 일본세력으로 의식하고 있음을 드러낸다. 말하자면 일본이라는 타자가 그의 의식 속에서 상호 작용하고 있음을 드러내는 것이다.[51]

뿐만 아니라 백돌이의 언어 속에는 일본세력의 자기 합리화의 목소리도 섞여 있다. 즉 '제 손으로 제 발등 찍듯이 우리나라 사람이 우리나라를 망하여 놓고'라는 말이 그것이다. <혈의 누>의 김관일이나 구완서, 그리고 <은세계>의 최병도나 옥남이가 우리나라의 봉건 관리들을 비판하는 데는 그 나름의 '자기 반성'이라는 차원에서 이해할 수 있는 측면이 없지 않았지만, <치악산>의 홍백돌이가 보여주는 현실인식은 우리나라가 망하게 된 것이 마치 외세의 침략과는 관계가 없이, 저절로 망해버린 것처럼 말하고 있는 것이다. 홍백돌이의 말에서 그러한 생각이 드는 것은 그가 외세의 존재나 우리나라의 역사적 현실에 대하여 특별한 관심이나 성찰이 생략되어 있다가 느닷없이 일본으로 유학을 떠나는 마당에서 앞의 예문과 같은 발언을 하고 있기 때문이다. 게다가 '오기'의 고사를 빌어 식민지 국가 체제하에 출세하기를 바라는 데서 그의 현실 타협적 실천의지를 명백히 읽을 수 있다.

그런데 흥미로운 것은, 홍백돌이가 이처럼 현실 타협적인 출세 의지를 노골적으로 드러내면서도 자신이 만리 타국에 공부하러 가는 것은 '나라를 위하는 생각에서 나온 마음'이라고 말하는 대목이다. 일본 제국주의자들의 식민지 체제하에서 출세하는 것, 또는 일본 땅에서 출세하는 것이 나라를 위하는 것과 어떤 상관관계가 있다는 것인지 이에 대한 설명이

---

51) 엄밀히 말하면, 이 부분은 단성적 언어라기보다는 내적인 대화적 언어로 분류되어야 한다. 그러나 이것은 중국의 고사라고 하는 외재적 텍스트를 수용하였던 관계로 앞의 '텍스트 상관성'이라는 장에서 고찰 한 바 있다. - 필자.

없다. 우리 국민이 반식민지 체제하에서 공직생활을 많이 하는 것이 왜 우리 국가에 유익한 것인지, 이해가 되는 측면에서 생각한다면, 비록 반식민지 체제하이긴 하더라도 우리 국민 다수가 국가 행정에 참여한다면 결국 우리 국가와 민족이 빨리 진보하는 데도 도움이 될 수 있고, 국권회복의 기회도 빨리 올 수 있다는 신념이라 볼 수 있다. 이러한 생각이 당시 현실타협의 길로 들어섰던 개화파인사들의 미래에 대한 전망 내지 자기 신념으로 작용하였을지도 모른다.

하지만 그 때나 지금이나 우리 국민들의 정서로는 우리 국민에게 좀더 불편하더라도 일본인들이 식민지 체제를 운영하는데 같은 값이면 불편을 주고 결국 스스로 손들고 물러가게 만들자는 것이 보편적인 입장일 수 있다. 그리고 이러한 입장에서 행동하는 것을 애국적인 행동이라고 생각하는 것이 지배적인 정서였을 것이다. 이러한 입장에서 본다면 홍백돌이는 영락없는 친일분자에 다름 아니다. 그러나 사실상 우리 국민이 놓여있었던 당시의 역사적 현실이 과거의 봉건시대로 되돌아가서 처음부터 다시 근대화운동을 시작 할 수도 없고 자주적으로 근대개혁을 펼쳐갈 수 있는 역량이나 역사적 토대가 국내·외적으로 마련되어 있지도 못했던 반 식민지적 현실 위에서 애국이라는 막연한 명분을 내세워 확실한 대안도 없이 감정적으로 대응하는 것을 현명한 행동이라고 볼 수는 없다. 그런 의미에서는 이인직의 소설에서 보여주는 최옥남이나 홍백돌이의 사상을 반드시 부정적인 의도로만 해석할 일도 아니라고 본다.

그렇다면 나라를 위하는 마음과 친일의 길은 과연 얼마만큼의 거리가 있는지가 관건이다. 결국 홍백돌이의 신념이라는 것도 앞에서 본 최옥남의 그것과 마찬가지로 애국과 친일의 경계선상에서 갈등하는 것이라고 밖에는 달리 규명할 방법이 없는 것 같다. 동시에 이들에게서 나타나는 역사인식이나 신념 또는 지향성의 한계는 이들 근대 지향적 인물들의 개인적인 한계성이라기보다는 이 인물들이 놓여있었던 당시 우리나라의 역사적 한계성과 상관관계를 맺고 있다고 할 수 있다. 이렇게 볼 때 이들에게서 나타나는 친일적인 태도도 단순히 조국에 대한 반역이나 매국적인 친일의 성격과는 또 다른 전략적 의미로 읽혀져야 할 것이라고 본다.

4. 단성적 언어의 특징

이상으로 이인직의 신소설에 나타난 단성적 언어의 양상을 살펴보았다. 이인직의 신소설에서 단성적인 언어는 작중인물들의 언어에서 특징적으로 나타나는데, 이러한 현상이 나타나는 데는 작중인물들의 의식이 창작 주체의 의식으로부터 독립되어 있지 못한 데 그 원인이 있다. 작중인물들의 의식은 텍스트 내적 대상에만 열려 있고 텍스트 외적 대상 즉 독자에 대한 의식은 닫혀 있다. 뿐만 아니라 이들은 창작 주체에 대한 의식도 닫혀 있어 창작 주체로부터 일방적인 사상을 부여받아 인형처럼 말하기 때문에 창작 주체의 단일한 사상을 단순히 전달만 하는 객체에 불과하다.

그런데 이렇게 창작 주체의 단일한 사상만을 전달하는 단성적 언어들이 생명력을 획득하게 되는 것은 이들의 단성적인 언어에 다양한 민족적 정서와 어조를 부여받고 있었기 때문이다. 즉 전통적인 여성인물들에게는 한(恨)의 정서를 그들의 언어에 부여함으로써 시대에 대한 민족적 정서의 한 측면을 현실감 있게 그려낼 수 있었다. 한편, 주어진 현실에 대하여 비판적으로 인식하고 반응하는 깨어있는 인물에게는 분노의 정서를 부여함으로써 시대의 모순에 대한 민족의 억압된 정서를 표출시키고 있다. 마지막으로 역사의 모순에 대한 대안으로서 이상적 근대국가를 전망하는 젊은 지성의 인물들에게는 창작 주체의 의지와 이상을 결합시킨 신념의 정서를 그들의 언어에 부여함으로써 민족의 나아갈 방향을 제시하고 있다.

<혈의 누>에서 대표적인 한의 정서는 외세의 침략전쟁으로부터 발단이 되고 있다. 이것은 외세의 침략에 대한 작중인물이나 서술자의 직접적인 비판의 말이나 웅변보다도 예술적으로 내면화된 민족의 아픈 정서로써 우회적이면서도 효과적으로 표출되어 있다고 볼 수 있다. 한편, <은세계>의 대표적인 한의 정서는 우리나라의 부패한 지방 관리의 학정으로부터 그 원인이 되고 있다. 이렇게 우리나라의 타락한 봉건지배층을 비판하는 데는 새로운 근대적 국가체제를 갈망하는 창작 주체의 의도가 집약되어 전통적인 여성인물의 한의 정서로 표출되었다고 볼 수 있다. 마지막으로 <귀의 성>과 <치악산>에서 대표적인 한의 정서는 우리나라의 전근대적인 가부장 제도에 의해 희생당하는 여성인물들의 언어로 표출되고 있다. <귀의 성>은 가부장의 권한인 축첩제도에 의해 전통적인 여성인물들의 한이 발생되며 <치악산>의 경우는 전통적으로 내려오는 고부간의 갈등이 한의 원인이 되고 있다. 이것은 우리나라 여성들이 전통적인 관습에 얽매어 있는 실상을 고발하는 동시에 우리나라의 전통적인 가부장제도의 모순을 비판하는 것이다.

<혈의 누>에서 분노의 언어는 침략전쟁의 승리자 일본인과 우리의 여주인공과의 갈등 관계에서 발생한다. 겉으로 드러난 일본인의 친절과 그 은혜 이면에 존재하는 민족적 갈등은 극복될 수 없음을 제시한 것으로, 외세의 침략전쟁으로 인한 우리나라의 위기상황을 인식하면서 그 위기상황을 불러들인 대상에 대한 분노의 정서도 <혈의 누>의 중요한 한 측면으로 읽혀질 수 있다. 한편, <은세계>에서 분노의 언어는 우리나라 봉건관리의 학정에 대한 것으로, 일반 민중의 정서를 대표하고 있어서 강한 생명력을 획득하고 있다. 그런데 <은세계>에서는 봉건관리의 학정에 맞서 죽음을 각오하고 저항하는 인물을 형상화한 데 비하여 <귀의 성>에서는 타락한 봉건관리에게 분노하면서도 일신의 편안함을 위하여

타협하는 인물을 묘사하여 시대에 대응하는 다양한 인간상을 제시하고 있다. 마지막으로 <치악산>에서는 갑오경장으로 인하여 과거에 의기투합하던 사돈 관계가 원수지간이 된다는, 시대의 한 양상을 서로에 대한 분노의 언어로써 표출시켜 놓았다. 이것은 우리나라가 외세에 의해 반(半)식민지 국가가 다 된 상황인데도 정신 차려서 서로 한 마음이 되어 대안을 논의하여야 할 양반지배층이 여전히 화해의 기미를 보이지 않는 답답한 시대상의 묘사로 볼 수 있다.

이렇게 기성의 세대들이 속으로 한을 품고 또는 분노하고 있을 때, 젊은 신지식인들은 암울한 현실에 직면하여 탄식만 하고 있는 것이 아니라 근대문명에 대한 낙관적 이상을 가지고 미래를 준비하며, 이것은 신념의 언어로써 묘사되었다. <혈의 누>에서는 외세의 침략전쟁에 자극을 받아, 무심히 현실에 안주하고 살던 삶을 떨치고 일어나 기울어 가는 국가를 다시 굳건하게 일으켜 세우겠다는 신념의 정서를 보여주고 있다면 <은세계>에서는 시대적인 환경의 변화에 따라 현실에 대응하는 정서에도 뚜렷한 변화를 보여준다. 즉 <혈의 누>에서 부국강병의 신념이 자주·자강의식에 바탕을 둔 것이었다면 <은세계>에서의 신념이란 반(半)식민지적 체제하의 근대 개혁이라는 현실을 바탕으로 미래에는 반드시 독립을 회복할 수 있다는 것인데 이것은 선(先) 근대화, 후(後) 독립이라는, 근대화에 대한 믿음을 강하게 드러내는 신념의 표출이라 하겠다. 그러나 <치악산>에는 <은세계>에서 보여준 자기 합리화 내지는 자기 변명조차도 보이지 않고, 담담하게 식민지 시대의 삶을 준비하는 변질된 신념의 언어로 나타나고 있다.

이상과 같은 다양한 어조는 시대에 대한 민족의 정서와 창작 주체의 정서가 결합되어 역사에 대응하는 다양한 정신을 대변하는 것으로 볼 수 있다. 그리고 이것은 어디까지나 이인직이라는 특정한 한 창작 주체의 의도에 의한 미학의 한 측면임은 물론이다.

Ⅵ. 이인직 소설의 미학
- 결 론 -

　본 연구의 목적은 우리나라 애국계몽기의 대표적인 신소설의 작가 이
인직의 소설을 연구 대상으로 하고, 그의 소설이 구성하고 있는 미학적
요소들을 소설 사회학의 방법과 바흐친의 대화이론을 원용하여 고찰하
고, 이인직 소설의 담론 특성을 규명하는 데 있다.

　이 연구방법의 특징은 기존의 사회학적 방법과 형식주의적 방법을 변
증법적으로 통합하여 이 두 방법론이 갖는 한계성을 지양하고 두 방법론
의 장점을 보다 발전적으로 모색한 것으로 소설의 언어를 역동적인 체계
로 파악하는 이론이다. 소설의 언어가 역동적인 체계로 이루어지는 것은
그 언어가 화자와 청자간의 내적 상호작용을 통하여 드러나기 때문이다.
서술자의 대화적 태도나 시각은 그의 담론조직 방법과 이데올로기의 생
산에 밀접하게 연관되며 중요한 영향을 미친다.

　이인직의 신소설 연구에 이와 같은 대화이론의 원용이 의의가 있다고
보는 것은 그의 신소설 창작이 이루어졌던 시대가 다양한 시대정신과
역사적 모순으로 가득 차 있었기 때문이다. 이 모순의 시기에 창작된
이인직 소설의 언어를 바흐친의 대화이론을 원용하여 고찰함으로써 그
모순의 역사에 대응한 작가와 작품의 내적 진실을 규명하는 것도 의미
있는 일이라고 생각한다. 이와 같은 방법론에 입각하여 국초 이인직의
신소설을 고찰한 결과 그 담론의 미학과 이데올로기적 양상은 다음과
같이 요약될 수 있다.

　먼저 Ⅱ장에서 작가의 생애를 간략하게 살펴보았다. 이인직이 일찍이

한학을 배웠으나 벼슬길로 나아갈 수 없었던 원인이 그의 가정적 환경에 의한 신분적 제약 때문이었음을 본 논문에서 처음으로 규명하였다. 따라서 그는 권력의 세계를 선망하는 한편, 그 세계를 비판적 시각으로 바라볼 수 있는 아웃사이더로서의 위치를 확보하게 되었다. 이것은 이인직 소설의 반봉건사상에 중요한 요인의 하나로 작용하였을 것으로 본다.

둘째, 관비 유학생으로 일본에 가서 배운 근대적 학문과 정치의식이 당대의 국제정세와 우리가 직면한 현실을 냉철하게 분석할 수 있는 근대적 지식인의 소양을 갖추는 데 큰 몫을 하였다고 본다. 셋째, 일본에서 새로운 근대문학 운동과 그 흐름을 접함으로써 우리나라 최초의 신소설을 창작하는 데 중요한 동기부여가 되었다고 본다. 넷째, 귀국 후의 이인직은 신소설 창작뿐 아니라 우리나라의 근대화 운동에 적극 참여하면서 서로의 이해관계나 지향성이 상충하는 다양한 국내외의 인사들과 교제하였다. 이것은 이인직의 소설이 다성적인 언어로 조직되는 데 결정적인 역할을 하였다고 본다. Ⅱ장에서의 이와 같은 작업은 작가의 경험과 그의 환경이 작품 창작에 어떤 영향을 미치는가에 대한 기초적 고찰이었다.

Ⅲ장에서 살펴 본 서술의 층위는 다성적인 담론의 구조를 보여주었다. 이인직 소설의 서술자는 그 특유의 입체적인 담론조직 전략에 의해 텍스트의 이데올로기 생산에 있어서 다성성을 드러내는 데 중요한 역할을 한다. 단성적 언어는 단선적인 언어조직과 단일한 이데올로기를 드러내는 데 반하여 다성적 언어는 표면에는 드러나지 않지만 능동적으로 이데올로기 생산에 참여하는 타자와의 역동적인 내적 대화를 수행함으로써 본래의 이데올로기 생산에 변질을 가져와 다성적인 의미를 가져오는 것이다. 그 결과 입체적인 언어로 조직된 작품의 이데올로기란 창작 주체에 의하여 이미 의도된 것의 단일한 의미구현체가 아니라 능동적인 내적 타자에 의해 담론 주체의 망설임 내지 타자의 압도적인 힘에 의해 언제든지 이데올로기의 생산에 변질을 가져올 수 있는 것임을 밝힐 수 있었다.

이인직 소설의 서술자는 자신의 텍스트 내적 세계를 이야기하는 동안
에도 끊임없이 자신의 청자를 의식하고 그 반응을 살핀다. 그의 이러한
태도는 창작 주체의 담론적 환경과 밀접하게 관련되어 있다. 그것은 곧
그의 언어가 소통되고 있는 당대의 역사적인 조건을 의미한다.

이인직의 신소설에서 특징적으로 나타나는 미종결의 결말양식은, 그
원인이 바로 대화적 언어의 특성에 있다는 사실을 본 연구에서 규명하였
다. 그것은 특히 다성적 소설에서 두드러지는 것으로 그것의 핵심은 담론
주체의 중립적인 태도와 내적 대화의 연속 내지는 중단에 있었다. 그
밖에도 이인직의 신소설에는 작가나 시대가 전혀 다른 이질적인 장르의
담론들을 텍스트 내적 세계로 수용하는 과정에서 독특한 내적 대화성이
발견되었다. <은세계>에 수용된 '놀부의 박 타는 장면'의 비유와 <치악
산>에 수용된 '오기'의 고사<은세계>에 수용된 민요들이 그 대표적인
경우이다.

Ⅳ장에서 살펴본 텍스트의 미학적 이데올로기는 크게 두 가지로 구분
된다. 하나는 작중인물들의 단성적 언어를 통해 드러나는 단일한 이데올
로기가 그것이고, 또 다른 하나는 서술자의 다성적 언어로 인하여 단성적
언어에 나타나는 단일한 이데올로기를 해체시키거나 약화시키면서 드러
나는 변질된 이데올로기의 이미지가 그것이다. 이를 종합하여 요약하면
다음과 같다.

첫째, 외세와 봉건 정부에 대한 부정이다. 이러한 역사인식 위에서
백성들의 한과 분노의 정서가 분출한다. 둘째, 진보에 의한 준비론의
지향이다. 진보의 논리는 <혈의 누>의 구완서와 <은세계>의 최옥남
과 같은 젊은 지식인들의 신념의 어조를 통하여 드러난다. 그것은<은세
계>의 옥남이가 주장하는 선(先)진보, 후(後)국권회복으로 나타났다. 이
것은 우리나라의 반 식민지적 현실을 인정하는 것에서 출발하는 것을
의미한다.

셋째, 단성적 담론의 이데올로기와 다성적 담론에 의한 이데올로기의 이미지가 서로 합쳐지는 점은 우리의 반 식민지적 현실을 인정한다는 점이다. 서로 다른 것은 우리 민족의 궁극적인 지향점은 국권회복에 있지만 변질된 이데올로기의 지향점은 식민지적 현실을 인정하고 그 체제를 수용하는 지점까지가 목적이다. 이인직이라는 역사속의 인물이 정치적 현실타협의 길로 들어가게 된 동기도 이와 같은 역사인식에서 비롯되었다고 본다.

넷째, 이인직 소설의 준비론적 근대지향성은 우리의 역사에 대한 현실주의적 성찰의 결과물이다. 이와 같은 역사인식은 당시의 역사적인 조건과 사회 경제적인 토대에 대한 냉철한 객관적 분석과 세계사적 안목에 의한 실용주의적인 통찰의 결과였다고 판단된다.

Ⅴ장에서는 작중인물의 단성적 언어를 통해 드러나는 창작주체의 정서적 '어조'에 주목하였다. 이인직 소설의 미학은 그 특유의 입체적인 담론조직 전략에 의해 창작 주체가 의도하였던 본래의 이데올로기적 진실은 작중인물의 단성적인 언어에 의해 구현되며, 서술자의 다성적인 언어에 의해 드러나는 작품의 총체적인 이데올로기는 담론주체의 의식 속에 침투한 강력한 타자의 이데올로기적 상호작용과 투쟁을 통해 변화를 가져온 이데올로기의 이미지라는 사실이 드러났다.

작중인물의 언어는 서술자의 권위적인 통제에 의해 단성적인 담론을 수행하며 주어진 환경 안에서 서술자가 부여한 단일한 이데올로기만을 드러낸다. 이를 요약하면 다음과 같다.

첫째, 정서적 어조는 우리 민족이 직면한 역사 현실에 대한 창작 주체의 내적 진실을 반영한 것으로, 직설적인 언어적 표현보다 은밀하지만 자신의 내면을 솔직하게 털어놓은 것이라 할 수 있다. 둘째, 정태적인 단성적 담론의 단조로움을 극복하고 생동감 있는 언어로 변화시키는 미학적 요소로 작용하였다. 셋째, 일제의 언론 감시를 받고 있던 현실의 조건 속에서 언 표면에 직접 드러낼 수 없는 민족의 억눌린 감정을 분출시키는 데 탁월한 효과를 발휘하였다. 넷째, 이러한 창작 주체의 내적 진실은 서술자의 이중적인 서술전략에 의해 은폐되거나 약화되어 버리기 쉬운 약점을 드러내었다.

본 논문에서는 이인직 소설의 지향성에 대하여 분석할 때 당시의 역사적인 조건과 사회 경제적인 조건에 입각해서 파악하였다. 왜냐하면 당시의 역사적 토대를 무시하고 민족의 자주정신 이라는 관념적 도성성과 당위적 요구만을 평가의 척도로 삼는다는 것도 엄밀한 객관적 연구 태도는 아니라고 판단하였기 때문이다.

이인직 소설 미학의 문학사적 의의는 크게 두 가지로 말할 수 있다. 첫째, 그것은 역사적 모순에 대한 변증법적 미학의 창조에 있다. 이 독특한 소설의 미학은 서로 대립하는 다양한 시대정신과 이데올로기의 집단들을 사회구성원으로 하는 시공간 속에서 주로 창출될 수 있다. 그런 점에서 볼 때 이인직 소설의 미학은 우리나라 개화기의 복잡한 시대정신과 사회맥락을 대변해 주는 것이며, 그러한 역사적 조건 속에서 고민하고 갈등하는 한 지식인의 정신적 삶의 궤적을 정직하게 드러냈다고 본다.

둘째, 이인직 소설 미학의 이데올로기는 진보에 의한 준비론의 지향이었다. 그것은 대의명분에 입각한 폐쇄적인 민족주의적 시각을 넘어서, 세계정세에 대한 객관적인 시각에서 역사를 인식하고 실용주의적으로 역사에 대처한 것으로, 이것은 예술적으로 표현된 문학적 진실이다. 이러한 현실주의적 정신은 작중인물들의 단성적 담론을 통하여 우리 민족의 역사 현실을 객관적으로 드러내는 데서 나타나며, 작가는 자신의 민족적인 정서와 이데올로기를 일제의 간섭(검열)으로부터 은폐하기 위하여 작중 서술자로 하여금 다성적인 언어로써 서술을 진행하도록 전략을 세움으로써 우리나라의 신소설 양식 속에 내적 대화의 일면을 창출하였다고 본다.

　이상으로 정리해본 본 연구의 결론이 이인직 소설의 미학에 대한 절대적인 척도일 수는 없다. 다만, 기존의 연구 방법론과 다른 각도에서 접근함으로써 그 동안의 논의에서 소외되어 왔거나 간과되어 왔던 미학의 측면들을 규명함으로써 조금이나마 이인직 소설의 미학적 진실과 신소설 연구의 발전에 기여하고자 함이었다. 끝으로, 본 연구에서 미처 다루지 못한 이인직 소설의 또 다른 미학적 요소와 이데올로기는 다음의 과제로 삼고자 한다. 아울러 1910년 이후에 창작된 이인직의 신소설에 대한 연구도 다음의 과제로 미루고자 한다.

참 고 문 헌

1. 기본자료

『한산 이씨 세보』15권(병오보), 1845년.
『한산 이씨 세보』(을사보), 1905.
『한산 이씨 양경공파 세보』3권, 1982.
『신소설·번역(안) 소설』전집, 아세아문화사, 1978.
 독립신문, 중앙도서관 소장.
『고문진보』(최인욱 역), 을유문화사,1983.

2. 학위논문 및 개별논저

강영주, 「박은식·장지연·신채호의 역사·전기문학」,『한국현대소설사
　　　연구』, 민음사, 1984.
권영민, 「신채호의 소설 개혁론과 그 한계」,『한국현대소설사 연구』, 민음
　　　사, 1984.
곽　근, 「민간신앙의 국문학적 수용양상」,『한국문학연구』제13집,동국대
　　　한국문학연구소,1990.
김교봉, 「신소설의 서사양식과 주제의식에 관한 연구」, 연세대 박사,
　　　1986.

김도형, 「한말 계몽운동의 정치론 연구」, 『한국사 연구』54, 1984.

김동인, 「한국근대소설고」,『신한국문학전집』18, 어문각, 1976.

김명인, 「<귀의 성>과 한 친일개화파의 세계인식」,『한국학연구』제9
　　　집, 인하대 한국학연구소,1998.3.

김명진, 「1950년대 후반기 희곡의 담론 연구」, 중앙대 박사논문, 1996.12.

김상욱, 「소설 담론의 이데올로기 분석방법 연구」, 서울대 교육학 박사논
　　　문, 1995.

김영민, 「신소설<은세계>연구」,『매지논총』(인문사회과학편)제7집,연세
　　　대 매지학술연구소,1990.2.

김영택·최종순, 「이인직소설의 담론특성에 관한 시론적 고찰」, 목원대
　　　논문집 제33집, 1997.12.

______, 「이인직소설 연구(1)」,목원대 논문집 제35집,1998.8.

______, 「이인직소설 <은세계>의 담론특성」,『국어교육』98, 국어교육
　　　연구회,1998.12.

______, 「이인직소설 <귀의 성>의 담론특성」,『어문학연구』제8집, 1999.6.

김영택, 「'혈의 누' 다시 읽기」,『어문연구』103호, 한국어문교육연구회,
　　　1999.9.

김윤식, 「'정치소설'의 결여형태로서의 신소설」,『한국근대소설사연구』,
　　　을유문화사, 1986.

김종철, 「판소리의 근대문학지향과 <은세계>」,『민족문학과 근대성』,
　　　문학과 지성사, 1995.

김종욱, 「<혈의 누> 연구」,『한국문화』23, 서울대 한국문화연구소,1999.6.

김하명, 「신소설과 '혈의 누'와 이인직」, 문학, 1950.

노세경, 「<혈의 누>의 서사형식 연구」, 서울대 석사논문, 1996.

田尻浩幸, 「국초 이인직론」, 연세대 석사논문, 1992.

______, 「이인직의 도신문사 견습시절」,『어문논집』32, 고려대 국어국

문학 연구회, 1993.

______, 「《미야꼬신문》에 발표된 이인직의 단편소설 〈과부의 꿈〉
과 한국관련 기사들」,『문학사상』7, 1999.

설성경, 「이인직소설에 나타난 '산'의 의미망 분석」,『연세교육과학』제43
집, 연세대교육대학원,1994.

성현경, 「이인직소설의 재평가」,『동양문화』제 16집, 1975.

______, 「작가의 현실안과 작품과의 관계」,『영대문화』제 8집, 영남대학
교, 1975.

芹川哲世, 「한일 개화기 정치소설의 비교연구」, 서울대 석사논문, 1975.

송건호, 「개항과 민족운동의 전개」,『한국민족주의의 탐구』,한길사, 1977.

신동욱, 「신소설에 반영된 신문화 수용의 태도」,『동서문화』4집, 계명대
동서문화연구소,1970.

양문규, 「신소설을 통해본 개화파의 변혁주체로서의 한계」,『변혁주체와
한국문학』,(임헌영,김철 외), 역사비평사, 1990.

우한용, 「채만식소설의 담론특성에 관한 연구」,서울대 박사논문, 1991.8.

윤명구, 「개화기 서사문학 장르」,『신문학과 시대의식』, 새문사, 1994.

______, 「애국계몽기의 소설」,『한국현대문학사』, 현대문학, 1990.

유순영, 「이인직소설의 행동구조와 주제」,『한국학논집』제19집, 한양대
한국학연구소, 1991.

이상경, 「<은세계>재론」,『민족문학사 연구』제5호, 창작과 비평사, 1994.

______, 「이인직소설의 근대성 연구」,『민족문학과 근대성』, 문학과 지성
사, 1995.

이재수, 「신소설문학고」,『한국소설연구』,선명문화사, 1873.

임수복, 「이인직소설에 나타난 친일사상에 관한 연구」, 원광대 석사논문,
1988.

전광용, 「이인직의 생애와 문학」,『신문학과 시대의식』, 새문사, 1994.

______, 「이인직과 신소설의 형성」,『한국현대소설사 연구』, 민음사, 1984.

정선태, 「신소설의 서사론적 연구」, 서울대 석사논문, 1994.

정호웅, 「'먹을 것 다툼없이'사는 세상에 대한 황홀한 열망」,『문학사상』 2월호, 1995.

조남현, 「부국담론의 논객, 합방론의 행동주의자-이인직 편」,『문학사상』 1, 2003.

______, 「한국현대소설사-개화기소설의 생성과 전개」,『소설과 사상』, 1995. 가을.

조연현, 「개화기문학의 형성과정고」,『한국신문학고』,문화당,1966.

주종연, 「이인직의 단편소설」,『신문학과 시대의식』, 새문사, 1994.

중앙대학교 중앙학술연구원 편,『한국문화사신론』, 중앙대학교 출판국, 1981.

차미라, 「이인직소설의 친일문학적 성격」, 동아대 석사논문, 1999.

최영구, 「이인직소설의 개화사상연구」,동아대 박사논문, 1991.

최원식, 「은세계 연구」,『창작과 비평』48, 1978.

______, 「개화기소설 연구사의 검토」,『신문학과 시대의식』(김열규, 신동욱 편), 새문사, 1981.

______, 「'혈의 누' 소고」,『한국근대소설사론』,창작사, 1986.

______, 「이해조문학 연구」,『한국근대소설사론』, 창작사, 1986.

최종순, 「최찬식 소설연구」,『목원어문학』제14집, 1996.12.

______, 「신소설 <혈의 누>의 서술양상, 인하어문연구 제6호, 2003. 7

최종순, 「이인직소설의 세계인식과 그 비극의 의미」,『목원대 국어국문학』 제6집, 2000.10.

한상무, 「<혈의 누>의 이데올로기」,『어문학보』제17집, 강원대 사범대 국어교육과, 1994.

허만욱, 「신소설의 주제의식과 그 형상화에 관한 연구」, 중앙대 박사,
　　　　1996.

3. 단행본

-국내저서-
강동진, 『일제의 한국침략정책사』, 한길사, 1984.
강재언, 『한국의 개화사상』, 교봉출판사,1984.
______, 『한국의 근대사상』, 한길사, 1988.
구인환, 『한국근대소설연구』, 삼영사, 1993.
______, 『소설론』, 삼지원, 1996.
권영민, 『한국현대문학사』,민음사, 1996.
______, 『한국민족 문학론 연구』, 민음사, 1991.
권택영, 『후기 구조주의 문학이론』, 민음사, 1990.
______, 『소설을 어떻게 볼 것인가』, 문예출판사, 1995.
김경태 외, 『한국문화사』, 이화여대 출판부, 1986.
김교봉,설성경, 『근대전환기소설 연구』, 국학자료원, 1995.
김병욱 편, 『현대소설의 이론』(최상규 역), 대방출판사, 1986.
김열규,신동욱 편, 『신문학과 시대의식』, 새문사, 1994.
김영민, 『한국근대소설사』, 솔 출판사, 1997.
김영택, 『한국근대소설론』, 민지사, 1991.
김용직 편, 『개화기문학의 재인식』, 지학사, 1987.
김우종, 『한국현대소설사』,성문각, 1982.
김욱동, 『대화적상상력』, 문학과 지성사, 1994.
김윤식,김 현, 『한국문학사』, 민음사, 1982.

_____,정호웅, 『한국소설사』, 예하, 2000.

김의환, 『전봉준전기』, 정음사, 1983.

김태준, 『조선소설사』(청진서관,1933),『증보조선소설사』(박희병 교주) 한
　　　길사, 1990.

김　현, 『문학이란 무엇인가』, 문학과 지성사, 1995.

김홍명, 『자본제시대의 사상』, 창작과 비평사, 1993.

문성숙, 『개화기소설론 연구』,새문사,1994.

민태원, 『김옥균 전기』, 을유문고 10, 1982.

박세길, 『다시쓰는 한국현대사』2, 돌베개, 1996.

백창섭,장호강, 『항일독립운동사』,佳嘉, 1982.

송　면, 『소설미학』, 문학과 지성사, 1985.

신경림 외 편, 『한국근현대문학연구 입문』, 한길사, 1990.

신용하 편, 『한국현대사회사상』, 지식산업사, 1995.

신일철, 『신채호의 역사사상 연구』, 고려대학교.출판부, 1981.

신춘자, 『개화기소설 연구』, 인문당, 1990.

안　확, 『조선문학사』(한일서점,1922), 을유문화사(최원식 역),1981.

유　정 편, 『현대일본문학사』, 정읍사, 1984.

윤명구.『한국근대문학연구』, 인하대학교 출판부, 2000.

_____, 『개화기소설의 이해』, 인하대 출판부, 1986.

_____, 『문학개론』(윤명구,이건청,김재홍,감태준 공저), 현대문학, 1992.

이광린, 『한국 개화사상 연구』, 일조각, 1981.

이장현 외, 『사회학의 이해』, 법문사, 1987.

이정식, 『한국민족주의 운동사』, 미래사, 1986.

이재선, 『한국현대소설사』, 홍성사, 1986.

이주형, 『한국근대소설 연구』, 창작과 비평사, 1995.

이현희, 『한국개화백년사』, 을유문화사, 1981.

임 화, 『개설신문학사』(조선일보,1939.9-1940.4), 『신문학사』(임규찬, 한
	진일 편), 한길사. 1993.
장사선, 『한국리얼리즘문학론』, 새문사, 1992.
전광용 외, 『한국현대소설사 연구』, 민음사, 1984.
_____, 『신소설연구』, 새문사, 1990.
조남현, 『소설원론』, 고려원, 1989.
조동일, 『신소설의 문학사적 성격』, 서울대학교 출판부, 1973.
주종연, 『한국소설의 형성』, 집문당, 1991.
_____, 『한국근대 단편소설 연구』, 형설출판사, 1979.
최병우, 『한국 근대 일인칭소설 연구』, 한샘, 1995.
최원식, 『민족문학의 논리』, 창작과 비평사, 1982.
_____, 『한국근대소설사론』, 창작사, 1986.
_____, 임형택 편, 『한국근대문학사론』, 한길사, 1993.
홍일식, 『한국개화기의 문학사상 연구』, 열화당,1980.
한원형, 『한국개화기 연재소설연구』, 일지사, 1990.
한점돌, 『한국근대소설의 정신사적 이해』, 국학자료원, 1993.
한흥수, 『한국 근대 민족주의 연구』, 연세대학교 출판부, 1977.
황 현, 『매천야록』(허경진 역), 한양출판, 1995.

-번역서-
가와무라 신지, 『후쿠자와 유키치』(이혁재 역), 다락원, 2002.
G. 루카치 외, 『현대리얼리즘론』(황석천 역), 열음사, 1986.
_______, 『소설의 이론』(반성완 역), 심설당, 1985.
김욱동 외, 『바흐친과 대화주의』,나남, 1990.
R. M. 알베레스, 『현대소설의 역사』(민희식 역), 정음사, 1982.
M. M. 바흐친, 『도스또예프스키 시학』(김근식 역), 정음사, 1988.

___________, 『바흐친의 소설미학』(이득재 역), 열린책들, 1988.

M. 제라파, 『소설과 사회』(이동렬 역), 문학과 지성사, 1977.

끌로드 뒤세, 앙리 미테랑 외, 『사회비평과 이데올로기 분석』(조성애 역),
    백의, 1996.

S. 채트먼, 『이야기와 담론』(한용환 역), 고려원, 1997.

S. 리몬 케넌, 『소설의 시학』(최상규 역), 문학과 지성사, 1985.

V. 쉬클로프스키 외, 『러시아 형식주의문학 이론』(한기찬 역), 월각재.
    1980.

I. 와트, 『소설의 발생』(전철민 역), 열린책들, 1988.

A. 샤프, 『역사와 진실』(김택현 역), 청사, 1982.

A. 하우저, 『문학과 예술의 사회사』(백낙청, 염무웅 역), 창작과 비평사,
    1979.

여홍상 역, 『바흐친과 문학이론』, 문학과 지성사, 1997.

웨인 C. 부드, 『소설의 수사학』(최상규 역), 새문사, 1985.

G. 프랭스, 『서사학』(최상규 역), 문학과 지성사, 1988.

차알스 다아윈, 『종의 기원』(박동현 역), 동서문화사, 1978.

츠베탕 토도로프, 「바흐친의 문학론」, 『바흐친과 문학이론』(여홍상 역),
    문학과 지성사, 1997.

U. 에코, 『소설 속의 독자』(김운찬 역), 열린책들, 1996.

테리 이글턴, 『문학이론 입문』(김명환,정남영,장남수 역), 창작과 비평사,
    1989.

    에크·라이샤워, 『동양문화사』하(전해종,민두기 역), 을유문화사,
    1987.

    지마, 『문예미학』(허창운 역), 을유문화사, 1993.

    젤. 『소설형식의 기본유형』(안삼환 역), 팀구당, 1990.

    소설의 정치학』(김재성 역), 화다. 1983.

소설 연구

츠베탕 토도로프 편, 『러시아 형식주의』(김치수 역), 이화여대 출판부, 1981.

R.Scholes, 『문학과 구조주의』(위미숙 역), 새문사, 1987.

Leo Lowenthal. 『문학과 인간의 이미지』(윤 준 역), 종로서적, 1983.

L.골드만, 『소설사회학을 위하여』(조경숙 역), 청하, 1984.

John Hall, 『문학사회학』(최상규 역), 혜진서관, 1987.

C. 라이트 밀즈, 『사회학적 상상력』(강희경, 이해찬 역), 기린원, 1995.

G. 루카치 외, 『소설의 본질과 역사』(신승엽 역), 예문, 1988.

R, 웰렉·A.워렌, 『문학의 이론』(김병철 역), 을유문화사, 1988.

ABSTRACT

A Study on Lee Injik's Novels

Choi, Jong-soon
Major in Modern Literature
Dept of Korean Language & Literature
Graduate School of Inha University

The purpose of this study is to inquire into Lee Injik's new-style novels and to examine the characteristics of the discourse of the novels by invoking the dialogue theory of M. M. Bakhtin on the basis of the existing sociological approach. The writer is the representative novelist in the enlightenment period of our country. The subjects of this study are「Tears of Blood」,「The Voice of a Ghost」,「Silver World」and 「Mt. Chi-ak」written in the enlightenment period between 1906 and 1910.

This study paid attention to the fact that the aesthetic factors, inner conflict of consciousness and the objective truth of these novels have been ignored in the previous studies just because the novels have the pro-Japanese tendency.

In chapter II, the life of Lee Injik was briefly peeped into. It turned out for the first time that he was born out of wedlock, so he was not able to obtain any post in the government in spite of his outstanding ability in Chinese literature. Accordingly, he was envious of the world of power and at the same time he watched the world with the angle of criticism as an outsider. This fact seems to have affected his novels as one of the important factors of anti-feudalism. And his study for three years in Japan at government expense may have been a reason for him to write new-style novels and produce a new ideology into his novels.

In chapter III, the characteristic of Lee Injik's discourse was shown to have the vertical discourse structure, composed of both monophonic and polyphonic language. The vertical discourse structure played an important role in the production of the polyphonic feature. While the monophonic language expresses a single-lined linguistic structure and a single ideology, the polyphonic language presents a polyphonic meaning by performing a dynamic inner dialogue with others who are actively participating in the production of ideology.

The aesthetics of Lee Injik's novels has become known and the original ideological truth is embodied by the monophonic language of the characters. The whole ideology shown by the polyphonic language of the narrator is an image of ideology which brings a change through ideological interaction and conflict.

It is the narrator alone who is actively leading the discourse in Lee Injik's novels. Whereas this narrator takes an authoritative attitude towards the characters, he shows an extremely democratic and open attitude towards the listeners, through which the linguistic performance of the inner discourse has been formed. This narrator, on the one hand, delivers his own single ideology through the character's monophonic language, and on the other hand, his descriptive attitude towards the readers seems to communicate with his opposing ideological groups with a democratic dialogue, adhering to a neutral position. While he talks about the inner world of the text, he is continuously conscious of his listeners and watches their response. This attitude of his is closely connected with the discourse situation of the creative main body. This means the contemporary historical condition in which his language is communicated.

The characteristic of Lee Injik's novels in terms of dialogue is an unsettled ending in the conclusion structure. The novel of「The Voice of a Ghost」is the only story which has a settled structure among his novels. This novel shows the conclusion of the traditional novels and that of new-style novels and that of modern realism at the same time. It can be said to be the conclusion structure of the transitional period. In the closed world of the consciousness of the characters, the writer shows the single ideology of the creative main body effectively, which operates as an aesthetic factor, having changed the static monophonic discourse into a vivid language. The writer uses terms in a heartburning tone when he describes a woman character, and uses words in an enraging tone when he expresses a historical contradiction in order to show a strong resistance. The readers can notice the tone of conviction from the young civilization-oriented intellectuals.

As the result of the above analyses, the writer's ideology is the anti-feudalism and the assertion of getting everything in readiness. This means that everything starts from the point of recognizing that our country is located in a semi-colonial situation. It is thought that the historical character of Lee Injik might have compromised with the political reality due to his recognition of history as above. Such a recognition of history seems to have resulted from his pragmatic insight based on the cool-headed objective analysis about the condition of history and the economic structure of the contemporary society.

The significance of the aesthetics of Lee Injik's novels in the history of literature can be stated in two ways. One is the creation of dialectical aesthetics about the historical contradiction. The double faces of Lee Injik's novels are the dialectical aesthetics about historical contradiction. This unique aesthetics can be created in the time and space, composed of opposing and diverse thoughts and ideology. Consequently, Lee Injik's novels act as spokesman of the complex current thoughts and social veins in the period of civilization. The novels are honestly showing the trace of life of a young intellectual who had a deep agony and conflict. The other is that the ideology of Lee Injik's novels recognize the history in the objective angle and copes with the history in terms of the pragmatic point of view.

Such a realistic spirit reveals itself through the monophonic discourse of the characters and this is the literary truth shown by means of art. Therefore, this fact should be distinguished from the actual life of the writer. It can be concluded that the writer created an aspect of inner dialogue in the mode of new-style novels in order to conceal the national ideology from the Japanese interference through the strategy to make the narrator use the polyphonic language.

이인직 소설 연구

인쇄일 초판 1쇄   2005년 09월 10일
        2쇄   2015년 09월 23일
발행일 초판 1쇄   2005년 09월 15일
        2쇄   2015년 09월 25일

지은이 최 종 순
발행인 정 진 이
발행처 새미
등록일 1994.03.10, 제17-271호

서울시 강동구 성내동 447-11 현영빌딩 2층
Tel : 442-4623~4 Fax : 442-4625
www.kookhak.co.kr
E- mail : kookhak2001@hanmail.net
ISBN 978-89-5628-163-6 *93810
가 격 16,500원

* 새미는 국학자료원의 자매회사입니다.
* 저자와의 협의 하에 인지는 생략합니다.